송일호 소설집

대학아! 대학아!

도서출판
청어

대학아! 대학아!

송일호 소설집

발 행 처 · 도서출판 청어
발 행 인 · 이영철
영　　업 · 이동호
기　　획 · 이용희
편　　집 · 방세화
디 자 인 · 이해니 | 이수빈
제작부장 · 공병한
인　　쇄 · 두리터

등　　록 · 1999년 5월 3일
(제321-3210000251001999000063호.)

1판 1쇄 인쇄 · 2019년 2월　1일
1판 1쇄 발행 · 2019년 2월 10일

주소 · 서울특별시 서초구 효령로55길 45-8
대표전화 · 02-586-0477
팩시밀리 · 02-586-0478

홈페이지 · www.chungeobook.com
E-mail · ppi20@hanmail.net
ISBN · 979-11-5860-615-2(03810)

이 도서의 국립중앙도서관 출판시도서목록(CIP)은 서지정보유통지원시스템 홈페이지(http://seoji.
nl.go.kr)와 국가자료공동목록시스템(http://www.nl.go.kr/kolisnet)에서 이용하실 수 있습니다.
(CIP제어번호: CIP2019000854)

이 책은 2018년 대구문화재단의 개인예술가창작지원으로 출간되었습니다.

  문화체육관광부

대학아! 대학아!

▌작가의 말 ▌

이 소설집은 1997년 월간문학 「글씨 없는 책」을 시작으로 현진건 문학상을 받은 「대학아! 대학아!」, 한올문학상을 받은 「학생부군신위」, 매일신문에 연재한 「보릿고개」, 영남일보에 연재한 「학교폭력, 왕따」, 각종 문예지에 발표한 작품까지 20년이 걸렸다. 그동안 책을 못 내고 있었으나 이번에 문화재단의 지원금을 받아 비로소 빛을 보게 되었다.

이 책은 해방(1945년)에서 지금까지(2018년) 역사책이라 해도 과언이 아니다. 72년간의 우리나라 생활상이 12편으로 나뉘어 단계별로 담겨있다. 「글씨 없는 책」은 해방된 우리나라 초등학교 현장을 상세하게 보여주고 있으며, 잊을 수 없는 '보릿고개', 부동산으로 인한 졸부의 탄생, 젊은이의 사랑, 사회갈등, 최근 심각한 사회문제가 되고 있는 '학교폭력, 왕따'까지 흥미 있게 파헤쳤다.

우리나라를 대표하는 태극기, 애국가, 무궁화, 까치, 아리랑, 족보, 버려져 있는 산, 독서 등 사회 구석구석의 문제점을 깊이 있게 논하고 있다.

종교 때문에 흥한 나라가 있고 망한 나라가 있듯, 우리나라는 지나친 교육열이 문제가 되고 있다. 조선시대부터 내려오는 뿌리 깊은 사농공상(士農工商)의 계급사회는 고용창출 80%를 차지하는 중소기업에는 가지 않는다. 우리는 놀고, 노동자가 없어 개발도상국 근로자 비공식 집계 2백5십만 명에게 연 38조 원의 돈을 지불하고 있다. 결혼을 기피하기 때문에 다문화 가정이 탄생하였다.

우리나라 젊은이는 공무원이나 각종 고시에 매달려 있다. 4%의 엘리트 직장이나 6%의 대기업에 취직하기 위해서 유치원 때부터 치열한 교육열은 기러기 아빠까지 생겨나고, 전 재산을 교육에 바치고, 노후대책이 없어 가정파괴가 일어나고 있다. 전공을 찾아가는 학과는 20%밖에 되지 않는다. 청년실업, 저출산 등 심각한 사회문제를 다 알고 있지만, 그 실마리를 쉽게 찾지 못하고 있다. 이 책은 해결 방법을 통쾌하게 제시하고 있다.

이 책은 단순한 소설집이 아니다. 『대학아! 대학아!』는 우리나라에서 심각한 병을 앓고 있는 사회 전반적인 문제점을 깊이 파헤치고, 재미있게 읽기 위해서 나름대로 노력을 많이 했다. 이 책이 생활의 활력소가 되고 국가 발전에 이바지 할 수 있기를 바란다.

2019년 1월

심천 송일호 절

▌차 례 ▌

작품 해설

학교폭력, 왕따

일요일 아침이다.

아침 햇살이 커튼 사이를 뚫고 눈부시게 했다. 늦잠을 잔 모양이다. 시계를 보니 8시를 훨씬 넘기고 있다. 그동안의 피로가 말끔히 가신 듯 했다. 김 선생은 좀처럼 침대에서 일어나지 않을 것 같다. 그렇다고 잠을 더 청하지는 않았다. 오늘은 나만의 시간을 가질 수 있는 휴식공간이다. 이래서 일요일이 좋다. 집 안은 너무나 조용했다. 아내는 벌써 아침 준비를 해놓고 식구들이 일어나기를 기다리고 있을 것이다. 평일은 각자 일이 바쁘기 때문에 늦잠을 용서하지 않았다. 일요일만큼은 늦잠을 유도해주는 아내의 오랜 습관이다. 창문을 열자 시원한 바람이 한꺼번에 쏟아져 들어온다.

모처럼 가족들이 한자리에 모여 앉아 아침식사를 하며 오순도순 이야기도 나누고 웃음꽃을 피울 수 있는 시간이 일요일 아침식사시간이라고 김 선생은 생각하고 있다. 큰놈은 아직 일어나지도 않았다. 큰놈을 기다리는 동안 둘째 놈은 후다닥 식사를 끝내고 자기 방으로 들어가고 없다. 막내와 셋이서 식사를 하고 있지만, 누구 하나 말 한마디 없다.

"이게 하숙집이지, 가정집이라고 할 수 있겠어?"

가족이라 해도 종일 얼굴 한 번 못 볼 때가 많다. 가족이 모여앉아 대화를 한번 해 본 일이 없다. 가장 쉬운 것 같지만, 가장 어려운 것이 우리 가정의 현장이다.

식사가 끝나고 부부는 TV 앞에 나란히 앉았다.

화면에는 경기도 일산에서 10대 남녀 청소년들이 자기들을 험담하고 말을 잘 듣지 않는다고 여학생을 야구방망이로 마구 때려 숨지게 하고, 야산에 암매장 하는 현장 검증을 태연히 재현하고 있다. 너무나 끔찍한 살인 사건이다.

대구 모 중학교 학생이 왕따를 견디다 못하여 자살한 사건으로 전국이 발칵 뒤집혔다. 대통령과 국무총리의 특별담화가 있었고, 국회와 관청은 물론 전국의 경찰과 학교, 가정에서 왕따의 충격이 채 가시기도 전에 10대들의 엽기적인 살인 사건이 일어난 것이다.

영주에서 또 왕따를 견디다 못하여 중학생이 자살했다. 세상에 태어나서 날개도 한번 펴지 못하고 억울한 생명이 사라졌다. 부모가 죽으면 산에 가서 묻고, 자식이 죽으면 가슴에 묻는다고 했다. 또 한 가정을 파멸로 몰아넣었다. 유서에 남긴 글이 너무나 처절했다. 얼마나 복수심에 불탔으면 장례식에 오면 복수하겠다고 했겠는가? 작년 12월에서 올해 4월까지 대구, 경북에 9명의 청소년이 자살을 시도했고, 그중 7명이 숨졌다. 이것은 우리나라는 물론 세계 최고의 자살률이다.

전국에 67만 명이 학교폭력에 시달리고 있고, 문제 된 것만 1천 190건이나 된다. 한 해 평균 3백여 명의 청소년이 자살한다는 비공식 집계가 충격에서 이제는 허탈로 이어졌다. 뿐만 아니라 수원에서 20대 여성 토막살인 사건, 시흥에서 60대 아내 토막살인 사건이 연이어 일어났다. 또 각종 흉악범죄가 꼬리를 물고 일어나고 있어 또 누가 어떤 피해를 입을지 불안하다.

김 선생은 베란다에 기대서서 먼 산을 응시하고 있다. 비가 오고 난 다음날은 먼 산이 아주 가까이에 그렇게 청명하게 보일 수 없었다. 지금은 안개에 가려진 것같이 희뿌연 그림자만 보일 뿐이다. 우리나라 청소년들은 입시에 시달리고, 학교폭력에 시달리고, 가난한 집 자식들은 빈부의 한계를 벗어나지 못하고 부모까지 울고 있다. 노력만 가지고 되는 세상이 아니다. 개천에서 용 났다는 말은 이제 전설로 사라졌다.

"청소년은 앞으로 이 나라를 이어받을 일꾼이다."

그렇기 때문에 청소년을 바르게 키워야 한다는 것이 김 선생의 신념에 가까운 지론이다. 김 선생이 청소년 선도에 남다른 노력을 하는 데는 그럴만한 이유가 또 있다. 오래된 일이었다. 시골 집안에는 동생뻘 되는 친척이 있었다. 초등학교를 졸업하고, 중학교에 진학해서도 1, 2등을 놓친 일이 없었다. 신동이라 부를 만큼 다방면에 재주가 있었다.

동생은 그 당시 우수한 두뇌가 아니면 합격할 수 없는 학교에 합격하였다. 가난한 시골에서는 이 상업학교에 입학하는 것이 꿈이기도 했다. 왜냐하면 그 당시 서민들은 쳐다볼 수 없는 문턱 높은 은행에 취직할 수 있었기 때문이다.

1학년까지만 해도 모범생인 동생은 나쁜 친구들과 사귀기 시작하면서부터 삐뚤어지기 시작했다. 혼자 자취를 하고 있는 방에 나쁜 친구들이 밤낮 진을 치고 있어 공부할 시간을 주지 않았고, 먹을 것

12

이 없는 보릿고개 시절 식사 때가 되어도 가지 않고, 하얀 쌀밥을 다 파먹는가 하면 급기야는 학교에 낼 공납금까지 거덜 내고 말았다. 보호자가 없는 시골 학생들은 도시의 나쁜 학생들 먹이사슬에 걸리면 헤어나지를 못했다.

속히 시골에 연락하여 동생을 빨리 불량 청소년들의 소굴에서 벗어나게 해야 했다. 뒤늦게 이 사실을 안 집안에서는 발칵 뒤집혔다. 비행 학생들에게 둘러싸여 있는 동생을 구출할 수 있는 유일한 방법은 보호자가 옆에 있어야 한다고 간청을 했다.

동생 집에는 나이 많으신 할머니 한 분이 계셨다. 할머니가 오셔서 동생의 식사를 돕고 불량 학생들이 얼씬도 못 하게 하는 데에는 다른 방법이 없다고 생각했다. 김 선생 생각대로 급하게 방을 옮기고, 불량 학생들을 얼씬도 못 하게 했다. 김 선생의 간청은 맞아떨어졌다.

그런데 엄청난 일이 터지고 말았다. 연탄가스 중독사고로 할머니는 비참하게 세상을 하직하셨고, 동생은 살아났지만 학업을 계속할 수 없게 되었다. 김 선생의 충격은 말할 수 없었다. 할머니를 돌아가시게 한 죄책감과 동생의 불구에 한동안 실의에 빠져서 헤어나지를 못했고, 그것이 청소년 선도에 평생을 바치겠다고 맹세하게 된 동기가 되었다.

김 선생은 대학 졸업 후 교직에 몸담게 되었다. 줄곧 학생부장으로 청소년 선도에 앞장섰다. 학교뿐만 아니라 청소년 선도 위원회에 입회하여 맹렬한 청소년 선도 운동을 한 것이다.

원래 김 선생 집안은 선비 집안이었다. 할아버지와 아버지가 대를 이어가며 서당 훈장을 했고, 김 선생은 어릴 때부터 천자문(千字文), 동몽선습(童蒙先習)과 명심보감(明心寶鑑)을 배웠다.

동몽선습 첫 장에는 '천지지간 만물지중에 유인이 최기하니 소기호인자는 이기유오륜야(天地之間 萬物之中 推人最貴 所貴乎人者 以基有五倫也)라.' 하늘과 땅 사이에 사람이 제일 귀하니 귀하게 부르는 것은 오륜이 있기 때문이다.

부자유친(父子有親) 아버지와 아들은 친해야 하고, 군신유의(君臣有義) 임금과 신하는 의리가 있어야 하고, 부부유별(夫婦有別) 부부는 분별이 있어야 하고, 장유유서(長幼有序) 어른과 아이는 선후가 있어야 하고, 붕우유신(朋友有信) 친구는 믿음이 있어야 한다고 쓰여 있다.

동몽선습을 떼고 나면 명심보감을 배운다. 첫 장에 '공자가 말하기를 선행을 하는 자는 하늘에서 복을 주고, 악행을 행하는 자는 하늘에서 화를 내린다(子曰爲善者 天以寶知爲福 爲不善者 天以寶知以禍)'고 적혀 있다. 명심보감까지 떼고 김 선생은 이곳으로 유학을 오게 되었다.

원래 서당이라는 것이 입학과 졸업이 따로 없고, 수시입학과 수시졸업이기 때문에 공부는 같이해도 개인지도와 마찬가지다. 동몽선습이나 명심보감, 소학(小學), 대학(大學)은 처음부터 끝까지 윤리, 도덕, 예의를 가르치는 교육이다. 때문에 한학을 많이 한 사람은 융통성이 없고, 바보로 보일 때도 있지만, 지금과 같이 인성교육이 없는 입시위주 교육과는 근본적으로 다르다.

김 선생은 어릴 때부터 말과 행동을 허투루 하지 않았고, 선비 집안의 가풍에 따라 철저히 교육을 받았다. 아침마다 문안 인사를 해야 했고, 어른 앞에 서는 무릎을 꿇고 앉아야 했다. 식사 때도 어른이 먼저 수저를 들어야 식사를 하고, 어른이 식사가 끝날 때까지 수저를 내려놓지 않고 기다려야 했다. 밤늦게 집에 들어오면 혼이 났다.

겨울방학이었다. 옛날 시골은 TV는 물론 라디오 하나 없는 동네가 많았다. 설과 추석에 동리 청년들이 모여 연극도 하고 무용도 했다.

낮에는 모두 바빠 저녁에 모여 밤늦도록 연습을 하고 파김치가 되어 집으로 돌아가는 김 선생을 그때까지 할아버지가 주무시지 않고 기다리고 계시다가 김 선생을 불러 세웠다.

"거기 앉거라."

할아버지는 벼르고 있었다는 듯 힘주어 말씀하셨다.

"할아버지, 여태 주무시지 않으셨습니까?"

김 선생은 평소 버릇대로 무릎을 꿇고 얌전히 앉았다.

"너 요새 밤늦도록 어디를 그리 쏘다니느냐?"

할아버지는 김 선생을 올려다보았다.

"아, 예. 연극 연습을 하느라고요."

"연극? 연극이라면 신파 말이냐?"

"예, 신파 맞습니다. 요사이는 연극이라고 합니다."

"쌍놈들이나 하는 그 신파를 대학생이 공부는 하지 않고, 왜 네가 밤늦도록 야단이냐? 혹시 너 풍각쟁이들한테 미친것이 아니냐?"

"별말씀을 다 하십니다. 제가 감독을 맡아 여자 연기를 지도하다 보니 그렇게 되었습니다."

"뭐? 감독? 그렇다면 여자도 있단 말이냐?"

할아버지는 금방 얼굴색이 달라졌다.

"이놈. 남녀칠세부동석(男女七歲不同席)이란 것을 네가 너무 잘 알 것인데, 밤늦게까지 다 큰 처녀, 총각이 어울려 신파를 해? 말도 안 되는 소리다. 당장 때려치워! 내일부터 우리 집에서 한 발자국도 나갈 수 없다. 알아들었느냐? 알아들었으면 나가봐!"

큰일 났다. 내일 모래가 설인데 지금 언제 여자 주연을 바꾸고 빼고 할 시간적 여유가 없다. 이번 설만 용서해 달라고 호소해도 할아버지의 닫힌 입은 좀처럼 열리지 않았다.

할 수 없이 여자 주연을 김 선생이 하기로 하고, 다른 여자들도 모두 남자로 바꾸기로 했다. 남자가 여자로 변장을 하니 어색하기 짝이 없다. 옆에서 대사를 읽어줘도 그해 연극은 엉망이 되고 말았다.

옛날에는 청소년 선도가 지금과 같이 이렇게 살벌하지 않았다. 꾸지람을 하면 고개를 숙일 줄 알고 용서를 빌었다. 어쩌다 반항하는 학생이 있으면 왼쪽 가슴에 달고 있는 명찰을 떼고 학교에 연락한다고 하면 눈물을 흘리며 긴 교육을 듣고 새 인간이 되기도 했다.

조용한 아침의 나라 동방예의지국인 한국이 6·25 전쟁이 터지고, 죽음과 굶주림은 세상을 바꿔놓았다. 피란으로 8도의 사람들이 다 모여드는 바람에 들리는 사투리가 마치 외국에 와있는 느낌이다. 좀도둑들이 눈 깜빡할 사이에 신발, 옷, 자전거, 가재도구까지 훔쳐 갔다. 고아들과 넝마주이들의 횡포와 범죄가 판을 치기 시작했다. 깡패들이 무서워 밤에 밖에 나가지 못할 정도로 무법천지가 되었다.

통행 금지 사이렌이 울리면 이따금 경찰의 호각소리가 들릴 뿐 거리는 쥐죽은 듯 조용했다.

학교마다 학교를 대표하는 학생 깡패가 있고, 골목마다 동네를 대표하는 동네 깡패가 있고, 농촌에도 길목을 지키고 있는 깡패가 겁이 나 장날은 곤욕을 치러야 했다. 도시를 대표하는 큰 깡패가 있었고, 자유당 시절 이들은 정치에도 깊이 관여하여 정치 깡패는 경찰서장 알기를 우습게 알고 있었다. 깡패는 그 지역의 영웅이 되기도 했다. 치안 부재로 인한 사회가 국민들을 극도로 공포에 몰아넣었다.

5·16 군사혁명이 난 뒤 정치깡패들을 소탕하고, '나는 깡패입니다'를 목에 걸고 거리를 행진시키고 두목급인 이정재와 임화수 등을 사형시키기도 했다. 불량배가 아닌 학생도 불량배같이 보여야 살아남을 수 있었다. 주먹으로 판자를 쳐 주먹이 발바닥같이 못이 박히도록 연습을 한다. 못이 박힌 그 주먹을 무릎이나 책상 위에 얹어놓고 과시를 하는 것이다.

사회가 혼란해지자 그 당시론 상상도 못 할 춤바람이 일어나고, 미군들은 양공주를 몰고 다니고, 처음 보는 서양 물건들이 거리에 쏟아져 나왔다.

주먹이 영웅이 되게 만든 결정적인 역할을 한 것은 영화가 귀한 시절 극장마다 총천연색 서부영화 때문이었다. 가난한 시절, 새 옷은 못 사 입고 양쪽 바지 안쪽에 천을 덧대어 서부영화에 나오는 나팔바지를 만들어 입고, 서부영화 주인공 흉내를 내는 것이 한때 굉장히 유행을 했다. 존 웨인, 게리 쿠퍼, 아란 랏더, 버터 랑카스타 정도를 모르면 축에 끼이지도 못했다.

서부영화에는 악당들의 권총 살인과 주먹이 무법천지를 만들었고, 인디언과의 싸움을 보고 박수를 보내었다. 이 싸움은 필히 인디언이 지고 서부 개척자들이 이겼다. 기름진 땅을 미국 사람들에게 빼앗긴 인디언들은 지금도 이 영화를 보고 통곡할 것이다.

모자는 촛농을 부어 순경 모자와 같이 앞을 높이 세우고, 상의 어깨 속에 패드를 많이 넣어 어깨가 넓어 보이게 하고, 가슴을 펴고 팔을 약간 올려 어슬렁어슬렁 곰같이 걸어가면 학생 깡패로 인정을 받았다. 깡패를 어깨라고 한 말은 이때 생겨난 것이다. 구두는 바닥에 징을 많이 박아 아스팔트나 시멘트 위를 걸어가면 저벅저벅 소리가 났다.

서부영화처럼 길 가는 사람을 공연히 불러 "야, 왜 째려봐!" 싸움을 걸었다. 겁이 나 슬슬 피하면 비겁한 놈이 되고, 싸움이 붙으면 사람들이 빙 둘러서서 싸움 구경을 했다. 곳곳에서 이런 싸움이 자주 일어났다. 이기면 형이 되고 지면 부하가 되는 것이다. 지금 닭싸움이나 소싸움같이 어처구니없는 싸움이었다.

싸움 중에 사람싸움보다 더 재미있는 것이 없다. 말로 싸워도 재미가 있는데 아무 이유 없이 자존심 하나 때문에 목숨을 걸고 싸운다. 싸움을 하다 칼로 찌르고 도망가는 사람도 있고, 평생 불구가 되는 싸움도 비일비재했다. 전쟁으로 인해서 사람 죽고 다치는 것은 아무것도 아니었다. 경찰도 이런 싸움에는 관여하지도 않았고 신고하는 사람도 없었고 신고해도 아무 소용이 없었다. 다치면 나만 손해이기 때문에 누구 하나 말리는 사람도 없었다.

이때 양쪽의 유탄에 맞아 눈에 멍이 들고 입술이 터져도 싸움을 말리는 한 사람이 있었다. 바로 김 선생이었다. 김 선생은 의협심이 대단히 강해 불의를 보고는 못 참는 성격이었다.

한번은 김 선생 집 근처에 경찰과 범인이 격투가 벌어졌다. 모두 구경만 하고 있다. 누구 하나 감히 말 한마디 못했다. 그때 마침 김 선생이 이 광경을 보고 범인 체포에 일조를 했다. 이게 화근이 되어 담벼락에 'X새끼 죽인다' 적어놓고, 수시로 돌멩이가 날아와 유리창이나 장독이 깨어지기도 해 한때 온 식구가 공포에 떨었다.

"당신, 제발 정신 좀 차려요. 아이들이 납치당하거나 다치면 어떻게 하겠어요. 다치고 죽는 놈만 억울해요. 제발 좀 빕시다."

아내의 간청에 김 선생은 또 깊은 한숨을 길게 쉬고 자리를 피했다.

김 선생은 시간만 나면 청소년 출입금지인 극장에 임검을 나가 학생들을 잡아 학교나 부모에게 연락하여 지도를 하였다.

빵집에 보호자가 없으면 출입금지로 되어 있다. 남녀 학생이 몰래 들어오면 잡아서 사정없이 뺨을 때리고 훈계를 하여 돌려보냈다.

김 선생의 손에는 언제나 기다란 회초리가 들려져 있었다. 매일 아침 등교 시간에 규율부 학생들과 나란히 서서 이 회초리가 지휘봉 같은 역할을 단단히 했다. 명찰이나 단추가 없으면 회초리 끝으로 쿡쿡 찌르며 "학생, 몇 학년 몇 반이야? 교무실로 와!" 큰 소리로 명령했다.

학생들은 교무실에 가는 것을 제일 싫어했다.

회초리는 잠시도 쉴 시간이 없다. 머리가 긴 학생은 회초리로 머리를 지적했다. 그리고 가위로 여기저기 잘라 보기 흉하게 만들었다.

"내일은 머리 깎고 오겠지?"

손바닥에 회초리가 날아갔다.

싸움을 하거나 불량 학생은 교무실로 불러 종아리를 여러 대 때리고, 교무실 칠판에 이름을 적어놓아 담임 선생님을 곤경에 몰아넣었다. 신발을 신발장에 넣지 않고 아무 곳에나 벗어놓으면 모조리 쓰레기통에 버렸다. 지각한 학생은 어김없이 이름을 적어 담임 선생님에게 보고한다. 지각 3번 하면 결석 1번으로 간주하기 때문에 어떤 학생은 일부러 기다렸다가 수업이 시작되면 정문에 아무도 없을 때 몰래 들어오다 학생부장 김 선생에게 잡혀 야구방망이로 엉덩이를 얻어맞아야 했다.

김 선생이 한번 움직였다 하면 위반 학생을 잡아다 교무실 복도에서 벌을 줬다. 학생부장 김 선생의 별명은 '헌병'이었다. 김 선생의 그림자만 보아도 학생들은 겁을 먹었다.

"헌병이다. 헌병!"

그의 주위를 슬슬슬 피해 나갔다. 김 선생의 특기는 불시에 소지품 검사를 하는 것이었다. 호주머니에서 담배가 나왔다 하면 일주일 정학 처분을 하고, 연애 편지도 엄격히 단속을 했다.

김 선생은 조직적인 불량 학생이나 학교폭력은 철저히 가려내어 엄중히 다스렸다. 학부모를 불러 사실을 알리고 학생선도에 학교와 가정, 사회가 삼위일체가 되어 김 선생이 있는 학교는 모범학교가 되어갔다. 때문에 김 선생이 있는 한 질이 나쁜 학생은 없었다.

5공 정부는 삼청교육으로 전국의 깡패나 불량배를 잡아다 혹독한 교육을 시켰다. 그러나 학교에서는 교복 자율화와 두발 자율화로 학

생 선도가 엉망이 되어갔다. 전에는 머리만 보면 미성년자인지 아닌
지를 금방 알 수 있었다. 지금은 두발 자율화 이후 머리가 긴 놈도
있고, 짧은 놈도 있고, 스님 머리 같이 면도칼로 반들반들 밀어 반짝
반짝 윤이 나는 놈도 있다.

극장에 단속을 나가도 덩치 큰 놈은 아버지나 형의 옷을 빌려 입
고 나오면 어른 같아 보인다. 여학생은 가슴을 크게 내밀고, 입술에
빨간 립스틱까지 발라 어른인지 미성년자인지 알 수가 없다.

"나 학생 아닙니다."라고 하면 그만이다. 아이들은 점점 더 간땡이
가 커져 길거리에서 담배 피우는 무리가 자꾸 생기고, 유흥가에서
담배를 피우고 술을 마신다. 단속을 나가면 술에 취해서 "선생님, 술
이나 한잔 하고 가시죠." 저희끼리 까르르 웃는다. 그 나라 미래를
알려면 청소년을 보면 알 수 있다고 한다. 학생들이 점점 더 어른이
나 선생을 우습게 알고 학생다운 순진미를 잃어가고 있다. 김 선생
은 이 나라 앞날이 걱정되었다.

"도대체 이 나라가 어디로 가고 있는가?"

김 선생은 유흥가를 비틀거리며 순찰을 돌고 있다. 네온 불빛이
춤을 주기 시작하고, 음악이 거리를 잡아먹고 있다. 술 취한 사람들
의 고성방가와 싸움이 자주 일어난다. 학생들은 빨리 집으로 돌아가
라고 일러준다.

수시로 경찰, 청소년 선도위원, 교사가 합동단속을 나가면 어떻게
정보가 새어나갔는지 미성년자는 뒷문으로 다 빠져나가고 한 명도
없다. 뒷북만 친다. 어쩌다 걸려든 놈은 "내일모레 군대 갑니다." 하
는 놈도 있다. 주민등록증을 보자고 하면 집에 두고 왔다든지 분실

하고 없다고 한다. 경찰에 연행하여 조사할 인력과 여력이 없기 때문에 이것으로 끝나고 만다.

밤에 호젓한 골목길에서 청소년을 보면 겁이 나서 피하는 세상이 되고 말았다. 한때 각종 범죄 60%를 청소년들이 저지르고 있었다. 청소년 범죄를 보고도 모른 체하고 지나간다. 시비 상대가 젊은이이면 "가자, 가자. 젊은 놈이다." 피하고 만다. 반갑고 귀여워야 할 청소년이 무서운 상대가 되었다.

길거리에서 귀여운 어린 꼬마를 만나 웃어주면 눈길을 피하고 경계를 한다. 부모들이 낯선 사람이 말을 걸면 모른 체하고 상대하지 말라고 주의를 주었기 때문이다.

전에는 까까머리만 보아도 미성년자임을 알 수가 있었다. 그때는 비행 청소년이 아주 적은 숫자였다. 어쩌다 걸려들면 학교와 부모에게 연락하지 말아 달라고, 눈물을 줄줄 흘리며 용서를 빈다.

옛날에는 졸업 때까지 교복 한 벌로 끝났는데 요즈음 가난한 집 아이들에게는 경제적 부담이 말이 아니다. 우리 집이 가난하다는 것을 보여주지 않으려는 자존심 때문에 신발, 가방, 옷만은 브랜드 있는 것으로 입는 아이들이 많다. 청소년들은 반 아이들이나 담임 선생님도 가정형편을 모를 정도로 자존심이 강하다. 애써 명랑해 보이기 때문에 전혀 눈치를 채지 못한다.

가정방문이 없어지고, 왼쪽 가슴에 달고 있는 명찰이 없어지고, 교복과 두발 자율화 이후 학생 신분이 감추어지기 때문에 아이들이 첨차 거칠어지기 시작했다.

행락철 야외에서 당한 일이다. 한패의 청소년들이 버스를 기다리면서 담배를 피우고 있었다. 김 선생은 담배를 피우지 않기 때문에 담배 냄새를 매우 싫어했다. 보아하니 틀림없이 고등학교 2~3년 정도 되어 보였다. 버스를 기다리는 사람 중에 나이 많으신 분도 있었다. 담배 연기가 할아버지, 할머니 얼굴을 가리고 있어도 누구 하나 말 한마디 하는 사람이 없다.

김 선생도 모른 체하기로 했지만 이것은 너무했다. 술에 취해서 고성방가까지 하는 것이다. 김 선생은 평소의 버릇대로 울컥했다.

"학생! 학생! 조용히 해요! 이곳은 학생만 있는 것이 아니야. 보다시피 할아버지, 할머니도 계시고……. 아직 담배 피울 나이가 되지 않은 것 같은데 담배는 몸에 해로우니 피우지 말아요."

김 선생의 훈계에 노래가 중단되었다. 시선이 모두 김 선생에게 쏠렸다. 한 놈이 가만히 있지를 않았다.

"××× ××, 남이야 똥지게를 지고 장에 가든 말든, 갓을 쓰고 물구나무를 서든 말든, 담배 사 준 일 있나? 에이, 재수 없다."

먼 산을 보고 독백처럼 말했지만 김 선생을 보고 한 말이다.

"뭐? 방금 뭐라고 했어?"

이때 버스가 도착했다. 굴욕을 참고 버스에 오를 수밖에 없다. 차장 밖 청소년들은,

"에이, 이것이나 처먹어라."

팔을 높이 들고 주먹을 먹였다. 일제히 하하하, 큰소리로 웃는 소리가 버스 안까지 들렸다.

김 선생은 분을 참을 수밖에 없다.

한때 퍽치기가 유행을 했다. 잡고 보면 청소년도 많았다. 평생 병

신을 만들거나 죽게 하는 너무나 엄청난 범죄였다. 성범죄가 나날이 늘어난다. 잡고 보면 청소년이었다. 한해 4백 명에서 2천 명으로 늘어났다. 쉬는 시간에 학교에서 담배를 피우고, 남학생과 여학생이 몰래 키스를 하는가 하면 심지어 학교 건물 안에서 성관계를 맺는 일도 있다. 기성세대들은 상상도 못 할 문제가 학교에서 밖에서 일어나고 있다.

청소년 범죄조직이 선생님 몰래 비밀조직이 되어 부유하고, 공부 잘하고 얌전한 학생을 골라 집단 구타를 하고, 이것이 재미로 발전하여 나중에는 금품까지 갈취하며 괴롭히기 시작했다. 요즈음 아이들은 대부분이 온실 속에서 곱게 자라 작은 충격에도 큰 충격을 받는다.

피해 학생은 엄청난 충격과 고통을 받고 있지만, 가해자들은 별것 아니라고 생각하고 있다. 대부분의 학생이 나도 언제 왕따를 당할지 모르기 때문에 가해자 무리에 속해있다. 다른 학생들도 알고도 모른 체하고 있다. 가해 학생들은 항상 리드 그룹에 있어서 그만큼 무서운 존재가 되어있기 때문이다.

학교폭력은 어디에나 혼자가 아니고 집단 조직으로 되어있기 때문에 선생님이나 부모님에게도 말 못 하고, 경찰에 신고해 보았자 끝까지 보호해 주지 못하기 때문에 신분만 노출된다는 것을 잘 알고 있다. 그들의 보복이 두려워 쉽게 근절되지 못하고 있다.

왕따 학생은 절대적인 보호자인 부모도 나를 구제해 줄 수 없다는 것을 알고 있다. 어려울 때 상의할 수 있는 상대자는 친구인데 친구마저 없다는 것을 알 때 감수성이 예민한 사춘기 시절 엄청난 고

통과 충격 속에 자살까지 이르게 된다. 왕따에 한 번 걸리면 그 충격과 후유증을 평생 가지고 살아야 하기 때문에 한 가정을 파괴시키는 무서운 질병과 같다.

지금은 꾸지람교육에서 칭찬교육으로 바뀌었기 때문에 선생님도 체벌을 할 수 없다. 웬만하면 모른 체하고 깊이 관여하지 않으려 한다. 깊이 관여했다가 잘못하면 뒤집어쓴다. 피해자와 가해자 모두가 제자이고, 학부모이기 때문에 일처리가 매우 어렵다. 문제 학생 선도는 쉽게 끝나지 않아 많은 노력과 시간과 고통이 따르게 마련이다. 개인 생활과 학교 업무도 지쳐있는데 왕따까지 깊이 관여하기란 여간 어려운 것이 아니다. 왕따 지도가 보통 어려운 것이 아니다. 잘못하면 경찰 문제가 되고, 민·형사 문제까지 될 수도 있다.

학교 분위기가 옛날 같지가 않다. 학생훈육을 담당하는 골치 아픈 학생부장을 서로 하지 않으려 하고, 담임도 서로 하지 않으려 한다. 복수담임제도도 실효성이 문제가 되고 있다. 문제 학생이나 피해 학생보다 어느 대학 어느 학과에 많이 보냈느냐가 더 중요하다. 학부모나 사회에서 학교를 보는 잣대가 여기에 있기 때문이다. 학생들도 내신 성적 때문에 친구를 이겨야 내가 사는 살벌한 경쟁사회를 학교에서 가르치고 배우고 있다. 학생이나, 학부모나, 선생님이 사제지간의 정은 멀리 가고, 가르치고 배우는 장소로 변해가고 있다. 가르치고 배우는 장소가 학교뿐만 아니고 학원이나 족집게 과외 등으로 더 좋은 곳에서 배울 수 있는 곳이 얼마든지 있기 때문에 학교는 절차를 밟아야 하는 요식행위로 생각하는 것이 현실이다.

학생부장 김 선생은 혼자 교무실을 지키고 있다. 문제 학생을 빠짐없이 보고하라는 교육청의 지시에 의해 명단을 작성하고 있었던 것이다.

언제나 그랬듯이 교장 선생님의 지시나 학교 명예를 생각해서 문제 학생을 줄여 보고를 했다. 잔무까지 마치고 나니 피곤함이 온몸을 엄습해온다. 무거운 발걸음을 주차장으로 옮겼다. 좁은 수차장이 텅 비어 있다. 차는 한쪽 구석에서 하루 종일 김 선생을 기다리고 있다. 시동을 걸었다. 엔진소리가 굵게 울린다. 이 차만큼 내 마음을 알아주는 놈이 없다. 벌써 16년째 가자면 가고, 서자면 서고, 달리자면 달리고, 기다리라면 며칠이고 기다리고 있다. 피곤하다. 차에서 그대로 잤으면 하는 마음이다. 이때 전화가 울린다.

"여보세요."

"김 부장님 파출소에서 전화가 왔습니다."

"어느 파출소입니까?"

파출소에서 전화가 왔다면 뻔할 뻔 자다. 또 어느 놈이 사고를 친 모양이다. 경찰이나, 병원이나, 형무소 같은 곳은 평생 가지 않아도 좋은 곳이다. 핸들을 파출소 쪽으로 돌렸다. 가정형편이 좋고, 공부 잘하는 같은 반 학생을 상습적으로 괴롭히고, 돈을 뺏은 세 놈이 파출소 구석자리에 웅크리고 앉아있다. 피해자 부모도 와있고, 가해자 부모도 와있다. 뒤이어 담임 선생님도 헐레벌떡 파출소 문을 열고 있다. 모두가 한결같이 어두운 표정이다.

"이놈을 유치장에 집어넣고 평생 못 나오게 해 주십시오. 저놈의 자식은 내 자식이 아닙니다."

누구라고 하면 알만한 이름난 교육자였다. 교수의 눈에는 눈물이

홍건히 고였다. 자식농사와 돈 버는 장사는 마음대로 되지 않는다고 한다. 아무리 달래고 두들겨 패고, 심지어 점쟁이한테까지 찾아가 빌어도 소용이 없었다. 돈이 떨어지면 친구나 후배를 괴롭혔다. 걸핏하면 가출을 한다.

한 놈은 목사 아드님이었다. 같은 교회 신도 몇 명이 세 놈을 앞에 놓고 열심히 기도를 하고 있었다.

"주여, 이 어린 양을 불쌍히 여기시고, 앞길을 열어 주십시오."

틈만 나면 집에 있는 돈을 훔쳐 PC방이나 유흥가에 탕진하고 돈이 떨어져야 집에 온다고 한다.

또 한 놈은 리더 격으로 독거노인 할아버지 밑에서 자란 놈이다. 이놈이 문제다. 가정형편이 좋은 두 놈을 부하로 잡아두고 그들 세계에서 영웅이었다. 일진회에 가입하여 조직을 가지고 있기 때문에 누구도 괄시를 못 한다. 몸에 문신까지 하여 예비 조폭으로 통한다. 같은 학교뿐만 아니라 다른 학교 아이들까지 괴롭히고, 돈도 뜯고 하였다. 만약 경찰이나 학교에 이 사실을 알리면 골목 어디에 숨어 있다가 일진회 소속 다른 학교 아이들을 시켜서라도 꼭 보복을 한다. 그날부터 죽는다는 것을 알기 때문에 대부분 아이들은 신고를 못한다.

부모는 학교 성적이 떨어지고, 아이의 행동이 이상하여 오랫동안 미행을 하고 조사하여 이 사실을 알고 경찰에 신고한 것이다.

김 선생은 참으로 난감하였다. 일차적인 책임은 부모에게 있지만 학교에서 이 사실을 미리 알고 지도를 못 한 것이 큰 책임이었다.

김 선생과 담임 선생님은 밖으로 나와 자판기 커피를 한 잔씩 뽑

아들고 자리에 앉았다. 많은 사람이 거리를 메우고 있다. 저 많은 사람들은 어떤 환경에서 어떻게 자랐으며 어떤 교육을 받았을까? 어떤 직업을 가지고, 무엇을 먹고 살까? 각자 사연도 많고, 걱정도 많을 것이다.

김 선생은 주범이 실장이라는 이야기를 듣고 너무 놀랐다. 지난번 실장선거에서 무투표 단일 후보로 당선된 모범생이라는 것이다. 반의 일이라면 너무 열심히 하기 때문에 줄곧 모범생으로 알았다는 것이다. 봉사상도 받았다. 반 아이들이 실장의 말을 너무 잘 듣기 때문에 탁월한 지도력에 놀랐고, 각종 봉사나 모금운동이나 티끌 하나 없는 청소까지 항상 모범이었다. 특히 담임 선생님의 명령이 떨어지기 바쁘게 열심이었다.

"어떻게 그렇게 연극을 잘할 수 있겠습니까?"

담임 선생님은 그놈에게 속은 것에 대한 분노로 치를 떨었다.

"우리 선생님들이 좀 더 아이들을 살펴보지 못한 것이 잘못입니다."

"또래들과 어울리지 못하고, 무엇인가 생각에 잠겨있고, 우울해 보이는 학생은 틀림없이 문제가 있는 학생입니다. 우리들 교사는 이런 학생을 발견 즉시 그 사유를 알고, 조치를 해야 합니다만 현실적으로 그렇지 못한 것이 사실입니다."

"솔직히 학교성적이 중요한 것이지 문제아가 중요한 것이 아닙니다. 가해 학생이나 피해 학생은 학교에서 귀찮은 존재였습니다. 왕따를 방치했다 해도 과언이 아닙니다. 우리 선생님들은 깊이 반성해야 합니다. 사건이 터지면 적당히 수습하는 선에서 마무리 하려고 노력했을 뿐입니다."

"사제지간의 애정이 점점 식어가기 때문에 사명감이 없는 것 같습니다. 가르치고 배우고 각자 자기 일만 하면 되는 세상이 되고 말았습니다."

"선생님들이 거기까지 돌볼 시간과 여유가 없습니다. 결국 문제 학생을 포기한 결과입니다."

"저 자신이 교육자이지만 지금 교육은 한심한 교육입니다. 입시 위주 교육에서 전인교육으로 바꿔야 한다고 모두들 부르짖고 있지만 현실은 그렇지 않습니다. 졸업생이 모교에 오면 어느 대학 무슨 과에 다니느냐고 먼저 묻습니다. 삼류대학에 다니면 열등의식에 모교에 오지도 않습니다."

"이 학생들을 어떻게 처리해야 하겠습니까?"

"일단 이놈들을 파출소에서 빨리 끌어내어야 합니다. 소문이 나면 언론이나 윗선에 알려질 것이고, 윗선에 알려지면 일이 커집니다."

경찰들에게 빌다시피 사정을 하여 부모와 선생님이 보증을 서고 일단 집으로 돌아왔다.

다음날 학생부장 김 선생은 세 놈을 불러놓고 긴 연설을 하기 시작했다.

"너희들 부모는 얼마 안 있으면 나이가 많아 퇴직을 하고, 언젠가는 돌아가시게 되어 있다. 그때 너희들은 어떻게 되겠어? 먹고 살아야 될 것 아니야? 돌아가신 부모님이 너희들을 돌볼 수 있나? 돈을 벌어야 할 것 아니야? 지금과 같이 공갈협박해서 먹고 살겠어? 도둑질해서 먹고 살겠냐 말이야. 응? 말해 봐, 인마!"

김 선생은 정말 화가 나서 세 놈의 따귀를 사정없이 때렸다.

"지금은 너희들이 미성년자라서 파출소에서 보내주지만 몇 년 지나면 너희들도 성인이 되기 때문에 단번에 영창에 집어넣어! 감옥살이를 시킨단 말이야! 내 말 알아듣겠어? 응? 특히 네놈은 반에서 모범을 보여야 할 실장이야! 실장이란 놈이 실장이란 가면을 쓰고 온갖 나쁜 짓만 하고 있었으니 어찌 사회지도층과 똑같으냐 말이다. 벌써부터 가면을 쓰고 나쁜 짓만 하고 있으니 앞으로 사회에 나가서 어떤 인간이 되겠나? 한심하다 한심해!"

김 선생은 실장의 뺨을 사정없이 때렸다.

"그리고 너 두 놈은 아버지가 사회에서 존경받는 분이야! 아버지 체면을 봐서 나쁜 짓 하면 되겠어? 응? 죽을죄를 지었다고 생각 안 해?"

김 선생은 두 놈에게도 뺨을 때렸다.

"너희들이 성인이 되면 스스로 자립해서 먹고 살아야 해. 그때는 누구의 도움을 받으며 살아야 하나? 바로 친구들이야. 중학교 동창, 고등학교 동창, 대학교 동창이야. 말해 봐, 인마!"

김 선생은 손바닥에 불이 나도록 또 한 차례 때렸다.

"지연, 학연, 혈연이란 말, 많이 들어보았지? 너희들 친구 중에 누가 대통령이 되었다고 생각하자. 높은 자리 누구를 임명하겠어? 중학교 동창이나, 고등학교 동창이나, 대학교 동창이나, 고향 사람을 임명하게 되어 있어. 그때 너같이 나쁜 짓이나 하는 놈을 높은 자리에 임명하겠어?"

"……"

"임명하기는커녕 도리어 유치장에 집어넣어."

"……"

"무심코 던진 돌에 개구리 죽고, 무심코 찍은 도끼에 그 나무는 평생 상처를 안고 살아야 한다는 말 들어봤어? 너희들은 별것 아니라고 생각할지 모르겠지만 피해학생은 평생 그 상처를 가지고 산단 말이야! 얼마나 상처가 컸으면 자살까지 하겠어! 그 부모나 형제의 슬픔을 한 번이라도 생각해 보았어? 응?"

"……"

김 선생님은 돌아가며 다섯 대의 종아리를 때렸다.

"너희들에게 피해를 입은 학생은 평생 그 상처를 안고 산다는 것을 알아야 해. 착하고 공부 열심히 한 학생은 지금은 병신 같지만 나중에 너 같은 놈은 쳐다보지 못할 정도로 높은 자리에 있어. 그때 도와주겠어? 에이, 병신아. 한 번 도둑질해서 평생 먹고 살 것 같으면 모르겠어. 겨우 돈 몇 천 원, 몇 만 원 뺏어먹고. 에이, 불쌍한 인간아."

김 선생은 회초리로 가슴을 쿡쿡 찔렀다.

"내일 부모님 학교에 나오시라고 해!"

세 놈은 내시의 걸음걸이로 교무실을 벗어났다. 한 놈이 고개를 숙이고 이쪽을 보고 서 있다.

"뭐야?"

"저는 부모님이 안 계십니다."

아무리 뜯어보아도 학생 같은 순진한 곳은 없어보였다. 아까부터 김 선생은 이놈을 어떻게 지도해야 할지 속으로 걱정하고 있었다. 저 놈이 언젠가는 나를 보복할지도 모른다는 생각까지 들었다.

"그럼 할아버지라도 모시고 와."

"할아버지는 무릎이 불편하여 걸음을 못 걸으십니다."

"……"

김 선생은 할 말을 잃고 말았다. 이번 사건은 피해 학생의 부모 요구와 교무회의를 거쳐 보스 격인 실장을 타 학교로 전학시키고 이 사건을 마무리 지었다.

울적한 마음이 가슴을 졸이고 있다. 교무실 창밖으로 운동장을 내려다보고 있다. 아이들이 아무 일 없었다는 듯 뛰어놀고 있다. 요 사이 아이들은 너무 온실 속에서 곱게 자라고 있다. 때문에 어려움에 처해있을 때 대처해 나가는 인내심이 약하다.

저 속에는 틀림없이 문제 학생이 있을 것이다. 반대편 건물에는 '학교폭력 근절합시다'라는 커다란 간판이 학생들을 내려다보고 있다. 그동안 쉬쉬해 오던 학교폭력이 곪아터져 발칵 뒤집혔다. 올 것이 오고 말았지만 너무 늦었다.

따지고 보면 이것은 우리 사회의 한 단면이기도 하고, 우리 기성인들의 절대적인 책임이다. 아무리 학생들에게 착하게 살아야 한다고 교육시켜도 고위층의 부정부패를 신문이나 TV를 통해서 매일 보고 있고, 어제 감옥에 간 사람이 오늘 나와서 정치인으로, 재벌로 큰소리치는 것을 볼 때 아이들은 어떻게 생각하겠는가?

김 선생의 한숨은 길게 이어졌다. 청소년 선도는 가정과 학교와 사회가 공동 책임을 지고 선도해 나가야 한다고 김 선생은 오늘도 부르짖고 있지만 현실은 메아리에 불과하다.

며칠이 지났다.

나이 많으신 할아버지 한 분이 김 선생을 찾아왔다. 몸이 불편하여 서 있기도 불편한 듯했다. 김 선생은 또 무슨 일이 일어났는가 걱정을 하면서 할아버지를 공손히 모셨다. 할아버지는 권하는 자리에 앉지도 않고, 짚고 있는 지팡이로 책상을 치며 큰 소리로 고함을 쳤다.

"이놈!"

갑자기 일어난 큰 소리에 교무실 선생님이 일제히 이쪽을 보고 있다.

"이놈! 네가 금쪽같은 내 새끼 귀를 먹게 했나? 네가 폭력배지 교육자야? 대통령에게 진정해서 네 놈을 유치장에 집어넣을 것이다!"

할아버지는 흥분하여 곧 쓰러질 것만 같다. 그때야 문제학생의 할아버지란 것을 알았다. 그날 따귀를 때린 것이 재수 없게 고막이 터진 것이다. 김 선생은 하늘이 무너질 것 같다. 아무리 훈육 중이라 해도 상해를 입히면 교육자로서 엄청난 문책이 오게 되어 있다.

그날은 분명히 사랑의 매가 아니라 감정의 매였다. 교육자로서 자격이 없는 것이다. 잘못을 후회했지만 이미 때는 늦었다. 어떻게 이 엄청난 사건을 처리해야 할지 하늘이 무너지는 것 같았다. 사건이 이 정도 되자 학교는 동요하기 시작했다. 교장 선생님도 중재에 나섰다. 교육계의 따가운 눈총과 학부모의 손가락질이 아내와 자식들의 실망하는 모습이 클로즈업 되었다.

삽시간에 소문은 학생들 입에서 입으로 전파되었다. 치료비뿐만 아니라 위자료까지 물어주고 빌고 빌어 할아버지를 진정시켰다.

적은 돈이 아니다. 셋째아이 대학 등록금도 아직 미납상태다. 김 선생은 교육자가 된 것을 이렇게 후회해 본 적도 없다. 당장 학교를 때려치우고 싶다. 남들이 다 가는 외국 나들이도 아직 한 번도 가본 적이 없었다. 다가오는 방학 때 아내와 약속한 중국 여행도 취소할 수밖에 없다. 아내는 아직 이 사건을 모르고 있다. 어떻게 이 사실을 변명해야 할 것인지 한동안 허탈한 상태로 학교에 나왔다.

다음 달 교육위원회 징계위에서 감봉 2개월을 통보받았다.

그해 여름은 무덥고 길었다. 방학이 끝나고, 교육청에서 각 학교마다 공문이 내려왔다. 이것은 지금까지의 교육을 근본적으로 뒤집어 놓는 중대한 교육지침이었다. 조선시대부터 내려온 교육은 칭찬 교육이 아니라 꾸지람 교육이었다. 왜정시대도 혹독한 꾸지람 교육이었다. 잘못하면 당연히 꾸지람을 들어야 하고, 매를 맞는 것으로 알고 있었다. 학교에 가면 선생님이 때리고, 집에 오면 부모님이 꾸지람 하고, 사회에서는 선배나 깡패가 때리고, 군대에 가면 선임자가 때렸다.

지금까지의 꾸지람 교육을 하루아침에 칭찬교육으로 바꾸라는 지시였다. 잘못을 꾸지람하고, 매 맞는 교육을 받아왔고, 선생님들은 잘못을 꾸지람하고 때려야 교육으로 생각해왔는데 갑자기 꾸지람 교육을 칭찬교육으로 바꾸라고 하니 도무지 실감이 나지 않았다.

잘못한 학생을 지도해야 하는 학생부장 김 선생은 학생을 어떻게 지도해야 할지 앞이 캄캄했다.

그날 이후 김 선생이 입버릇처럼 해온 "몇 학년 몇 반이야? 교무실로 와!" 소리는 쑥 들어가고 말았다. 그의 손에 지휘봉 같이 따라 다니던 회초리도 없어졌다. 학생들에게 사랑의 매도 허용하지 않는 체벌금지 교육 때문에 회초리가 필요 없게 되었다.

매일 아침 등교시간마다 규율부와 같이 나란히 서서 복장위반과 지각하는 학생을 단속하던 학생부장 김 선생은 보이지 않았다. 복장 위반하고 지각한 학생을 칭찬할 수는 없기 때문이다.

평생을 학생지도에 앞장서온 김 선생은 학생상담 선생님으로 발령을 받았다. 성적 문제, 가정 문제, 친구 문제, 이성 문제, 학생들의 숨어있는 고민은 생각보다 심각했다.

비가 추적추적 오는 날이었다. 학교가 파하자 학교는 정적에 휩싸였다. 김 선생은 잔무를 마무리하고, 퇴근 준비를 하고 있었다. 얼굴이 예쁘고, 마음씨 착해 보이는 얌전한 여학생 하나가 얼굴을 내밀고 안의 동정을 살폈다. 김 선생밖에 없다는 것을 확인하고 의자에 앉았다. 그 여학생은 훌쩍훌쩍 울기부터 먼저 했다. 몇 번 자살을 하려고 생각하다 용기를 내어 선생님을 찾아왔다는 것이다.

"선생님에게 모든 것을 말해 봐요. 이곳에서 일어난 일은 절대 비밀이란 것을 잘 알고 있지요?"

울음을 그친 여학생은 마침내 입을 열기 시작했다. 고등학교 2학년 때부터 한 남자를 사귀었는데 어린 나이에 불장난으로 생각할지 모르지만 두 사람은 진실한 사랑을 하고 있고, 양쪽 가정에서도 어느 정도 인정하고 있다는 것이다.

"그렇다면 앞으로 대학을 졸업하고 성인이 되어 결혼하면 될 것 아닌가?"

"당연히 그렇게 하면 되지만 지금은 그것을 걱정하는 것이 아닙니다."

"무엇을 걱정해요. 조금도 숨기지 말고 말해 봐요."

"선생님, 지금 저는 어떻게 해야 할까요? 저는 임신중절을 두 번 했어요. 의사 선생님이 한 번만 더하면 앞으로 임신을 할 수 없을지 모른다고 하셨어요."

김 선생은 너무나 어처구니없어 말문이 막히고 말았다. 마음을 가다듬고 태연하고 조용하게 반문했다.

"어렵게 생각할 필요가 없어요. 관계를 하지 않으면 될 것 아닌가?"

김 선생의 말이 떨어지기 바쁘게 뒷말이 이어졌다.

"선생님, 그게 그렇지 않아요. 정말 어려워요. 남자 친구는 만날 때마다 요구를 해요. 그렇다고 만나지 않으면 마음이 변할까봐 걱정이 되어 잠이 오질 않구요."

하도 어이가 없어 김 선생은 또 말문이 막히고 말았다. 김 선생은 학생을 찬찬히 뜯어 보았다. 어디를 보아도 마음씨 착한 모범학생으로 보였다.

"선생님, 저 좀 살려주세요. 정말 저는 죽고 싶습니다."

여학생은 또 울기 시작했다. 여기서 이 문제를 해결하지 않으면 정말 죽을 지도 모른다는 생각이 들었다. 김 선생은 깊은 생각에 잠겨 있었다. 아무리 생각해도 재기불능의 학생같이 보이지는 않았다. 잘못하면 학교도 졸업 못 하고, 미혼모나 영아유기사건이 터질 경우 김 선생의 책임이 있다. 어떻게 하더라도 이 학생을 돕고 싶은 강한 충동을 느꼈다.

"내일 다시 만나요."

학생은 물러나고, 김 선생은 자리에서 일어났다. 세상이 어떻게 돌아갈지 정말 큰 걱정이 되었다. 성문제가 갈수록 난잡해지고, 순결이 생명같이 생각하던 시대가 지나간 것 같다. 집창촌이 다시 생기지 않는 한, 미성년자 성을 팔고 사는 무리가 있는 한, 어린 초등학생을 노리는 이리가 있는 한, 성문제는 쉽게 해결되지 않을 것 같다. 다음날 김 선생이 학생에게 전해준 것은 '콘돔'이었다.

며칠이 지났다. 김 선생은 이 일을 잊어가고 있었다.

학생들도 아무 일 없었다는 듯 각자의 생활에 바쁘게 움직이고 있었다. 수업시간을 알리는 부자가 울린다. 몇 학년 몇 반에 어떤 수업이 있는지 김 선생은 눈을 감고도 훤히 알고 있다. 준비과목을 찾아 들고 바쁘게 교실을 찾았다. 진동으로 해놓은 전화벨이 울린다. 전화를 받을까 말까 잠시 망설여진다.

"여보세요."

경찰서에서 긴급전화가 왔다. 경찰서에 나오라는 출두명령이었다. 경찰서에서 출두명령은 처음이었다. 불안하기 시작했다. 무슨 일로 경찰서에 나오라고 할까? 아무리 생각해도 집히는 데가 없었다. 혹시 지난번 도둑 잡는 데 도움을 주었기 때문에 상이라도 주려고 하는가? 아니지 좋은 일로 오라는 명령은 아닌 것 같다. 김 선생은 불안한 마음으로 경찰서를 찾았다. 새까만 얼굴에 스포츠머리를 한 형사가 김 선생을 안내했다. 김 선생은 형사가 시키는 대로 자리에 앉았다.

"여학생에게 콘돔을 사준 일이 있습니까?"

형사는 김 선생에게 예의를 다하고 공손하게 물었다. 그때야 정신이 번쩍 들었다. 얌전한 그 여학생 생각이 났던 것이다.

"하하하."

갑자기 형사실이 떠나갈듯 웃음이 터져 나왔다. 형사는 물론 조사를 받던 사람까지 일제히 웃음을 터뜨렸다. 김 선생은 형사실에 있는 모든 사람들의 시선을 의식하며 얼굴을 붉혔다.

여학생 애인이라는 그 남자는 절도혐의로 체포되어 콘돔이 나왔고, 다른 단서라도 잡으려고 출처를 조사한 결과 여학생에게서 건네받았다는 사실을 확인하기 위해서 김 선생을 불렀던 것이다.

다음날 신문에 '교사가 학생의 부정을 도운 한심한 교육'이란 머리기사가 크게 났다. 이 사건으로 한동안 세상을 떠들썩하게 만들었다. 김 선생은 교육청 징계위원회에서 경고처분을 받았다.

김 선생이 다시 발령을 받은 학교는 중학교였다.

선생님이 문제가 있을 때는 타 학교로 전보발령을 받는 것이 일반적이다. 김 선생은 이 기회에 사표를 던질까를 많은 고민을 해보았다. 아내의 얼굴이 자식들의 얼굴이 클로즈업 되었다. 이렇게 허무하게 불명예 퇴직은 하고 싶지 않았다. 교육자로서 소명을 다 한 것밖에 없다. 조금도 양심의 가책을 느낄 필요가 없다고 생각했다. 잘못이라면 아무도 하지 않으려는 학생부장을 한 것이 잘못이고, 그냥 적당히 모른 체 수업시간만 때웠으면 이런 일은 당하지 않았을 것이다.

중학교 수업 첫 시간이었다. 어이없게도 학생 셋이 책상에 엎드려 자고 있었다. 김 선생 성격에 이것을 용서할리 없다.

"학생! 학생! 일어나요. 수업시간에 자면 되나?"

그래도 들은 체 만 체 그대로 자고 있었다.

김 선생 음성이 커졌다. 그때야 학생들이 기분 나쁘냐는 듯 부스스 일어났다. 그래도 한 학생은 자고 있었다.

"일어나!"

김 선생은 자고 있는 학생의 등을 가볍게 때렸다. 놀란 학생이 벌떡 일어났다. 뒤에서 다른 학생이 "찍어! 찍어!" 하는 소리가 들렸다. 돌아보니 휴대폰 동영상이 돌아가고 있었다. 다음날 이 동영상이 인터넷에 올라왔다.

매를 맞은 학부모가 학교에 찾아왔다. 내 자식 왜 때리느냐고 교무실이 떠나갈듯 고래고래 고함을 치며 거칠게 항의했다.

"우리 아이는 자야 해요! 학원공부를 한다고 꼬박 밤샘을 했기 때문에 자지 않으면 안 돼요!"

김 선생은 할 말을 잃고 말았다. 공교육이 학교현장에서 이렇게 허무하게 무너지고 있다. 대한민국은 일등 학교가 좌지우지 하고 있고, 일등 대학에 가야지만 평생을 큰소리치며 잘 살 수 있는 입시위주 교육이 이렇게 만들었다.

교육청 징계위원회에서 사랑의 매냐, 아니냐 논란 끝에 이것은 사랑의 매가 아니라는 결론이 나고 김 선생은 견책을 받았다. 김 선생은 세 번의 징계로 공무원은 퇴직할 때 누구나 받는 훈장이나 대통령 표창도 받지 못하게 되었다.

김 선생은 이제야 아내의 말이 옳다고 생각했다.

한때 시청 옆에 '동서남북'이란 별난 이름을 가진 서점이 있었다. 이 친구는 고향에서 같이 공부한 절친한 친구였다. 전통 유교사상의 집안에서 태어나 비록 가난하고 배운 것은 별로 없어도 한문학에 능하였고, 마음씨는 황소같이 유순했지만 불의를 보고는 못 참는 성격이었다.

친구의 집은 산격동 변두리였다. 밤 12시경 귀갓길에 사람 살려달라는 여자의 비명소리에 황급히 달려가 보니 젊은 청년이 여자를 겁탈하려는 순간이었다.

"네 이놈!"

큰 소리로 꾸지람을 하였다. 화가 난 범인은 큰 돌로 친구의 머리를 찍고 달아났다. 급히 병원으로 후송했으면 친구는 살았을 것이다. 두 시간이나 신음을 해도 누구 하나 거들떠보지 않는 비정의 세상이었다.

순찰 경찰이 뒤늦게 병원응급실로 옮겼지만 귀한 생명은 구원을 받지 못 했다. 다음날 신문에 2단짜리 기사를 제공해 주었을 뿐 십원짜리 한 장 보상 받지 못하는 개죽음을 당하였고, 한 가정을 파멸로 몰아넣었다.

죽은 친구가 불의를 보고도 모른 체 지나쳤다면 한 소녀는 영원한 상처를 안고 있겠지만 친구는 죽지 않았을 것이다.

여기서 김 선생은 엄청난 충격을 받았다. 김 선생의 이러한 성격을 잘 알고 있는 아내는 애원하다시피 빌었다.

"봐요. 죽는 사람만 억울하지요. 만일 당신이 봉변을 당하였다면 우리 식구는 어찌되겠어요."

"그렇지. 죽는 사람만 억울하지."

김 선생은 친구의 영정 앞에서 많이도 울고, 술도 많이 마셨다. 슬피 우는 사모님과 어린 자식들을 뒤로 하고, 장례식장을 나왔다. 몸이 비틀거리고 있다. 골목길에 들어서자 김 선생의 독백은 길어졌다.

"가정교육이 문제야. 청소년 교육은 가정에서 먼저 이루어져야 해. 도대체 내 자식이 어디서 무엇을 하는지 어머니는 어머니대로, 아버지는 아버지대로, 자식은 자식대로, 대화 한마디 없이 각자 자기 방에서 생활하니 이것이 하숙집이지 가정이라고 하겠어? 그래도 우리 집 자식은 착하게 잘 자라주어서 다행이야. 뼈대 있는 집안은 달라. 암, 다르고말고."

밤이 늦었다. 김 선생은 걸음을 재촉하였다. 한패의 중학생들이 좁은 골목을 점거하고, 왁자지껄 떠들며 담배를 피우고 있는 것을 보았다. 김 선생은 그 앞을 지나갈 수도 없고, 서 있을 수도 없고, 자존심 때문에 되돌아 나올 수도 없었다.

"모른 체 해야지 죽는 놈만 억울하다."

술에 취하여 비틀거리면 이놈들이 퍽치기를 할지도 모른다고 생각하자 갑자기 술이 확 달아나고 정신이 번쩍 들었다. 다리에 힘을 주었다. 물러설 수는 없다. 김 선생은 앞만 보고 계속 뚜벅뚜벅 걸어갔다. 김 선생이 가까이 가자 갑자기 이놈들이 후다닥 달아나기 시작했다. 내가 비행 청소년 잡는 '헌병'이라는 것을 저놈들이 알기라도 했단 말인가? 그래도 이놈들은 예의는 있다고 생각했다.

사람이 달리기를 할 때 습관적으로 뒤에 달리는 사람보다 앞에 달리는 사람을 보게 되어 있다. 맨 앞줄에 달리는 놈은 100m 달리기의 신화적인 존재인 자메이카 선수 '볼트'보다 더 잘 달리는 놈이 있었다. '볼트'가 좋아하는 파란색 모자, 파란색 티셔츠, 파란색 운동화를 신고 달렸다. 손자가 사달라고 졸라서 사준 그 옷과 모자, 운동화였다.

"아니, 저놈이!"

김 선생 눈알이 갑자기 망원경이 되었다. 분명히 김 선생 손자였다.

허탈한 김 선생은 그만 그 자리에 주저앉고 말았다.

지난 겨울은 유난히도 추웠다.

아무리 춥다 춥다 해도 봄은 오게 되어있고 아무리 덥다 덥다 해도 가을은 오게 되어 있다. 찬바람은 물러가고 훈훈한 바람이 불어오고 있다. 이름 모를 꽃들도 저마다 아름다움을 자랑하고 있다. 개나리꽃 도, 진달래꽃도, 유채꽃도 그 화려함과 아름다운 모습을 자랑했다.

화무십일홍(花無十日紅)이라 했던가. 꽃을 피우기 위해서 1년을 애타게 기다리고 노력했다. 너무 짧다. 아쉽다.

인생도 잠깐이다.

눈 깜빡할 사이 시든 꽃이 되어 흰머리, 벗겨진 이마, 주름진 얼굴, 바로 김 선생의 자화상이다. 조기 퇴직을 눈앞에 두고 교육자로서 할 일없이 세월만 보냈다. 따지고 보면 인생은 참으로 허무하다. '내일 지구의 종말이 온다 해도 나는 오늘 한 그루의 사과나무를 심겠다'는 스피노자의 명언이 생각난다. '청소년은 이 나라를 이어받을 일꾼이다. 바르게 키워야 한다.' 김 선생의 신념은 변함이 없다.

"순국선열과 전몰장병이 없다면 우리가 지금 이렇게 편히 살 수가 있겠는가? 죽는 사람만 억울한 세상이 된다면, 누가 나라를 위해서 목숨 바쳐 애국하겠으며 나 살기도 바쁜 세상에 누가 청소년 선도에 앞장서겠는가?"

김 선생은 한숨을 길게 내쉬었다.

청소년 대부분이 컴퓨터나 스마트폰 중독에 걸려있다. 컴퓨터나 스마트폰은 직선적이고, 파괴적이고, 쾌락적이다. 너무 빠르게 돌아가기 때문에 생각할 여유를 주지 않는다. 쉽게 폭력에 물들게 한다.

지금 아이들은 너무 온실 속에 고생을 모르고 자랐기 때문에 참을성이 없고, 인내심이 없다. 작은 일에도 크게 충격을 받는다. 덩치만 크지 너무 나약하기 때문에 쉽게 자살에 이르는 병에 걸리는 것이다. 또 왕따 때문에 고등학생이 자살했다. 모 중학교 학생의 자살로 나라가 발칵 뒤집혔는데도 또 자살자가 나온다는 것은 아직 학교폭력은 그대로 존재하고 있다는 증거다. 그동안의 교육은 겉핥기에 불과했다는 증거다. 보통 심각한 사회문제가 아니다.

지금 이 순간 내 자식도 왕따에 시달리고 있을지도 모른다. 학교폭력으로 불안 속에 학교에 다니고 있을지도 모른다. 지금 내 자식이 왕따의 가해자이고, 그 무리들과 어울리고 있을지도 모른다. 그동안 쉬쉬 해오던 학교폭력이 곪을 대로 곪아 이대로 두면 치유하기 어려울 정도로 상처가 너무 크다.

우리가 평생을 살아가면서 중고등학교 친구가 평생 친구가 되는 경우가 많다. 그들은 학교를 졸업하고 사회에 나가 범죄조직으로 발전할지도 모른다. 아니, 발전하고 있다. 지금 치유하지 않으면 호미로 막을 것을 가래로 막아야 하는 사회악이 될 것이다. 우리가 학교폭력을 심각하게 생각하는 이유가 바로 여기에 있다.

그 나라 과거를 알려면 유물을 보면 알 수 있고, 그 나라 현재를 알려면 국민표정을 보면 알 수 있고, 그 나라 경제를 알려면 뒷골목을 보면 알 수 있고, 그 나라 미래를 알려면 청소년을 보면 알 수 있다.

"청소년은 앞으로 이 나라를 짊어지고 나아갈 일꾼이다. 이 나라의 장래는 청소년에 달려있다. 모두가 거목이 되도록 바르게 잘 키워야 한다."

김 선생의 독백은 긴 한숨으로 이어졌다.

우리나라의 봄은 짧기만 하다. 봄이 가고 여름이 오는 길목에 들어선 7월의 더위는 따가운 햇살과 함께 무덥기만 하다. 땀이 비 오듯 한다. 번화가의 거리는 옛날이나 지금이나 변함없이 젊은이들의 물결로 출렁이고 있다. 젊은 여성들이 팬티 같은 옷을 입고 거리를 활보하고 있다.

청소년 때는 누구나 다 예쁘다. 화장을 하지 않은 자연스런 모습이 더 아름답고 예쁘다. 그러나 청소년 시기는 잠깐 사이에 지나간다. 다시 오지 않는다. 그 곱고 예쁜 얼굴이 빨간 립스틱 짙은 화장으로 가려지지 않을까 걱정이 된다. 지금 하지 않아도 평생 지겹도록 해야 할 화장이 아닌가? 김 선생은 안타까운 모습으로 거리를 둘러보고 있다. 예전의 미니스커트 단속은 지금 생각하면 너무 순진하였다.

청소년을 유혹하는 유흥업소도 많다. 어깨띠를 두르고 청소년 선도 전단을 열심히 돌리는 사람들이 있다. 그동안 쉬쉬해오고 학교 안에서만 맴돌던 학교폭력, 왕따 계몽이 학교 밖으로 나왔다. 학교폭력은 사회에서 가르치고 배웠기 때문이다. 학생, 학부모, 선생님, 경찰

관들이 왕따 계몽피켓을 들고 서 있었다. 한결같이 무거운 표정이다.

'왕따 없는 우리 학교 학교폭력 살펴보자' '청소년 선도 내 자식같이 생각하자' '무심코 찍은 도끼에 그 나무는 평생 상처를 안고 산다' '한 번 더 생각해봐, 죽지 마 친구야' '우리 우정 깨지 말고 왕따 없이 같이 놀자'

김 선생 얼굴도 보였다.

대학아! 대학아!

나는 매일 지겹도록 영화를 감상한다.

보통 아침 7시 반부터 시작해서 저녁 10시까지 거의 대부분의 시간을 영화 감상으로 보내니까 줄여 잡아도 하루에 14시간 넘게 영화를 감상하는 셈이다. 내가보는 영화는 천연색에 입체 영화다. 화면에는 많은 사람들이 왔다 갔다 한다. 외국 사람도 있다. 고양이 눈을 가진 하얀 얼굴에 까만 딱지가 파리똥같이 촘촘히 박혀있는 백인이 있는가 하면, 먹물같이 새까만 얼굴에 이빨만 하얀 흑인도 있다.

태초에 조물주가 인간을 만들 때 도자기 같이 구워서 만들었다고 한다. 처음에는 너무 구워서 검게 되었고, 두 번째는 덜 구워서 하얗게 되었고, 세 번째는 알맞게 잘 구워서 황인이 되었다. 그렇기 때문에 황인이 최고다. 조물주가 황인을 왜 작게 만들었는가 하면, 흑인과 백인을 만들 때 재료를 많이 써서 크게 되었고, 황인은 재료가 얼마 남지 않아서 작게 되었다고 한다.

흑인하고 백인하고 결혼하면 모두가 흑인으로 나온다. 그것은 흑인을 먼저 만들었기 때문에 유전인자가 강하기 때문이라고 한다. 백인하고 황인하고 결혼하면 백인이 나온다. 그것도 백인을 먼저 만들었기 때문이라고 한다. 황인은 마지막에 만들어서 유전인자가 약해서 황인으로 나오지 않고, 흑인이나 백인으로 나온다. 그렇기 때문에 백인, 황인시대는 가고 언젠가는 흑인 세상이 올 것이다. 지구는 흑인으로 뒤덮일 것이다. 때문에 흑인에게 잘 보여야 한다. 그렇지 않으면 옛 노예시대를 생각하며 보복할 것이다.

그런데 씨도둑은 못한다고 했는데 한국의 어린이는 부모를 닮지 않고 뒤죽박죽이 나온다. 왜? 부모가 성형을 했기 때문이다.

일찍이 인도 시인 '타고르'는 코리아를 동방의 등불이라고 했다. 그 이름 세계에 빛날 것이라고 했다. 그 이름 빛낼 사람이 누구냐 하면 바로 나다. 지금은 하루 종일 영화만 보고 앉아 있지만 언젠가는 여러 사람의 입에 오르내리는 유명한 사람이 될 것이다. 나는 오랜만에 기분이 좋아지기 시작했다. 빙그레 웃음이 나온다.

내가 또 엉뚱한 생각을 해서 옆길로 가고 말았다. 다시 화면으로 얼굴을 돌렸다. 한때 나는 지독한 독서광이었다. 책을 들고 있으면 시간 가는 줄 몰랐다. 그러나 지금은 책을 읽지 않는다. 나만 책을 읽지 않는 것이 아니라 모두가 책을 읽지 않는다. 때문에 서점에는 손님이 없다. 먼지만 털고 있다.

스마트폰이 나오기 전에는 전철이나 기차를 타면 책 읽는 사람이 상당히 많았다. 지금은 아이나 어른이나 스마트폰에 미쳐 정신이 없다. 독서를 스마트폰에 빼앗긴 것이다. 그러니까 서점에 장사가 될 턱이 없다. 책은 없어도 살 수 있지만 스마트폰이 없으면 살 수 없는 세상이 되었다.

나는 무료한 시간을 잡지책을 뒤적이며 보낼 때도 있다. 선반 위에 얹어놓은 낡은 TV만 볼 때도 있다. 그것도 싫증이 나면, 우두커니 앉아서 대형 통유리로 된 가게 앞 창문을 바라본다. 가게 앞 큰길에는 많은 사람이 지나간다. 오고가는 그들을 바라볼 때 흡사 영화를 보는 것 같은 착각을 일으킨다. 잘 닦아놓은 직사각형 대형 유리 창문은 마치 영화 화면 같다.

화면에는 사람만 지나가는 것이 아니다. 택시도, 승용차도, 버스도 지나간다. 짐차가 무거운 짐을 싣고 힘겹게 달리기도 한다. 퀵서비스 오토바이가 요란한 소리를 내며 지나갈 때도 있다.

자동차의 색깔은 참으로 다양하다. 흰색, 검정색, 노란색, 파란색, 빨강색, 여러 가지 색의 차가 지나간다. 그중에서 파리가 앉으면 미끄러워 뒷다리가 찢어질 정도로 거울 같이 반짝반짝 윤이 나는 차도 있고, 시꺼먼 연기를 품으며 허덕이는 고물 짐자동차도 있다. 사람이 천차만별인 것과 마찬가지로 차도 천차만별이다.

차종도 다양하다. 현대차, 기아차, 삼성차, 쌍용차, 이름도 성도 모르는 외제차도 생각보다 많다. 외제차는 다 좋은 줄 알았더니 볼보 차 연비 때문에 세계가 발칵 뒤집어지고, BMW에서 불이 나 세계가 발칵 뒤집혀졌다. 외제차 좋아하다 안됐다. 집은 없어도 살 수 있지만 자동차는 없으면 살 수 없는 세상이 되었다.

고물 자동차 팔아보았자 오십만 원도 못 받는 것이 있는가 하면, 바퀴 하나가 천만 원이 넘는 차도 있다고 한다. 사람만큼이나 빈부의 차가 심하다.

어쩌다 불자동차가 요란한 사이렌 소리를 울리며 지나가기도 한다. 그때는 총알같이 달려 나가 어디에 불이 났는지 확인한다. 불구경을 하기 위해서다. 불자동차가 멀리 사라질 때 다소 섭섭한 마음이 든다. 요란한 소리를 내는 것은 불자동차뿐만 아니다. 응급환자를 실은 구급차가 웨앵~ 웨앵~ 소리를 내면서 병원으로 달려간다. 나도 늙으면 언젠가는 저 구급차를 타고, 응급실에 실려 갈 것이다. 그 길이 마지막길이 될지도 모른다고 생각할 때 가슴이 알싸해진다.

내가 보는 영화는 지극히 단조롭고 재미가 없다. 매일 가게 앞을 지나다니는 사람들이나, 자동차를 본다는 것은 지겹고 지겹다. 하루 14시간 2년을 구경했으니 내가 생각해도 지겨울 때가 되었다고 생각한다.

나는 문화 사업을 하는 사람이다. 문화라는 것이 남들은 듣기 좋을지 모르지만 돈하고는 거리가 멀다. 남들은 나를 사장이라 부르지 않는다. 사장이라고 부르기에는 규모가 뭣한 모양이다. 그래서 내 명함에는 대표로 되어 있다.

오늘도 점심때가 되도록 손님 하나 없다. 마수걸이도 아직 못했다. 책이 왜 이렇게 안 팔리는지 모르겠다.

이때쯤이면 건너편 커피 집에는 손님이 만원이다. 나도 시대의 조류에 따라 커피집이나 차려볼까 생각도 해 보았다. 장사면 다 장사냐? 아무리 돈이 계급장이라고 하지만 커피집에 비하면 서점은 문화 사업이다. 양반 중의 양반이다.

옆집 치킨집에서 닭고기 냄새가 코를 찌른다. 옆집 자장면 집에서 마치 경쟁이라도 하듯 자장면 냄새를 마구 풍겨댄다. 나는 치킨이나 자장면을 입으로 먹지 않고 코로 먹는다.

그들은 수시로 우리 집 잡지책을 빌려가서 자장면이나 기름을 묻혀온다. 그들은 한 번도 공짜 치킨이나 자장면을 먹어보라고 한 일이 없다. 지독한 사람이다. 그래야 돈을 버는가 보다. 나도 책을 빌려주지 않겠다고 벼르지만 막상 눈앞에서는 말을 못한다. 원래 나는 그런 성격이다. 창문을 열어놓고 먼지를 털었다. 먼지가 치킨집이나 자장면 집에 가라고 책을 사정없이 두들겨 팼다. 먼지가 연기 같이 몰려 나간다.

나도 치킨이나 자장면 집을 한번 차려볼까 생각해 보았다. 치킨집이나 자장면집도 아무나 하는 것이 아니라는 것을 알았다. 세상 정말 살기가 힘들다. 배에서 꼬르륵 소리가 난다.

지루한 하루를 보낸다는 것은 너무나 큰 고역이다. 좁은 서점을 수십 번 왔다 갔다 한다. 우리 안에 갇힌 짐승과 같다. 나는 하루 종일 서점을 벗어날 수 없다. 화장실에 갈 때도 문고리를 걸어놓고 총알 같이 다녀와야 한다. 도둑이 동전까지 훔쳐간 일이 있기 때문이다.

나는 또 통유리로 된 화면을 본다. 화면에 처음 보는 멋쟁이 미녀가 나타났다. 그녀는 매일하루 두 번씩 아침저녁으로 우리 가게 앞을 지나간다. 나는 그 여자에게 정신을 빼앗겨 있는 나를 발견할 수 있었다. 그 여자는 직장에 다니는 사람이 틀림없다. 나는 그 여자가 나타날 시간이 되면 기다려지고 있다. 보지 않으면 사고라도 났는지? 아픈 곳이라도 있는지? 궁금해지기도 하고, 걱정이 되기도 한다.

그 여자는 여러 가지 좋은 옷을 입고 다닌다. 아마도 부자인가 보다. 착 달라붙는 옷은 아름다운 그녀의 몸매를 더욱 아름답게 하고, 팔등신의 자태를 어김없이 보여준다. 약간 커 보이는 키는 뒷굽이 없는 신발로 커버 하고 있다는 것을 알았다. 뒷굽을 보면 키가 큰 여자인지 작은 여자인지 알 수 있다.

반듯한 이마가 아름답다. 쌍꺼풀 진 커다란 눈은 현대 여성으로 손색이 없다. 성형외과에서 만든 인조 눈인지 아닌지는 상관할 바 없다. 크지도 작지도 않은 곧은 코는 의지적으로 생겼고, 옥수수같이 가지런히 박혀 있는 하얀 이빨을 가끔 보여줄 때도 있다. 도톰한 입술은 붉게 물들어 있고, 마음씨도 매우 착해 보인다.

아침저녁 그 여자를 보는 것만으로도 나는 행복하다는 것을 알았다. 저 여자는 싱글일까? 아닐까? 싱글이라면 저 여자와 결혼하는 남자는 한없이 행복한 남자이다.

나는 하루 종일 그 여자 생각으로 보낼 때도 있다. 아마도 내가 짝사랑하는가 보다. 짝사랑도 나쁜 것만은 아니다. 좋은 것도 있다. 이 세상 어느 여자라도 마음대로 택할 수 있는 선택의 자유가 있다. 바쁠 때는 접어두었다가 시간이 나면 사랑할 수 있는 시간의 자유가 있다.

그것뿐인가. 돈이 한 푼도 들지 않는다. 저 정도의 여자와 데이트 하려면 많은 돈이 필요할 것이다. 은은한 음악이 흘러나오는 고급 카페에서 살짝 구운 스테이크 하나 칼질하고, 몸에 좋다는 붉은 와인 한잔 들이켜고, 디저트로 스타벅스 커피 한잔하고, 기분이 좋을 때 야외 드라이브를 한다.

차에서 울려나오는 음악에 흥이 났을 때, 손을 살짝 잡으면 그 여자는 응해줄까? 아니면 손을 살짝 빼고 모른 체할 것인가? 아니면 포옹을 해도 가만히 있을 것인가? 붉고 도톰한 그 녀의 입술에 키스를 하면 어떤 감정이 솟아날까? 내 몸은 용광로가 되어 불타오를 것이다. 격렬한 키스가 오랫동안 지속된다. 그녀의 숨결이 높아지기 시작한다. 차가 워낙 까맣게 선팅을 했기 때문에 주위 시선을 걱정하지 않아도 될 것이다.

어느 사이 내 아랫도리가 뻣뻣해졌다. 궁전 같은 모텔이 곳곳에 있다. 그곳으로 들어가면 여자는 기겁을 할 것인가? 아니면 운명으로 돌리고, 순순히 따라올 것인가? 아니지. 오히려 오늘이 오기를 기다리고 있었을지도 모른다.

오늘은 여기까지만 생각하자. 오늘밤에도 그 여자와 사랑을 하는 꿈을 꾸자. 그때가 나에게는 최고로 행복한 순간이다.

나는 다시 화면에 눈을 박았다. 많은 여자들이 지나간다.

요사이 젊은이는 서양사람 많이 닮아야 미녀 미남이라고 생각하는 것을 보면 이해가 되지 않는다. 콩 심은 데 콩 나고 팥 심은 데 팥 나고 씨도둑은 못한다고 하는데 왜 위대한 우랄알타이어계의 단군혈통을 무시하고, 외국의 것만 좋아하고 인종까지 바꾸고 있는지 모르겠다.

눈 했니? 코 했니? 보톡스 맞았니? 부끄러움은 없고 자랑거리가 되었다.

어디 그뿐인가. 한국사람 만큼 큰 것을 좋아하는 민족도 없다. 결혼할 처녀총각이 중매쟁이에게 제일먼저 묻는 것이 키가 얼마냐고 묻는다고 한다. 나도 단 한 번만이라도 중매쟁이에게 처녀 키가 얼마냐고 물을 기회가 왔으면 참 좋겠다.

뿐만 아니라 눈도 커야 하고, 코도 커야 하고, 가슴도 커야 한다.

남자들은 그것도 커야 한다. 목욕탕에 가보면 그것을 키운 남자들이 생각보다 많다. 아파트도 커야 하고, 냉장고, TV, 세탁기도 커야 하고 타고 다니는 자가용도 커야 한다. 나는 결혼하지 않을 사람이니 이런 것 걱정하지 않아도 된다. 노총각에게 좋은 것도 있다는 것을 생각할 때 빙그레 웃음이 나온다.

한 무리의 고등학교 여학생이 서점에 들어왔다. 처음 단체 손님을 보니 반갑다 못해 정신이 하나도 없어졌다.
"무슨 책을 찾으십니까?"
귀한 손님이니 깍듯이 예우를 했다. 여학생들은 내 말에 대답은 하지 않고, 두리번 두리번 무엇을 찾고 있었다. 찾는 것이 보이지 않자 한 학생이 입을 열었다.
"쥬디, 있어요?"
"쥬디? 쥬디가 무엇입니까?"
나는 당황할 수밖에 없었다. 처음 듣는 이름이다.
"쥬디 없는 서점도 있나? 가자."
리더 격인 여학생이 나가자 뒤따라 우르르 몰려 나갔다. 무안을 당한 것 같아 기분이 좋지 않다. 쥬디는 프랑스 유명 화장품 회사에서 발행하는 미용책이다. 고급 월간지이기 때문에 대형 서점에서나 있을 법한 책이다. 또 열등의식과 자존심이 상한다.
요사이 남자들은 불쌍하다. 장가가기가 힘이 들기 때문이다. 개발도상국 처녀들도 빈 털털이인 나에게 시집오지 않으려 한다. 행복하게 살고 있는 다문화 가정이 부럽다.

아~ 나도 밥도 하고 아이도 돌보고 부부싸움도 해보고 싶다. 공처가도 좋다. 장가가서 가정을 가진 친구들이 부럽다. 정말 부럽다.

아이들이 싸우며 자라듯이 부부도 싸우며 평생을 살아간다고 한다. 숟가락 들며 싸우고 놓으며 웃고 사는 것이 부부라고 한다. 싸워도 하룻밤 자고 나면 언제 내가 싸웠냐는 듯 웃으며 살아가는 것이 부부라 고한다. 그래서 부부싸움은 칼로 물 베기라 하지 않았던가? 이불 속의 남녀보다 더 좋은 것이 어디 있겠는가? 나는 이런 것 모르고 살아야 한다.

대한민국의 젊은 남자들이 공처가나 애처가가 된 것은 충분한 이유가 있다. 죗값을 받고 있기 때문이다. 조선시대 가난한 서민의 여자들은 교육 못 받고, 직업 못 가지고 돈 있고 권력 있는 남자들의 첩으로 팔려가는 출가외인의 남자전성시대의 죗값을 지금 남자들이 받고 있다. 왜 할아버지 위의 할아버지 할아버지들이 지은 죗값을 우리가 받느냐고 항의 해보았자 소용없다. 시대를 잘못 타고 났기 때문이다.

내가 또 엉뚱한 생각을 하고 옆길로 가고 있다. 하루 종일 이 생각 저 생각, 기와집을 지었다 부수었다 공상에 공상을 거듭 하고 있다. 나는 돈키호테가 아니다. 나에게는 남이 생각하지 못하는 기발한 아이디어가 많다. 나는 유명한 사상가나 지도자가 될 사람이 분명하다. 나는 위대한 사람이다. 이 세상에서 나보다 더 애국자는 없을 것이다.

그런 내가 20평도 안 되는 좁은 공간에서 하루 이틀도 아니고, 한 달 두 달도 아니고, 일 년 이 년도 아니고 다람쥐 쳇바퀴 돌듯 좁은 공간을 인형의 집같이 뱅뱅 돌아야 하니 정말 미칠 것만 같다. 이곳을 탈출하고 싶다. 철마와 같이 넓은 공간을 달리고 싶다. 훨훨 날아다니고 싶다. 부럽다. 새가 부럽다. 나는 하루 종일 우두커니 앉아있으니 이런 것이라도 생각해야 하루를 보낼 수 있는 나를 이해해야 한다.

오늘도 잘생긴 그 여자는 내 가게 앞을 지나가고 있다. 하루 두 번 그 여자를 볼 때마다 못 올라갈 나무는 쳐다보지도 말라는 속담과 같이 초라한 나 자신을 생각할 때 열등의식에 사로잡혀 죽을 것만 같다.

대학에 다닐 때만 해도 웬만한 여자는 눈에 차지 않았다. 몇몇 여자와 데이트를 했지만 나의 이상에 맞는 여자는 없었다.

나도 한때 나를 사랑한다며 울고불고 한 여자가 있었다. 우리는 모텔로, 러브 하우스로 돌아다니며 깊은 사랑을 나누었다. 나중에는 모텔비가 아까워 구석진 학교 캠퍼스나 공원 같은 곳에서 사랑놀이를 했다. 임신중절도 몇 번 했다. 오르가즘에 도달하도록 그녀는 성의 파트너가 되어 있었다. 여자는 참으로 현실적이라는 것을 알았다. 실업자로 전전하는 나를 기다리지 못하고, 다른 남자에게 시집을 가고 말았다.

지금도 나는 궁금한 것이 있다. 시집가서 처녀인척 연극을 어떻게 했느냐는 점이다. 그녀는 특수체질이기 때문에 절대로 연극을 하지 못하는 여자라는 것을 나는 잘 알고 있다. 진짜 오입쟁이는 처녀인지 아닌지 잘 안다고 한다. 무슨 숫처녀 타령이냐고 욕할지 모르지만, 지금까지 아무 말이 없는 것을 보니 탄로 나지 않은 것 같다. 다행이다. 잘 살아주기를 빈다.

지금은 어느 여자도 나에게 시집을 오지 않으려 한다. 중매쟁이도 얼씬 하지 않는다. 이대로 가면 나는 장가도 한 번 가지 못하는 노총각으로 늙어 죽을지도 모른다. 자식이 없기 때문에 제사 지내줄 사람도 없다. 물론 묘지도 없을 것이다.

우리가 살고 있는 이 지구에는 70억이 넘는 인간이 살고 있다. 그 중에 35억은 여자이고 35억은 남자이다. 35억이나 되는 여자들 중에 마누라 하나를 구하지 못한다는 것은 바보 중에 바보다. 나는 너무나 무능한 바보임에는 틀림없다.

시불재래(時不在來), 시간은 다시 오지 않는다. 잠깐 사이 늙어있는 나를 발견할 것이다. 독거노인인 나를 누가 돌보아줄 것인가? 핵가족이 되어 그동안 가까이 지낸 친척도 없다. 친구도 뿔뿔이 흩어져 소식이 없다. 그동안 벌어놓은 것도 없어 요양원도 못가고, 독거노인이 된 나는 정부에서 주는 최저 생활비로 살다가 어느 날 갑자기 죽으면 여름에는 부패되어 있는 나를 발견할 것이고, 겨울이면 미라가 되어 있는 나를 발견할 것이다. 생각만 해도 내 인생이 너무 허무하다.

나는 아무리 가난해도 장례 치를 돈 만큼은 통장과 도장과 비밀번호를 적어 윗목에 놓아둘 것이다. 내가 제일 걱정하는 것은 돈만 가져가고, 장례를 치러주지 않는 나쁜 사람을 만날까 하는 점이다. 내 소원은 내 시체를 쥐들의 만찬장이 되지 않기를 간절히 바라는 것이다. 나는 쥐보다 못한 인간이 되었다.

학교에 다닐 때에는 이 넓은 세상에 나 하나쯤이야 어디인들 취직을 못하랴 자신만만했었다. 내가 60곳이 넘는 회사에 원서를 내어 보았지만 그때마다 번번이 낙방의 고배를 마셔야 했다. 냉혹한 사회는 어느 곳에도 나를 받아주지 않았다.

놀고 있는 것보다 막연한 기대 속에 대학원에 진학하는 방법밖에 없었다. 남들이 다 가는데 나만 안 가면 열외에서 밀려나는 불안감을 떨쳐버릴 수가 없었다. 석사학위만 가지면 틀림없이 좋은 직장이 나를 기다리고 있다는 자신감이 생기기도 했다. 그러나 석사 졸업장도 내가 원하는 직장은 기다리고 있지 않았다.

어머니는 박사학위를 받으라고 하셨다. 박사학위만 받으면 틀림없이 길이 있을 것이라고 생각했다. 박사학위도 국내박사로는 전공을 찾아가기 어렵다는 것을 알았다. 그동안 이 대학 저 대학 강사로 전전했지만 자동차 기름 값도 되지 않았다. 전강에서 교수가 된다는 것은 꿈도 꾸지 못할 일이다. 미래 없는 대학 강사는 나를 지치게 하고 말았다. 그것보다 더욱 나를 실망시킨 것은 환경미화원 뽑는데 대졸은 보통이고, 석·박사도 지원했다고 신문에 대문짝같이 크게 나왔다. 대부분 신체 건강한 고졸자가 합격하고 고학력자는 떨어졌다는 웃지 못 할 현실을 개탄하는 것을 보고 크게 실망했다.

어머니를 더 이상 고생시키고 싶지 않았다. 어머니는 35세에 혼자되어 나 하나를 위해서 안 해 본 것이 없다. 학비 때문에 가게가 달린 집도 아깝지 않게 팔았다. 그 집이 지금은 신흥도시로 개발되어 세만 놓아도 한 대는 먹고 살 수 있는 상가로 발전하였다. 어머니는 그 집 앞을 지나지 않고 둘러 다니셨다. 나중에는 식당일, 청소일, 환자 간병 등 어떤 고생도 마다하지 않았다.

나는 불효자식 중에 불효자식이다. 어머니에게 효도하는 길은 하루빨리 좋은 직장을 찾아 결혼해서 손자를 품에 안기는 길밖에 없다. 이 길이 곧 손에 잡힐 것 같으면서 잡히지 않고 멀기만 하다.

나를 기다리고 있는 직장은 학력이 필요 없는 공사판이나, 배달, 일용직 허드렛일뿐이었다. 임시직도 나이가 걸림돌이었다.

남들이 말하는 치욕의 캥거루족으로 지내다가, 누구의소개로 서점을 시작한 것이 2년이 넘었다. 어릴 때 서점을 경영하는 사람을 부러워하기도 했다. 장사가 잘되면 기업으로 키워 본업으로 해도 괜찮다고 생각했다. 서점은 문화 사업이기 때문에 다른 장사보다 대우를 받고, 책은 반품이 되기 때문에 손해 볼 일이 없고, 부가가치 세금 우대도 받을 수 있다는 정보를 얻고 서점 을 시작한 것이다. 책을 읽어도 본전 뽑는다고 생각했다. 정말 책을 많이 읽었다.

사람은 어떤 부모를 만났느냐에 따라서 그 인생은 판가름 난다.

재벌의 자식은, 태어나자마자 재벌이 되어 있고, 거지자식은 태어나자마자 거지가 되어 있다. 양반자식은 평생 양반으로 살고, 쌍놈의 자식은 평생 쌍놈으로 살아야 한다. 개천에 용 났다는 말은 전설로 사라지고, 노력 가지고 되는 세상이 아니라는 것을 알았다.

소크라테스는 '인간은 사회적 동물'이라고 했다. 그 말은 맞는 것 같다. 어떤 스승, 어떤 친구를 만났느냐, 직장에서 누구를 만났고, 사회에서 누구를 만났느냐에 따라서 평생이 좌우되는 것 같다. 좋은 사람을 만나면 좋은 사람이 되고, 나쁜 사람을 만나면 나쁜 사람이 된다.

좋은 사람을 만나기 위해서 맹자 어머니는 이사를 세 번이나 옮겼다 해서 맹모삼천(孟母三遷)이란 말이 지금도 쓰이고 있다. 나는 내 주위에 좋은 사람도 나쁜 사람도 없다. 로빈슨 크루소와 같이 외딴 섬에 혼자 있을 뿐이다.

　나는 사람이 평생을 살아가면서 어떤 책을 읽었느냐에 따라서 엄청난 변화를 가져온다고 생각한다. 로마군에 멸망하여 이천년 방랑민족 이스라엘이 오늘의 번영을 가져온 것은 『탈무드』라는 책이다. 링컨 대통령이 『톰 아저씨의 오두막집』을 읽고 노예를 해방시킬 결심을 했고, 롯데 회장이 『젊은 베르테르의 슬픔』을 읽고 여자 주인공인 롯데의 이름을 따서 상호를 롯데로 했다고 한다. 이방인은 부조리철학에 심취케 했고, 현진건은 사실주의 소설에 매료케 했다.

　세계 석학들과 지성인들의 공통점은 책으로 공부를 했고, 많은 책을 읽었고, 많은 책을 가지고 있고, 많은 저서를 남겼다.

　글은 그 사람의 얼굴이라고 했다. 서점의 책은 많은 석학들과 지성인들의 만남의 장소로 나는 생각한다. 책 저자인 석학들과 같이 생활한다는 것은 행복하다. 때문에 나는 행복한 사람이다.

　그런데 나의 이러한 생각은 하나둘 회의적인 생각으로 바뀌고 있다.

　책장사가 생각보다 어렵다는 것을 알았다. 서점 주인은 머리가 좋아야 한다. 매장 안의 그 많은 책이 어떤 종류가 어디에 있는지 훤히 알아야 한다. 심지어 도난을 당하여도 금방 알아야 한다. 손님이 내용을 물으면 척척 대답을 해야 한다. 별로 배운 것이 없는 점원이 이 책은 이렇고 저책은 저렇고 대학교수를 가지고 논다. 그리고 서점은 자본이 너무 많이 들어간다. 나는 많은 책을 구비하지 못해 고객이 찾는 책은 없는 것이 많다.

"탐구 출판사 이경호가 지은『정신분석학』있습니까?"

"없습니다."

"하랄드 밀르가 지은『천국의 향연』하권 나왔습니까?"

"모르겠습니다."

"『청춘이여, 아름다워』주세요."

"없습니다."

"없다", "모른다" 판에 박은 듯한 대답을 할 수밖에 없다. 전에는 몰랐는데 책 종류가 어찌나 많은지 머리가 터질 지경이다. 그 책을 다 구비해 놓는다는 것은 장사 밑천이 짧은 나로서는 도저히 불가능했다. 판매가 잘 되는 베스트셀러 책은 남보다 빨리 도매서점에 가야 얻어올 수 있다. 남보다 정보가 늦기 때문에 허겁지겁 도매 서점에 달려가면 이미 책은 다 팔리고 없다. 판매가 많은 서점은 배달도 해주는데 나 같은 작은 서점은 배달도 되지 않고, 외상도 되지 않는다.

무엇보다 나를 괴롭히는 것은 아침 7시 반에서 저녁 10시까지 문을 열어놓아야 한다. 아침에는 학생들의 등교시간에 맞춰야 하고, 저녁에는 다른 서점이 문을 닫지 않기 때문에 경쟁사회에서 같이 노력해야 한다. 조그마한 서점이 문까지 일찍 닫으면 정신상태가 걸러먹었다고 남들이 생각할 것이다. 나도 그렇게 생각한다.

정말 나를 미치게 하는 것은 시간이다. 하루 이틀도 아니고 매일 14시간 넘게 보초를 서기란 여간 어려운 것이 아니다. 토요일도, 일요일도, 국경일도 없다. 노는 날은 설과 추석뿐이다. 잠자는 시간만이 자유시간이다. 토요일, 일요일 휴무에다 달력에 빨간 국경일에 노는 직장은 신이 내린 직장이다.

한창 뛰어다닐 나이에 새장 안에 갇힌 새와 같이, 우리 안에 갇힌 짐승과 같이 나는 이미 육체적으로는 파김치가 되어있고, 정신적으로는 진퇴양난의 고통 속에 방황해야 한다.

그렇다고 서점에 점원을 둔다는 것은 생각도 못할 문제다. 가게세도 나오지 않는 적자이기 때문이다. 손님이 없는 가게는 지루하기 짝이 없다. 손님이 많으면 하루가 그냥 넘어갈 수 있는데 나는 그렇지 못하다. 나는 하루를 어떻게 보내야 할지 걱정이 된다.

사람들은 점점 더 책을 읽지 않는 것 같다. 신문에 보니까 성인 80%가 1년에 단 한 번도 서점에 들르지 않는다고 한다. 컴퓨터, TV 등 영상매체가 활자 매체를 잡아먹더니 이제는 스마트폰까지 남녀노소 중독자로 만들어 책은 점점 더 죽어가고 있다. 때문에 동네 서점이 문을 닫고 있다.

나는 정말 운이 없다. 남들이 문을 닫을 때 나는 서점을 열었으니, 아무래도 막차를 탄 것 같다. 하도 답답하여 사주팔자를 보러간 일이 있다. 점쟁이는 내 운명이 그렇다고 했다.

나도 친구가 있다. 모두 고개 숙인 캥거루족이다. 이제는 취직을 포기하고 어쩔 수 없이 캥거루족이 되어 희망 없는 나날을 보내고 있다. 사람이나 짐승이나 심지어 물고기도 끼리끼리 논다. 할 일 없이 하루를 보낸다는 것은 지겹고 지겹다. 하루 종일 스마트폰, 컴퓨터 놀이나 하고, 집에 처박혀 있는 것이 지겨워서 서점으로 하나둘 모여들기 시작했다. 지금은 캥거루족들의 사랑방 역할을 톡톡히 하고 있다.

고학력 청년 실업자들의 불평불만이 이만저만이 아니다. 무엇이라도 때려 부수고 싶은 심정이다. 데모라도 있으면 돌멩이라도 날리고, 화풀이라도 하겠지만 지금은 데모도 없다. 축구장이나 야구장에 가서 홈런이라도 나오고, 골이라도 터지면 목이 터져라 고함이라도 치면 스트레스가 풀리기도 하지만 그때뿐이다. 울화통이 터진다. 미칠 것만 같다. 남들은 무능자라고 욕할지 모르지만 우리를 이렇게 만든 것은 부모나 학교, 사회책임이지 내 책임이 아니라고 생각한다.

미국에는 총기사건이 자주 일어난다. 만일 한국에도 총기 자유가 있었다면 지금쯤 남녀노소 모두가 방탄복을 입고 다녀야 할지 모른다.

학력 인플레로 오도 가도 못하는 캥거루족이 너무나 불쌍하다. 정말이지 불이라도 지르고 그 속에 뛰어들고 싶다.

서점에는 심심풀이 할 것이 많다. 신간 잡지가 나오면 친구들이 독차지한다.

"야, 이 배우 봐라. 잘도 빠졌다."

"이 여자 이혼했다며? 눈도 고치고 코도 또 고쳤네, 보톡스 맞아 뚱뚱 부은 것 같다."

"한번 먹을 수 없나?"

요염한 자태는 노총각들의 눈요기에는 안성맞춤이다.

점심때가 되면 굶을 수는 없다. 돈을 털어 자장면을 사먹기도 하고, 라면을 끓여 먹기도 한다. 어떨 때는 소주 몇 잔을 들이 키고, 열띤 토론장이 벌어지기도 한다. 모두 너무 똑똑하다. 말로는 당할 사람이 없다. 모두 대학을 졸업한 학사, 석사, 박사도 있다.

"짜식들, 정치를 이따위로 하니 세상이 거꾸로 돌아갈 수밖에 없어, 우리나라는 희망이 없는 나라야. 정치를 독립투사도 해보고, 친일파도 해보고, 군인도 해보고, 보수도 해보고, 진보도 해보고, CEO도 해보고, 남자도 해보고, 여자도 해보고, 기독교, 불교, 가톨릭 신자도 해보고, 젊은 놈도 해보고, 늙은 놈도 해보고, 다 해봐도 도둑놈밖에 없어."

"다 같이 잘 먹고 잘 살자는 공산주의가 왜? 망한 줄 아나? 당원들 높은 사람만 잘 먹고 잘살았기 때문에 망한 거야. 땀 흘려 열심히 일하는 사람이 잘 살자는 자본주의도 빈부 차이가 점점 심하고 놀고먹는 사람이 더 잘 살 때 자본주의도 망한다."

"대한민국의 권력과 돈과 땅을 10%가 다 가지고 있으니 이대로 가면 불평불만이 심각한 사회문제가 된다. 차라리 전쟁이라도 터져 세상이 확 뒤집어졌으면 좋겠다."

"이라크 전쟁 간단히 끝날 줄 알았는데 15년 1천조 원의 돈이 들어갔다. 원자탄을 비롯해서 신무기가 얼마나 무서운 살생을 할 수 있는지 알고 있기 때문에 서로 힘자랑만 하고 강대국끼리 전쟁은 하지 않을 것이다. 군비를 동결 하자는 바람이 솔솔 불고 있다. 대신 영토, 무역전쟁은 끊임 없이 일어날 것이다. 결국 인간이 만든 돈에 노예가 되어 있고, 기계에 노예가 되어있고, 무기에 멸망한다."

경제과를 나온 김 군은 항상 이론에 밝다.

"말로는 사상 최대 무역흑자, 경제대국 부르짖지만 달라진 게 뭐가 있어? 그 돈 다 어디 갔냐 말이야. 투자를 해야 고용 창출이 되지. 기업이 외국으로 도망치고 있으니 보통 문제가 아니다."

"기업이 왜? 외국으로 도망을 치고 있는지 생각해봐야 한다. 망치 하나로 오늘의 경제대국으로 만든 재벌 1세대들을 높이 평가해주고 감사해야 한다."

"야, 인마. 대한민국은 재벌의 것이야. 너도 재벌회사에 취직하기 위해서 몇 번이나 시험 쳐서 떨어졌잖아."

"부모 잘 만나 갑질 하던 재벌 후손들이 혼나는 것을 보니 속이 후련하다. 재벌의 자식은 태어나자마자 재벌이 되어 있고, 거지 자식은 태어나자마자 거지가 되어 있다. 노력 가지고 되는 세상이 아니다. 개천에 용 났다는 말도 전설로 사라졌다."

"돈이 계급장이고, 돈이 인생의 전부다. 그렇기 때문에 윤리 도덕은 땅에 떨어지고, 밤거리를 마음 놓고 다니지 못하는 범죄의 소굴에 살고 있다."

"미국 백대 재벌 중 90%가 자수성가한 재벌이고, 부모에게 물려받은 재벌은 10%밖에 되지 않아. 반대로 우리나라는 90%가 부모에게 물려받은 재벌이고, 자수성가한 재벌은 10%도 되지 않아. 세계 최고의 재벌 빌 게이츠나 버핏은 재산 99%를 이미 사회에 내어놓았고, 자식에게 물려준 것은 1%밖에 되지 않아."

"미국의 오늘이 있기에는 카네기, 록펠러 같은 재벌이 있기 때문이다. 철강 왕 카네기는 전 재산을 바쳐 전국에 도서관 2천5백 개를 지어주었다. 도서관이 제일 많은 나라가 미국이다. 서부영화에 나오는 억센 청교도들을 순화한 것은 카네기 덕분이다. 석유왕 록펠러는 전국에 학교, 병원, 교회를 지어 주었다. 과거나 현재나 미국 재벌들은 모두 국가에 헌신했다. 미국이 발전한 이유가 여기에 있다."

또 싸움이 벌어졌다.

"학사, 석사, 박사 나와서 부모 등골만 빼고, 졸업하는 그날부터 백수가 되니 한심한 세상이야. 대학졸업식장에 가면 상 받는 몇 사람만 있고, 쓸쓸하다 못해 초상집에 온 기분이다. 축제장이 되어야 할 대학 졸업식장이 초등학교 졸업식장보다 못하다. 너무 한심하다."

"야, 그러면 중소기업에 취직하면 될 것 아니가. 공돌이, 공순이 소리 듣기 싫어서 공장에 안 가는 거지?"

"대학 나와서 공순이 공돌이 될 바에야 뭐 하려고 공부했어? 부모가 허락하겠냐? 사회가 허락하겠냐? 네가 허락하겠냐?"

"우리 할아버지 세대들은 한풀이 대리만족으로 전 재산 팔아 우골대학을 만들었고, 아버지 세대들은 기러기 아빠까지 되면서 출세대학, 학벌대학을 만들었지만 세계에서 제일 가난한 노인들이 되었다. 백세시대가 눈앞에 와 있지만 갈 곳 없는 노인들은 점점 천덕꾸러기가 되어 가고 있다."

"따지고 보면 지금 노인들이 제일 불쌍한 세대들이다. 해방 전후 세계에서 제일 가난한 나라 50달러 시대에 태어나 먹을 것이 없어 굶어죽은 사람이 많았다. 영양실조에 걸려있는 어머니 뱃속에서 굶기부터 먼저 배웠다. 오죽 배가 고팠으면 '아침 잡수셨습니까? 점심 잡수셨습니까?' 이렇게 인사를 했겠는가? 6·25 전쟁이 일어나 목숨 바쳐 나라 지켰고, 맨주먹으로 경제 일으켰고, 허리띠 졸라매고 자식 공부시켰고, 부모에게 받은 것 없어도 평생 모셨고, 이제 좀 살려고 하니 몸이 늙어있다. 자식이 부모를 모시지 않으려 하니 전 재산 교육비에 다 털어 넣고 갈 곳 없는 노인들은 빈털터리가 되어 심각한 사회문제가 되어 있다."

"농업, 공업, 상업 등 실업학교를 육성시켜 이들이 사회에 진출하도록 해야 나라가 부강 하는 데 오히려 실업학교 천대로 전국의 실업고등학교가 인문학교로 탈바꿈하였다. 이것이 나라를 망치는 시초가 되었다. 더 늦기 전에 실업학교를 육성시켜야 한다고 나는 생각한다."

매일 되풀이되고 있는 밑도 끝도 없는 토론은 거지 제 자리 뜯기와 같다. 어떤 때는 고성이 오고가고 싸움이라도 벌어질 것 같다. 이렇게라도 하지 않으면 쌓여있는 스트레스를 풀 곳이 없다.

박사학위를 가지고도 취직을 못 하고 대학 강사 몇 곳을 뛰다 이제는 지쳐 쉬고 있는 고등학교 동창인 정군은 나의 둘도 없는 친구이다. 이 친구는 서점이라도 하고 있는 나를 부러워했다. 부모에게 불효를 하고 있는 자기 자신을 한탄하면서 늘 죽고 싶다고 했다. 환경미화원 시험에 떨어지고 큰 충격을 받은 것 같다. 모래가마니를 들고 뛰어야 할 힘이 정군에게 있을 리 없다. 친구는 남몰래 새벽 인력시장에도 갔었다. 거기에도 일거리가 없어 허탕 치고 돌아와야 했다. 정군은 내가 갈 곳은 이 세상에 아무 곳도 없다는 것을 알았다.

친구는 요즈음은 더 우울한 표정을 지었다. 평소 말이 없는 그는 이상한 말을 하기 시작했다.

나는 친구를 어떻게 위로해 주어야 할지 정신이 하나도 없었다. 친구는 머리가 좋기 때문에 직선적으로 말을 해서는 내가 오히려 끌려가야 한다는 것을 잘 알고 있다. 어려운 대화에는 술이 최고다. 벌써 기울인 소주가 다섯 병이나 되었다.

"부모에게 면목이 없다. 내가 부모보다 먼저 죽으면 이것보다 더 큰 불효는 없지? 친구야, 그동안 고마웠다. 은혜도 갚지 못하는 나를 용서해다오. 내가 지금까지 들어간 학비가 줄잡아 3억은 되겠지? 고등학교 졸업하고 바로 취직을 했으면 지금쯤 3억은 벌었을 것이고, 헛돈으로 버린 학비 3억을 합하면 6억은 될 것인데 이 돈으로 이자만 해도 평생 먹고 살 것인데 억울하고 분하다. 나는 바보 중의 바보다."

마침내 친구는 소리 내어 엉엉 울기 시작했다.

"사내자식이 왜 이래? 나도 너와 똑같이 바보 중의 바보다."

"그래도 너는 서점을 하고 있지 않나?"

친구는 내가 적자를 보고 있는 것을 모르고 있다.

"나는 한 번도 일차 시험에 붙은 일이 없어. 고등학교도 특차시험에 떨어져 일반 고등학교에 갔지. 대학교 재수 삼수해서 들어갔지. 취직 때문에 대학졸업도 두 번이나 연기했지. 대학원도 내가 원하는 과에 들어가기 위해서 재수를 했지. 박사학위도 턱걸이 했지. 취직원서를 90곳도 더 내었다. 내 자존심을 다 버린 마지막 환경미화원에도 떨어졌다. 이 세상에서 마지막 삶의 현장인 인력시장에도 나를 받아주지 않았다. 세상은 왜? 나를 버리는지 모르겠다. 내가 갈 곳은 어디냐? 살기 싫다."

나는 친구를 어떻게 달래야 할지 당황하기 시작했다. 마침 TV에는 2018년 월드컵 중계를 하고 있었다. 승자와 패자의 모습을 가장 리얼하게 보여주는 것이 스포츠 TV 화면이다.

"친구야, 저기 TV를 한번 봐. 승자의 좋아하는 모습을 한번 봐. 그리고 패자의 슬퍼하는 모습도 한번 보란 말이야. 세상은 승자도 있고, 패자도 있게 마련이다. 2002년 월드컵 4강 일등공신이 누구인지 아나?"

"거야, 히딩크지."

"세상 사람들은 2002년 월드컵 4강 일등공신은 히딩크로 알고 있지만 그것은 잘못된 생각이야. 세계 사람들이 손에 땀을 쥐게 하는 피 말리는 스페인과 치열한 4강전은 전후반 90분을 무승부로 끝나고, 연장전 30분도 무승부로 끝났다. 승부차기로 들어가 스페인선수 호아킨이 4번째의 공을 실추하는 바람에 우리가 역사상 처음으로 4강에 진출할 수 있었다. 그때 만일 스페인 선수 호아킨이 실추하지 않았다면 동점이 되었고 결과가 어떻게 되었을지 누구도 모른다. 물론 4강까지 올라가기는 히딩크의 절대적인 공이라고 하지만, 4강 자체를 두고 볼 때 우리가 이기게 된 일등공신은 스페인 선수 호아킨이다. 우리는 호아킨에게 감사해야 한다. 2018년 인도네시아 아세안 게임 여자 양궁 단체전에서 마지막 대만 선수가 9점을 쏘았기 때문에 1점 차이로 7년 연속 금메달을 딸 수 있었다."

"……"

"사람이나 짐승이나 심지어 벌레까지 약육강식의 테두리에서 벗어날 수 없다. 때문에 이 세상의 모든 승자는 내가 잘했기 때문에 이겼다고 생각하는데 그것은 잘못된 생각이다. 나보다 강한 자와 대결하면 내가 지는 것이고, 나보다 약한 자와 대결하면 내가 이기는 것이다. 선거도 마찬가지로 상대성이다. 나보다 모든 면에서 강한 입후보

자가 나타나면 필히 내가 지게 되어 있다. 학교 시험이나 취직 시험
도 마찬가지다. 내가 잘해서 합격했다고 생각하면 오산이다. 나보다
못한 사람 때문에 내가 이겼다고 생각해야 한다. 환경미화원 시험도
모래가마니를 들고 뛰는데 자네 신체가 약했기 때문에 다른 사람이
합격한 것이야. 친구야 만일 네가 신체가 더 강했다면 자네가 합격하
게 되어 있다. 입학시험이나 취직시험이나 모든 시험은 나보다 못한
사람 때문에 내가 합격하고 취직했다고 생각해야 해. 때문에 일등
대학에 합격하고, 일등 직장에 합격하는 사람은 떨어진 사람에게 감
사하게 생각해야 하는 것이야. 세상 사람들은 내가 잘했기 때문에
평생 부귀영화를 누리고 잘 사는 줄 알고 있다. 그 떵떵거리는 오만
은 지금 이 시간부터 버려야 한다."

"……"

"친구야, 내가 예를 하나 들겠다. 요 앞에 식당 두 개가 나란히 있
지? 하루에 점심 두 끼 먹는 사람은 없다. 만일 손님이 A의 식당에
가면 필히 B의 식당에는 장사가 안 되고, B의 식당에 가면 A의 식
당이 장사가 안 된다. 돈을 많이 번다는 것은 나쁘게 말하면 다른
사람의 돈을 뺏는 것과 마찬가지야. 내가 돈을 많이 벌었다고 자랑
할 것이 아니라 나에게 돈을 빼앗긴 사람에게 감사해야 해, 너는 좋
은 일을 한 사람이야. 내 말 알아듣겠나?"

"……"

"네가 학교에 떨어지고, 취직시험에 떨어졌다고 너무 상심하지 마
라. 네가 떨어졌기 때문에 대신 다른 사람이 합격하고 네 대신 지금
떵떵거리고 잘 사는 거야. 너는 정말 좋은 일을 했어. 너는 존경 받

을 일을 했어. 훌륭한 일을 했어……."

순간 친구가 벌떡 일어나더니 나를 노려보고 있었다. 평소에 볼 수 없는 험악한 얼굴을 하고 있었다. 그의 양 주먹이 바르르 떨고 있었다. 순간 먹다 남은 소주병이 가게 앞 통유리를 향하여 힘껏 날아갔다. 유리창 깨어지는 소리가 길가는 사람들을 놀라게 하고 모여들었다.

"개새끼! 너마저 나를 놀리는구나!"

친구는 비틀거리며 서점을 빠져나갔다.

나는 정신 나간 사람이 되어 뻥 뚫린 가게 유리를 바라보며 멍하니 앉아있을 수밖에 없었다.

임시로 막아놓은 유리창 사이로 도둑이 들었다. 이상하게도 책은 한 권도 가져가지 않았다. 손금고 속에 남아있는 동전만 없어졌을 뿐이다. 깊은 안도의 한숨이 절로 나왔다. 참으로 다행한 일이다.

도둑이 한 권에 만 원 이상 하는 책을 왜 가져가지 않았을까를 생각하지 않을 수 없었다. 순간 고물상 할아버지 할머니들의 리어카 위에 봉투도 뜯기지 않은 채 실려 가는 책들을 본 일이 있다. 책은 이미 상품 가치가 떨어졌다는 것을 알았다. 도둑도 그것을 알기 때문에 책은 훔쳐가지 않는 것이다. 이렇게 책이 천대 받는 일이 일찍이 없었다. 옛날에는 책 도둑과 꽃 도둑은 도둑이 아니라고 했다. 어느 학자가 말했다. '책이 없으면 역사는 침묵하고, 문학과 학문은 벙어리가 되고, 과학은 절름발이가 된다', '책은 최고의 스승, 마음의 양식, 책 속에 길이 있다', '두 권 읽는 자가 한 권 읽는 자를 지배한다'고 했다. 갈수록 사람들은 책의 고마움을 모르고 있다.

스마트폰은 직선적이고 쾌락적이고 파괴적이다. 독서는 사고력, 특히 인내심을 많이 길러준다. 인내심이 없으면 책을 읽을 수가 없다. 치매에 절대적인 도움을 주기 때문에 치매에 걸리지 않으려면 평소에 책을 많이 읽어야 한다.

한동안 친구는 보이지 않았다.

친구의 안부가 궁금해서 미칠 지경이었다. 미안해서 내가 먼저 전화도 할 수 없었다. 마침내 친구의 안부가 전해졌다. 친구는 이 세상에 없다는 것을 알았다. 한 줌의 흙으로 돌아갔다. 너무나 엄청난 충격이었다. 사람의 목숨이 이렇게 허무하게 무너질 수 있을까? 이것을 살리고 그렇게 노력하고, 고뇌하고, 몸부림 쳤던가. 나는 친구를 위로하기 위해서 최선을 다 했을 뿐인데 죽음으로 인도할 줄을 생각지도 못했다.

"나는 살인자다! 친구를 죽인 살인자다! 아아, 내가 왜 살인자가 되어야 한단 말인가? 나도 친구 따라 죽고 싶다. 정말 죽고 싶다. 이것은 꿈이 아니고 현실이다."

어머니의 얼굴이 내 앞을 가렸다. 어머니가 아니었으면 나도 친구 따라 갔을 것이다. 6·25 전쟁 때는 총알이 날아오고 폭탄이 터져도 그 열악한 환경에서 악착같이 살았고, 자살자 한 사람 없었다. 보릿고개 때는 배만 부르면 행복했다. 지금은 임금님도 먹어보지 못한 진수성찬을 먹고도 행복을 모른다. 마음이 편치 않기 때문이다. 왜? 마음이 편치 않은가? 계층 간의 갈등 때문이다. 위화감이 얼마나 무서운 병인가를 알아야 한다. 행복지수는 위화감이 좌우한다. 세계에서 자살이 제일 많은 나라 그것도 젊은 청년이 많이 죽는 이유가 위화감 때문이다. 한때 GNP 1천 달러 정도 되는 방글라데시, 부탄 같은 나라가 행복지수 1위였다. 이 나라가 외국자본이 들어오고, 빈부 차이가 벌어지고 계층 간의 갈등과 위화감이 행복을 잡아먹었다. 물질이 행복이 아니라는 것을 알았다. 우리나라는 과잉 교육을 바로 잡으면 삶과 행복의 질이 훨씬 좋아질 것이다.

나도 중소기업에 취직한 일이 있다. 3개월을 채우지 못하고 쫓겨났다. 이유는 학력이 높기 때문이라고 했다. 고졸로 위장하여 취업했지만 뒤에 학력이 탄로 났다. 공장장은 나를 불러 세웠다.

"우리 회사는 고학력자가 필요 없습니다. 회사방침이 그러니 어쩔 수 없습니다. 공부를 많이 한 분은 이런 곳에서 일할 처지가 못 됩니다. 보다시피 여기는 펜대를 쥐고 있는 분이 필요 없습니다. 기름 묻은 옷을 입고, 망치를 들고 있는 사람이 필요합니다."

공장장은 비지땀을 흘리며 열심히 일하는 외국 근로자를 둘러보았다.

"한국 사람은 공장에서 일하는 사람을 천하게 생각합니다. 월급을 적게 받아도 깨끗한 옷을 입고 책상에 앉아서 펜대를 들고 있는 직장을 원해요. 그렇기 때문에 공장에는 사람이 없고, 대학 나와서 한창 일할 나이의 젊은 일꾼은 놀고 있고, 할 수 없이 외국 사람을 씁니다. 외국 근로자들이 우리나라에 일하는 사람이 비공식 집계에 의하면 2백5십만 명이나 된다고 합니다. 저들이 가져가는 돈이 얼마나 되는지 알기나 합니까? 1년에 38조 원이 넘습니다."

나는 놀랐다. 외국인 근로자들이 이렇게 많은 줄 몰랐다. 그들이 가져가는 돈이 이렇게 많다는 것도 처음 알았다.

"젊은이들은 모두가 평생을 보장받는 공무원 시험이나 각종 고시에 매달려 있지만 전문직, 공기업, 직장 4%, 재벌기업 6%, 엘리트 직장은 10%밖에 되지 않습니다. 기타 다 합쳐도 상위 직장은 20%뿐입니다. 나머지는 어디로 가야 합니까? 중소기업 직장이 80%나 있지만 중소기업에 가기를 꺼려하기 때문에 부모에게 의지하는 캥거루족이 될 수밖에 없습니다."

"공장에 가려고 유치원부터 그 많은 돈을 투자하고 공부하지 않았습니다. 부모가 허락하겠습니까? 내가 허락하겠습니까? 사회가 허락하겠습니까?"

"공장에서 일하는 사람을 천시해서는 안 됩니다. 젊은 사람들은 공순이 공돌이 소리를 듣는 공장에서 일을 하지 않으려 합니다. 공장에서 일하는 사람을 존경해야 합니다. 진정한 애국자들은 바로 이들입니다. 조선시대 대감을 먹여 살리는 사람이 누구입니까? 대감 집 머슴이고 종입니다. 지금 우리나라 기업을 살리는 일등공신은 누구인지 아십니까? 비정규직입니다. 이들을 존경하는 사회가 와야 합니다. 복지국가일수록 직업에 귀천이 없습니다. 북유럽 복지국가가 그 증거입니다."

"……"

"일할 곳이 없다고 하는데 왜? 일할 곳이 없어요? 1백만 청년 실업자가 모두 공장에서 일을 한다면 우리나라 실업자 한 사람도 없습니다. 오히려 모자라요. 우리는 놀고 그 자리에 외국 근로자들이 다 차지하고, 유치원부터 투자한 교육은 부모 노후자금까지 뺏어 먹고, 직장이 없으니 장가도 못 가고, 세계 저출산 1위국이 되어 가정과 나라를 망치는 한심한 현실입니다."

정곡을 찌르는 너무나 정확한 말에 나는 말문을 닫고 말았다.

"우리나라 대학진학률은 81%입니다. 이 비율은 세계 어느 나라에도 없습니다. 미국 45%, 일본 47%, 중국 25%, 독일 30%, 영국 45%, 이태리 24%, 프랑스 41%, 스페인 40%, 스위스 38%, 터키 30%, 덴마크 40%, 세계 평균 40%를 넘지 않습니다. 해마다 1만 명이 넘는 박사가 쏟아져 나옵니다. 거기다 전국 각 대학 어느 과는 몇 등이라는 서열까지 매겨놓아 평생 꼬리표를 달고 열등의식 속에 살아야 합니다. 유럽은 입학은 쉽고 졸업이 어렵습니다. 우리나라는 그 반대입니다. 사교육이 무엇이냐고 질문하는 나라가 대부분입니다."

우리 부모는 대리만족으로 소 팔고, 논 팔아 자식공부를 시켰다. 지금은 기러기 아빠까지 생겨나도록 출세지향적인 공부를 시켰지만 현실은 그렇지 못했다.

"북유럽 복지국가는 초등학교 6년 동안 공부를 가르치지 않습니다. 공부를 가르치지 않으니 시험이 없고, 시험이 없으니 1, 2등 없고, 1, 2등이 없으니 상장이 없습니다. 무엇을 가르치느냐? 바이킹의 후예답게 강인한 정신력과 체력을 가르칩니다. 평생 살아갈 수 있는 인성교육을 가르칩니다. 그래도 이 나라는 노벨상 45개나 받았습니다. 우리나라 같이 주입식, 암기식 교육이 아니라 디베이트(토론) 교육을 합니다. 이 나라 어린이는 나무 베기에 일등을 하고 싶고, 우리

나라 어린이는 공부를 일등 하고 싶습니다."

"……"

"우리나라 대학 졸업자 중 전공을 따라가는 학생은 20%밖에 되지 않습니다. 80%는 헛공부했고, 가정파괴의 주범이 되었습니다. 우리나라 젊은이는 연애, 결혼, 내 집 마련을 포기했고, 이로 인해 인간관계, 꿈과 희망이 없어 졌습니다. 학자금 대출을 받은 학생은 졸업과 동신에 신용불량자로 전락합니다. 대학진학률 74%의 그리스는 국가가 교육비를 부담했기 때문에 나라가 부도가 났고, 우리나라는 개인이 부담했기 때문에 가정이 부도가 났습니다.

노인들은 내가 몇 살까지 살고, 어떤 병으로 죽을지 모르기 때문에 가지고 있는 돈 쓸 수도 없고 발발 떨다가 어느 날 갑자기 죽으면 자식들이 서로 그 돈 가지려고 싸우다 형제의 정도 파탄이 납니다."

"……"

"청년실업 일자리 창출 어렵게 생각하면 안 됩니다. 날이 갈수록 중소기업은 외국 근로자로 채워지고 있습니다. 우리나라 청년실업이 1백만 명이라고 합니다. 우리는 왜 놀고 왜? 외국 근로자들에게 해마다 약 38조 원의 천문학적인 돈을 퍼부어 주어야 합니까? 조선시대부터 내려온 사농공상(士農工商)의 계급사회가 지금까지 뿌리 박혀 공장에서 일하는 사람을 공순이 공돌이로 천민 취급하는 생각을 하루 속히 뿌리 뽑아야 합니다. 엘리트 직장은 아무리 노력해도 한계가 있습니다. 놀고 있는 1백만 청년실업자들은 애국자의 정신으로 하루속히 일터로 가야 합니다. 굶어 죽는 보릿고개를 면한 지가 얼마 되었다고, 가발공장에서 봉제공장에서 밤새워 일한 지가 얼마 되

었다고, 밥만 먹여주면 열심히 일한 그때 그 시절이 얼마 되었다고,
이렇게 나태해질 수가 있습니까?"

"……"

'교육은 홍익인간의 이념 아래 인류공영의 이상실현에 기여함을
목적으로 한다.'고 되어 있습니다. 우리나라 국민 5대 의무 중 하나
가 근로의 의무입니다. 놀고 있는 청년실업자를 애국적인 정신교육
을 시키고, 중소기업에서 원하는 맞춤교육을 시켜 졸업 후 애국자의
배지를 달아주고 현장에 투입해야 합니다. 근로자조직이 외국인으로
되어있고, 중요기술도 외국인이 가지고 있으면 앞으로 중소기업은
외국인의 것이 되고, 껍데기만 우리의 것이 되고 마는 심각한 문제
가 눈앞에 와있습니다. 정부에서, 재벌기업에서, 중소기업에서, 사회
에서 이들에게 만족할 수 있는 특별 봉급을 지원해 주고, 정년퇴직
시 공무원과 같이 대통령 표창을 수여해야 합니다. 이렇게 하면
100% 청년실업을 해소시킬 수 있습니다. 캥거루족도, 연애 포기, 결
혼 포기, 직장 포기, 저 출산도 자연적으로 해소되고, 행복한 나라
신바람 나는 대한민국을 만들 수 있습니다."

"……"

"우리나라 경제발전에 큰 역할을 한 1세대 재벌 기업을 높이 평가
해야 합니다. 그러나 정경유착과 문어발식 기업 확장, 골목상권까지,
전 국민이 재벌 상품 중독자로 만들어놓았습니다. 전 국민이 국산품
애용과 값싼 노동으로 일해 준 고마움 알아야 합니다. 2대 3대에 와
서 편법으로 물려받은 재산과 장인정신이 없기 때문에, 사회봉사를
하지 않았기 때문에, 국민의 시선이 곱지 않습니다. 미국 재벌과 같이

사회봉사를 해야 합니다. 북유럽 복지국가와 같이 세금을 많이 내어야 합니다. 외국 어느 나라도 갑질이 무엇인지 모르는 우리나라만 있는 갑질을 같이 살아갈 수 있는 존경으로 바꿔야 합니다. 중소기업을 지원 해주고, 상생할 수 있는 분위기를 만들어주어야 합니다."

"……"

"독일은 재벌기업이 다섯 개밖에 없습니다. 중소기업이 3천 개가 넘습니다. 초등학교 3학년이 되면 직업교육을 가르칩니다. 직장에 다니다 공부하고 싶으면 대학에 갑니다. 누구나 갈 수 있는 대학이지만 졸업이 어렵습니다. 우리나라와 정반대입니다. 대만은 재벌기업 하나도 없고, 중소기업으로 발전한 나라입니다. 핀란드는 전자회사인 재벌 노키아가 망함으로 한때 위기에 있었으나 중소기업으로 빠르게 전환하여 지금과 같이 발전했습니다. 우리나라는 재벌기업이 너무 비대해져서 재벌기업이 망하면 우리나라가 망하는 입장에 와있습니다. 수출 중요상품이 심각한 도전을 받고 있습니다. 이에 대비해서 중소기업을 빨리 육성시켜야 합니다."

공장장은 흥분하기 시작했다.

"저기를 봐요."

공장장이 가리키는 여기저기에는 '먼저 거름이 돼라'는 글귀가 붙어있었다.

"저게 무슨 뜻입니까?"

"우리 공장은 다른 공장과 다릅니다. 농부가 맛있는 열매를 많이 수확하려면 거름을 많이 주어야 합니다. 사람들은 열매만을 원하지만 거름이 될 사람은 참으로 적다고 생각합니다. 거름은 썩어야 합니다. 썩는다는 것은 자기희생을 의미합니다. 아무도하지 않으려는 3D업종이 바로 거름입니다. 돈을 많이 벌고, 높은 직위 부귀영화를 가지기 위해서 이렇게 혼탁한 사회를 만들어 놓았습니다. 만리장성 누가 쌓았습니까? 진시황이 쌓았다고 생각합니까? 아닙니다. 8천만 명이 동원되었고, 5만 명이 생명을 잃고 5백만 명이 다친 양민이 있었기 때문입니다. 세계의 가장 아름다운 건물의 하나이고 불가사의인 인도 타지마할은 누가 지었습니까? 왕이 지었습니까? 아닙니다. 노예가 만들었습니다."

"……"

"열악한 환경, 저임금, 남들이 천시하는 공장의 일꾼은 우리나라의 거름입니다. 그래서 우리 공장에서는 '거름의 사상으로 일하고 생활화하자' 이런 뜻의 표어를 내걸었습니다. '먼저 거름이 돼라'는 남에게 명령하는 것이 아니라 자기 자신에게 다짐하는 것입니다. 이 공장을 살리고, 사회를 살찌게 하려면 먼저 거름이 되어야 합니다. 그래서 우리 공장에는 사훈을 '먼저 거름이 돼라'로 삼았습니다."

아! 나는 감탄사가 절로 나왔다. 남들이 천시하는 공장에도 이런 훌륭한 사장이 있고, 공장장이 있고, 일꾼이 있었구나! 이 교훈은 우리나라뿐만 아니라 세계의 사람들이 본받아야 할 훌륭한 좌우명이라고 생각했다.

"학력이 높은 사람은 대부분이 끝까지 일을 하지 못하고 중도에 그만둡니다. 일을 해도 열심히 하지 않습니다. 평생직장으로 생각하지 않기 때문입니다."

나는 그런 사람이 아니라고 공장장에게 사정했지만 공장장은 나를 믿지 않았다.

"당신과 같이 열심히 일하여 이 공장을 위해서 평생을 바치겠다고 맹세하는 젊은이가 어디 한두 사람입니까? 그 맹세가 1년도 못 가서 보따리를 쌉니다. 나중에는 노조를 만들고, 먹물 값을 한다니까요. 대한민국에는 배운 사람이 너무 많습니다. 똑똑한 사람이 너무 많아요. 모두가 펜대나 굴리고 편하고 돈 생기는 높은 자리나 하려고 하니 부정부패가 많고, 나라가 이렇게 혼란한 것입니다. 모두가 사장을 하려고 하면 공장이 돌아가겠습니까? 모두가 국회의원, 장관을 하려고 하면 나라가 돌아가겠습니까? 머리도 중요하지만 팔다리도 중요하다는 것을 알아야 합니다."

"그럼 저는 어디로 가야 합니까?"

나도 모르게 이 말이 튀어나왔다. 내가 원하는 직장은 없고, 사람들이 천시 여기는 공장마저 쫓겨나면 내가 갈 곳은 이 세상 어디에도 없다.

"사람은 각자 가는 길이 따로 있습니다. 우리 공장에는 고학력자가 필요하지 않습니다. 전공이 다른 박사학위는 우리 회사와는 전혀 관계가 없습니다. 좀 더 일찍 만났다면 인연이 될 것인데 너무 늦었습니다."

"그렇다면 회사가 원하는 전공으로 바꾸고 전문대학으로 다시 입학해서 졸업 하고, 취직 하면 안 되겠습니까?"

대학을 졸업하고 전문대학으로 유턴하는 학생이 한해 1천오백 명이 넘는다는 신문기사를 본 일이 있었다. 공장장은 안됐다는 듯 동정 어린 표정으로 나를 바라보았다.

한국공장에서 열심히 일하는 개발도상국 근로자의 모습을 뒤로하고 나는 눈물을 뿌리며 이 공장을 나왔다.

내가 처음 서점을 열었을 때 어머니는 무척 기뻐하셨다. 어머니는 서점을 장사꾼으로 생각하지 않았다. 선비직업이라고 생각하셨다. 식당이나 술집도 아니고, 그 흔한 커피집도 아니다. 학생이나 지식인들이 공부하는 데 도움을 주는 뒷바라지 장소로 생각하셨다. 때문에 아버지가 남기신 결혼 패물까지 팔아서 장사 밑천으로 아깝지 않게 내어놓으셨다.

"이 결혼반지는 가보로 대를 이을 징표로 생각했는데……"

끝내 어머니는 눈물을 보이셨다. 마지막 여력을 이 서점에 다 쏟아부은 것이다. 그러나 자금의 한계를 느낀 동네서점은 대형서점에 밀려 하나둘 문을 닫기 시작했다. 결국 캥거루족들의 사랑방 역할로 둔갑하고 말았다.

"서점 낼 때 얻은 빚이 아직도 있다. 빚내어서 서점 차려주니 농땡이 친구들 불러서 이것이 뭐냐? 여기가 사랑방이냐? 잘한다. 잘해!"

어머니는 좀처럼 화를 내시지 않는 분이다. 큰 불효를 저지른 것이 가슴이 아프다. 언제나 담배 연기가 자욱하고, 매일같이 화투나 치고, 술 취한 불청객들이 모여 장사를 방해하기 때문에 어머니가 대노하신 것이다.

그날 이후 가게에 죽치고 앉아 있던 친구들은 얼씬도 하지 않았다. 사랑방 역할도 이제 끝이 나고 말았다. 나는 또다시 무료해지기 시작했다. 손님도 없는 가게에 하루 종일 우두커니 앉아 있으니 정말 미칠 것만 같다. 가게 앞에 지나다니는 사람이라도 구경할 수밖에 없다. 또 지겨운 영화 감상을 해야 한다.

오랜만에 손님이 왔다.

초등학교 6학년은 될 법한 꼬마다. 윗머리를 닭볏같이 길게 기르고, 빅뱅 스타일의 하이탑 운동화와 옷차림에다 인기 프로야구 마크가 박힌 모자를 쓴 꼬마다. 인사도 없이 가게에 들어와서 두리번두리번 하더니 만화가 있는 코너 바닥에 앉아 정신없이 만화를 보고 있다. 다소 무례한 행동을 하지만 나도 어릴 때 길모퉁이 만홧가게에서 정신없이 만화를 본 기억이 났다. 그때를 생각해서 공짜로 보는 그 아이를 내버려 두었다. 내가 그 꼬마에게 공짜 만화를 보게 한 것은 또 다른 이유가 있다. 우리 집 가게 앞을 하루 두 번씩 거의 같은 시간에 지나가는 미녀의 동생이란 것을 알았기 때문이다.

나는 하루도 그녀를 보지 않으면 미칠 것만 같다. 아직 대화를 해보지 않았기 때문에 모르겠지만 지성미 넘치는 여자라는 것을 한눈에 알 수 있었다. 외모는 내가 바라는 이상형이다. 그것보다 더 나를 미치게 하는 것은 그녀는 첫사랑 애인과 많이 닮아있다.

어느 날이었다. 그 꼬마와 미녀가 손을 잡고 나란히 걸어가는 것을 보았다. 닮은 것을 보니 틀림없이 남매라는 것을 알 수 있었다.

그날 이후부터 나는 이 꼬마에게 특별 대우를 해주고 잘 보이기 위해서 노력했다. 어떻게 운이 좋으면 이 꼬마를 통해서 그 미녀와 인사라도 나눌 수 있는 기회가 올지 모른다는 기대감이 나를 흥분

시켰다. 나는 그녀에게 전할 쪽지를 매일 쓰다 지우고, 쓰다 지우고 했다. 좀 더 친하면 쪽지 심부름을 시킬 준비를 단단히 한 것이다.

꼬마는 이제 자기 집같이 매일 만화를 보고 갔다. 그런데 꼬마는 성인만화까지 보고 간다는 것을 알았다. 뿐만 아니라 만화가 한두 권 없어지는 것을 알았다. 그것도 청소년 만화가 아니라 성인 만화라는 것을 알고 놀라지 않을 수 없다. 처음에는 천진난만한 꼬마에게 전혀 의심하지 않았다. 그런데 꼬마가 다녀간 후에 성인만화 그것도 노골적인 성묘사와 그림과 사진이 있는 것을 훔쳐 가는 것이다. 비로소 나는 그 꼬마가 사춘기에 있다는 것을 알았다.

나는 당황하지 않을 수 없었다. 만화를 못 보게 하면 꼬마 누나와 인연의 끈이 끊어질 것이고, 만화를 보게 하자니 양심이 도저히 허락하지 않았다. 이 일을 어떻게 해야 할지 많은 고민을 하기 시작했다.

그러던 어느 날이었다. 꼬마 누나인 그 미녀가 가게 안에 자기 발로 쓰윽 들어오지 않는가? 나는 한동안 정신을 잃고 그 미녀를 바라보았다.

그 미녀도 나를 보고 있었다. 눈앞의 미녀는 너무나 아름다웠다. 살결이 백인같이 희다 못해 눈부시게 했다.

"서점 주인이 누구시죠?"

한동안 나는 대답을 못 하고 있었다. 서점에는 나와 그녀밖에 없다. 너무나 초라하여 구멍가게와 다름없는 서점이 나의 모든 것을 보여주는 것 같아 순간 열등의식에 사로잡혀야 했다.

"좀 앉으시죠."

얼떨결에 겨우 한마디 했다.

"서점 주인이 누구인지 묻지 않습니까?"

여자는 매우 불편한 표정을 지으며 나를 정면으로 올려다보았다. 나는 여자의 눈빛에 기가 꺾여 시선을 다른 곳으로 모았다. 너무나 마음씨 고운 여자로만 생각한 미녀는 이외의 표독한 표정과 독기어린 말투에 나는 당황했다. 그녀의 태도에 한동안 정신을 잃고 아무 말 없이 서 있는 나에게 몇 권의 책이 사정없이 날아들었다. 정신을 차리고 보니 꼬마가 훔쳐 간 성인만화 바로 그것이었다.

"어린아이에게 이따위 책을 팔아서 되겠습니까? 아무리 돈에 환장했기로서니 기본적인 양심은 있어야 하지 않을까요?"

"장사를 하려면 똑바로 하세요!"

그녀는 물러났고, 나는 한동안 성인 만화를 바라보며 멍하니 서 있을 수밖에 없었다. 그렇게 양같이 순하게 보이던 여인이 갑자기 늑대로 둔갑하여 이빨을 드러내고 있었다. 나는 꿈을 꾸고 있는 착각을 일으켰다.

꿈이 아니라는 것을 알았을 때 초라한 나의 현실이 너무나 처참했다. 당장 서점을 때려치우고 싶었지만 그동안 투자한 돈과 노력한 보람을 생각하니 쉬운 것이 아니었다.

그 꼬마는 보통 문제아가 아니었다. 집에서 돈을 훔쳐 PC방에서 탕진하고, 만화를 샀다고 거짓말을 한 것이다.

아침이 되었다. 평소와 같이 출근을 하니 경찰차가 가게 앞에 서 있다. 젊은 사람 둘이 차에서 내리더니 서점으로 들어왔다.

"경찰입니다. 조사 할 일이 있으니 경찰서로 같이 가야겠습니다."

위 포켓에서 경찰 신분증을 코앞에 내밀더니 같이 가자는 것이다.

나는 영문도 모른 채 경찰차를 탈 수밖에 없었다. 자동차는 한참을 달리더니 전투경찰이 차렷 자세로 보초를 서 있는 경찰서 안으로 들어갔다. 나는 불길한 예감이 들었다. 그러나 내가 왜 경찰서에 와야 하는지 도무지 알 수가 없었다. 자동차는 멈춰 섰고, 내가 안내된 곳은 어이없게도 '조사계'란 팻말이 있는 교실 같은 건물이었다. 이곳저곳에서 심문하는 경찰의 고함소리와 피해자와 가해자의 싸움소리가 뒤범벅이 되어 조사계 안은 매우 소란스러웠다.

"청소년 보호법으로 조사를 해야겠습니다. 앉아요."

나는 형사 책상 앞에 있는 작은 의자에 앉았다. 일이 이렇게 확대될 줄 몰랐다. 스포츠머리를 한 당당한 체격의 형사는 태권도나 유도 유단자가 틀림없다.

"당신 정신이 있소? 없소? 이따위 책을 어린아이에게 팔아서 되겠소?"

형사는 책상 서랍을 열더니 예의 그 성인만화를 꺼내 놓았다.

나는 정신이 하나도 없었다. 어떻게 해야 이 위기를 벗어날 수 있을까를 생각했다.

"저는 어린이에게 성인만화를 팔지 않았습니다."

나는 단호하게 분명히 말했다.

"뭐요? 이래도 변명해야겠어? 여기 있는 이 책은 당신 것이 아니고 누구의 것이요?"

형사는 화가 나서 큰 소리로 고함을 치며 만화책으로 책상을 탕! 탕! 쳤다. 책상 치는 소리가 형사실 안에 가득히 퍼져나갔다.

"청소년 보호법이 얼마나 무서운지 알기나 알아요? 미성년자에게 음란서적을 팔고, 그것도 한두 권이 아니고 여러 권을 상습적으로 보게 했으니 당신은 최하 일 년은 노고지리(유치장) 통에 들어가 있어 야 해."

나는 징역 일 년을 살아야 한다는 말에 정신이 번쩍 들었다.

"나는 정말 음란서적을 팔지 않았습니다. 그 꼬마를 대면시켜 주 십시오."

나는 형사에게 매달렸다.

"고분고분 묻는 말에 대답이나 하고, 잘못을 뉘우치면 잘 봐주려 했더니만 안 되겠구먼……."

형사는 화가 많이 나 있었다.

"여기 봐 여기, 그 소년이 진술한 진술서를 보란 말이야. 어린아이 가 거짓말하겠어? 아니라고 변명하면 당신만 손해야. 당신은 빼도 박도 못하고, 걸려도 단단히 걸렸어, 그 어린이가 누구인지 알기나 해? 이 경찰서 서장님 아들이야, 아들! 서장님이 얼마나 화가 났는 지 한번 생각해 보란 말이야."

그 꼬마가 서장님 아들이란 말에 나는 하마터면 졸도를 할 뻔했 다. 그렇다면 그 미녀는 서장의 딸이란 말인가?

조서는 시작되었다. 주소, 나이, 생년월일, 직업 등을 상세히 묻고 컴퓨터에 기록했다. 자판 두드리는 소리가 가늘게 들렸다. 음란서적 여러 권을 보여 준 것은 사실이고, 판매는 하지 않았다고 아무리 변 명해도 소용이 없었다. 형사는 서장의 특별지시를 받고, 될 수 있는 한 무거운 범죄로 몰아갔다. 이때 나는 변호사 생각이 났다. 변호사 를 사려면 최하 3백만 원은 있어야 한다. 나에게 3백만 원이 있을 턱이 없다. 그렇다고 어머니에게 도움을 바란다는 것은 도저히 있을 수 없다.

나는 형사가 지적한 여러 곳에 손도장을 눌렀다. 더 이상 버틸 수가 없었다. 이때 입구에 무거운 방송국 카메라를 어깨에 메고 들어오는 것이 보였다. 직감적으로 나는 얼굴을 가렸다. 카메라의 밝은 불빛이 나를 촬영하는 것이 틀림없다. 나는 될 수 있는 대로 얼굴을 가리기 위해서 최선을 다했다. 이어 성인만화를 촬영하고 있었다. 그들은 키득키득 웃으며 책장을 넘기고 있었다. 만약 내 얼굴이 노출되었다면 추악한 성인만화를 미성년자에게 판매한 악덕상인이 되어 이 세상에 살 수 없을 것 같다. 왜 일이 이렇게 꼬이는지 나는 허탈할 수밖에 없었다.

나는 허리띠, 신발, 소지품을 압류 당하고, 형사는 경찰서 유치장으로 나를 밀어 넣었다. 무거운 쇠문 닫히는 소리가 뒤에서 들리고, 그곳에는 많은 잡범들이 웅크리고 앉아 있었다. 한동안 행동을 어떻게 해야 할지 망설여졌다.

주위를 살핀 후 빈 자리에 엉거주춤 앉을 자세를 취했다.

각종 냄새가 코를 찔렀다. 한쪽 구석에는 대변보는 화장실이 있었다. 그곳에서도 냄새가 진동하였다. 고등학생 같은 소년이 대변보는 척하고 앉아서 솟아오르는 담배 연기를 손으로 날리며 열심히 담배를 빨고 있었다. 유치장에서는 금연으로 되어 있는데 어디서 구했는지 담배를 가지고 있었다.

경찰서 유치장 구금은 법적으로 29일이라고 했다. 29일 마지막 날, 나는 호송차 타고 다시 구치소 감방에 수감되었다. 구치소 감방은 경찰서 유치장보다 더 어둠침침하고, 불결했다.

이곳에도 화장실은 있다. 나는 경찰서 유치장에서 배운 대로 화장실 제일 가까운 곳에 자리를 잡았다. 감방은 무거운 침묵만이 계속 흐르고 있다. 죄수들의 인상을 똑바로 보지 못할 정도로 나쁜 눈길을 하고 있었다. 몇 사람은 핏기 없는 하얀 얼굴이 중환자 같은 인상을 남겼다.

이곳은 큰 죄를 지을수록 계급이 높았고, 고참일수록 서열이 높았다. 청소나 허드렛일은 신참의 차지였다. 새로 들어오는 순서대로 화장실 가까이에서 잠을 자야 했다.

짧은 스포츠머리를 하고, 옆머리에 흉터가 있는 인상이 험악한 사나이가 아까부터 이쪽을 보고 있었다. 나는 그와 눈이 마주치지 않기 위해서 노력했다. 그가 감방장이라는 것을 곧 알 수 있었다. 미결수들은 최고참을 감방장이라 불렀고, 절대적인 권한은 군대보다 더 엄격했다. 그중에서 중범죄자가 들어오면 신참이라 해도 특별대우를 해주었다.

사식이 들어오면 혼자 먹을 수 없었다. 때문에 사식이 많이 들어올수록 감방 안에서 인정을 받았다. 면회 한 번 오지 않는 외로운 사람도 있었다. 이곳에도 빈부의 차이는 있었다.

그들은 하루 종일 무료한 시간을 달래기 위해 신참이 들어오면 신고식이란 것을 시키며 웃음거리로 삼았다. 밖의 동정을 살피는 보초는 감방 안에도 있었다.

"너 뭣 땜시 들어왔어?"

이쪽만 보고 말 한마디 없던 감방장이 드디어 입을 열었다. 감방장은 피우던 담배를 나의 머리에 털었다. 앞으로 어떤 일을 당할지 극도의 공포감에 떨어야 했다.

"별도 없는 새끼 피라미구먼⋯⋯. 인마, 도둑질을 하려면 좀 큰 것을 해. 호랑이는 굶어 죽어도 풀은 안 먹어. 배운 자식이 겨우 한 짓이 이거야? 가짜 박사구먼. 얼마 주고 땄어? 청문회 때 논문표절 한 놈은 돈 값이라도 했지만, 너는 겨우 이 꼴이야. 코흘리개 돈, 그것도 돈이라고 뺏어 먹으려고 했어? 문둥이 콧구멍에 마늘을 빼먹지. 불알 찬 사내자식이 할 짓이야? 차라리 ×나 땅에 박고 뒈져라! 난 너 같은 놈을 보면 구역질이 나서 못 봐. 덩치 값 좀 해. 배운 값 좀 해."

감방장은 나의 코를 쥐고 비틀었다. 금방 눈물이 솟았다.

감방 안의 시선은 모두 나에게 집중되었고, 코흘리개 돈이나 뺏어 먹는 더러운 놈이 되었다.

"새꺄. 세상은 잡아먹고, 잡아먹히는 세상이야. 파리는 잠자리가 잡아먹고, 잠자리는 새가 잡아먹고, 새는 독수리가 잡아먹고, 독수리는 사람이 잡아먹고, 사람은 누가 잡아먹는가? 강한 자가 약한 자를 잡아먹는다! 알겠어? 잡아먹으려면 큰 것을 잡아먹어. 큰 도둑은 대통령이 되고, 국회의원이 되고, 장관이 되고, 사장이 되고, 재벌이 되고⋯⋯. 큰 도둑은 금방 나가고, 너 같은 피라미는 못 나가. 에이, 불쌍한 인간아! 너 같은 놈 낳았다고, 미역국 먹었을 거 아니가?"

갑자기 험악한 얼굴로 돌변하더니 복부에 주먹이 날아왔다. 감방이 한 바퀴 빙 도는 것 같더니 아랫도리가 찢어지는 것 같다. 아무 죄도 없는 어머니를 욕보이다니 도저히 참을 수가 없다. 그러나 이빨을 악물고 참을 수밖에 없었다. 나는 기진맥진되어 변명할 힘도 없었다.

감방장은 아무나 하는 것이 아니라는 것을 알았다. 그는 강력한 리더십을 가지고 있었다.

"인마, 공부 좀 시켜!"

감방장은 모든 것이 귀찮다는 듯 길게 누워 잠을 청했다. 말이 떨어지기 바쁘게 키가 작고 뚱뚱한 녀석이 벌떡 일어났다. 그는 기분 나쁜 표정으로 나를 한참 훑어보더니,

"너 장가 갔어, 안 갔어?"

"안 갔습니다."

"핸드푸레이 쳐 봤어, 안 쳐 봤어?"

여기저기서 키득 키득 웃는 소리가 들렸다.

"이 새끼, 귀가 처먹었나?"

"꺼내 봐."

그것은 번데기가 되어 고슴도치 같이 오그라들었다.

"키워."

아무리 키워도 자꾸 오그라들기만 했다.

"니미 씨브랄, 이딴 걸 갖고 사내구실 하겠냐? 잘라서 튀김 해 먹어라."

가운데 손가락으로 그것을 힘껏 퉁겼다. 온몸이 전류에 감전되는 것 같다. 너무 아파 풀썩 주저앉고 말았다.

"히히히……."

좁은 감방 안에는 한꺼번에 웃음이 쏟아져 나왔다.

밤이 되었다.

그들의 대화는 어떤 범죄는 얼마를 살고, 어떤 범죄는 집행유예로 나가고, 변호사는 누가 누구를 잘 알고, 마치 변호사나 판사가 된 것같이 훤히 알고 있었다. 나는 초범이기 때문에 벌금만 내면 집행유예로 나올 수 있다고 했다.

손에 채워진 수갑은 차갑기만 했다. 나의 가느다란 손목에 비해서 무겁기만 했다. 뉴스에서나 보던 수갑을 다른 사람도 아닌 내가 차고, 구치소와 법정을 드나들 줄 꿈에도 몰랐다. 나는 교도관이 이끄는 대로 호송차를 타고 검찰의 조서를 받으러 갔다. 혹시 아는 사람이라도 만날까 수갑을 찬 채 얼굴을 가렸다.

청소년보호법이 이렇게 무서운 줄 몰랐다. 특히 미성년 성폭행 사건이 자주 일어나고부터 더 엄격해졌다고 한다. 담당 검사는 매우 기분 나쁜 표정으로 나를 응시했다. 뜻밖에도 고등학교 동창이었다. 다행히 검사는 나를 알아보지 못했다. 나를 구해줄 수 있는 기대감보다 나를 알아볼까봐 더 불안했다. 나는 또 다른 열등의식에 떨어야 했다. 동창생이 동창생으로 보이지 않고, 염라대왕같이 보였다.

"아무리 돈이 좋지만 기본 양심은 있어야지! 벼룩이 간을 내먹지 어린것을 상대해 음란서적을 팔다니 세상 말세야. 말세?"

나는 아무 말도 하지 않았다.

빨리 이곳을 벗어나고 싶었다. 모두 출세하고, 성공했는데 나만 외톨이가 되어 악몽을 꾸고 있는 것이다.

내가 구치소에 있는 동안 어머니는 한 번도 면회를 오지 않으셨다. 출세하고 성공하는 아들만 생각했지 감옥에 있는 아들의 모습을 차마 볼 수가 없었기 때문이다.

구치소를 향하던 어머니의 발걸음은 내가 다니던 대학교로 향하고 있었다. 멀리 웅장한 학교 건물이 보인다. 내가 4년 동안 다니던 학교다. 학교 건물만큼이나 정문도 아치형으로 웅장한 모습을 하고 있었다. 이 학교는 남편이 졸업한 학교이기도 하다. 아버지와 아들은 이 학교를 졸업한 동창생이다.

할아버지는 시골에서 가난한 머슴의 아들로 태어났다. 머슴살이로 시작해서 악착같이 돈을 모아 자수성가한 분이시다. 가난하고 못 배운 것이 한이 되어 아들만큼은 끝까지 공부시켜 출세시키는 것이 목적이었다. 판·검사가 되어 천민의 한을 풀고 싶은 할아버지의 굳은 신념이었다.

아버지는 공대를 가셔야 했다. 적성이 문과가 아니고 이과에 맞다. 수학을 잘 하시기 때문에 공대를 지망하셨으면 크게 성공했을 것이다. 할아버지는 법대를 고집하셨다. 판검사가 되어 큰소리치고 살고 싶었다. 판검사가 곧 눈앞에 와있는 느낌이었다. 소도 팔고, 논도 팔고, 있는 재산 모두 털어 넣어도 할아버지는 아깝게 생각지 않았다.

"네 형만 성공하면 우리 집 다 먹고 산다."

이것이 할아버지의 신념이었다. 형제들도 그렇게 생각했다. 그러나 할아버지의 뜻은 이루어지지 않았다. 우리 가정은 파산하여 공사장의 막노동자로 식모로 뿔뿔이 흩어져야만 했다.

1차 시험은 합격했지만 2차 시험은 번번이 실패하였다. 사법고시 재수, 삼수는 날이 갈수록 판검사의 꿈은 멀기만 했다. 할아버지는 가산만 탕진하고, 아들의 성공을 보지 못한 채 화병으로 돌아가셨다.

아버지의 피나는 노력에도 꿈은 이루어지지 못 했다. 부모 형제들에게 지은 죗값과 열등의식 속에 약간의 정신이상자가 되어 거리를 방황하다 교통사고로 유명을 달리하고 말았다. 유복자인 나를 남겨두고 세상을 하직하고 만 것이다.

어머니는 부유한 집안의 외동딸로 그 당시 귀한 법대생에게 시집 잘 갔다고 소문이 자자했었다고 한다. 어머니는 유복자인 나를 위해서 아까운 것이 없었다. 친정에서 물려받은 재산 모두를 내 학비를 위해서 다 털어 넣었다.

어머니는 한동안 멍하니 서서 학교 정문을 바라보고 있었다. 어머니의 눈동자가 멈춘 곳은 놋쇠로 된 육중한 학교 간판이었다. 'ㅇㅇ 대학교' 누구의 글씨인지 모르지만 잘 다듬어진 예술체의 글씨였다. 어머니는 천천히 귀한 물건을 다루듯 학교 간판을 어루만지고 있었다. 어머니 손은 떨리고 있었다. 한동안 어머니는 학교 간판에서 손을 떼지 못했다.

"대학아! 대학아! 내 아들 어쩌란 말이냐? 왜? 말이 없느냐? 청운의 꿈은 어디로 가고, 감옥살이가 웬 말이냐? 대학 졸업장 때문에 공장에서 쫓겨났다니 말이나 될 법한 일이냐? 대학 나와도 갈 곳이 없는 학교, 우리 집 재산은 네가 다 가지고 있다. 누구에게 보상받아야 하느냐?"

어머니의 목소리는 형언할 수 없는 서러움으로 떨고 있었다.

"이 간판은 내 남편이 만들어준 것이야. 소도 팔고, 논도 팔아서 만들어 준 것이야. 저 건물은 내 남편, 아들과 마찬가지야."

어머니는 마침내 눈물을 보이기 시작했다. 눈물에 가려 희뿌연 본

관 건물이 멀리 보였다.

"저 건물 속에는 우리 집 재산이 숨어있다. 나는 이제 누구를 의지하고 살아야 한단 말이냐? 나는 이제 노후 대책도 없이 거지가 되어 길거리에 나앉아야 한다. 어떻게 살아야 할지 대답이라도 해다오."

어머니는 소리 없이 크게 흐느끼고 있었다. 대학이 무엇인지? 상아탑이 무엇인지? 청운의 꿈은 사라지고, 우골(牛骨)대학에서 간판 대학으로 변하여 절망만이 남아있다. 어머니는 천천히 보따리를 풀고 있었다. 거기에는 아버지의 졸업장과 아들의 졸업장이 나왔다. 어머니는 남편과 아들의 졸업장을 품에 안았다. 살아 있는 남편을 포옹하듯, 감옥에 있는 아들을 포옹하듯, 오랜 포옹은 끝이 나지 않았다. 갑자기 어머니의 행동이 이상해졌다. 손놀림도 빨라졌다. 어머니는 정신없이 졸업장을 찢기 시작했다. 찢어진 졸업장은 바람을 타고 육중한 건물 속으로 사라졌다.

내가 구치소에서 해방되는 날 바람이 몹시 불었다. 거센 바람이 먼지를 안고 이리저리 굴러다녔다. 하늘의 검은 구름이 빠르게 움직이고 있다. 곧 비가 올 것 같기도 했다.

나는 벌금 3백만 원을 선고받았다. 검은 법복을 입고 있는 판사는 염라대왕 같은 인상을 주었다. 할아버지와 아버지 어머니가 그렇게 바라고 원하던 판사였다. 선고를 기다리고 있는 동안, 아무리 노력을 해도 온몸이 와들와들 떨렸다. 순간 감방에서 죄수들이 말한 형량과 너무나 일치한 데 놀랐다.

마지막 점검을 받고, 입소할 때 맡겨둔 옷과 물품을 반환 받았다.

바지 주머니에서 열쇠 꾸러미가 떨어졌다. 서점 열쇠도 있었다. 두 달 동안 서점을 열지 못했다. 미성년자에게 음란서적을 팔아 감옥살이 하고 있다는 소문이 났을 것이다. 다시 문을 열기가 힘들 것 같다. 잡지 같은 것은 반품시효가 지나 폐품이 되어 있을 것이다.

구치소 정문은 두 개로 되어 있다. 첫째 문을 통과하고, 둘째 문을 통과해야 비로소 자유의 몸이 된다. 간수들이 언제나 권총을 차고 보초를 서 있다. 큰 문은 좀처럼 열려지지 않는다. 정문 옆에는 쪽문이 있다. 사람들은 주로 쪽문으로 다닌다. 둘째 쪽문이 육중한 소리를 내며 서서히 열렸다. 드디어 자유의 몸이 되었다. 두 달 만에 바깥세상을 보니 눈이 부셨다.

멀리서 어머니가 두부를 들고 이쪽을 보고 계셨다.

어머니를 보니 복받쳐 오르는 눈물을 참을 길이 없었다. 35살 나이에 혼자되어 유복자인 나 하나를 위해서 모든 것을 바친 어머니였다.

손자를 보고 싶은 간절한 소망도 풀어드리지 못하고, 취직을 해서 어머니를 편안히 모시겠다는 소망도 못 해 드리고, 빚내어 장사시켜 주니 추악한 범죄자로 감옥살이를 했으니 이 세상에 나 같은 불효는 없을 것이다.

윗저고리 안주머니에서 쪽지 하나가 나왔다. 미녀에게 보낼 편지였다. 그 편지를 보니 형언할 수 없는 감정이 솟구쳤다. 말도 한 번 건네 보지 못한 여자 때문에 너무나 혹독한 시련을 당하였다. 짝사랑은 선택의 자유, 시간의 자유, 돈이 들지 않는다고 했는데 짝사랑만큼 신세 망치는 것이 없다. 쪽지는 여러 갈래로 찢어 하늘 높이 날렸다. 바람결 따라 멀리까지 날아갔다.

인간으로 태어난 것이 원망스럽다. 정말 죽고 싶은 심정이다. 차라리 감옥에 있었으면 하는 심정이다.

나는 어디로 가야 한단 말인가? 나는 어떻게 해야 한단 말인가?

전과자가 되었으니 공무원이 될 자격도 없고, 재벌기업에도 받아주지 않고, 중소기업에도 받아주지 않고, 장사를 해도 억울한 누명만 쓰고, 재산만 날리고, 문을 닫아야 할 판이다. 이제 감옥에도 나를 받아주지 않을 것이다. 이 세상 어디에도 나를 반기는 곳은 없다. 학창시절의 이상과 꿈은 사라지고, 허허벌판에서 홀로 서 있다. 청년 실업자가 되어 방황하고 있다.

문득 어릴 때 본 영화 '쿼바디스'가 떠오른다.

로마를 불태운 '네로'는 기독교인에게 누명을 씌우고, 무차별 살육하거나 잡아갔다. 베드로는 무리를 이끌고, 천신만고 끝에 피난을 간다. 이때 한 사람이 로마로 가고 있었다. 예수였다.

이러지도 저러지도 못한 베드로는,

"주여, 어디로 가시나이까?"

"주여, 저는 어디로 가야 합니까?" 부르짖었다.

내가 바로 이 절박한 심정이다. 내 인생이 이렇게 허무하게 무너질 수는 없다. 나는 이제 어디로 가야 한단 말인가? 참으로 막막하기만 하다. 이 넓은 세상에 내가 갈 곳은 아무 곳도 없다.

나는 터덜터덜 저점을 향해 힘없는 걸음을 때어놓으며 기도하듯 중얼거렸다.

"쿼바디스 도미네."

"대학아! 대학아!"

빼앗긴 약혼자

그녀가 결혼하는 날, 박 군의 눈알은 거꾸로 박혔었다.

거꾸로 박힌 눈알은 세상이 온통 거꾸로 보였다. 그 눈알로 박 군은 그녀를 찾기 위해서 창녀촌을 두 바퀴 반을 돌았다.

주인이 아파트로 이사 갈 때 버림받은, 보신탕집 주인도 쳐다보지 않는 수캐가 먹이를 찾아 쓰레기통을 뒤지듯 뒤졌지만, 그녀는 어느 곳에도 없었다.

벌써 밝고 어두운 도시의 밤이 거리에 짙게 깔리기 시작했다. 낮에 보면 판자촌같이 어수선한 창녀촌이 밤만 되면 불야성을 이루고, 새로운 모습으로 단장되어 화려한 불빛으로 조명되어 있었다.

오늘 결혼한 그녀는 미녀 이영애와 많이 닮았기 때문에 포주 아줌마에게 이영애 사진을 보여주며 매달렸다.

"이영애 닮은 여자 있어요?"

"이영애?"

말이 떨어지기 바쁘게 코앞에 이영애 사진을 내밀었다. 이영애 사진을 보고 있던 포주는 고개를 좌우로 흔들었다. 돌아서는 박 군의 뒤통수에 포주 아주머니는 입을 비죽거렸다.

"뭘 몰라도 한참 몰라. 이런 데 와서 인물 못난 여자를 골라야지. 그래야 밑이 깨끗할 것 아닌가. 데리고 살 여자도 아닌데. 그것 보고 왔으면 그것이 싱싱해야지."

포주 아줌마는 노골적으로 불만을 털어놓았다. 지성이면 감천이라고 했던가. 다음, 다음 집에서 박 군은 이영애를 닮은 여인을 찾아낼 수 있었다.

그녀는 다음 손님을 맞기 위해서 열심히 화장을 고치고 있었다. 쌍꺼풀진 시원하게 생긴 큰 눈, 날카롭지 않은 오뚝한 콧날, 이지적인 입술, 계란형의 얼굴은 오늘 신혼여행을 떠난 그녀와 너무나 많이 닮아 있었다.

잃어버린 그녀를 되찾은 환희에 젖은 박 군은 여인을 힘 있게 포옹했다. 이런 일에 익숙해 있는 듯 여인은 아무 감정 없이 박 군의 행동에 적응해 왔다.

세 평 남짓한 좁은 방에 침대 하나가 다 차지하고 있고, 머리맡에는 옹기종기 화장품들이 어지럽게 널려있다. 어울리지 않는 분홍색 불빛이 맞은편 거울에 반사되어 여인을 환하게 비추고 있다.

"긴 밤? 짧은 밤?"

여인은 시간이 없다는 듯 사무적인 절차를 재촉하고 있었다. 박 군은 그녀의 머리가 오늘 결혼한 신부와 다른 생머리임을 알았다.

"미장원에 다녀와. 신부 머리를 하면 더 좋고……."

방바닥에 흩어진 적지 않은 지폐와 박 군을 번갈아 보고 있던 여인은 처음 당하는 일에 행동을 어떻게 해야 할지 몰라 당황하고 있었다.

"빨리 갔다 오라니까?"

여인의 신발 끄는 소리가 어둠 속에서 사라지자 비로소 박 군은 본적지를 되찾을 수 있었다.

그녀 집과 박 군 집은 담 하나를 사이에 두고 20년을 형제보다 더 가까이 살아왔다. 넓은 집안에 단둘이 있을 때가 많았다. 다 큰 처녀 총각이 어찌 이성적인 감정이 없을 수 있겠는가? 박 군은 철저한 순결주의자였다. 평생을 같이 살 부부 만큼은 남자나 여자나 결혼 첫날밤까지 순결을 고이 간직했다가 정말 뜻 있고 보람 있는 첫날밤을 맞이하고 싶었다.

그녀가 고3일 때 박 군은 대학생이었고, 무보수 가정교사가 되어 있었다.

"오빠, 난 오빠 때문에 공부가 안 돼. 내 머리는 온통 오빠 생각뿐이란 말이야!"

그녀는 울면서 박 군 가슴속을 파고들었다.

"너 미쳤니? 지금이 어느 땐데…… 고3이야. 네가 원하는 대학에 들어가서 졸업을 하고 우리는 결혼하는 거야."

"오빠, 정말 약속하는 거지?"

"약속 하고말고."

둘이는 약혼자가 되어 손가락을 걸고 도장까지 찍었다.

"그 대신 너도 약속할 것이 하나 있어."

"뭔데?"

"대학에 꼭 합격하는 거야."

그녀와 박 군은 또 새끼손가락을 걸었다. 그때 그녀는 박 군의 포로가 되어있었다. 말하나 행동 하나까지 박 군에게 잘 보이기 위해서 노력했고, 심지어 입는 옷까지 박 군의 의사에 따랐다. 하루도 보지 않으면 몸살이 날 정도로 열렬히 사랑했다. 몸을 요구했다면 두말없이 허락했을 것이다. 꽉꽉 씹어 먹는 강냉이하고 살살 녹여 먹는 아이스크림 하고는 근본적으로 다르다. 귀한 것은 아끼고 아끼는 법이다. 양가 집안도 두 사람은 결혼하는 것으로 되어 있다.

그들은 열심히 가르치고 배웠다. 그해 그녀는 무난히 대학에 들어갔고, 그들은 없어서는 안 될 다정한 약혼자가 되었다. 그런 그녀가 오늘 다른 남자에게 시집을 갔다. 그것도 가장 친한 친구 녀석에게 시집을 갔다.

가짜 다이아몬드 반지라도 끼고 다니듯, 가짜 신부라도 그 녀석보다 먼저 첫날밤을 보내지 않고는 목숨이 온전하지 못할 것 같다.

정말 여자의 마음은 알 수가 없다. 그녀를 녀석에게 빼앗긴 결정적인 이유는 어느 게임 추첨에서 그녀가 녀석의 파트너가 되고부터이다. 녀석과 박 군이 다른 점은 녀석은 매사에 적극적이고 박 군은 매사에 소극적이란 점이다. 낚시를 가도 박 군은 하루 종일 피라미만 잡는데 녀석은 팔뚝만한 것을 잡아 올린다. 고스톱을 쳐도 박 군은 기본 3점밖에 못 먹는데 녀석은 "못 먹어도 고다!" 흔들고 쓰리 고에 피박까지 씌워 싹쓸이 한다. 녀석은 후기 대학에 겨우 턱걸이해서 들어가 졸업을 했다.

공교롭게도 같은 날, 같은 회사에 입사 시험을 치렀다. 그런데 면접시험에 '적극성과 소극성'이란 제목을 붙여놓고 토론을 하게 했다. 박 군은 무슨 말을 하긴 해야 하는데 토론자의 틈바구니에 끼어 들어가기가 무척 힘이 들었다. 이때다 싶어 말을 하면 꼭 녀석은 말을 가로막고 자기주장을 펴 사람을 병신 만드는 것이다.

녀석은 좌석을 리드하고 심사위원까지 폭소를 자아내게 했다. 녀석은 합격해서 지금 대리 자리를 바라보고 있지만 박 군은 취직 삼수생의 초라한 실업자가 되어있다. 이제는 어느 회사고 나이가 많다고 뽑아주지 않는다. 이때부터 그녀는 박 군을 멀리했고 녀석과 가까워지기 시작했다. 녀석은 그녀를 어떻게 했는지 소금 먹은 배추로 만들어 놓았다. 녀석은 그렇게 하고도 남을 놈이다. 나같이 아끼고 아낄 놈이 아니다.

박 군은 그녀가 포로가 되어있을 때, 내 사람으로 도장을 찍어놓지 못한 것을 후회하고 후회했지만 이미 때는 늦었다.

미장원을 다녀온 그녀는 하얀 이빨을 드러내 보이며 환하게 웃고 있었다. 영락없이 오늘 결혼한 신부였다.

"나 배고파."

"응. 뭐 먹을래?"

"자장면."

"자장면이 뭐야. 해삼탕 하고, 팔보채 하고, 술은 샴페인으로……"

식사 배달이 왔다. 박 군은 건배 제의를 했다.

"우리의 첫날밤을 위하여!"

박 군은 취하기 시작했다. 첫날밤을 이 초라한 수용소 같은 칸막이 방에서 보낼 수는 없었다. 시내 최고급 호텔로 자리를 옮기기로 했다.

"야, 신난다."

그녀는 좋아서 손뼉을 쳤다. 박 군도 좋아서 손뼉을 쳤다. 어느덧 신혼여행의 단꿈에 젖어 훨훨 날고 있었다. 이때 노크 소리가 나고 박 군을 안내해준 반쯤 늙은 그 포주 아줌마의 목소리가 창 너머로 들려왔다.

"자야. 잠깐 나와 봐라."

그런데 이상하다. 잠깐 나간 그녀는 한 시간이 되고, 두 시간이 되어도 돌아오지 않는다. 박 군은 남아있는 술잔만 기울일 수밖에 없었다. 시간은 점점 더 가고 있다. 마음이 조급해지기 시작한다. 그녀석은 지금쯤 신혼여행 방에서 사워를 하고 그녀를……

"안 돼! 시간까지 녀석에게 질 수 없어!"

박 군은 문을 박차고 나왔다. 그녀를 찾았다. 반쯤 늙은 아까 그 아줌마가 두 손을 모으고 머리를 조아렸다.

"총각, 다른 색시로 바꾸면 안 될까? 어제 왔어. 인물도 예쁘고, 16살이야."

"무슨 소리요?"

"사실은 자야 애인이 왔어."

"뭐? 애인? 애인 같은 소리하고 있네. 천하없어도 이번만은 양보 못한다."

박 군 눈알이 또 뒤집히기 시작했다. 빨리 그녀를 내어놓으라고 고래 고함을 지르기 시작했다. 소란은 계속되었다. 반쯤 늙은 그 아줌마는 보이지 않았다. 마당 한구석 수돗가에 세숫대야가 여러 개 놓여있었다.

화가 머리끝까지 치민 박 군은 세숫대야를 닥치는 대로 발길질했다. 양은그릇 소리와 박 군의 고함이 한밤중 창녀촌을 발칵 뒤집어

놓았다. 이 방 저 방에서 문이 열리고 계집들이 얼굴을 내밀기 시작했다.

"짜식, 꼴값하고 있네."

"사내자식이 오죽 못났으면 기집 뺏기고 발광이여."

"젖이나 한 통 더 먹고 오랑께."

뜻밖의 집단 저항에 박 군은 그만 기가 죽기 시작했다. 어쩌면 그녀의 애인 일지도 모르는, 녀석과 닮은 덩치 큰 사내가 버티고 서 있다. 마지막 얼굴이라도 한번 보고 싶은 그녀는 끝까지 보이지 않았다. 박 군은 쫓기다시피 창녀촌을 빠져나올 수밖에 없었다. 패자의 힘없는 발길은 밝고 어두운 도시의 밤길을 자꾸만 자꾸만 걸어야 했다.

박 군은 아직도 결혼을 하지 않았다.

첫사랑을 못 잊어서만은 아니다. 마음에 없는 여자와 결혼한다는 것은 치욕에 가깝다고 생각했기 때문이다.

이 지구상에는 70여 억의 인간이 살고 있다. 그중 35억은 여자이고, 35억은 남자이다. 그 많은 남녀 중에 한 사람을 고르지 못해 처녀 총각들은 고민하고 있고, 노처녀 노총각으로 늙어 가고 있다. 날이 갈수록 처녀들의 콧대는 높아만 가고 있다. 웬만한 자리가 아니면 아예 시집 갈 생각을 않는다. 모두가 백마 탄 왕자가 나타나기를 기다리고 있다.

부모를 잘 만나 부잣집에 태어난 처녀는 열쇠 여러 개를 쥐고 사(師, 事, 士) 자 붙은 신랑감을 쫓아다니지만, 이것도 저것도 아닌 처녀는 공주병에 걸려 지금 늙어가고 있는 것이다.

"아빠, 왜 돈 못 벌었어?"

부모는 할 말이 없다.

"내 딸이 어때서?"

항변해 보았자 마담뚜는 얼씬도 하지 않는다. 처녀가 늙어가니 총
각도 늙어 갈 수밖에 없다.

세월은 빠르게 흘러 박 군의 앞이마는 훤하게 넓어져가고 흰머리가
돋아나, 실제 나이보다 훨씬 많게 보이는 탓에 누구도 그를 총각으로
보는 사람은 없다. 만물의 영장인 사람이 마음에도 없는 여자와 평생
의무적으로 사는 것 보다는 차라리 혼자 사는 것이 훨씬 낫다고 자
위해온 그가 결혼을 하기로 마음을 바꾼 것은 최근의 일이다.

"얘야, 장가가거라. 정혼한 사람을 버리고 다른 남자에게 시집간
년은 같이 살아도 바람을 피울 년이다. 배신한 여인에게 무슨 미련
을 가지고 있느냐? 혼사(婚事)란 억지로 되는 것이 아니다. 아무리
붙여줄려고 해도 안 되고, 아무리 떼어 놓으려 해도 안 되는 것이
혼사다. 태어날 때부터 정해진 천생연분이 있는 것이다. 이 어미는
손자 한번 안아보는 것이 마지막 소원이다."

눈물까지 보이시는 노쇠한 어머니의 간절한 소망을 보고, 대를 이
을 삼대독자의 불효를 뼈저리게 느낀 박 군은 장가를 가야 한다는
절박감에 사로 잡혔다.

키도 크고, 눈도 크고, 코도 컸으면 좋으련만 마누라는 마음을 뜯
어먹고 사는 것이지 인물 뜯어먹고 사는 것이 아니라는 어머니의 말
씀에 위안을 가져야 했다. 오빠 오빠 하며 남자를 축구공 같이 몰아

붙이는 세상에, 공처가는 의무적이어야 하고, 노총각 주제에 처갓집 살림을 넘겨다보는 것은 염치없는 꿈이고, 그래도 한 가지, 부부가 평생을 살면서 대화는 되어야 하지 않겠느냐 하는 것이 박 군의 소박한 소망이다.

결혼상담소에도 수없이 드나들었고, 아는 사람의 소개로 맞선을 본 여자들은 한결같이 박 군을 결혼 상대자로 보지 않고 싸구려 시장에 버려진 재고품으로 생각했다.

매사에 소극적이고 내성적인 박 군은 여자 앞에는 말도 못 하는 바보가 되지 않기로 마음을 먹었다. 그녀를 빼앗아간 녀석같이, 적극적이고 능동적으로 대처하기로 마음먹었다. 맞선보는 날 박 군은 처녀에게 잘 보이기 위해서 열변을 토했다.

"그래, 나라 꼴이 이게 뭡니까? 여야 정치인들은 밤낮 싸움질만 하고, 높은 놈들은 민생은 토탄에 빠져도 도둑질할 생각만 하고, 어느 한 곳 썩지 않은 곳이 있어요? 범죄가 이렇게 많으니 이게 사람 산다고 할 수 있습니까? 기름 한 방울 나지 않는 나라에 자동차 이천만 대가 뭡니까? 외국 근로자가 이백만 명이 넘어요. 3D를 기피해서는 안 됩니다. 황금만능주의, 허영을 버리고 허리띠를 졸라매야 합니다. 새마을 정신으로 다시 일어나야 합니다."

박 군의 열변에 처녀는 눈만 멀뚱멀뚱하고, 이 남자에게 시집갔다간 평생 고생만 하고, 옷 한 벌 못 얻어 입겠구나. 안녕히 계십시오. (제가 뭔 애국자라고. 잘 먹고 잘 살아라.) 이것으로 끝장이었다. 요사이 여자들은 머리가 빈 봉투 같이 비어 있다는 것이 박 군의 주장이다.

그런데 장거리 출장 중에 옆자리에 앉은 여자와의 대화에서 박 군이 생각하는 이상형의 여자를 만났다. 그녀는 고속도로에 펼쳐진 승용차를 보고, 우리나라 의식 구조를 개탄했다.

고급 승용차보다 꽁지 없는 소형차를 타는 사람을 더 존경해야 하고, 소형차보다 오토바이를, 오토바이보다 자전거를, 자전거보다 걸어 다니는 사람을 더 존경해야 하는 사회 풍토가 중요하다고 역설한 여자였다.

"요새도 이런 여자가 있구나."

어떻게 하더라도 이 여자를 놓쳐서는 안 된다고 생각했다.

"너무나 당연한 말씀입니다. 고속도로에 다니는 차를 보고 그 나라의 경제를 알 수 있다고 했습니다. 고속도로에 승용차보다 화물차가 많은 나라는 경제가 발전하는 나라입니다. 우리나라는 고급 승용차를 타고 다니는 것을 계급으로 생각하는 과시욕이 대단한 나라입니다. 없어도 있는 체, 몰라도 아는 체, 못나도 잘난 채 해야 살아갈 수 있는 나라입니다.

"지방자치 이후 속은 곪아 터졌는데 눈에 잘 보이는 길거리 화장만 하고, 세계에서 제일 옷 잘 입는 우리나라가 겉으로 보기에는 잘 살아 보이지만 내 막을 들여다보면 가계 빚이 1천5백조 원, 나랏빚이 6백71조 원, 국민 일 인당 1천3백만 원입니다. 외상이라면 소도 잡아먹습니다. 대부분 지자체가 엄청난 빚을 지고 있습니다."

(정말 대단한 여자구나. 대화가 되는 여자구나. 머리가 꽉 찬 여자구나.) 상대방이 듣기 좋게 임시로 하는 대화 같으면 정확한 수치까지 말할 수는 없는 것이다.

박 군은 그녀와의 대화에서 감탄사를 연발했다. 이 여자야말로 평생을 같이 할 마누라라고 생각했다.

자가용 무용론을 부르짖은 박 군이 최신형 자동차를 할부로 뽑은 것은 연애 할 때는 자가용이 필수란 것을 알고 있기 때문이다. 새 차 넘버가 나온 첫날 콧노래가 절로 나왔다. 그녀와의 데이트 약속 때문이다. 만나기로 한 커피숍 주위를 세 번이나 돌아 겨우 빈자리를 찾아 차를 주차시키기 위해 후진을 하고 있는데, 술에 만취한 늙은 영감이 뒷문을 덜컥 열고 들어오지 않는가. 택시로 착각한 모양이다.

"빨리 가자!"

"이 차는 택시가 아닙니다."

"가자면 가는 거지 웬 잔소리가 많아?"

"내리세요."

"못 내리겠다."

어이가 없었다. 영감은 의자와 문짝을 사정없이 발로 차면서 가자고 호통을 쳤다. 아직 사랑땜도 하지 않은 티끌 하나 묻지 않은 새 차를 마구 버려 놓았다. 그녀와의 약속시간이 30분을 넘기고 있다. 큰일 났다. 쉽게 해결될 문제가 아니었다. 울컥한 박 군은 영감을 끌어내기 시작했다. 못 내리겠다고 버티고 있는 영감은 혼자의 힘으로는 어림없다. 시간은 점점 더 가고 있다.

"뭐 이런 영감이 있어!"

화가 머리끝까지 난 박 군은 영감의 팔과 다리를 비틀어 내동댕이쳤다. 그 바람에 영감의 안경이 박살 났다.

"이놈이 사람 죽인다!"

목소리는 확성기같이 크다. 보통내기 영감이 아니다. 덜컥 겁이 났다. 박 군은 도망치듯 그녀가 기다리고 있는 커피숍으로 달렸다. 그녀는 기다리고 있었다. 박 군은 약속을 지키지 못한 것을 정중히 사과했다. 놀랍게도 그녀는 복잡한 도시 교통을 이해했다. 그녀를 만나는 순간 불쾌했던 순간들이 사라지고 드라이브 데이트에 환상의 나래를 펴고 있었다.

"오늘 제가 좋은 곳으로 모시겠습니다. 우리나라가 좁고 복잡한 것 같아도 야외로 조금만 벗어나면 경치가 그렇게 아름다울 수가 없어요."

"그렇습니다. 아름다운 우리나라입니다."

"그래서 금수강산이라 하지 않았습니까? 어디로 모실까요? 무엇을 드시고 싶습니까?"

"오늘은 멀리 가지 말고 가까운 곳으로 갑시다. 싸구려 식당에도 멋은 얼마든지 있습니다."

"평소에 가보고 싶은 곳이 없었습니까?"

"행복은 물질에 있지 않고 마음에 있다고 생각합니다."

"그렇습니다. 행복은 작은 곳에서도 얼마든지 창조할 수 있다고 생각합니다."

척 하면 삼척이다. 남자에게 부담을 주지 않으려는 배려이다. 현모양처가 틀림없다. 둘은 드라이브를 하기 위해 다정하게 손을 잡고 차 있는 곳으로 갔다. 그런데 이게 웬 날벼락인가? 아직 사랑땜도 하지 않은 박 군의 차에 이곳저곳 곰보를 만들어 놓았다. 구두 발자국이 뚜렷했다. 뿐만 아니라 굵은 못으로 기찻길같이 두 선을 좍 긁어 놓았다. 영감의 소행이 분명했다. 첫 데이트가 엉망이 되었다. 그렇다고 그녀 앞에서 기분 나쁜 표정을 만들 수가 없었다.

박 군은 복수의 이빨을 갈았다.

영감을 다시 발견한 것은 보름만의 일이었다. 영감은 최고급 까만 승용차를 소유하고 있었다. 박 군은 형사같이 주위를 살피며 영감 차 옆으로 다가갔다. 영감이 박 군의 새 차에 긁어 놓은 바로 그 위치에 그 길이만큼 굵은 못으로 두 선을 좍 긁어 놓은 것이다.

혼사는 순조롭게 잘 진행되었다.

박 군은 아침부터 목욕을 하고, 미용실에서 머리를 하고 구두까지 깨끗이 닦아 놓았다. 오늘이 양가 부모 상견례 하는 날이다. 호텔 커피숍에는 시장 바닥같이 소란했다. 오늘이 대혼일인 모양이다.

그런데 이게 어찌된 일인가? 박 군은 눈을 의심했다. 꿈을 꾸고 있는 것 같다. 거짓말 같은 참말이었다. 그녀의 아버지는 박 군이 팔을 비틀어 내동댕이친 바로 그 영감이 아닌가? 분명히 안경을 박살 낸 그 영감이었다. 아무래도 일이 이상하게 돌아간다. 불안한 박 군은 애써 태연한 척, 모르는 척 했다. 영감이 나를 몰라주기를 바랄 뿐이다. 그런데 그게 아니었다. 박 군을 보자마자 영감은 사지를 부르르 떨며 고함을 질렀다.

"저, 저, 저놈을 잡아라!"

박 군은 허겁지겁 커피숍을 빠져나와 도망을 쳤다. 온몸에 땀이 비 오듯 한다. 이 일을 어떻게 처리해야 할지 정신이 하나도 없었다.

사랑한 그녀의 얼굴과 놀라 실망한 어머니의 얼굴이 영화 스크린 같이 지나갔다. 호텔 주차장에는 못 자국도 뚜렷하게 두 선이 그어진 까만 승용차와 흰 차가 나란히 서 있었다.

파혼은 당연하다고 박 군은 생각했다. 왜 일이 이렇게 꼬이는지 모르겠다. 요사이 여자들은 옷만 화려하게 입었지, 머리는 빈 봉투와 마찬가지로 텅 비어 있다. 그러나 그녀는 머리가 꽉 차 있는 보기보다 내면이 좋은 여자다. 대화가 되는 여자다. 요사이 찾아보기 어려운 여자다. 인물은 잘나지 않았지만 남자 하나는 성공시킬 수 있는 여자다. 쥐었다 놓친 금덩이였다. 실의에 빠진 박 군은 죽고만 싶었다.

그녀가 보고 싶다. 먼 곳에서 얼굴이라도 보고 싶다. 그녀를 생각하며 정처 없이 걸었다. 박 군은 깊은 생각에 젖어 있을 때는 정신없이 걷는 버릇이 있다. 그것도 호젓한 산길이나 들길이 아니라 도시의 뒷골목 길을 걷는다. 복잡한 도시의 뒤편에는 조용한 골목이 생각보다 많다.

박 군이 멈춰선 곳은 창녀촌이었다. 창녀촌도 옛날과 많이 달라졌다. 경제가 발전하니 이곳도 달라진 것은 당연하다고 생각했다.

통유리 속에는 분홍빛 조명 아래 수십 명의 창녀들이 저마다 애교를 부리며 나를 선택해 달라고 웃음을 날리고 있었다. 대한민국의 미녀들은 모두 이곳에 모아놓은 듯 했다. 모두가 늘씬한 미녀들이다. 저마다 눈물겨운 사연이 있겠지만 이곳에 있기에는 너무 아깝다고 생각했다.

박 군은 창녀들을 하나하나 살펴보고 있었다. 그녀와 닮은 여자를 찾고 있는 것이다. 전과 같이 한국의 대표 미녀를 찾는 것이 아니다.

그녀와 닮은 여자는 연예인 중에는 없다. 박 군이 찾는 여자는 예쁜 여자가 아니다. 파혼 이후 그녀를 한 번도 잊어 본 일이 없는 여자다. 그녀는 잘난 인물은 아니지만 마음과 머리에 들어있는 생각과 이상은 대한민국에서 일등이다. 그녀와 같은 이상과 꿈을 가진 여자가 이 중에는 있을 것인가? 저 여자들의 머릿속에는 무엇이 들어있을까? 돈? 사랑? 아니면 현실도피로 여기 와있을지 모른다고 생각했다.

마침내 박 군은 한 여자를 골랐다. 창녀촌에서 제일 못난 여자였다. 파혼당한 그녀와 제일 많이 닮아있다.

여인이 안내한 방은 비록 좁았지만 너무나 깨끗했다. 실연으로 환각에 빠져든 음악가 베를리오즈의 '환상 교향곡'이 흘러나오고 한쪽 구석에는 1백75만9천 달러에 경매된 로즈리히텔 슈타인의 그림 '행복한 눈물'이 좁은 방에는 어울리지 않았지만 한쪽 구석에 자리 잡고 있었다. 냉장고를 열자 시원한 바람이 쏟아져 나왔다.

"목 마르지 않으세요."

"샤워 하시려면 안쪽에 있어요."

"콘돔이 필요합니까?"

여인은 박 군에게 잘 보이기 위해서 최선을 다하는 듯 했다.

"비아그라도 있습니다."

"진짜 오입쟁이는 저같이 못난 여자를 골라요."

여자는 박 군을 오입쟁이로 착각하는 듯 했다.

"대부분의 남자들은 저같이 못난 여자를 꺼려해요, 같은 값이면 예쁜 여자를 찾습니다. 그렇기 때문에 몸이 깨끗하지 못하고 병을 가지고 있는 여자들이 많아요. 오입쟁이는 그것을 알고 있습니다.

"오입쟁이는 상대하기가 힘이 들어요."

"왜?"

박 군은 처음으로 입을 열었다.

"변태적이기 때문에 특별행위를 원해요. 우리들이 제일 싫어하는 남자입니다."

여자는 속내를 숨기지 않고 거침없이 말을 했다. 박 군은 기분이 상했다.

"나는 그런 것 걱정하지 않아도 됩니다."

"왜요?"

"처음이기 때문에……."

"처음?"

비로소 여인은 박 군을 빤히 쳐다보았다. 믿기지 않는 표정이었다.

"설마? 아마도 농담이겠지."

"속고만 살았나?"

"나이가 몇인데? 아직까지 동정을 잃지 않았다는 것이 이해가 안 가요. 혹시 몸이?"

"남자들 대부분이 사춘기가 넘고, 고등학생 정도가 되면 여기 와서 동정을 바쳐요. 우리들은 동정인지 아닌지 당장 알아요. 동정을 만나면 특별히 잘해 줍니다. 우리들 세계는 동정을 만나면 산삼을 캔 심마니같이 한턱을 써야 하는 걸로 되어 있습니다. 그해 운수 대통하는 걸로 압니다. 이렇게 나이가 많은 동정은 처음입니다. 어제 꿈자리가 좋았습니다."

여자 얼굴이 갑자기 밝아지기 시작했다. 왜? 지금까지 동정을 지컸는지 궁금해진 것이다. 누구에게라도 이 딱한 사정을 이야기하지 않고는 배기지 못할 것 같았다. 박 군은 여기까지 오게 된 사연을 빠짐없이 사실대로 속 시원히 다 이야기 했다. 누구에게도 이야기 못한 딱한 사정을 토하고 나니 속이 한결 시원해지고, 스트레스가 확 풀렸다.

여인은 박 군이 두 번이나 실연당한 사연을 듣고 크게 감명을 받은 듯 했다. 여기까지 오지 않으면 안 될 깊은 사연에 공감하는 듯 했다. 갑자기 여인의 눈물이 볼을 타고 목까지 흘러내렸다. 박 군은 당황했다. 박 군의 깊은 사연에 한없는 동정을 보이는 것 같았다. 창녀촌에 있는 대부분의 여인들은 가정형편이 어려워 돈을 벌기 위해서 오는 여인도 있겠지만, 실연으로 오는 여인도 많다고 했다. 그녀도 치유하기 어려운 깊은 상처가 있었다.

시키지도 않은 술상이 들어왔다.

여인은 술을 한잔하고 싶다고 했다. 몇 차례 술잔이 오고 가자 취기가 돌았다. 그녀는 눈물을 흘리며 결혼하지 못한 첫사랑 애인을 잊을 수 없다고 했다. 마침내 여인은 지금까지 누구에게도 말 못 한 첫사랑 애인에 대한 깊은 상처를 눈물로 토해내기 시작했다.

"나에게도 손님과 같이 너무나 순수한 사랑이 있었어요."

가난한 시골에서 대학진학은 꿈도 꾸지 못한 그녀는 고등학교를 졸업 하고 집에 있는 동안, 고향에는 엄 씨 재실이 동구 밖에 있었다고 한다. 그 재실에는 엄 씨 종손이 대학을 졸업하고 낙향하여 고시 공부를 하고 있었다. 그도 넉넉한 집안이 되지 못해 고시공부를 하는 데 여러 가지 경제적으로 어려움이 많았다고 한다. 그녀는 모든 것을 희생해 가며 고시공부 뒷바라지를 부모를 대신해 해주었다. 특히 그녀는 고시의 스트레스를 처녀까지 바쳐가며 그를 도왔다. 엄 씨를 위한 것이라면 모든 것을 아낌없이 바쳤다.

좁은 시골에서 둘은 그렇고 그런 사이라는 소문은 나 있었고, 양가 부모는 둘 사이를 인연으로 생각하고 있었다. 몇 번의 고시 낙방에 실의에 빠진 엄 씨에게 용기를 주고 당당히 고시에 합격하기에는 그녀의 헌신적인 뒷바라지가 절대적이었다.

그러나 고시에 합격하고 나자 태도가 달라지기 시작했다. 엄 씨가 달라진 것이 아니라 그의 부모 태도가 달라진 것이다.

전국의 마담뚜들이 엄 씨 집에 진을 치고 있었다. 내로라 하는 가문의 부잣집에다, 학벌에다, 미모도 그녀는 따라갈 수가 없었다. 아파트, 자동차는 기본이고 열쇠 몇 개를 더 주겠다는 조건이 엄 씨 부모를 유혹한 것이다.

"이놈아! 내가 너를 어떻게 키운 자식인데 부모의 명을 거역하느냐? 그래 생각해 봐라. 네가 그렇게 열심히 공부한 것은 부귀영화를 위해서 공부한 것이지 죽 쑤어서 개 주려고 한 것은 아니잖으냐? 내가 힘이 없으면 처갓집 힘이라도 있어야 출세하는 거야. 평생 팔자 고칠 일을 눈앞에 훤히 보고 마다하는 바보가 어디 있느냐? 부부는 서로 맞아야 해. 짐승도 끼리끼리 놀고, 물고기도 끼리끼리 놀고, 사람도 끼리끼리 노는 거야. 사랑 가지고 먹고 사는 세상이 아니다. 너희들이 결혼해 보았자 곧 이혼하게 되어 있어. 자식 한둘 낳고 이혼하는 것보다 지금 눈 딱 감고 헤어지는 것이 두 사람을 위해서 서로 좋은 것이다."

엄 씨 부모는 매일 그녀를 찾아와 결혼을 포기하라고 간청을 했다. 부모의 적극적인 반대와 마담뚜들의 유혹에 엄 씨의 마음도 움직이기 시작했다. 결국 엄 씨는 평생 팔자 고칠 가문에 현혹되고 말았다.

"지금 그 남자는 처가의 배경과 돈으로 정계에 입문할 준비를 하고 있습니다."

"아니, 그런 인간을 그냥 놔둬요? 당장 언론에 폭로해서 매장을 시켜야 합니다."

박 군은 흥분하여 두 손을 떨었다.

"아닙니다. 사랑은 어느 한쪽이 희생을 해야 합니다. 그렇기 때문에 사랑은 받는 것이 아니라 주는 것이라 하지 않았습니까? 나는 그분의 출세를 빌어 줄 것입니다. 첫사랑 이영애 닮은 여인을 이해하고 용서해 주시고 잊어버리세요. 그리고 두 번째 여인도 인연이 아니라고 생각하고 잊어버리세요."

박 군은 사회를 꿰뚫어 보는 그녀의 높은 인생관에 놀랐다. 비록 여자로서 가장 천한 창녀에다 인물이 너무도 못난 여자지만 내면에 숨어있는 사상은 너무나 뚜렷했다.

"그렇다면 당신도 사회에 큰 공헌을 하고 있습니다."

"무슨 말씀이세요?"

"사회에서는 당신을 여자로서 가장 천한 직업인 창녀라고 할지 모르지만 당신 같은 사람이 없으면 성범죄 때문에 사회가 큰 혼란에 빠질 것입니다."

"호호호."

"하하하."

두 사람은 크게 웃었다.

"우리나라 의식구조가 잘못되어 있어요. 높은 자리에 있어야 출세를 하고, 돈을 많이 벌어야 성공한 사회풍토가 정말 잘못되었습니다. 높은 자리에 있으면서 부정부패를 저지르는 모리배가 얼마나 많습니까? 우리나라 국민들 대부분이 높은 사람은 부정부패를 하는 것이 당연한 것으로 인식되어 있습니다. 지도자들이 썩었다는 이야기가 되겠습니다. 영화나 연극에 모두가 주연을 하려고 하면 영화나 연극을 만들 수 있겠습니까? 진정한 애국자는 말없이 맡은 바 업무에 충실하고 사회에 봉사하는 사람입니다."

"첫사랑도 용서해 주시고, 두 번째 여인도 인연이 아니라고 생각하고 잊어버리세요."

사람은 대화를 할수록 인격이 올라가는 사람이 있고 내려가는 사람이 있다. 그녀의 높은 인생관에 한 번 더 놀랐다. 혼사란 인연이 아니면 억지로 되는 것이 아니라는 어머니의 말씀이 생각났다.

"우리는 패자끼리 만났습니다."

"우리 서로 첫사랑 애인으로 돌아갑시다. 잃어버린 것을 찾읍시다."

여인은 갑자기 태도를 달리하고 부산해지기 시작했다. 박 군을 잡아끌었다. 욕탕으로 안내한 것이다. 여인은 박 군의 발을 예수가 제자들의 발을 씻어주듯 깨끗이 씻기 시작했다. 박 군은 당황했지만 어쩔 수 없다고 생각했다.

발을 씻고 난 여인은 발톱, 손톱, 크게 돋아난 수염과 콧수염까지 깨끗이 깎았다. 여인은 어린애 다루듯 속옷까지 홀라당 벗기고 목욕을 시키는 것이다. 남자의 그곳도 빠뜨리지 않았다. 박 군의 그것은 풍선 같이 부풀어 올랐다. 아무리 참으려 해도 어쩔 수 없었다. 난생 이런 서비스는 처음이었다. 박 군은 여인의 손놀림대로 눈을 감고 내 버려 두었다. 드디어 목욕이 끝나고 알몸이 침대에 옮겨졌다. 밝지 않은 분홍색 불빛이 박 군에게는 큰 다행이었다.

여인은 혀로 발끝에서 더듬어 오르기 시작했다. 다리를 거쳐 그곳 까지 오르는 데는 많은 시간이 걸리지 않았다. 익숙한 여인의 혀가 부풀어 오른 박 군의 그것을 요리하기 시작했다. 스마트폰을 통해서 본 것이 현실이 되어 꿈길을 달리고 있는 것이다.

"아, 아……"

좁은 방에는 박 군의 신음과 여인의 가쁜 숨소리만 있을 뿐이다. 드디어 첫 관문이 통과되는 순간 45년간 지켜온 동정은 막을 고하고 말았다. 여인과 박 군은 깊은 잠에 빠져들었다. 첫사랑 애인을 찾아 깊은 산속을 헤매는 꿈을 꾸기도 하고, 너무나 불운한 인연으로 파 혼한 그녀는 국회의원이 되어 많은 사람 앞에서 열변을 토하는 꿈을 꾸기도 했다.

화장실을 다녀왔을 때 여인도 화장실을 가기 위해서 준비를 하고 있었다. 둘이는 누가 먼저라고 할 수 없이 또 한 몸이 되었다. 드디어 본 게임이 시작된 것이다. 격정의 순간이 계속되었다. 박 군은 구름 위를 훨훨 날고 있었다. 여인도 구름 위를 훨훨 날고 있었다. 창녀가 오르가슴에 도달하기란 여간 어려운 것이 아니다. 지금까지 그녀는 많은 남자들과 사랑이 없는 관계를 수없이 해왔다. 한 번도 오르가 슴을 느껴 보지 못했다. 빨리 끝내주기를 바랄 뿐이다. 비로소 그녀는 사랑이 있어야 육체가 춤을 춘다는 것을 알았다.

둘이는 날밤을 꼬박 새었다. 새벽 5시다. 박 군은 또 여인을 요구했다. 여인은 아무 말 없이 박 군이 원하는 대로 다 응해 주었다.

"45년간 아낀 첫 동정을 저에게 주시니 영광으로 생각하겠습니다."

여인의 인사말을 뒤로 하고 박 군은 황급히 그곳을 빠져 나왔다.

다시 일상으로 돌아온 박 군은 겉보기에는 전과 조금도 다름이 없었지만 너무나 많이 달라져 있었다.

마치 마약중독자 같이 여자의 환상에서 깨어나지 못한 것이다.

지금까지 생각한 더럽고 추한, 인간본능을 반추하는 곳, 성병과 범죄와 마약의 소굴로만 생각한 창녀촌이 진흙탕에서 연꽃이 피듯 가장 성스럽고 아름다운 곳으로 승화되기 시작한 것이다.

꽃이 왜 아름답게 피어있는가? 벌과 나비를 유혹하기 위해서다. 여자가 왜 짧은 치마를 입고, 앞가슴을 노출시키고, 화장을 하고, 향수를 뿌리는가? 남자를 유혹하기 위해서다. 겉보기에는 아닌 척하지만 사실은 그렇다. 여자들의 노출이 갈수록 심한 것은 남자 때문이다. 남자들이 그것을 원하기 때문이다. 남자가 없다면 화장을 하고, 화려한 옷을 입고, 짧은 치마를 입을 이유가 없다.

성은 묘한 진리를 가지고 있다. '내로남불, 내가 하면 사랑이고 남이 하면 불륜'이다. 성만큼 아닌 척, 모르는 척, 위선이 없다. 조물주가 인간을 만들 때 가장 실패작 중의 하나가 다른 동물들은 번식기만 섹스를 하는데 인간은 시도 때도 없이 섹스를 한다는 점이다. 그렇기 때문에 창녀촌이 생겨났다.

창녀촌은 위대하다. 성범죄를 막아주고, 인간의 가장 기본적인 욕구를 풀어주는 위대한 곳이다. 그녀는 위대한 일을 하고 있는 것이다. 창녀도 사랑을 할 수 있다. 창녀도 결혼할 수 있다. 진정한 사랑은 육체가 중요한 것이 아니다. 마음이 중요하다. 때문에 나는 그녀와 결혼할 수 있다. 날이 갈수록 그녀가 위대해 보였다. 그 위대함이 사랑으로 변질되기 시작했다.

"결혼은 여자의 얼굴 뜯어먹고 사는 것이 아니라 마음을 뜯어먹고 사는 것이다. 혼사란 천생연분이란 것이 있다."

언젠가 어머니가 들려준 말씀이 진리가 되어 돌아왔다.

박 군은 그녀가 창녀로 보이지 않고, 너무나 마음씨 곱고, 착한 처녀로 보였다. 한 남자를 희생적으로 사랑한 죄밖에 없는 여자다. 이 세상에 둘도 없는 위대한 여자다. 이런 여자를 구원해 주어야 한다. 나는 그녀를 위해서 거름이 될 수 있다. 나는 그녀를 위해서 희생할 수 있다. 잃어버린 첫사랑의 빈자리를 채워주어야 한다. 나는 그녀와 결혼해야 한다. 이것은 운명이다. '사랑은 받는 것이 아니라 주는 것이다.' 많은 사람들이 부르짖은 명언이 현실로 돌아왔다.

우는 새도 잠자는 조용한 새벽, 동쪽 하늘이 밝아오기 시작했다. 산사의 하루는 새벽 4시에 울리는 작은 종소리로 시작한다. 절의 타종은 중생을 구제한다는 뜻이다.

두 사람은 부처님 앞에서 평생 부부가 될 것을 굳게 맹세했다. 하객은 주례를 맡은 스님 한 사람뿐이었다. 현세에서 가장 먼 하늘 끝까지를 의미하는 삼십삼천(三十三天)을 뜻하는 33번의 종소리는 지구 끝까지 멀리멀리 퍼져 나갔다.

재수 없는 날

엄동설한의 차가운 바람이 매섭게 몰아치고 있다.

내 책상은 입구 쪽에 있었기 때문에 문이 열릴 때마다 기다렸다는 듯 찬바람은 나를 포위해 온다. 사무실의 책상은 계급순위로 배열되어 있기 때문에 나는 이 바람을 숙명적으로 받아들여야 한다.

나이 사십이 가까워져 오도록 나는 아직 평사원이다. 다른 대학 동기들은 평사원의 꼬리를 뗀 지 벌써 오래되었지만 나 혼자 말단의 자리를 면치 못하고 있는 것은 내 책임이 아니라고 생각한다.

내가 만일 회사에서 평사원으로 퇴직한다면 이름 없는 무명용사와 같다. 마지막 직함은 퇴직을 해도 화물의 꼬리표같이 평생 달고 다닌다. 사장으로 퇴직하면 평생 사장으로 불리고, 교장으로 퇴직하면 평생 교장으로 불리고, 부장으로 퇴직하면 평생 부장으로 불린다.

어느 회사고 윗사람은 실적만 본다. 아무리 노력해도 운이 나빠 실적이 없으면 진급에서 제외된다. 내가 평사원인 것은 내 노력이 부족해서가 아니라고 생각한다. 그때마다 사건이 터지고, 전임자가 실적을 다 해 먹어 맹물만 남아있고, 운이 따르지 못했기 때문이다.

정치는 줄을 잘 서야 하고, 사업은 밑천이 많아야 하고, 감투는 운이 따라야 한다. 별을 달기 위해서 전방에 자원해 근무를 해도 군대에서 제일 계급이 낮은 작대기 하나가 사고 치면 별은 허탕이다.

북에서 인민군 쫄짜가 귀순할 때 감시 감독을 잘못하여 별 9개가 날아간 일이 있다. 북에서는 철조망을 뚫고 남으로 도망친 인민군 병사에게 큰일 했다고 크게 웃었을지 모른다. 경찰서장이 아무리 노력해도 부하직원이 엉뚱한 사고를 내면 십년공부 도로 아미타불이다.

줄 잘못 서서 패가망신하고 줄 잘 서서 하루아침에 영웅이 되는 모습을 확실하게 보여주는 곳이 정치판이다. 김재규의 부하는 줄을 잘못 서서 영원한 역적이 되었고, 전두환 대통령의 경호실장은 줄을 잘 서서 의리의 대명사로 남아있다. 줄을 잘 서야 장관도 해 먹고, 줄을 잘 서야 신의 직장이라고 하는 공기업 사장도 해 먹는다.

자본주의 사회에서 돈 놓고 돈 먹는 것이 사업이다. 벤처기업이 아무리 발버둥 쳐 보았자 재벌기업 앞에서는 도토리 키 재기요, 바위에 돌 던지기다. 나는 아무리 노력해도 지연, 학연, 혈연이 없기 때문에 언제나 개밥에 도토리였다. 지연, 학연, 혈연이 없으면 손이라도 잘 비벼야 하는데 우리 집 피가 그런 것하고는 거리가 멀다.

내가 이 회사에 늦깎이 원서를 내었을 때는 박사학위를 감쪽같이 감추고 입사를 했지만 이런저런 연줄로 들통이 나고 말았다.

"자네는 우리 회사와는 어울리지 않아."

"큰 고기는 큰물에 놀아야지."

"박사가 그것도 못 해?"

자존심 상할 때가 한두 번이 아니었지만, 지금까지 용케도 잘 참아왔다. 우리나라가 45번째 부정부패의 나라라고 신문에 난 것을 보고 나는 속으로 웃었다. 도둑놈 세상에 도둑질 못 하는 놈이 병신이기 때문이다.

언젠가 과장의 결재 서류에 납품한 돈 백만 원이 빠져있는 것을 보고 아무 의미 없이 부장 앞에서 지적했다. 이때부터 부장의 눈 밖에 나기 시작했다. 이것이 내가 회사에서 살아남을 수 없는 결정적인 실수가 될 줄은 정말 몰랐다. 과장과 부장이 짜고 해 먹는 것을 눈치도 없이 아픈 곳을 찌른 것이다.

도둑놈 세상에는 같은 도둑이 아니면 절대로 키워주질 않는다. 짜고 치는 고스톱같이 대통령이 도둑이면 그 밑에 핵심 부하도 틀림없이 도둑이다. 회사 사장이 도둑이면 그 밑에 핵심 부하도 틀림없이 도둑이다. 주인을 무는 개는 절대로 키워주지 않는다. 충성을 해야 키워준다.

대학 동기들은 벌써 과장, 부장, 팀장의 타이틀을 달고 사석이나 공석에서 "김 과장, 박 부장" "이 사장, 김 사장" 구멍가게, 그것도 사장이라고 "사장, 사장" 하는데 나는 직함이 없기 때문에 박사로 통한다. 말단 사원의 입장에서 박사 타이틀은 나에게 무척 곤욕스러운 존재다. 그들은 듣기 좋아라고 부르는지 모르겠지만 나에게는 모욕적인 존재로 들릴 때가 많다.

"모르면 박사한테 물어봐."

"박사가 그것도 몰라?"

박사라고 해서 모든 것을 다 아는 것은 아니다. 농담 비슷한 놀림에 화도 낼 수 없고 참을 수도 없고 기분을 잡칠 때가 한두 번이 아니다. 사실 나는 박사 타이틀 때문에 손해가 이만저만이 아니다. 박사학위를 따기 위해서 들어간 돈이 적지 않다. 내가 원하는 대학교수 자리는 하늘의 별 따기였다. 결국 포기하고 늦깎이 나이에 회사에 입사했으니 나이에 비해서 진급이 늦을 수밖에 없다.

내가 박사라고 해서 회사에서 알아주는 것이 아니고 오히려 놀림 감이 되어 있다. 환경미화원에 박사가 지원해서 모두 떨어졌다는 언론보도가 나간 이후 나의 가치는 더욱 웃음거리로 전락했다. 거기다 높은 사람들의 박사논문 표절이 단골같이 터져 나오고 있기 때문에 박사 알기를 우습게 알고 있다.

내가 진급을 해야겠다고 절박감을 느낀 것은 아이들이 학교에 입학하고부터이다. 너의 아버지 어느 직장에 다니느냐? 계급이 무엇이냐? 어느 아파트 몇 평에 사느냐? 어떤 차를 타고 다니느냐? 어느 것 하나 자랑할 것이 없는 아들이 따돌림을 당하고 있다는데 심한 열등의식을 느꼈다.

직장의 계급도, 아파트도, 아이들에게 거짓말을 하는 것을 보고 매우 못마땅했지만 따지고 보면 내가 사회를 보는 판단과 무능으로 이루어진 결과이다. 그것보다 더 절박감을 느낀 것은 진급 못하면 옷 벗고 나가라는 예고를 잘 알고 있다. 계급 정년은 간부에게만 있는 것이 아니라 쫄짜에게도 새로이 생겨났다. 내가 전공한 박사학위는 회사에 아무 도움도 되지 않았고, 진급에도 도움이 되지 못했고, 오히려 방해가 되었다.

56도(盜)니 45정(停)이니 하는 말은 옛말이고 38선(線)이 남의 말이 아니다. 내 나이가 38세이니 나를 두고 새로이 생겨난 말인 것 같기도 했다. 이태백(이십 대 태반이 백수)의 세상에 언제 쫓겨날지 불안하다.

우리 회사는 상하, 동료 간의 불화가 심각하다. 겉으로는 아닌 척하지만 속으로는 저놈을 죽여야 내가 사는데…… 불평불만이 말이 아니다. 이것은 창업자인 회장이나 앞으로 회사를 이끌어갈 사장 아들이 일부러 부추기는 것 같기도 하다. 그래야 열심히 일을 하고 비밀을 밀고하는 충성파가 많아지기 때문이다.

나는 다른 직장 좋은 자리가 있으면 언제든지 미련 없이 이 회사를 떠날 준비가 되어 있다. 따지고 보면 우리 회사는 나 같은 쫄짜가 운영하고 있다. 사장은 전무에게 전무는 상무에게 상무는 부장에게 부장은 과장에게 과장은 계장에게 계장은 나에게 명령한다.

나는 아침 8시에 출근해서 밤 10시에 집에 들어올 때가 많다. 잠자는 시간 외에는 회사를 위해서 일하는 셈이다. 우리 집은 잠만 자는 여관과 조금도 다를 바 없다. 일요일은 피곤해서 하루 종일 잠에 빠지거나 TV로 소일한다. 아이들이나 아내가 불평불만이 많다.

이럴 때마다 아내는 자존심 상하게 꼭 누구누구 아버지를 앞세운다. 다른 사람은 벌써 과장, 부장이 되어 있고, 일요일마다 아이들을 앞세우고 놀러 다니는데 무능한 남편을 탓한다. 나는 이런 아내가 당연하다고 생각한다. 때문에 공처가 소리를 들을 수밖에 없는 나를 이해해야 한다.

지난봄의 일이다. 지방 출장 중에 일정을 하루 앞당겨 귀가했다. 업무를 대충 본 것이 아니다. 평소보다 더 열심히 빨리 본 것뿐이다. 나도 아이들과 야외 나들이를 가기 위해서다.

가족 나들이는 우리 가정에 새로운 활력소가 된다는 것을 알았다. 그런데 엉뚱한 일이 터지고 말았다. 재수 없게 공교롭게도 부장을 만난 것이다. 놀란 것은 나뿐만 아니었다.

"아니, 자네 왜 여기 있는가?"

"어? 부장님!"

변명의 여지가 없다. 모처럼 나들이가 엉망이 된 것은 당연하다. 또 부장의 눈 밖에 나기 시작했다. 부장은 어느 것 하나 대충 넘어가는 법이 없다. 매사에 두 번 세 번 잔소리를 하고, 불평불만을 해야 직성이 풀리는 사람이다.

이때마다 나는 화장실에서 줄담배를 태우고 스트레스를 풀었다. 최근 화장실마저 금연구역으로 정해져 나의 입지는 점점 좁아지기 시작했다.

"에이, 더러운 새끼! 밑엣 놈 조지고 높은 놈에게 아부해 보았자 제깟 놈이 부장밖에 더 해 먹겠나?"

화장실 변기에 앉아서 불평불만을 털어 놓았다. 재수 없게 이 소리를 옆 변기에 앉아있던 부장이 들었다. 점점 부장의 눈 밖에 나기 시작했다.

곧 사내(社內) 인사이동이 있다. 쫄짜가 한 계급 올라가는 데는 담당 부장의 영향이 절대적이다. 힘 있는 부장은 자기가 데리고 있는 부하직원 진급을 많이 시켜준다. 힘 있는 부장은 윗사람에게 바른말하고 버팀목이 되어 부하를 편하게 해주지만, 힘없는 부장은 부하에게 잔소리만 하고 윗사람에게는 아부만 한다. 이번에도 진급 심사에서 누락될 것이 뻔하다.

"가족 나들이나 가자!"

전에 부장에게 들통 난 한도 들고, 스트레스도 해소할 겸 큰마음 먹었다. 아이들은 좋아서 밤잠을 설쳤고 아내는 시장을 보고 나는 세차를 해두었다. 아내는 부잣집 딸로 자라서 그런지 손이 큰 여자였다. 하면 하고 말면 말았지 나같이 쩨쩨하게 놀진 않았다. 외식을 해도 고급 식당에 실컷 먹고 남아야 직성이 풀렸고, 아이들에게 용돈을 주어도 두둑하게 쓰고 남을 정도로 많이 준다. 음식을 장만해도 마찬가지다. 우리 식구가 일주일 먹고도 남을 정도로 많이 장만해서 친척이나 친구와 나누어 먹는다. 이런 아내가 못마땅하지만 지금까지 참아왔다. 이번에도 음식 장만하는 데 얼마의 돈이 들어갔는지 나는 모른다.

오늘은 날씨마저 화창한 봄날같이 변해있었다. 아침부터 까치들이 요란스레 울어대는 것을 보니 큰 손님을 만나거나 엄청 좋은 일이 생길 것 같다.

내가 좋아하는 음악 '홀드 미 나우'가 카 라디오에서 흘러나왔다. 기분이 좋다. 시동을 걸고 출발을 하자 아이들은 환호성을 질렀다. 이때 휴대폰 전화에 벨이 울렸다.

"자넨가? 나 부장인데 자네 오늘 시간 있어?"

"시간 있으면 가족 데리고 시골집에 놀러와."

"아, 예. 가겠습니다."

당황한 나는 때가 때인지라 얼떨결에 대답을 하고 말았다. 이럴 줄 알았으면 휴대폰을 꺼 놓든지 아니면 적당히 둘러댔으면 되는데, 나는 순간적인 위기에 언제나 약했다. 모처럼 나들이가 또 개판이 되었다. 아이들은 울음을 터뜨렸고 아내는 아이들을 달래고 있었다. 생각 같아서는 당장 사표를 던지고 싶었다. 그러나 현실은 그렇지 않다. 나에게는 쉽게 사표를 던질 수 있는 용기가 없다. 어떻게 얻은 직장인가? 유전공학을 전공해서 박사학위를 딸 때만 해도 나는 희망에 부풀어 있었다.

부모가 의대에 가라고 강권했지만 나는 유전공학을 고집했다. 그 이유는 벼 이삭을 밤알만 하게 하고, 닭을 타조같이 크게 해서 세계 식량에 큰 변혁을 일으키고 싶었다. 그렇게 해서 식량난에 허덕이는 아프리카 같은 나라를 비롯해서 세계를 구제하고 싶었다.

그러나 현실은 그렇지 않았다. 졸업을 하고 학위를 받아도 어느 곳에도 나를 부르는 곳은 없었다. 사실 나는 대학원에 가고 싶어 간 것이 아니다. 취직이 되지 않으니 막연한 희망으로 대학원에 진학할 수밖에 없었다. 이것은 나만이 아니고 모두가 비슷한 처지에 있다. 석사학위를 받았지만 역시 나를 부르는 곳은 없었다. 갈 곳은 외국 유학이나 박사학위밖에 없다.

박사학위를 받으면 나의 꿈은 이루어질 것으로 생각했다. 그러나 현실은 그렇지 않았다. 박사학위를 받아도 어느 곳에도 나를 불러주지 않았다. 국영 연구소는 나와 너무나 먼 거리에 있었고, 연구소가 있는 기업은 내가 일할 자리가 없고 만원이었다. 대학 강사 자리는 생활과 멀리 있었기 때문에 지치고 말았다. 취직을 위해서 백방으로 뛰었지만 내 전공과는 거리가 멀었다.

부모는 나를 위해서 노후자금까지 다 틀어넣었다. 내가 일어서지 않으면 안 될 절박한 현실이다. 불평불만과 고통과 갈등 속에 백수 건달로 노는 사이 사랑하는 연인은 뒤도 돌아보지 않고 도망쳤고, 눈물을 머금고 다시 공부해서 겨우 일자리를 얻은 곳이 이 회사이지만 솔직히 말해서 평생 몸담고 나의 꿈을 펼칠 곳은 못 된다.

또다시 백수가 된다면 눈이 초롱초롱한 자식은 어떻게 하며 아내는 어떻게 하고, 의대를 가라고 강권하는 부모의 명을 거역한 나는 더 이상 부모 볼 낯이 없게 되었다.

갈 곳이 없어 노는 박사들이 많다. 환경미화원에 박사가 응시했다 해서 박사들 자존심을 상하게 하고, 웃음거리가 되었지만 나는 충분히 이해한다.

부장 생가는 혁신도시 근교에 있었다. 그는 퇴직을 하면 이곳에 와서 살겠다고 수시로 말해왔다. 터미널에는 많은 사람들이 버스를 기다리고 있었다. 어차피 가는 차(車) 혼자 가기보다 말동무도 하고, 좋은 일이나 하자 싶어 차를 세웠다.

"혁신도시 가실 분, 타세요."

생각과는 달리 나를 힐끔힐끔 보며 대답하는 사람이 없다.

"돈 받지 않습니다. 무료입니다. 타세요."

내 인상이 좋지 않았는지 그냥 태워주겠다 해도 묵묵부답이다. 나는 비로소 우리가 불신시대에 살고 있음을 실감했다. 공짜 차를 당연히 타고 싶지만 내가 범죄자일지도 모르기 때문에 믿지를 못한다. 때문에 혼자 타고 달리는 승용차가 대부분이다.

차에 돌아왔을 때 운전대 앞에는 주차위반 딱지가 붙어있었다. 혁신도시까지는 기름값이 보통이 아닌데 주차위반 벌금까지 물어야 한다니 어이가 없었다. 기분이 매우 나쁘다.

"좋은 일 하기도 어렵구나!"

아침부터 재수 옴 붙었다. 화가 났지만 어쩔 수 없다. 나는 고속도로를 달리며 가족을 데리고 오지 않은 것을 잘했다고 생각했다. 부장 앞에서 굽신굽신 하는 모습을 처자식에게 보여주고 싶지 않았기 때문이다.

부장 생가에는 고목이 여기저기 서 있었다. 그중 몇 그루는 망해 가기 시작했고 다듬어 주지 않아 잡목이 되어 있었다. 아버지는 알아주는 정원사였다. 어릴 때부터 아버지를 따라다니며 정원 가꾸기와 나뭇가지 치기, 죽어 가는 나무를 살리는 법을 배웠다. 회사에서 죽어가는 나무는 내가 모두 살려내었다.

부장이 나를 부른 이유를 이제야 알았다. 나는 부장에게 잘 보일 수 있는 마지막 기회로 생각했다. 진급할 수 있는 마지막 기회로 생각하고 열심히 나무 돌보기에 나섰다. 잡목이 정원수로 다듬어졌고 고목에는 영양주사까지 놓아 주었다.

"자네 은공은 잊지 않을 거야."

"감사합니다."

내 귀에는 "자네 진급은 틀림없네." 이렇게 들렸다. 부장은 매우 흡족해했다. 나도 덩달아 좋아졌다. 하루해가 훌쩍 넘어갔다. 일을 순조롭게 마무리 하고 집으로 돌아갈 시간이 되었다. 배가 고프다. 사람은 기회를 잘 포착해야 한다. 나는 부장을 최고급 식당으로 모셨다.

"제가 저녁식사에 모시겠습니다."

"무슨 소리야. 저녁 식사는 당연히 내가 사야지."

식사뿐만 아니라 기름값이라도 보답받아야 하는 것이 당연하지만, 이양 지사 이렇게 된 것, 부장에게 많은 부담을 줌으로 해서 진급에 확실한 도장을 찍기 위한 나의 계략을 부장은 모를 것이다.

"부장님, 많이 드십시오."

"자네 오늘 정말 수고가 많았어. 자, 한잔 받게."

부장과 이렇게 독대해서 술잔을 받아보기는 처음이었다. 음주운전을 의식했지만 술잔을 받지 않을 수 없었다.

"자네 고마워. 내가 그동안 너무했지? 나 다 알고 있어. 언젠가 자네가 화장실에서 밑에 놈 조지고 높은 놈에게 아부해보았자 부장밖에 더 못 해 먹을 놈 이라고 욕한 것 있지? 자네 말이 맞는 것 같아. 내가 살아남기 위한 것이니 자네가 이해를 하게."

말 한마디 실수가 없는 그도 흐트러지기 시작했다. 창밖을 바라보고 있는 그의 눈가에는 이슬이 맺혔다. 굵게 패인 주름살은 세파에 시달려온 계급장이기도 했다. 부장에게도 이런 인간적인 면이 있다는 것을 알았다. 입사 동기는 벌써 상무, 전무, 지점장의 타이틀을 가지고 회사에서 위치를 확고히 다지고 있다. 진급에서 누락된 그는 불평불만과 열등의식에 싸여 있었다.

어느 사이 부장과 나는 서로를 이해하는 낙오자의 동반자가 될 수 있었다. 식탁 위에는 빈 술병이 쌓여가고 있다. 비틀거리는 다리를 의지하며 두 사람은 번갈아 화장실을 들락거렸고 나는 그만 문지방 모서리에 엉덩방아를 찧고 넘어지고 말았다.

"딱……"

눈에 불이 번쩍했다. 앞니가 심하게 요동친다는 것을 느꼈다. 내 이빨은 어렸을 때부터 의치로 지탱해 왔다.

초등학교 때의 일이었다. 방학 때마다 나는 빠짐없이 시골 할머니 집에 갔다. 동네 아이들과 야구 시합이 벌어졌다. 특별히 야구공이 있을 턱이 없고 야구방망이가 따로 있을 턱이 없다. 나는 캡처를 했고 타자는 힘껏 방망이를 휘두른 것이 뒤에 있는 나의 앞니를 친 것이다. 이때부터 지금까지 나는 의치에 의지해 왔다.

밥도 겨우 먹는 가난한 시골에 단돈 일 원도 보상받지 못했고, 우리 부모에게 사과 말 한마디 한 일이 없다. 그동안 여러 번 손질해온 앞니에 이상이 생긴 것이 틀림없다. 보험처리가 되지 않는 이빨은 수시로 큰돈을 버려야 했다.

시간이 많이 흘렀다.

부장은 나의 손을 다정하게 잡아주고 작별의 손을 크게 흔들어 주었다. 그의 뒷모습은 쓸쓸하기만 했다. 밖은 벌써 어두움 속에 간판 글씨와 가로등이 새로운 세상을 만들어 놓았다.

차를 어떻게 해야 할 것인지 걱정이 되었다. 장거리까지 대리운전을 할 수도 없고, 차를 버리고 가기에는 더욱 어려운 처지다. 혈관 속에 숨어있는 알코올이 심호흡 몇 번으로 도망칠 리 없지만, 심호흡을 여러 번 해 보았다. 이것으로 될 일이 아니다.

시간을 벌기 위해서 운전대에 앉아서 좌석을 뒤로 젖히고 잠을 청했다. 잠이 오지 않는다. 식당에 다시 들어가 물을 마셨다. 화장실도 다녀왔다. 다시 물을 마셨다. 화장실도 다녀왔다. 몸속의 술 냄새가 다 빠져나가라고 다시 심호흡을 했다. 음주운전에 걸리면 박카스를 먹으면 도움이 된다는 이야기도 들었고, 성냥 알갱이를 먹으면 화학 작용을 하여 음주 측정기에 나타나지 않는다는 이야기도 들었지만 나는 그것을 믿지 않는다.

내일 출근해야 하기 때문에 여기서 자고 갈 수도 없다. 상당한 시간이 지체되었다.

"이 정도면 괜찮을까?"

운전대를 잡아 보았다. 문제가 없는 것 같다. 라이트를 켜고 저속으로 차를 몰아보았다. 차는 주인이 시키는 대로 굴러간다. 시내만 벗어나면 고속도로에는 음주단속이 있을 턱이 없다. 복잡한 시내를 용케도 빠져나왔다.

좌측 방향지시기등을 켜고 신호 대기를 하고 있는데 우측도로에서 좌회전하던 봉고 승합차와 승용차가 충돌하는 소리가 퍽- 하고 났다.

곧이어 젊은 사람 둘이 이쪽으로 오고 있었다.

"당신, 술 먹었지?"

말투나 행동으로 보아 시비를 걸려는 것이 틀림없다. 나는 바짝 긴장했다. 될 수 있는 대로 음주의 표시를 내지 않기 위해서 마음을 다듬었지만 속으로는 떨고 있었다. 그들에게 밀려서는 안 된다고 생각했다.

"술 사줬어?"

"술 먹었나? 안 먹었나? 그것만 말해요. 당신 때문에 우리 차가 사고가 났으니 수리비 30만 원을 물어주든지 아니면 음주운전으로 구속되고 5백만 원 벌금에 운전면허 취소를 먹든지 양자택일하라 이 말이요."

참으로 어이가 없었다. 정신을 차려야 한다는 위기의식이 몸을 긴장하게 했다.

"나 바쁜 사람이요. 비켜요."

"이것 봐라! 음주운전자가 큰소리치고 있네."

음주 단속은 경찰만이 하는 것이 아니라는 것을 알았다. 정말 재수가 없는 날이다. 울컥 회가 치밀어 올랐다.

"그래, 술 먹었다. 어쩔래? 여러 사람이 너 같은 놈에게 당했지만 나한테는 안 된다. 오늘 임자 만났다!"

화가 나니 간이 커지고 눈에 보이는 것이 없어졌다. 순식간에 사람들이 모이고, 차가 길게 막혀 여기저기서 경적 소리와 고함 소리가 함께 터져 나왔다. 교통경찰이 허둥지둥 달려오고 우리는 가까운 파출소에 연행되었다.

"저들이 가만히 있는 나를 공갈협박 했다, 이 말입니다. 공갈협박범으로 처넣어야 합니다."

"저 새끼! 술을 너무 많이 먹어 돌았습니다. 우리는 단돈 일 원도 요구하지 않았습니다. 음주운전자는 철저히 단속해야 합니다."

참으로 어이가 없었다. 이 순간 이성을 찾지 않으면 살인사건이라도 일어날 것 같다. 양쪽의 이야기를 듣고 담당 경찰이 나를 밖으로 불러 세웠다.

"타협 하는 게 좋을 것 같습니다. 저들은 질이 좋지 않은 범죄자임에는 틀림없습니다. 그러나 증거가 없습니다."

"나는 죽어도 못해요. 법치국가는 법으로 하면 되는 것입니다. 대한민국 경찰이 범죄자의 편을 들고 있으니 대한민국 법은 어디에서 찾아야 합니까? 저놈들을 당장 처넣어요. 그렇지 않고는 한 발짝도 양보할 수 없습니다."

나는 너무나 어이없고 분하여 파출소가 떠나갈듯 고래고함을 질렀다.

"자식 저거! 술을 처먹어도 더럽게 처먹었네. 완전히 돌았구먼."

공갈범은 나를 보고 히죽 히죽 웃고 있었다.

나는 놈들을 향하여 직격탄을 날렸다. 나자빠진 것은 그들이 아니라 나였다.

"할 수 없습니다. 부시죠."

경찰의 더더더 불라는 소리와 나의 덜덜덜 불어야 한다는 숨 막히는 순간은 끝이 났다. 음주 측정기에 나타난 숫자는 0.35였다.

"0.35는 어떻게 되는 겁니까?"

"구속입니다."

"예?"

경찰의 이 말에 하마터면 졸도할 뻔 했다.

"그럼 내가 유치장에 가야 한단 말입니까? 죄는 저놈들이 지었는데 내가 왜 구속입니까?"

"그래서 타협하라 하지 않았습니까? 공갈협박 했다는 증거가 있습니까?"

"억울합니다. 분합니다. 한 번만 봐 주십시오. 대한민국 법이 이럴 수가 있습니까?"

나는 경찰에게 애원하며 매달렸다.

"안 돼요. 한 번 불면 여기에 이렇게 기록이 남습니다."

경찰은 음주 측정기를 내 코앞에 내밀었다. 나는 공갈범들을 향하여 고함을 질렀다.

"개새끼! 더러운 새끼! 너 같은 놈은 자동차 뒷바퀴에 깔려죽어야 한다."

나는 미치기 시작했다. 이때 기아에 허덕이는 아프리카 어린이들이 TV화면에 나타났다.

"내가 이래봬도 박사다. 박사! 박사 고스톱해서 딴 줄 아느냐? 세계인류를 구제하는 유전공학 박사다! 박사가 이렇게 날개도 펴지 못하고 썩는 것은 국가적으로 손해다. 나 같은 놈 잘 키우면 세계가 사는데 내가 너 같은 인간쓰레기 밥이 되어 이렇게 당해야 하나? 억울하고 분하다."

갑자기 구토가 나기 시작했다. 화장실에서 먹은 것을 다 토해 내었다. 창자가 등가죽에 붙는 것 같았다. 갑자기 이빨이 허전한 것이 이상했다. 그제야 내 틀이 이빨이 구토를 할 때 빠져나간 것을 알았다.

"자머고 자사라(잘 먹고 잘 살아라)."

이빨이 빠져 발음이 제대로 되지 않았다.

"하하하~"

시선이 모두 내 이빨에 모아졌다.

"이빨 빠진 호랑이구먼~"

공갈범은 히죽히죽 웃으며 나를 바라보고 있었다.

내 몰골을 보고 파출소에 잡혀온 모든 사람들은 다 웃었다.

"순경 아저씨, 가도 됩니까?"

공갈범들은 나에게 마지막 손까지 흔들어 주며 파출소를 빠져나갔다. 나는 그들의 등 뒤를 향하여 마지막 고함을 질렀다.

"자도차에 까러 주어라(자동차에 깔려 죽어라)!"

나는 경찰차를 타고 유치장이 있는 본서로 이송되면서 눈물을 흘렀다. 야외 나들이를 못 간 어린 것들의 모습, 마누라의 실망하는 모습이 눈에 선하다. 5백만 원 벌금이 너무 아깝다. 다시 면허시험을 치러야 한다.

세상 살기가 싫어졌다. 세계 10대 경제 대국에 남들은 모두 잘 살고 행복해 보이는데 나만 불행을 안고 사는 것 같다. 행복지수 108위의 나라, 지난해 1만5천여 명이 자살한 자살률 1위의 나라, 그들이 왜 죽어야 하는지 알았다.

부장이 권하는 마지막 한 잔만 사양했더라면…….

음주운전을 하면 안 된다는 것을 누구보다 잘 알면서 왜 운전대를 잡았는지? 굴욕적이지만 삼십만 원이면 사건이 이렇게 확대되지 않고 잘 넘어갈 것을……. 우직한 나의 성격을 후회했지만 이미 때는 늦었다.

사내 게시판에는 인사이동 명단이 커다랗게 나와 있었다.

순간 가슴이 뛰고 얼굴이 달아오르기 시작했다. 조심스럽게 게시판 앞에선 나는 다리가 떨려 옴을 느꼈다. 눈을 크게 뜨고 보고 또 봐도 내 이름 석 자는 없었다. 퇴직자 명단에 부장이름 석 자만 클로즈업되었다.

청첩장

요사이 결혼식은 계절이 없는 것 같다.

옛날에는 가을 추수를 마치고 농한기에 주로 결혼식이 이루어졌다. 지금은 그렇지 않다. 정월 초하룻날에도 결혼식이 있는가 하면 삼복더위에도 결혼식이 있다. 물속에서도 결혼식이 있고, 하늘에서도 결혼식이 있는가 하면 밤에도 결혼식이 있다. 다양한 세상에 다양한 결혼식이 없으란 법은 없다. 어떤 식으로 결혼을 하느냐는 중요하지 않다. 한 쌍의 부부가 평생토록 행복하게 잘 사는 것이 더 중요하다.

김 사장은 지금 걱정이 이루 말할 수 없다. 나이 40이 넘도록 혼사를 못 정한 과년한 딸이 있기 때문이다. 남들은 사(師, 士, 事) 자 붙은 사위나 돈 많은 사위도 보고, 시집 장가도 잘도 가는데 내 혼사는 밀쳐두고 나이 70이 넘도록 남의 혼사만 쫓아다니고 있으니 이제는 가벼운 질투심마저 일고 있다.

김 사장은 거실에서 좀처럼 열리지 않는 딸의 방문 쪽을 향해 시선을 떼지 않고 있다. 요사이 딸은 외출도 거의 않는 편이다. 그도 그럴 것이 사흘이 멀다 하고 재잘거리던 단짝들은 하나둘 시집을 가고 혼자 남아있으니 딱히 갈 곳이 없기도 하다. 어디 직장이라도 다녔으면 하는데 이곳저곳 다니더니 이제는 그것마저 포기하고 방에만 처박혀 있다.

밤낮 스마트폰만 쳐다보고, 음악만 틀어놓고, 밥 먹는 시간과 화장실 가는 시간 외에는 한 집에 있어도 얼굴 보기가 힘이 든다.

처녀가 얼굴도 매만지고 멋도 부려야 하는데 가끔 딸의 방에 들어가 보면 인형에 먼지가 소복이 쌓이고 어지럽게 널려있는 옷가지며, 이부자리까지 하나도 정리정돈이 된 것이 없다. 모든 것을 포기한 사람같이 보였다.

이러다가는 내 딸 처녀 귀신 만들지 않을까 겁까지 덜컥 났다. 딸이 40이 훨씬 넘도록 시집을 못 간 이유는 전적으로 김 사장 책임이었다.

딸이 대학 다닐 때, 죽자 사자 따라다닌 총각이 있었다. 학교도 변변찮고, 집안도 넉넉한 뼈대 있는 집안도 아니고, 인물도 그렇고, 어느 한 가지 마음에 드는 것이 없었다.

한번은 총각이 집에 쳐들어와서 넙죽 절을 하며 사위가 되겠노라고, 무슨 영화나 노래에서나 나올법한 불경한 행동을 한 녀석이 있었다. 용감하고 씩씩하게 보이기 이전에 내 딸 훔쳐가는 도둑같이 보였다. 기겁을 한 김 사장은 딸에게 혼사 줄 끊어지기 전에 절교를 선언했다.

하지만 둘의 사랑은 조금도 변함이 없었다.

딸이 밤늦게 귀가할 때는 길목을 지켜 서서 녀석 보는 앞에서 뺨을 때린 적도 있었다. 전화가 오면 혼을 내 주었다. 그럴수록 녀석은 끈질기게 물고 늘어졌다.

상대적으로 김 사장의 반감도 더해갔다. 녀석은 이제 편지공세를 하기 시작했다. 크리스마스 때였다. 신문지 크기만 한 편지가 배달되었다. 뜯어보니 기네스북에 오를 만한, 세계에서 제일 큰 크리스마스 카드였다. 아주 엉뚱한 데가 있는 녀석은 처갓집까지 말아먹을 놈이라고 생각했다.

김 사장이 이렇게까지 딸의 연애를 반대한 데는 그럴만한 이유가 또 있었다. 가까운 친척의 일이다. 열쇠 다섯 개를 채워 보내도 아깝지 않을 아주 좋은 혼처가 있었다. 약혼식까지 치렀다. 그런데 대학 다닐 때 연애를 한 총각이 신랑 될 사람을 찾아가, 나하고 이러이러한 사이이니 양보하라고 큰소리 쳤다고 한다. 파혼은 물론 온 집안이 쑥대밭이 되고 처녀는 남부끄럽다며 자살소동까지 이르게 되었다. 여자는 연애 한번 잘못하면 평생 신세 망친다는 것이 김 사장의 신념이었다.

지금의 처와 결혼한 것도 정상적인 결혼이 아니었다. 옛날에는 지금과 같이 교통이 편리한 것도 아니고 명승지에는 하루에 몇 번의 버스가 다니는 것이 고작이었다. 일부러 작전을 짜서 마지막 버스 시간을 놓치게 한 것이다. 추운 겨울에 밖에서 떨 수는 없고, 제아무리 지조가 강한 여자라도 여관을 찾지 않을 수 없다. 이쯤 되면 일은 성공한 것과 마찬가지다. 그러나 처녀는 너무나 완강하여 끝내 일을 치르지 못하고 날밤을 꼬박 새우고 돌아왔다.

이 정도 가지고 쉽게 물러설 김 사장이 아니었다. 동네방네 소문을 낸 것이다. 나와 아무게 집 딸이 몇 월 며칠 어느 여관에서 하룻밤 잤다고 소문을 낸 것이다. 결국 호랑이와 같은 장인과 오빠가 두 손을 들고 말았다.

처갓집 가문에 비하면 어느 것 하나 내세울 것이 없는 김 사장의 집안이다. 사람이란 기본이 있어야 성공을 하는데 워낙 가난하고 배경이 없는 가문에 자수성가를 하는데 남들보다 더 오랜 시간이 걸렸다. 딸까지 애비를 닮은 남자와 결혼시킬 수 없다는 것이 김 사장의 지론이었다. 딸은 그동안 30번에 가까운 선을 보았지만 인연이 닿지 않았다.

그때마다 중매쟁이에게 사례를 하고, 이곳저곳 결혼상담소에도 몇백만 원의 돈을 줬지만 돈만 떼이고 인연이 닿지 않았다. 그동안 미장원이다, 옷이다, 교통비다 해서 들어간 돈이 엄청나다.

그보다 더 기분 나쁜 것은 이 정도면 괜찮다 싶은 총각은 남의 귀한 딸을 백화점 물건 고르듯 요모조모 뜯어보고, 형사가 신문하듯 질문 공세를 해대는가 하면 경제적으로나 사회적으로 득이나 볼까 재어보는 신랑 후보자들의 뻔뻔스런 태도다. 어디 그뿐인가? 이곳저곳 끌고 다니며 데이트를 즐기고는 꿀 먹은 벙어리가 되어 대답이 없다. 마담뚜들이 노리는 엘리트 신랑감은 김 사장 재산 다 팔아 넣어도 모자랄 판이다.

처녀 나이 40이 넘으니 딸의 값이 반값으로 뚝 떨어졌다. 김 사장은 죽자 살자 따라다닌 옛날 그 총각에게 시집보내지 않은 것이 평생 지울 수 없는 후회였다. 소문에 의하면 그 신랑감이 신문에 오르내릴 정도로 출세하였다는 것이다.

김 사장은 연애 반대론자에서 연애 찬성론자로 변했다. 김 사장뿐만 아니고 요사이 부모들은 연애 찬성론자로 변했다. 집집마다 늙은 처녀 총각이 없는 집이 없지만 모두가 백마 탄 왕자가 나타나기만 기다리고 있으니 시집을 갈 수가 없다. 거기다 취직 못 한 캥거루족들이 좌악 깔려 있으니 마땅한 신랑감은 더욱 귀할 수밖에 없다.

저희끼리 눈 맞아 시집, 장가가니 부모 탓할 일 없고, 혼기도 놓칠 일 없어 좋다. 중매를 하니까 콧대만 높고, 웬만한 신랑은 눈에 차지도 않는다. 사랑이 없는 결혼, 마음에 없는 결혼을 할 바에는 차라리 혼자 사는 것이 낫다고 생각할 때가 있다. 결혼을 해도 3쌍 중 1쌍이 이혼을 한다고 하니 결혼 하고 이혼할 바에는 결혼 않는 것이 더 낫다.

사(師, 事, 士) 자 붙은 신랑감이 내 딸을 좋아할 리 없고, 마담뚜에게 내어놓자니 열쇠 채워줄 돈이 없다. 처녀가 시집을 가지 않으니 총각도 장가를 못 간다. 노처녀 노총각만 늘어난다.

양력설도 지나고 음력설도 지났다. 또 한 살 먹었다. 마음이 불안하다.

김 사장은 올해 안으로 어떻게 하더라도 딸을 시집보내야 한다. 여동생이 기다리고 있기 때문이다. 여동생 남자 집에서 마냥 기다리고 있을 수 없다며 파혼설까지 나올 정도다.

옛날에는 중매결혼을 많이 했다. 그때에는 처녀 총각 사진이 왔다 갔다 하고, 마음에 들면 맞선을 보고, 약혼 사진을 찍으면 결혼하는 것으로 되어 있었다. 옛날 생각이 여기에 이르자 김 사장은 무릎을 탁 쳤다.

"바로 이것이다!"

내가 왜 진작 이 생각을 못 했던가? 몇 년 전에 어느 사진관에서 가족사진을 찍은 일이 있었다. 그때 찍은 사진이 크게 확대되어 사진관 진열대에 올려 있었다. 딸의 혼사에 이 사진을 이용하자는 것이다.

김 사장은 오랜만에 활짝 웃음을 머금고, 집에 들어서자마자 마누라에게 다그쳤다.

"여보, 여보. 빨리 전화 해! 한 사람도 빠짐없이 전화하란 말이야!"

이야기를 들은 부인도 미소를 머금고 수첩을 꺼내 들었다. 중매쟁이, 친구, 친척 할 것 없이 하루 종일 전화를 걸기 시작했다.

"대성빌딩 앞에 있는 추억 사진관 있잖아. 거기 우리 가족사진이 있는데 내 딸을 한번 보라고 해. 꼭이야! 꼭!"

식구 다섯이 모두 이목구비가 반듯한데다 실물보다 훨씬 앳돼 보이고 예쁘게 나온 딸을 보면 일차 시험에는 무난히 합격할 것이고, 중매쟁이에게 들어갈 돈도 필요 없고, 번거로운 미장원이며 화장도 필요 없고, 밑져야 본전인데다, 한꺼번에 수십 명이 본들 얼굴 깎일 일 없고, 그중 마음에 꼭 드는 신랑감 하나야 못 건지겠는가 하는 것이 김 사장의 생각이었다.

김 사장은 절로 웃음이 나왔다.

그런데 한 달이 가고, 두 달이 가도 기다리고 기다리던 전화는 한 통화도 없었다. 답답한 김 사장은 중매쟁이에게 전화를 걸었다. 큰소리친 것은 이쪽이 아니라 저쪽이었다.

"우리 보고 못 믿을 중매쟁이라고 하더니 김 사장이야말로 진짜 거짓말쟁이 돼요. 딸이 둘이라고 하더니 일곱이나 되던데요. 그중 어느 딸입니까?"

"뭐? 뭐라고요. 딸이 일곱이라고요?"

저쪽 전화는 찰칵 끊어졌다. 도대체 이게 어떻게 된 일인가? 김 사장은 단걸음에 추억 사진관으로 달려갔다. 그동안 엉뚱한 남의 사진이 진열대를 차지하고 있었다.

도, 레, 미, 파, 솔, 라, 시, 도. 일곱 딸이 나란히 서 있고, 그 앞에 부모가 앉아있고, 그 사이에 유치원에 다닐법한 아들 하나가 히죽이 웃으며 김 사장을 바라보고 있었다.

집으로 돌아오는 김 사장의 발걸음은 무겁기만 했다.

김 사장은 할 수 없이 큰딸을 남겨두고 동생인 둘째 딸부터 시집을 보내기로 했다. 큰딸에게 미안했지만 잘못하면 둘째 딸마저 노처녀가 될 지경이기 때문에 서둘러 결혼을 시켰다.

둘째 딸 결혼식이 끝나고 김 사장은 안방에 앉아 코걸이 안경을 끼고, 누가 참여하고, 누가 얼마를 부조했는지 축의금 장부를 하나하나 살펴보았다. 그런데 꼭 참석해야 할 사람이 명단에 빠져있다. 잘못 짚었나 싶어 몇 번을 찾아보아도 명단에는 없다. 딸 여섯에 막내아들을 둔 황 사장이 부조도 하지 않고 참석도 하지 않았다. 그는 이북에서 단신으로 피난 온 외로운 사람이다. 그래서 자식도 많이 낳고 될 수 있는 대로 많은 모임에 참여한다고 했다. 시골에서 단신이 도시에 나와 뿌리를 내린 김 사장과 성장과정이 비슷했다.

그의 조언에 따라 이 모임 저 모임 많이 가입한 동기가 되었다. 그렇기 때문에 일곱 자녀 결혼식에 한 번도 빠짐없이 참석해주고, 혼사 일까지 도와준 황 사장이 명단에 빠져 있다.

"세상에 이럴 수가 있나?"

자위해 보지만 아직까지 전화 한 통화 없다.

본인에게 왜 내 혼사에 참석하지 않았느냐고 따져 물을 수도 없고, 그냥 있자니 괘씸하기 짝이 없다. 분통이 터진다. 사기를 당한 기분이다.

첫 혼사를 치르고 축의금을 받고 보니 웃지 못 할 일들이 많다.

축의금 봉투는 있는데 돈이 없는 봉투가 나왔다. 놀림을 당하는 것 같아 기분이 나쁘지만 봉투만 있고 돈이 없느냐고 따져 물을 수도 없다. 우리 쪽에서 실수를 했을 경우도 생각해 봐야 하기 때문이다.

어떤 사람은 나는 5만 원을 부조 했는데 단돈 만 원을 달랑 넣어 놓은 사람도 있다. 채권 채무도 아닌데 누구 놀리느냐고 따져 물을 수도 없다. 식대를 빼고 나면 완전히 손해다. 내 쪽보다 저쪽이 형제가 많을 때도 손해다. 그렇기 때문에 축의금 액수를 사전에 조율하지 않으면 안 된다. 내 혼사는 다 끝났는데 저쪽에서 청첩장이 올 때 받아먹지 못할 것이 뻔 한데 망설여지기도 한다.

이건 또 누구일까? 전혀 모르는 사람에게 부조금이 들어왔다. 처갓집 집안의 누구인가? 처에게 물어보아도 모르는 사람이라고 한다. 그렇다면 사돈 쪽의 돈이 잘못 전달된 것이 틀림없다. 사돈 쪽에서도 모르는 사람이라고 한다. 아들, 딸들에게 물어보아도 모르는 사람이다. 주소와 이름이 분명히 있지만 이쪽에서 먼저 연락할 이유가 없다. 좀 미안하지만 그냥 넘어가기로 했다.

김 사장은 부하직원에게도 빠짐없이 축의금을 전했다. 그런데 약속이나 한 듯한 놈도 참여하지 않았다.

"직장의 상사를 이럴 수 있나?"

섭섭했다. 요즈음 젊은 사람들 생각은 김 사장 때와 달랐다. 어른이 보내준 하사품으로 생각하지 갚아야 할 의무로 생각하지 않는 것 같다.

상사를 하늘같이 모시던 김 사장 때와 다른 생각과 사고방식을 가지고 있다. 직장의 고급 간부는 많은 축의금을 받고 퇴직을 하면 아예 전화번호나 집 주소를 옮긴다고 했다. 사회적으로 높은 직위에 있는 사람은 자녀 결혼 때 가마니로 축의금을 받고, 퇴직하면 외국에 나가 있는 자식에게 도피를 한다고 한다. 그렇기 때문에 퇴직하기 전 그 자리에 있을 때 서둘러 결혼을 시킨다. 퇴직 후에 결혼하면 부조금으로 뿌린 돈의 절반도 돌아오지 않는다고 한다.

결혼식에 참석 못하고 뒤에 축의금을 전하는 사람도 있다. 이거야말로 꿩 먹고 알 먹는 돈이다. 식사 값이나 답례품이 고스란히 남는다. 우편으로 축의금을 전해오는 사람도 마찬가지다.

그런데 희한한 일이 있다. 봉투에 돈은 있는데 주소와 이름이 없다. 주인 없는 이 봉투가 김 사장을 괴롭히고 있다.

'도대체 이 봉투의 주인이 누구일까?'

아무리 생각해도 알 길이 없다. 혹시 일곱 자녀 결혼식에 한 번도 빠지지 않고, 혼사 일까지 도와준 황 사장의 축의금인가? 아니다. 그쪽에는 자녀가 7명이나 되고, 김 사장은 3명밖에 아닌데 비례로 봐서 돈이 적다. 아니지? 그 꼼생이가 많은 부조를 할 사람이 아니야. 김 사장은 하루 종일 이름 없는 봉투의 주인 때문에 일손이 잡히지 않는다.

김 사장은 빠짐없이 부조를 했는데 답례를 하지 않은 여러 사람을 가늠해 보았다. 김? 이? 박? 석? 마? 손? 아무리 생각해도 답이 나오지 않는다. 그렇다고 전화를 걸어 물어볼 수도 없다. 만일 잘못 집히면 "사람을 뭐로 아는 거야! 기분 나쁘게" 항의하면 할 말이 없다.

이것이야말로 귀신이 곡할 노릇이다. 7자녀나 부조를 한 황 사장에게 결혼식 불참을 따져 묻지 못할 이유 중의 하나가 바로 이름 없는 봉투 때문이다.

김 사장은 오늘도 3만 원짜리 이름 없는 봉투를 꺼내놓고 깊은 생각에 빠져 있다.

"도대체 누가 이름도 없이 부조를 했을까?"

축의금 장부를 내어놓고 다시 하나하나 짚어 보았지만 '이 사람이다'라고 집히는 사람은 없다. 황 사장이라면 3만 원을 부조할 리 없다. 7자녀 중 셋째까지는 3만 원을 했지만 그동안 물가를 감안해서 넷째부터는 꼬박꼬박 5만 원을 부조했다. 아무리 자린고비라도 5만 원은 해야 예의가 되는 것이다. 아직도 황 사장은 전화 한 통화 없다. 괘씸하기 짝이 없다.

"세상에 벼룩이 간을 내어 먹지. 부조 돈을 떼어 먹다니……."

억울하고 분하지만 어쩔 수 없다.

오늘도 청첩장은 날아오지만 반가운 청첩장은 없다. 몇 년 동안 연락이 없다가 어느 날 갑자기 청첩장이 오면 결혼식에 가야 할지 말아야 할지 망설여진다.

수십 년 동안 연락이 없는 친구에게서 전화가 왔다.

"김 사장, 나야 나. 고향친구 소우봉이 몰라?"

"어, 그래. 오랜만이네. 어쩐 일이야? 자네가 전화를 다 주고."

"나 우리 딸 결혼을 하게 되었어. 자네에게 연락을 안 할 수 있나?"

"응, 그래. 축하하네."

"고맙다. 자네 꼭 참석해야 하네. 자네 같은 친구가 참석해야 우리 결혼식이 빛이 나지. 주소가 어떻게 되지?"

다짐까지 받아낸다. 전화를 끊고 나니 분통이 터진다. 내 딸 결혼때 이 친구에게 청첩장을 보낼까 말까 한 친구다. 전화까지 받고 결혼식 부도를 낼 수 없다.

어떤 사람은 모임에 나오지 않다가 혼사가 가까워지니까 열심히 나오다가 혼사가 끝나면 행방이 묘연하다. 나이 차이가 많은 모임도 많다. 내 혼사는 다 끝났는데 청첩장이 날아온다. 안 갈 수도 없고, 갈 수도 없다. 모임에서 만나면 죄 지은 것같이 얼굴 대할 면목이 없다. 100% 못 받아먹을 부조다. 그렇다고 단돈 3만 원 부조를 할 수는 없지 않은가? 정말 기분이 안 좋은 청첩장이다.

황 사장 경우는 정말 서운하다. 세상에 벼룩의 간을 내어먹지 7자녀 부조 돈을 다 떼어먹다니 찾아가 내 돈 내어놓으라고 따질 수도 없고, 법적으로도 할 수 없다. 남의 돈 떼어먹어도 법적으로 걸리지 않는 것이 부조 돈이다.

또 한 장의 청첩장이 날아왔다. 아무리 생각해도 이름도 성도 모르는 사람이다. 축의금 명단을 훑어보아도 그 이름은 없다. 모르는 사람이 청첩장을 보낼 리도 없다. 그냥 넘어가자니 뒷맛이 좋지 않다. 꼭 가야 할 자리라면 보통 실례가 아니다. 고민 끝에 전화를 걸어 신분을 확인해 보기로 했다.

"김선달 씨 댁이시죠?"

"네, 그렇습니다."

딸이 전화를 받는다.

"실례지만 아버지가 무엇 하시는 분입니까?"

"아버지 바꿔 드릴게요."

딸은 이쪽 의사도 묻지 않고 전화를 바꾸었다. 김 사장은 얼떨결에 전화를 받을 수밖에 없다. 저쪽에서는 김 사장을 잘 알기에 청첩장을 보냈을 것이고, 이쪽에서는 상대방을 모르고 전화까지 확인한다면 미안하고 부끄러운 일이다.

"누구십니까?"

"저, 김영대란 사람입니다."

"아이구, 김 사장. 전화까지 주시고 고맙습니다."

"누구신지?"

"향우회 때 김 사장이 여러 가지 유익한 말씀도 많이 해주시고, 잊을 수 없어요. 같은 고향사람끼리 인연을 맺고 싶습니다. 실례지만 청첩장을 보냈습니다. 이해하시고 그날 만납시다. 고맙습니다."

향우회 때 한 자리에 앉아 서로 명함을 돌린 것이 인연이었다. 향우회에 들어오자마자 명단을 보고 모두 청첩장을 보내었다. 결혼식에 가자니 그렇고 안 가자니 향우회 때 만나면 얼굴 볼 낯이 없다. 김 사장은 또 고민에 빠졌다.

"내 자식 혼사 때는 꼭 올 사람이겠지? 설마 고향사람이 부도를 내겠나?"

김 사장은 생각이 여기에 미치자 결혼식에 참여하기로 마음을 먹었다.

아니야, 황 사장같이 부조 돈을 떼어 먹을 사람일지도 몰라. 향우회에 나오지 않으면 5만 원을 고스란히 날린다.

"결혼 청첩장은 세금고지서와 마찬가지다."

세상인심은 마음씨 착한 김 사장 같지가 않다. 그 고향 사람도 혼사가 끝나고 코끝 하나 보이지 않았다. 생각 끝에 김 사장은 딸 결혼식에 참여하지 않은 사람들에게 간접으로 섭섭한 마음을 전달하기로 했다.

'결혼식에 참여해 주셔서 감사합니다.' 인사장을 돌리기로 했다. 그러나 이것도 포기해야만 했다. 마누라의 적극적인 반대 때문이다.

'돈 잃고 사람 잃는 일을 왜 해야 하느냐'고 했다. 다음 혼사 때 참여할지 모른다는 것이다. 그 말도 틀리는 말은 아니다. 김 사장은 요사이 청첩장 때문에 머리가 매우 복잡해졌다.

세계 어느 나라도 우리나라와 같이 청첩장을 마구 돌리는 나라는 없다. 반가워야 할 청첩장이 상대방에게 부담을 주는 반갑지 않은 청첩장이 되어있다. 하객이 많아야 하는 과시욕이 빚어낸 비극이다. 하객도 꼭 참석해야 할 사람만 참석한다. 신문에 보니 우리나라 부조 돈이 연 10조 3천억, 가계부담 1위를 차지하고 있다고 한다.

김 사장은 아침부터 축의금 장부를 뒤적이고 있다. 둘째 딸 혼사에 얼마를 부조했는지 오늘 참석할 결혼식에 그에 상응하는 답례를 하기 위해서다. 생각보다 많은 축의금이 들어왔을 때는 공짜같이 좋았지만 갚을 때는 허리가 휜다.

청첩장 종류도 다양하다. 어떤 것은 분홍색 바탕에 하트 그림까지 넣어 꽤나 고급으로 보였고, 어떤 것은 날짜와 시간, 장소가 한눈에 들어오는 편리형이 있는가 하면, 삼가 알려 드립니다 하는 보고형도 있고, 하나님의 은총을 내세운 종교형도 있었다. 흔치는 않지만 은행 온라인 번호를 적어놓은 청첩장도 있다.

토요일 청첩장이 한 장, 일요일 청첩장이 두 장, 토요일은 시간이 맞아 떨어지지만 일요일은 중복된 시간이 있어서 아내를 대신 보내기로 속마음을 정해놓고, 다른 결혼식은 가야 하나 말아야 하나 고민에 빠졌다.

우리나라는 관혼상제(冠婚喪祭) 때문에 망한 나라이다. 한국 사람만큼 체면치레가 많은 국민도 없다. 먹을 것이 없는 보릿고개 때 병원 한번 가지 않아도 부모가 죽으면 제사는 빚을 내어 거창하게 지낸다. 집에 빈소를 차려놓고, 3년 상을 치러야 한다. 하고 싶지 않아도 남의 눈 때문에 해야 한다. 하지 않으면 불효라고 눈총을 받고 살아야 한다. 결혼도 마찬가지다. 빚을 내어 혼수를 장만하고 잔치를 한다. 이때 대부분이 빚을 진다. 연 120%의 고리대금 빚을 갚을 길이 없다. 논밭을 팔아서 빚을 갚아야 한다.

5·16 때 만든 관혼상제법이 아직도 살아있지만 시행되지 못하고 있다. 그 이유는 간단하다. 국민들에게 뿌리 깊게 박혀 있는 허례허식과 과시욕, 그리고 주었으니 받아야 하는 얽히고설킨 품앗이 때문이다.

"내가 저 집 결혼식에 가 주어야 내 혼사 때 온다."

"내 혼사 때 안 왔으니 나도 안 간다."

"나는 그 집 결혼식에 가 주었는데 내 혼사에는 안 왔다."

"부조 돈 떼어먹은 더러운 놈."

조상 대대로 뿌리박고 살아온 시골에서는 부도나지 않는 상부상조의 미덕이 있지만 도시는 이사가 많고, 직장 이동이 많기 때문에 부조 돈을 떼어먹는 사람이 많다.

결혼식장에 사람이 많아야 한다. 여기저기 모임을 많이 하고, 청첩장을 남발하여 하객 끌어 모으기에 혈안이 되어있다. 결혼식장에 손님이 많아야 뼈대 있는 집안, 행세깨나 하는 집안으로 인정을 받는다. 바로 옆의 사돈이나 하객에게 인정을 받는 시험대이다. 결혼식장에 사람이 많으면 좋은 것이 또 있다. 부조 돈이 많이 들어오기 때문이다.

결혼식장에 가면 시장 바닥같이 소란하다. 세계 어느 나라에도 우리나라와 같이 혼잡한 결혼식은 없다. 교회나 성당, 공회당 같은 공공장소에서 간단한 결혼식을 한다. 우리나라같이 빚내어서 거창한 결혼식을 하지 않는다. 가까운 일가친척, 부모형제, 이웃, 친구, 친하게 지내는 사람 외에는 초청하지 않는다. 자리 예약 때문에 참석 여부도 확인한다.

반갑지 않은 결혼식에 끌려왔기 때문에 아들이 결혼했는지 딸이 결혼했는지 알 바 없고, 혼주에게 눈도장 찍고 바로 식당으로 직행하기 바쁘다. 결혼식에 왔는지 식당에 왔는지 헷갈린다. 결혼식장은 텅텅 비고, 앞자리는 손님이 없다. 우리나라 사람은 앞자리 앉기를 싫어한다. 어떤 사람은 결혼식 중간에 단체로 빠져나간다. 선거판 유세장같이 축하하러 온 것이 아니라 방해하러 온 것 같다.

우리나라 결혼식이 왜 이렇게 되었는가? 허례허식 과시욕 때문이다. 어느 행사나 정치판도 사람 불러 모으기에 혈안이 되어있다. 뿐만 아니라 우리나라만큼 옷 잘 입는 나라도 없다. 외국 사람의 옷차림은 우리나라 사람에 비하면 거지와 같다. 외국 사람은 자기를 위해서 옷을 입고, 우리나라 사람은 남을 위해서 옷을 입기 때문이다.

세계에서 명품이 제일 비싸고 잘 팔리는 나라가 우리나라이다. 돈이 없으면 가짜 명품이라도 입고, 신고, 들고, 끼고 다녀야 직성이 풀린다. 때문에 가짜 명품이 제일 비싸고 잘 팔리는 나라가 우리나라이다.

김 사장이 각종 모임을 많이 한 것은 전적으로 자식들 혼사 때문이다. 객지에 홀로 나와 아는 사람 별로 없고, 친척도 많지 않아 결혼식장에 하객이 많지 않으면 남 보기에 위상이 떨어지기 때문에 될 수 있는 대로 많은 모임에 가입했다.

특히 기죽고 살아온 처갓집에 보란 듯 위세를 보이기 위해서다. 동사무소 자문위원, 파출소 방범위원, 각종 관변단체, 국제적인 봉사단체, 직장의 동료 모임, 거래처 모임, 동창회, 종친회, 향우회, 산악회에다 사모님의 계모임, 심지어 유치원 학부모 모임까지 이곳저곳에 참여하다 보니 청첩장이 많을 수밖에 없다. 어떤 모임은 가입하자마자 청첩장부터 먼저 온 일도 많다.

받는 사람 이름도 없이 인편으로 청첩장을 보내는 사람이 있는가 하면, 성과 이름이 틀리는 경우가 허다하다. 요사이는 스마트폰 카톡이나 메시지로 밑져야 본전으로 청첩장을 마구 날리는 경우가 많다.

김 사장 내외분은 토요일, 일요일은 결혼식에 참여하느라고 내 시간을 가질 수가 없다. 어떤 때는 결혼시간 맞춰 이곳저곳 쫓아다니다 보니 점심을 굶을 때도 있다. 김 사장의 생각은 내가 많이 참석하면 내 손님도 많다는 지론이다. 그런데 둘째 딸 결혼식을 치르고 보니 생각보다 적은 하객에 큰 실망을 했다.

"세상에 이럴 수가 있나? 부조 돈을 떼어 먹다니⋯⋯."

배신당한 느낌이다.

대한민국에서 남의 돈을 떼어먹어도 법적으로 아무 탈 없는 것이 길흉사 때 부조 돈이다. 한국의 결혼문화를 80%가 불평하고, 부담이 된다고 했다. 76%가 청첩장을 받으면 반갑지 않다고 했지만 그게 쉽게 고쳐지지 않고 있다. 청첩장을 받고 참여하지 않으면 얼굴 볼 낯이 없다. 내 자식 내 부모 길 흉사 때, 주고받은 것이 있기 때문에 얽히고설킨 미덕을 칼날같이 하루아침에 끊기는 어렵다. 우리나라 결혼문화를 고쳐야 하는 것은 틀림없다.

김 사장은 나이 40이 넘도록 시집 못 간 과년한 딸이 걱정된다. 취직을 못해 캥거루족이 되어있는 막내가 집을 지키고 있다. 저것들이 언제 결혼할지 모르기 때문에 청첩장이 날아오면 울며 겨자 먹기로 결혼식에 참여하지 않을 수 없다.

저것들이 결혼하지 못하고 처녀 총각으로 늙는다면 김 사장은 평생 남의 자식 축하만 해주고 그 많은 부조 돈을 고스란히 날리는 셈이 된다.

오늘도 김 사장은 바쁜 걸음으로 예식장을 향하고 있지만 기쁜 마음을 가져본 일은 한 번도 없다.

애욕(愛慾)

　언제 올지도 모르는 손님을 기다린다는 것은 나에게는 정말 미치도록 지겨운 시간이다. 서 있는 것보다 앉아 있는 것이 편했고, 앉아 있는 것보다 누워 있는 것이 편했기 때문에 방에 누워 있는 것이 나의 일상생활이다.

　누워 있는 것보다 잠자는 것이 편하다는 것을 잘 알고 있지만, 아내를 의식하기 때문에 잠과의 싸움은 나를 매우 고통스럽게 했다.

　아내는 등받이도 없는 나무판자 위에 커다란 엉덩이를 올려놓고 끈질기게 손님을 기다리고 있는 모습은 애처롭다 못해 한심하기조차 했다.

　한때 나는 아내와 같이 방에서 가게를 보며 즐거운 시간을 보내었다. 하루 종일 비가 오는 날, 정말 오전 내내 손님 한 사람 없는 그날, 우리는 어처구니없는 일을 해내고 말았다. 그것은 스릴 만점의 짜릿한 전율을 느낄 수 있었기 때문에 아내도 별다른 만족을 느끼고 있는 것이 분명했다. 이 일이 있고 부터 우리 부부는 밤과 낮이 바뀌고 말았다. 구멍가게에 만족할 수 있는 것도 결혼 십 년의 권태기를 잘 극복할 수 있는 것도 이 때문이다.

　나는 일이 끝난 후 낮잠을 늘어지게 맛있게 자는 버릇이 생겨났다. 나의 이러한 버릇을 아내는 싫어하지 않았다. 우리가 맡아야 할 역할분담이 있기 때문이다. 우리는 가게를 보통 밤 한 시까지 보기 때문에 낮잠은 밤늦은 근무에 큰 도움이 되었다. 이래서 인간이나 동물은 환경에 잘 적응하고 살아가는구나 하고 생각했다.

비록 구멍가게를 하고 있긴 하지만 우리 부부는 신혼부부같이 금슬이 정말 좋았던 것으로 기억된다. 우리는 거의 매일같이 정을 나누었다. 너무 한 곳에 집착되어 포로가 되어 있는 느낌을 가지고 있기도 했다.

우리 부부가 제일 싫어하는 것은 사랑을 나눌 때 찾아오는 손님이다. 그때는 정말 가게를 때려치우고 싶었다. 전화가 올 때도 있었다. 그때도 가게를 때려치우고 싶었다. 그러나 우리 부부는 머리를 잘 굴려 윗목에 있는 전화기를 잡아당겨 통화를 하며 즐기는 맛은 짜릿한 새로운 쾌감을 안겨주었다. 우리는 사랑을 예술로 승화시켜 나갔다.

우리 가게 앞에는 매일 수십 번 왔다 갔다 하는 연탄장수가 있다. 달동네 언덕까지 연탄을 배달한다는 것은 보통 고통스러운 일이 아니다. 오후가 되면 얼굴까지 새까맣게 변해서 마치 굴뚝에라도 다녀온 느낌이 든다. 리어카에 높이 쌓아 올린 연탄 뒤에는 연약한 여자가 새까만 얼굴로 리어카를 열심히 밀며 땀을 흘리고 있었다. 그 여자는 조금도 불평불만의 표시가 없이 열심히 남편을 돕고 있었다.

나는 그 여자만 보면 아내를 생각하는 버릇이 생겨났다. 그 여자에 비하면 내 아내가 훨씬 행복하다는 것을 확신하기 때문에 언젠가 부부 싸움을 하게 되면 그 여자를 앞세워 공격할 준비를 하고 있었다.

어느 날이었다. 연탄장수는 그 여자에게 사정없이 욕을 하며 꾸지람을 하는 것을 보았다.

"××년, 밀어야지! 이렇게 따라다닐 바엔 집에서 잠이나 자지!"

"알았어요."

남편의 험악한 인상과 말씨에 비해서 여자는 너무나 곱고 착한 말을 하고 있었다. 아무리 생각해도 이것은 너무하다고 생각했다. 이것은 부부가 아니라 노예라고 생각했다. 그 여자는 어떤 사정에 의해서 남편의 쇠사슬에서 벗어나지 못하고 노예와 다름없는 부부생활을 하고 있는 것이 틀림없었다. 어떤 기회가 오면 이 여자를 구제해야 한다고 마음먹었다. 그러던 어느 날 그 여자가 새까맣게 얼룩진 평소의 모습 그대로 우리 가게에 나타났다. 나는 좋은 기회라 생각하고 그 여자에게 다가섰다.

"이 와인은 누가 드시려고 삽니까?"

나는 여자의 표정을 찬찬히 뜯어보며 말문을 열었다.

"아, 이거요? 우리 집 사장님 드리려고요."

뜻밖에 그녀는 남편을 사장님이라고 존댓말을 빠뜨리지 않았고, '드시려고요'와 '드리려고요'는 뜻이 다르다.

"사장님은 와인을 좋아하시는 모양이지요? 막걸리도 있고 소주도 있는데."

나는 연탄장수 주제에 비싼 와인을 마실 수 있느냐는 속마음으로 이렇게 떠 보았다. 그런데 그녀의 입에서는 의외의 대답이 나왔다.

"남보다 힘든 일을 하시는데 술이라도 좋은 것으로 드시게 해야지요."

그녀는 얌전히 절을 하고 사라졌다. 단 몇 마디 대화로 그녀를 파악하기 어렵다는 것을 안 나는 그녀가 또다시 나타나 주기를 바랐다. 그녀는 틀림없이 우리 가게에 다시 나타날 것이라고 확신하고 있었다. 왜냐하면 술과 안주를 완전 원가로 팔았기 때문이다.

어느 날 나는 그녀가 왼쪽 눈이 퍼렇게 멍이 든 채 열심히 리어카를 밀고 있는 것을 보았다. 다친 것일까? 맞은 것일까? 나는 그녀 생각으로 하루 종일을 보냈다.

며칠 지난 후 그녀는 다시 우리 가게에 나타났다. 나는 반갑게 그녀를 맞이했다. 그녀의 오른손에 무엇이 들려 있는데 자세히 보니 그것은 쇠고기였다.

"요사이 쇠고기 값이 많이 오른 모양이던데요?"

"안 오른 것이 있습니까? 우리 집 사장님은 몸이 허약해지셨어요."

그녀는 이 말을 하며 약간 수줍은 듯 고개를 돌렸다.

그녀가 돌아간 후 나는 새로운 고민에 빠졌다. 그녀의 진심을 알 수가 없기 때문이다. 남편을 생각하는 지극한 마음은 내가 가졌던 선입견과는 정반대의 것이기 때문이다. 나는 그녀를 잊기로 했다. 요즈음 세상에 찾아볼 수 없는 열녀에 감탄했을 뿐이다. 이렇게 결론 짓기로 했다.

그녀를 잊은 지 오래된 어느 날 땅거미가 지고 전깃불이 환하게 가게 안에 퍼져 있을 때 그녀가 우리 가게에 나타났다. 평소와 달리 막걸리와 과자 안주를 주문했다. 나는 그녀의 그런 행동에 의문이 갔다.

"아니, 와인을 안 드시고?"

"연탄 팔아 와인 마실 형편이 됩니까?"

나는 뜻밖의 말에 놀라며 그녀를 똑바로 쳐다보았다. 순간 그녀의 눈에서 반짝 하고 광채가 나는 것을 보았다. 그것은 마치 캄캄한 밤에 동물들이 눈에 불빛을 발산하는 것과 비슷했다. 그리고 그녀의 촉촉이 잦아드는 목소리와 빨려 들어올 것 같은 그 무엇으로 그녀가 야성미 넘치는 여자로 변신하는 것을 보았다.

한동안 연탄을 실은 리어카가 우리 가게 앞을 지나는 것이 보이지 않았다. 나는 새로운 연료인 가스나 기름연료에 밀려 폐업을 했거나 아니면 더 좋은 다른 장소로 옮긴 줄 알았다. 그녀를 이곳 달동네의 마지막 연탄장수로 알았다.

그러던 어느 날 오후, 우리 가게에 정말 어울리지 않는 여자 손님 한 분이 나타났다. 약간 마른 듯한 날씬한 몸매에 앞가슴이 푹 파인 우윳빛 투피스를 입고 굽 높은 하이힐, 장미꽃이 달린 모자에 속살이 보이는 얇은 장갑에 받쳐 든 양산, 알맞게 화장한 탄력 넘치는 얼굴에 속눈썹이 긴 커다란 눈, 미소 짓는 입술에 옥수수 같이 가지런히 박혀 있는 치아는 눈같이 희었다.

"안녕하세요."

그녀는 웃음을 잃지 않고 반갑게 인사를 했다. 첫눈에 어디서 많이 본 듯한 얼굴이지만 나는 그녀를 기억해 낼 수 없었다.

"장사 잘 되십니까? 저를 모르시겠어요?"

끝내 나는 그녀를 알아보지 못했다.

"저, 연탄……"

"아!"

나는 그만 감탄사를 연발하고 말았다. 사람이 이렇게 변할 수 있을까? 그것은 마치 웨딩드레스를 입고 예식장에 나타난 신부 같이

새 사람이 되어 있었다. 시궁창에 처박혀 있던 구두를 닦아 놓은 것
같이 완전히 새 사람이 되어 있었다.

"지나다 들렀어요."

그녀의 입에서 술 냄새가 풍겼다. 뜻밖의 일이었다. 그녀는 좀처럼
자리에서 일어날 줄 몰랐다. 누가 시키지도 않았는데 그녀와 나는 가
까운 카페에 마주 앉았다. 그녀의 변신을 듣고 싶었던 것이다. 그녀
는 단번에 리갈 석 잔을 비웠다. 그리고 내가 묻기도 전에 궁금증을
시원하게 토해 내었다.

그녀는 유복한 가정에서 태어나 공부만 아는 착실한 여자였다. 그
러나 그녀는 결혼에 실패하고 재혼에도 실패했다. 그 이유는 간단했
다. 그녀가 성에 눈뜨기 시작하고부터 걷잡을 수 없는 성도착 증세
는 남성으로 하여금 엄청난 고통을 안겨주었던 것이다.

"나는 특수체질을 가지고 있어요. 한국 여성으로서는 천 명에 하
나 있을까 말까 하는 그런 신체적 구조를 가지고 있어요."

"특수체질이라뇨? 어떤 신체적 구조를 말합니까?"

나도 모르게 다급한 질문을 하지 않을 수 없었다. 천 명에 한 명
이란 말에 정신이 번쩍 들었다. 갑자기 그녀가 굉장히 귀한 여성으로
돋보이기 시작했다.

"모든 남자는 나 같은 여자를 가지기를 원해요. 그러나……"

그녀는 말끝을 흐리고 말았다. 도대체 그녀는 어떤 신체적 구조를
가지고 있는지 호기심과 궁금증으로 나를 자극하고도 남음이 있었
다. 그녀의 생리 구조는 남자들이 이상으로 생각하는 소위 말하는
'긴작고'였다. 절정에 도달 했을 때 자동으로 이어지는 수축현상은

남자들로 하여금 구름을 타고 하늘을 나는 환각상태로 몰아넣었다.

그녀는 하루도 남자 없이 살 수 없을 정도로 많은 남성을 찾아 다녔고 결국 직업여성이 되고 말았다. 그곳에서 만난 사람이 연탄장수였다. 통계적으로 단순 노동의 남성이 힘이 가장 강한 것으로 나와 있듯이 그녀를 만족시켜 준 유일한 남자였다. 연탄장수는 남성이기 이전에 신으로 승화되기 시작했다. 그 남자가 시키는 일이라면 노동이기 이전에 즐거움이었고 살인도 거절할 수 없을 정도로 그 남자에게 빠져있었다. 그러나 그 남자도 인간이기 때문에 힘의 한계를 나타내기 시작했다.

남자는 힘의 한계를 느끼자 폭력으로 그녀를 잡아두려고 했다. 시간이 갈수록 남자의 폭력은 더해 갔다. 심지어 칼까지 빼어 들고 그녀를 위협하기 시작했다.

비로소 그녀는 그 남자의 최면에서 깨어나기 시작한 것이다. 마침내 그녀는 그 집에서 뛰쳐나왔고 자기 갈등에 몸부림치다 자살까지 생각하게 되었다. 이것이 그녀가 토해낸 지금까지의 줄거리였다.

"나는 신의 저주를 받은 몸이에요. 지금 내 몸에는 주피터의 화살이 가시가 되어 돌고 있어요. 나는 마약 중독자같이 사랑의 중독자가 되어 있어요. 나는 어떻게 해야 이 중독에서 벗어날 수가 있을까요? 저는 어떻게 해야 되겠어요?"

그녀와 이야기하는 동안 시바스리갈 두 병이 다 비어졌다. 마침내 그녀는 주위의 시선에 아랑곳없이 큰소리로 울기 시작했다.

그녀의 뜨거운 몸이 내 주위에 맴돌기 시작했다. 그것은 마치 넓은 대자연의 풀벌레도 동족을 만나 사랑을 나누듯 우리는 이미 동족임을 확인했다. 같은 피가 서로를 유혹하고 있었다.

"처음부터 알았어요."

"피는 못 속이는 것 같아."

호흡이 거칠어지고 몸이 빨려 들어오기 시작하는 그녀를 밀쳐내고 나는 간신히 가게로 돌아올 수 있었다. 그녀는 최고임이 틀림없다. 최고들의 대결은 어떤 결과를 가져온다는 것을 나는 잘 알고 있다. 나는 호기심보다 두려움으로 가득 차 있었다.

내가 특수체질이란 것을 알게 된 것은 대학 야구선수로 이름을 날릴 때였다. 학교 옆에는 단골 다방이 있었다. 마담과 종업원은 인기 야구선수인 나에게 많은 유혹을 했지만 나는 현혹되지 않았다. 나의 의지가 굳어서가 아니다. 운동선수들은 여자가 금기로 되어 있기 때문이다.

여름 바닷가 전지훈련을 마치고 돌아오는 마지막 날 하루 휴가가 주어졌다. 나는 해수욕을 온 한 패의 여자들을 만났다. 사진 찍는 것이 취미인 나는 그들에게 열심히 사진을 찍어 주었다. 사진을 돌려주기 위해서 한 여자를 만났는데 이 여자가 고급 요정의 얼굴 마담이었다. 술이 만취된 나는 그녀가 이끄는 대로 여관에 가게 되었고, 아침에 눈을 뜨니 여자는 외출 준비를 하고 있었다. 본전 생각을 하게 된 나는 또 한 번 관계를 하고 곤한 잠에 빠져들었다.

눈을 뜨니 화장실에서 웬 야자들이 소란을 피우고 있었다. 가만히 훔쳐보니 날씨가 덥기 때문에 여자 둘이 발가벗고 욕탕에서 발로 밟는 담요 빨래를 하고 있었다. 살펴보니 여정다방 마담과 종업원 미스 박이었다. 여정다방 건물은 한쪽에는 다방, 한쪽에는 여관으로 되어있는데 이층 건물에는 다방과 여관에 통로를 만들어 놓고 부적절한 관계를 하는 사람들의 비밀 출입구로 사용하였던 것이다. 오전 열한시 정도 되었으니까 그들은 방에 사람이 없을 것으로 생각했을 것이다.

욕탕 문을 열자 기겁을 한 두 여인의 앞가슴이 출렁하고 물결쳤다. 그들은 평소 좋아했던 나인 것을 알고 더 놀라는 것이다. 시간이 지나자 마담이 먼저 나타났다. 근무복인 것을 보니 잠깐 자리를 비운 것이 틀림없다. 시간에 쫓기다 보니 싱겁게 끝나고 말았다. 다시 잠에 빠져 있는 나를 깨우는 사람은 미스 박이었다. 미스 박은 커피 배달을 가는 사이 급히 들렀다고 했다. 그녀 역시 시간이 없기 때문에 간단히 끝내주었다. 나는 곧 깊은 잠에 빠져들었다. 꿈속에서 또한 여자를 만났던 것이다. 마담이었다. 마담은 질투심에 불타있었다. 미스 박이 다녀갔는가를 확인하기 위해서 왔다는 것이다. 나는 시치미를 떼고 사실이 아니라고 딱 잡아떼었다. 확인해야겠다며 마담은 또 몸을 요구했다. 나는 거짓이 탄로 나지 않기 위해서 필요 이상의 기교와 힘이 필요했던 것이다. 그 이후 어떻게 되었는지 모르는 상태에서 미스 박을 또 품고 있었다.

밖에 나와 보니 아직 따가운 여름 해가 저쪽에 있었다. 나는 허리도 굽혀 보고 팔다리도 휘저어 보기도 했다. 아직 건재해 있다는 것을 확인한 나는 속으로 씩 웃었다. 국밥집에서 돼지고기 냄새가 코를 찔렀다. 그때야 아침과 점심을 먹지 않은 것을 알았다.

내가 돈 한 푼 들이지 않고 한 침대에서 세 여자를 가지고 놀았다는 것은 내 인생 평생 지울 수 없는 영원한 추억임에는 틀림없다. 변

강쇠나 카사노바도 나와 같은 아름다운 추억을 만들어내지 못했을 것이다.

영화나 연극은 만들어낸 드라마이다. 다큐멘터리는 꾸밈없는 그대로의 자연산이다. 그렇기 때문에 시장에 가면 자연산이 훨씬 돋보이고 귀히 여겨지고 비싼 이유가 여기에 있다는 것을 알았다.

우연한 기회에 정말 우연한 기회에 여섯 번의 만리장성은 조그마한 옹달샘이 아니었다고 생각한다. 그렇다고 나이아가라 폭포도 아니었다고 생각한다. 때로는 잔잔한 개울물, 때로는 내리꽂는 폭포수같이 그것은 마치 조물주가 만들어낸 아름다운 예술임에 틀림없다.

세 여자를 만난 이후 나는 엄청난 대가를 치러야 했다. 호사다마라 할까, 그녀들과의 밀회를 즐기기 시작하고부터 내 야구방망이는 초점을 잃기 시작했다. 결국 나는 실업팀에서 탈락되었고, 고기가 물을 잃으면 갈 곳이 없는 것과 같이 처량한 신세가 되고 말았다. 이후 나는 여자라면 증오에 가까울 정도로 환멸을 느끼기 시작했다.

연탄 여자, 이 여자도 엄청난 파멸의 예고가 눈앞에 와 있는 느낌이 들었다. 그녀로부터 수없이 많은 유혹의 전화가 왔지만 여러 가지 구실로 피해 나갔다. 트로이 전쟁에서 승리하고 십 년 만에 고국에 돌아오는 오디세우스는 요정의 섬을 지나칠 때 부하들의 귀에 초를 부어 귀를 막고 자신은 큰 밧줄로 돛대에 묶게 했다. 엄청난 상처가 날 정도로 고통을 참아 요정의 섬 마녀의 유혹에서 살아남은 오디세우스가 되기로 했다.

나는 그녀가 생각날 때마다 아내와 관계를 하여 탈진한 상태에 있었다. 이것이 그녀의 유혹에서 벗어나는 최상의 방법이었다. 그녀에게서 전화가 올 때는 이상하게 우리 부부는 사랑에 도취되어 있었다. 우리 부부가 최상의 상태에 있을 때 그녀의 거친 음성이 전화기를 통해서 들려오고 있었다. 우연의 일치이지만 그녀도 자위행위에서 최상의 상태에 있었다. 그녀가 자랑하는 독특한 신체적 구조의 뜻을 알 것 같기도 했다.

"나는 지금 오르가즘에 도달해 있어요. 아! 여보! 가슴, 가슴, 그 밑에도, 더 힘껏 밀어 주세요. 더요……."

나는 무용수가 음악에 맞춰 춤을 추듯 그녀가 시키는 대로 행동하고 있었다.

절정에 도달해 있는 여성 특유의 숨넘어갈 듯한 비음에 빨려 들어간 나는 최면에 걸려 정신없이 시키는 대로 하고 말았다. 그녀의 그런 행위는 지금까지 한 번도 겪어보지도 들어보지도 못한 변태의 깊은 수렁에 빠져 헤어나지 못했다. 우리가 가장 행복하고 그 장엄한 순간에서 벗어나 제정신에 돌아왔을 때 우리 부부는 실오라기 하나 걸치지 않은 알몸이라는 것을 알았다. 그런데 참으로 이상한 일이 벌어졌다. 우리 부부는 전에 없이 쾌감을 느꼈고, 그 여자의 전화가 기다려지기 시작한 것이다. 그녀는 우리 부부에게 아름다운 예술을 창조시켰고, 나는 그녀에게 최상의 즐거움을 제공해 주었다. 이보다 더 아름답고 즐거운 예술은 없다고 생각했다.

어느 날 우리는 또 폰섹스를 즐기고 있었다. 그녀는 점점 더 대담해지더니 질외 사정을 강요하고 있었다.

"여보! 가게를 향하여 일어나 주세요! 그리고 용두질해 보세요. 홈런을 한 번 쳐보세요. 나를, 나를 당신의 것을 내 몸속에 힘껏 밀어 넣어 주세요. 더요. 더, 더, 더 힘껏! 아, 여보!"

이때였다. 미닫이문이 드르륵 열리며 새까만 사람이 나타났다. 나는 절정의 클라이맥스 순간에 있었기 때문에 그것이 사람이라는 것을 실감하지 못했다. 순간의 상태에서 깨어났을 때 그 사람이 연탄장수라는 것을 알았다.

그는 질투와 시기로 얼룩진 눈동자를 번쩍이고 있었다.

"개새끼! 간통죄로 고발하겠어."

번개 같은 억센 주먹이 왼쪽 턱에 올라오더니 이번에는 복부에 강타를 먹이고 고무풍선 같이 부풀어 오른 나의 가장 귀중한 그곳을 향하여 힘 있는 데까지 발길질하고 돌아섰다. 순간 나는 또 한 사람의 여자 때문에 파멸되는구나 하는 생각이 들었다.

내가 정신을 차렸을 때 아폴로 우주선이 달나라에 도착할 당시 우리 집 텔레비전을 둘러싼 그 정도의 사람들이 우리 가게를 에워싸고 있었다.

동네 사람들이 우리 가게를 기웃거린 것은 어제 오늘의 일이 아님을 알았다. 어느 날 외출에서 돌아올 때 아이들이 우리 가게에 조롱박같이 매달려 있는 것을 보았다. 돈이 없는 아이들이 아이스크림이나 빵이 먹고 싶어 그러는 줄 알았다. 어느 날은 동네 아저씨들이 망원경에 눈알을 맞추듯 솔가지 떨어진 나무판자 구멍에 초점을 맞추고 가게 안을 들여다보고 있었다. 어느 날은 동네 아주머니들이 유리창 사이로 우리 가게 안을 기웃거리는 것을 보았다. 단골 아주머니도 우리 가게 안을 기웃거리고 있다가 내가 나타나자 도둑질하다 들킨 사람같이 얼굴을 빨갛게 해 가지고 도망치는 것을 보았다.

우리 부부가 도망치듯 야반도주하여 이 작은 도시로 이사 오게 된 동기는 일가친척이나 아는 사람이 한 사람도 없기 때문에 이 도시를 택한 것이다. 물론 연탄장수 부부도 영원히 만날 수 없기 때문에 이 도시로 오게 된 것이 큰 이유 중의 하나였다.

우리는 이 도시로 이사 오고 난 후에 많은 변화를 가져왔다. 처음 이 도시에 정착했을 때 모래알같이 많은 사람들 중에 이 한 몸 기댈 곳이 없을까 하는 막연한 기대와 그 지긋 지긋한 구멍가게는 때려치우고 새로운 직업에 도전할 수 있을 것이라는 기대감이었다. 그러나 우리 부부가 생각한 세상은 그렇지 않았다. 한 달이 가고 두 달이 가도 나를 맞이하는 곳은 이 세상에 아무 곳도 없다는 것을 알게 되었다. 배운 것이라고는 야구방망이와 구멍가게밖에 모르는 우리 부부는 울면서 구멍가게를 다시 시작할 수밖에 없었다. 잘못 끼워진 첫 단추를 운명으로 돌리고 정말 열심히 돈을 모았던 것이다.

생각만 해도 부끄러운 지난번의 사건 때문에 아내는 절대로 방에 있지 않았다. 내가 방에 있으면 아내는 가게에 있었고 내가 가게에 있으면 아내는 방에 있었다.

나는 지출을 줄이기 위해서 제일 먼저 술과 담배를 끊었다. 계 모임이나 동창 모임이 없기 때문에 나들이를 할 필요도 없고 불필요한 돈이 낭비되지 않았다. 명절에는 고향에 가지 않았기 때문에 새로운 나들이옷이 필요 없었다.

어쩌다 필요한 옷이 있으면 시장에서 싸구려 옷으로 때웠다. 일회용 면도기는 열 번 이상 사용하였고, 이쑤시개는 두 번 이상 사용하였다. 화장지는 신문으로 대신했다. 토요일도 일요일도 없는 구멍가게는 잠자는 시간이 유일한 휴무였다. 나들이 시간이 없기 때문에 헛돈이 나가지 않았다.

어쩌다 라면이나 빵을 도둑맞으면 그 액수만큼 굶었다. 우리 가게는 적지 않은 물건이 쌓이기 시작하고, 먹는 것 외에는 일원도 쓰지 않았기 때문에 돈이 은행에 차곡차곡 쌓이기 시작했다. 우리 부부가 가장 행복한 시간이었다. 작은 도시는 대형 마트가 없기 때문에 미래를 걱정하지 않아도 되었다.

우리 부부는 이곳에 뿌리를 내리고 영원한 안식처로 삼기로 했다. 가정의 행복은 좋은 음식에, 좋은 옷에, 좋은 집에, 좋은 차를 타고, 골프채를 메고 해외 나들이를 해야 행복한 것이 아니라는 것도 알았다.

우리 부부는 밤늦게까지 장사를 해야 하기 때문에 늦잠을 자야 하는 것은 당연하다.

아침햇살이 마당 한가운데 두껍게 깔려질 때까지 우리는 깊은 잠에 빠져든다. 이때쯤이면 아이들이 등교를 마치고 직장인들은 출근을 다 마치고 한때 나마 조용해 있을 시간이다.

우리는 이때부터 새로운 인생 설계를 하기 시작한다. 이 시간이 우리 부부가 가장 행복한 시간이다. 옛 말에 아침 물건은 바위도 뚫는다는 말이 있다. 아침 물건이 서지 않는 사람은 돈도 벌려 주지 않는다는 말이 있다. 옛 선현들의 말이 정말 맞는다고 생각했다.

아내는 너무너무 행복해서 눈물을 줄줄 흘릴 때가 많다. 뿐만 아니라 관계를 할 때마다 강아지 우는 소리도 아니고, 늑대 우는 소리도 아니고, 천사가 우는 소리도 아니고, 하여튼 우는 소리를 토해낸

다. 처음에는 아내의 이런 소리에 황당했지만 지금은 아내의 이런 소리를 듣지 않으면 매우 섭섭해지기 시작했다. 아내의 우는 소리를 들어야만 만족했다. 나는 아내의 우는 소리가 높고, 크고, 길어질 때 큰일을 한 것 같이 아내 앞에서 당당해지기 시작했다. 어제보다 오늘, 오늘보다 내일, 아내의 황홀한 소리를 듣기 위해서 최선의 노력을 다했다. 하루 종일 어떻게 하면 아내를 만족시키고 그 아름다운 소리를 더욱더 아름답게 토해내게 할 수 있을지 연구하기도 했다.

더 좋은 소리를 듣기 위해서 아내 모르게 약국이나 병원을 찾기도 했다. 아내의 소리가 높아갈수록 나는 새로운 성취감에 도취되었다.

어느 날이었다. 우리 부부가 절정에 있을 때 요란한 전화벨이 울렸다. 잘못 걸려온 전화였다. 전화 때문에 우리 부부는 급브레이크에 걸린 자동차같이 리듬이 깨어지고 말았다.

다음날 또 잘못된 전화가 걸려왔다. 우리 부부는 또 리듬이 깨어졌다. 화가 많이 났지만 어쩔 수 없었다. 다음다음날도 마찬가지였다. 왜 하필 그 시간에 전화가 걸려 와서 우리 부부의 가장 행복하고 위대한 업적을 방해하는 것일까? 그 시간 나는 전화 코트를 뽑아버리고 말았다. 때문에 전과 같이 사랑을 즐길 수 있었다. 우리는 전과 같이 열심히 사랑놀이를 하고 있었다. 그러던 어느 날 우리는 예기치 않은 새로운 사건에 당황하지 않을 수 없었다.

"쿵!"

누가 가게 문을 두드리고 있었다.

"쿵! 쿵!"

너무 급하고 크게 두드리는 바람에 우리 부부는 놀라고 당황하여 한동안 몸이 굳어 있었다. 가게 문 두드리는 소리는 계속 이어졌다. 할 수 없이 가게 문을 열고 밖을 내다보니 누구도 보이지 않았다. 그 날 우리는 도둑질하다 들킨 사람 꼴이 되고 말았다.

다음날 아침 우리는 전날의 실패에 복수라도 하듯 일찍이 아름다운 예술을 창조해 나아가기 시작했다. 마침내 아름다운 화음이 쏟아져 나오기 시작 하는 절정에 도달했을 때, 쿵 하고 가게 문 두드리는 소리가 또 났다. 놀란 우리 부부는 움찔 몸을 움켜쥐고 행동을 정지시키고 말았다.

"쿵쿵! 쿵쿵!"

전날보다 더 다급하게 더 큰 소리로 가게 문 두드리는 소리는 계속 이어졌다. 나는 할 수 없이 옷을 추슬러 입고 가게 문을 열었다. 그러나 이상하게도 가게 앞에는 아무도 보이지 않았다.

"이상하다."

이것은 누가 우리의 사랑놀이를 계획적으로 방해하는 것이 틀림없었다. 그렇다면 우리의 사랑놀이를 훤히 알고 있다는 증거가 된다. 우리의 사랑놀이가 만인 앞에 노출된 것이 틀림없다. 우리 부부는 또다시 수치와 공포로 떨어야 했다. 지난번 악몽이 되살아나 모든 의욕을 잃고 두문불출 하고 말았다.

그날 이후 우리 부부의 사랑놀이는 끝이 나고 말았다. 우리의 사랑놀이가 끝이 나자 가게 문 두드리는 소리도, 잘못 걸려온 전화도 없었다.

그것은 마치 태풍이 지나가고 조용한 새 아침이 밝아오자 사람들은 아무 일 없었다는 듯 각자 생업에 열중하는 것과 너무나 흡사했다.

　그 많은 사람들 중 누군가가 우리 부부의 행위를 방해한 범인이 있을 것이다. 밀폐된 공간을 꿰뚫어 볼 수 있는 텔레파시가 우리 부부를 더욱 공포로 몰아넣었다.

　며칠이 지났다.

　우리 가게 앞에는 연탄을 가득 실은 낯익은 리어카 한 대가 지나가고 있었다. 리어카 뒤에는 연약한 여자가 새까만 얼굴로 열심히 리어카를 밀고 있었다. 리어카가 가게 앞에 이르자 그 여자는 뚫어져라 나를 보고 있었다. 그녀의 눈에는 밤에 이글거리는 짐승의 눈알이 되어 있었다.

　나는 기겁을 하고 얼른 고개를 옆으로 돌렸다.

족보

　뿌연 안개가 아침햇살에 밀려나자 옹기종기 모여 있는 시골 동네
가 완연히 드러났다.

　마을 앞 입구에 버티고 있는 이장 집은 대도시 어느 곳에 내어 놓
아도 손색이 없는 현대식 양옥이다. 뒤를 이어서 촘촘히 박혀 있는
시멘트 기와집은 검은색, 붉은색, 파란색으로 칠해져 있어 조화를
이루고, 칠이 벗겨진 양철집은 묵은 때를 안고 있다. 주인이 도시로
이사 간 빈 집은 기울어진 지붕을 썩어가는 기둥이 받치고 있고, 사
람이 살 때는 풀 한 포기 자라지 않던 마당에 잡풀들이 때를 만난
듯 무성하다. 새마을 운동 덕분으로 초가가 슬레이트집으로 바뀐
박 노인 집은 뒷마당의 울창한 고목에 눌려 납작하게 엎드려 있다.

　집집마다 굴뚝 연기가 가늘게 솟아오르기 시작하고, 사람들이 하
나, 둘 움직이기 시작했다. 밤새도록 주인집을 지키고 있던 개들도
자유 시간이 되어 마을 앞에서 어울려 놀고 있다.

　아침 일찍 일어나서 쇠죽을 끓이는 담당은 박 노인 차지였다.

　박 노인이 소를 기르는 것은 옛날처럼 농사일을 돕기 위해서가 아
니다. 심심풀이로 기르다 보면 해마다 송아지 한 마리씩 낳아 용돈
을 보태주기 때문이다. 겨울에는 볏짚이 주된 사료가 되고, 여름에
는 산으로 들로 나가 풀을 베어와 사료로 쓴다. 등겨와 허드레 음식

을 넣고 푹 삶아 먹음직하게 만들어 먹이면 암소는 살이 쪄서 털이 반들반들하고 젖이 많이 나와 송아지도 잘 자랐다.

오늘도 박 노인은 쇠죽 끓인 아궁이에서 달아오른 잔불에 얼굴이 술 취한 사람같이 벌겋게 달아올랐다. 옛날에는 이 잔불이 화롯불이 되었지만 지금은 감자나 고구마를 구워먹는 여가불이 될 때도 있다. 연탄이 나오기 전까지만 해도 산들이 모두 민둥산이어서 땔감 구하기가 힘들었지만, 지금은 지천에 나무가 많아 좋다. 연탄에서 기름보일러로 유행을 탔지만, 지금은 기름 값이 너무 올라서 모두 옛날처럼 나무로 되돌아왔다.

요사이 소들은 정말 팔자가 좋다. 옛날에는 농사일을 소들이 다 해결했지만, 지금은 농기계와 경운기란 것이 있어 농번기에도 소들은 빈둥빈둥 놀기만 한다.

아랫마을에는 한우 사육장이 있다. 수많은 소들이 일은 하지 않고 먹기만 해서 피둥피둥 살이 쪄 있다. 이 소들은 모두 사료나 마른풀을 먹는다. 그래도 소들은 살이 뒤룩뒤룩하다. 그 덩치가 살로 뒤엉킨 것을 보면 마른풀 속에 영양이 많은지, 아니면 소는 원래 살이 찌는 동물인지 모르겠다.

가마솥 뚜껑을 열자 하얀 수증기가 처마를 타고 산산이 흩어지고 있다. 위의 것은 아래로, 아래의 것은 위로 뒤집어 놓고 박 노인은 잠시 휴식 시간을 갖는다.

소란 놈이 아까부터 이쪽을 보고 군침을 삼키고 있다. 소는 하루 종일 굶겨도 배고프다고 감정 표시 한 번 하지 않고, 물 한 모금 달라고 울부짖지 않는다. 그러나 미련하고 우직한 소라고 생각하면 오산이다. 소만큼 영리한 동물도 없다.

여름철, 모심기가 끝나면 소를 산에 풀어놓는다. 소들이 여러 가지 풀들을 여기저기 옮겨 다니며 마음 놓고 뜯어먹는 좋은 기회다. 가끔 소를 잃어버릴 때도 있다.

소는 날이 저물어도 절대로 혼자 집에 가지 않는다. 반드시 묘 옆에 누워서 주인이 올 때까지 끈질기게 기다린다. 소는 한 번 지나간 길은 잊지 않는다. 소를 앞세우고 가면 집을 찾을 수 있다. 산짐승이 나타나면 눈에 불을 펄펄 날려 콧심으로 짐승을 쫓고 주인을 보호한다.

밀주 단속을 가장 안전하게 피할 수 있는 장소는 외양간이다. 아무리 지독한 밀주 단속반이라도 소 앞에서는 얼씬 못한다. 소는 사람에게 가장 유익한 동물이다. 고된 농사일을 다 해결하고, 늙어 힘이 없으면 도살장으로 끌려간다. 생의 마지막임을 알고 눈물을 흘린다. 죽어서도 어느 것 하나 버리는 것이 없다.

광우병 때문에 살아있는 소들이 생매장을 당하고, 미국 쇠고기 수입 반대 데모가 일어나서 세상이 발칵 뒤집혔지만, 박 노인은 알 바 없다. 설사 소 값이 내려가도, '그럴 때도 있겠지.' 하고 애석해 하지 않는다.

박 노인은 소일거리로 소 한 마리 기르고, 개는 집이나 지키고, 닭이나 치는 정도였다. 농사는 힘이 부쳐 지을 수 없어서 모두 남을 주었다. 골짜기의 다랑이 논은 지을 사람이 없어서 묵히고 있다. 자식은 객지로 나가고, 노부부가 윗대부터 살아온 집을 지키고 있는 것이다.

조용한 시골 마을에 아침부터 까치들이 요란하게 울고 있다. 까치는 고양이나 뱀이 나타나면 경고음을 울린다. 다른 새들이 침범

하면 단결하여 내쫓는다. 자기 구역을 침범한 까치들끼리 패싸움을 할 때도 있다.

옛날에는 아침에 까치가 울면 귀한 손님이 온다는 길조였지만, 지금은 길조가 아니고 해조로 탈바꿈 했다. 농작물의 씨앗을 다 파헤치는가 하면, 잘 익은 사과를 콕콕 쪼아 일 년 농사를 망쳐놓기도 한다. 까치는 맛있는 먹을거리에 독약을 발라놓으면 용케 알고 피해 간다. 엉뚱하게도 닭들만 줄초상이 난다. 사과밭 주인은 결국 까치에 항복하고 사과밭 전체에 접근 못하게 망을 쳐놓을 수밖에 없다. 화가 난 마을 사람들은 까치 한 마리에 천 원씩 현상금을 걸고 퇴치에 나섰지만, 걸려든 놈은 몇 마리 되지 않는다. 새총을 들고 까치잡이에 나서면 까치는 귀신같이 알고 피해 다닌다.

까치는 외침을 당하였을 때 단결하여 적을 물리치는 것이나, 머리가 좋은 것이나, 악착같은 근면성은 우리나라 국민성과 많이 닮아있다. 박 노인은 까치를 국조로 알고 있다. 국기를 아끼고 사랑하듯이 나라를 대표하는 국조는 철저하게 보호하고 육성해야 한다고 생각한다.

새총잡이에게 희생당한 까치 네 마리가 마을 앞 공터에 아무렇게나 버려져 있다. 사람이나 짐승이나 죽은 시체는 흉물스럽다. 까만 날개깃이 바람에 허우적거리고 있다. 그들은 한결같이 입을 벌리고 눈은 감겨 있다. 새총 파편에 맞아 한쪽 다리가 떨어져 나가고, 머리에 피를 흘린 자국이 선명하다. 이들은 곧 썩어서 심한 냄새를 풍길 것이다.

"국조를 이렇게 천시할 수 있나?"

박 노인은 죽은 까치 4마리를 바구니에 소중히 담는다. 뒷산 양지바른 곳에 까치의 무덤을 찾는다. 좌우를 돌아본다. 좌청룡 우백호,

좋은 묘 터를 가늠해 본다. 잡목으로 뒤덮인 산은 까치 4마리가 묻힐 땅이 없다.

"여기가 명당자리다."

천천히 삽질을 한다. 구덩이 4개에 한 마리씩 까치를 누인다. 작은 무덤 4개가 나란히 이루어졌다. 국조이기 때문에 나라를 사랑하는 마음으로 큰일을 했다고 박 노인은 생각한다.

꿩~ 꿩~ 장끼 두 마리가 이 산에서 저 산으로 솟아오른다. 꿩은 우리나라 대표적인 텃새다. 닭보다 덩치가 크고, 얼굴과 몸 전체에 화려한 몸치장을 했다. 긴 꼬리가 일품이다. 세계적으로 우리나라 꿩이 제일 화려하고 잘 생겼다. 고구려 무용총 벽화나 문헌에 꿩꼬리가 잘 나타나있는데 깃이 길수록 신분이 높다. 고대소설 장끼전, 꿩타령, 까투리타령이 지금까지 민요로 불리고 있다. 박 노인은 까치가 이렇게 천대받을 바에는 꿩을 우리나라 새로 했으면 좋겠다고 늘 생각하고 있다.

우리나라는 좁은 땅덩이에다 70%가 산이다. 이 산이 전부 쓸모없는 잡목으로 버려져 있다. 박 노인은 젊을 때부터 자원이 없는 나라에 산을 개발해야 한다고 생각하고 있다.

세계 10대 출판대국인 우리나라는 종이를 100% 수입하고 있다. 먹을 것이 없어 초근목피로 연명한 보릿고개 때 서울대 농대 허문회 교수가 세계 20여 개국의 볍씨를 가져와 연구에 연구를 거듭한 결과 기존 벼보다 3배 더 많은 통일벼를 개발하여 70년대 말 마침내 보릿고개를 졸업시켰다.

마찬가지로 연구에 연구를 해서 잡목의 산에 펄프나무를 개발한다면 종이 수입국에서 수출대국으로 탈바꿈 한다고 생각한다.

세상이 참으로 많이 달라졌다. 가는 곳마다 도로가 시원하게 뚫리고 가는 곳마다 정원이 아담하게 다듬어져 있다. 그곳에는 많은 나무들이 심어져 있고, 꽃이 심어져 있지만 정작 나라를 대표하는 무궁화 꽃은 한 포기도 없다. 학교 담장에는 붉은 장미를 비롯해서 여러 가지 꽃이 계절을 바꿔가며 피고, 지고 있지만 무궁화 꽃은 없다. 하늘 높이 올라가는 아파트에 정원이 잘 다듬어져 있지만, 그곳에도 무궁화는 없다. 전국의 그 많은 꽃집에도 무궁화는 한 포기도 없다.

　무궁화가 있는 곳은 박 노인 앞마당 담벼락 옆에 한 포기 있다. 무궁화는 화려하지도 않고, 추하지도 않다. 한 송이가 지고 나면 또 한 송이가 피고, 여름 내내 피고 지고 한다. 어디서 날아들었는지 진드기가 나무를 에워싸고 있다. 그래도 무궁화는 망하지 않는다. 누가 무궁화를 우리나라 꽃으로 정해 놓았는지, 참으로 잘 했다고 박 노인은 생각한다. 수많은 외침으로 망할 것 같으면서도 망하지 않았고, 은근과 끈기로 소박하게 살아온 우리 국민과 너무나 닮아 있다.

　무궁화가 이렇게 천대받을 바에는 진달래를 우리나라 꽃으로 했으면 참 좋겠다고 생각한다. 2백 종류나 되는 벚꽃은 모두가 벚꽃으로 통한다. 진달래는 23종류가 있다. 진달래과에 속하는 철쭉꽃을 진달래로 분류해도 아무 문제가 없다고 생각한다. 전국에 산재해 있는 철쭉 꽃 군락지에 가보면 벚꽃보다 더 화려하고, 뭉쳐있는 단결이 대단하다. 진달래는 마당구석에 버려진 척박한 땅에서도 잘 자란다. 진달래꽃을 우리나라 꽃으로 하면 벚꽃 이상으로 집집마다, 거리마다, 아름다운 진달래꽃으로 금수강산을 만들 수 있다. 우리나라 진달래가 세계에서 가장 아름답기 때문이다.

잡음 나는 박 노인의 흑백 TV는 언제나 할머니 차지였다. 할머니는 드라마를, 박 노인은 뉴스를 보겠다고 서로 고집했지만, 지금은 TV를 통째로 할머니에게 내주고 있다. 박 노인이 TV와 점점 멀어져 가는 이유는, 날이 갈수록 꼬부랑말과 꼬부랑 글씨가 많아 무슨 뜻인지 이해를 못하기 때문이다. 한글이 점점 사라지고 있다.

박 노인이 어릴 때는 한글을 '뒷간 글'이라고 했다. 너무 쉬워서 붙여진 이름이다. 부모가 한글보다는 한문을 배우게 했다. 대부분 서당에서 한문을 배우고 익혔다. 발음표기도 일본 3백 개, 중국 4백 개이지만 한글은 24개 문자로 1만1천 소리를 낼 수 있다.

지금은 한글의 우수성을 세계적으로 인정받고 있다., 정작 우리나라에서는 한글이 인정받지 못하고 있다. 여기가 대한민국인지 착각할 정도로 거리의 간판이 외국어로 뒤덮여 있다. 아파트 이름도 전부 어려운 외국 이름으로 되어 있고, 한글 이름으로 된 아파트는 찾아보기 힘들 정도다. 학생들의 토익 점수는 나날이 올라가고 한글 점수는 점점 내려가고 있다.

한글이 죽어가고 천대받는 것에 반발이라도 하듯 박 노인의 문패는 한글로 되어 있다. 때가 묻어 시커먼 기둥에 붙어 있는 뽀얀 문패가 인상적이다. 문패를 기둥에 달아놓은 사람은 박 노인밖에 없을 것이다. 사립문에는 문패를 달 곳이 없다. 집배원 아저씨는 쉽게 박 노인 집을 기억할 것이다.

세계 어느 나라도 국기 없는 나라는 없다.

우리나라를 대표하는 국기는 태극기이다. 태극기의 뜻을 아는 사람은 전체 국민의 5%도 되지 않는다고 한다. 국민이 국기의 뜻을 모른다

해서야 말이나 될 법한 일인가? 전 국민이 국기의 뜻을 알게 하든지 아니면 쉽게 고치든지 둘 중 하나는 해야 한다고 박 노인은 주장한다.

우리나라 태극기 흰 천은 순수 평화를 의미하고, 가운데 둥근 원은 우주만물은 둥글다는 뜻이다. 위의 빨강은 양(陽)을 의미하고, 파랑은 음(陰)을 의미하는 것으로 우리가 사는 지구는 음양의 조화로 이루어졌다는 뜻이라고 한다. 이를테면 밤과 낮, 하늘과 땅, 남자와 여자 등등…….

4괘는 주역에서 따온 것으로 작대기 3개는 건(하늘), 작대기 6개는 곤(땅) 하늘과 땅을 의미한다. 작대기 5개는 감(물), 작대기 4개는 리(불) 물과 불을 의미한다고 한다. 주역은 어렵다. 어려운 4괘는 현실과 무의미하다고 박 노인은 생각한다. 세계의 여러 나라 국기는 복잡하지 않지만 뜻이 많이 담겨 있는 나라가 많다. 세계에서 제일 간단한 국기는 리비아의 푸른 천이다. 통일이 되면 우리나라 국기도 현실과 무의미한 4괘는 바꿔야 한다고 박 노인은 생각하고 있다.

우리나라 최초 애국가는 1902년 독일인 에게르스트가 작곡, 민영환이 작사한 애국가가 있다. 주로 고종 황제를 보위하는 내용이다. 지금 우리가 부르고 있는 애국가도 작사 윤치호, 작곡 안익태 설이 있다. 분명한 것은 둘 다 친일파란 점이다. 윤 노인은 애국가를 부를 때마다 우리나라 독립운동가를 머리에 떠 올린다. 태극기를 만든 박영효도 친일로 분류된다.

그러나 우리나라 대표 민요 아리랑을 부를 때마다 기분이 그렇게 좋을 수가 없다. 아리랑이 유네스코 세계민요 가장 아름다운 곡 1위로 선정되었기 때문이다. 뿐만 아니라 인류무형유산으로 지정된 아리랑을 우리나라 국민이 뜻을 아는 사람이 몇이나 될까를 생각해 보기도 한다.

아리랑은 60여 가지가 되고, 여러 가지 뜻으로 전해오고 있지만 아리랑은 고갯길이 아니고, 사랑하는 낭자, 임이란 뜻이고, 아라리요는 알아 달라는 뜻이라고 한다.

사랑하는 임아 나를 알아 달라. 나를 버리고 가는 임은 십리도 못 가서 발병 난다. 얼마나 소박하고 진실 된 사랑인가? 우리의 삶과 애환이 담긴 아리랑 하나로 민족혼을 사로잡았다.

TV를 보면 국적 불명의 고양이 후손이 판을 치고 있다. 눈을 동그랗게 키우고, 머리를 노랗게 물들이고, 코도 높이 올려놓았다. 어느 탤런트가, 가수가, 배우가 어디를 고쳤다는 말이 예사로이 나온다.

옛날 우리나라 미인도를 보면 눈이 작고, 쌍꺼풀이 없다. 코도 높지 않아야 한다. 이마가 반듯하고 갸름한 얼굴에 입이 작다. 머리카락은 검어야 한다. 오천 년 뿌리를 박고 살아온 이 나라에 갑자기 서양 문물들이 들어오고부터 미인의 기준이 바뀌고 있다. 모두가 서양 사람이 되기 위해서 부모에게 물려받은 고운 얼굴에 칼을 대고 있다. 서양 사람을 많이 닮을수록 미녀고 미남이다.

세상에 도둑질 못하는 것이 씨도둑이다. 아무리 고쳐 보았자 서양 사람이 될 수 없다. 만일 우리나라가 세계적으로 으뜸가는 나라가 된다면 세계 사람이 우리나라 사람을 닮게 하기 위해서 눈을 작게 고치고, 코를 낮게 수술할 것이다. 눈, 코를 키워놓은 사람은 또 수술을 해야 할 것이다. 제발 이 나라가 발전해서 이들을 옛날 얼굴로 되돌려 놓도록 해야 한다고 박 노인은 생각하고 있다. 그때는 성형외과 의사들이 또 떼돈을 벌 것이다.

한국 국민은 모든 것이 우수하다. 그런데 씨는 약하다. 한국 사람은 왜 씨가 약한지 박 노인은 분통이 터진다.

백인과 흑인이 결혼하면 흑인이 나온다. 그렇기 때문에 언젠가 미국은 흑인 세상이 될 것이다. 오바마가 미국 대통령이 되는 것을 보고, 박 노인은 큰 충격을 받았다. 국제결혼이 많기 때문에 머지않아 우리나라도 그렇게 될 것이다. 그렇게 되면 한국의 씨는 없어진다.

박 노인은 요즈음 걱정이 태산 같다. 한국이 없어져 가고 있기 때문이다. 한국을 찾아야 한다고 생각한다. 한국의 뿌리를 찾아야 한다고 생각한다. 박 노인 머리맡에는 다른 것은 없어도 성산 박씨 가문의 뿌리가 되어 있는 족보는 있다. 윗대부터 뼈대 있는 가문의 전통을 이어가고, 역사에 나오는 선조들을 조상으로 둔 것을 늘 자랑으로 생각해 왔다.

박 노인은 뿌리를 생명으로 알고 있다.

뒷산은 성산 박씨의 선산이다. 크고 작은 선조들의 무덤들이 흩어져 있다. 까만 옥석으로 된 비석이 크게 서 있고, 큼직한 좌판이 있는 무덤은 벼슬을 한 선조의 묘이다. 살아생전에 세도를 누리면 죽어서도 세도를 누리고 있다. 그 아래의 평범한 무덤은 평범하게 살아온 선조의 묘이다. 그 옆에는 벌초를 해주지 않아 무덤으로 보이지 않는 망해가는 묘가 있다. 후손이 없는 무덤이다. 박 노인은 이 무덤에 여간 신경이 쓰이는 것이 아니다. 후손이 없어도 해마다 벌초를 해주는 사람은 박 노인이다.

무덤의 계급은 죽는 순위에 따른다. 며느리가 먼저 죽으면 시아버지라도 며느리 무덤 아래 묘를 써야 한다. 그렇기 때문에 윗자리는 텅텅 비어 있고, 동네 가까운 자리는 공동묘지같이 오밀조밀하게 묘가 들어섰다. 만원이다. 평소에는 고향 한 번 찾지 않는 사람이 죽어서 송장이 되어서야 고향을 찾아온다. 그렇다고 같은 후손인데, 묘를 못 쓰게 할 수도 없다. 박 노인은 자기가 죽으면 어느 자리에 묻혀야 할지 걱정이 태산 같다.

성산 박씨 가문에 여자는 출가외인이다. 그렇기 때문에 여자는 족보에 올라가지 않는다. 여자는 출가외인이기 때문에 부모가 죽어도 장지나 산에 오르지 못한다. 삼우 때가 되어야 부모의 산소를 볼 수가 있다. 그런데 어찌된 일인지 새로 개정되는 호적법은 여자도 남의 성을 가로채고, 호주가 될 수 있다고 한다. 여자가 재혼을 하고 데리고 온 자식을 재혼한 남편의 성을 따라 호적에 올린다니, 이것은 피가 전혀 섞이지 않은 성이다.

박 노인이 이렇게 호주제 폐지 반대운동을 하게 된 것은 그럴만한 이유가 또 있다. 박 노인 집안에는 성산 박씨의 종손이 후손이 번창하지 못하고 귀했다. 집안의 종손은 나라로 말할 것 같으면 임금과 마찬가지다. 겨우 맥을 이어온 종손이 유복자를 남겨두고 젊은 나이에 요절하고 말았다.

젊은 며느리는 수절하지 못하고, 어린것을 남겨두고 개가했다. 누구도 말릴 수 없는 처지였다. 그런데 어린 것이 어미 찾아 밤낮 울어대니 할 수 없이 성장하면 데려 오기로 하고, 어미 곁으로 보냈다. 그런데 어찌된 영문인지 새 호적법에 따라 개가한 남편의 성을 따라 박씨가 김씨로 둔갑한 것이다. 박씨의 종손은 김씨가 되어 지금 자라고

188

있다. 명문대가를 자랑하는 성산 박씨는 사이가 좋지 않은 김씨에게 종손을 빼앗기고 종손 없는 쭉정이가 되어 지금 허탈해 있다.

　박 노인은 아침상을 물리고 바쁘게 외출 준비를 한다. 향교 유림들이 모여 호주제 패지 반대를 하기 위해서이다. 이도 닦고, 오랜만에 면도도 했다. 주름살 사이로 하얀 턱수염이 까칠까칠하다. 면도날이 낡아 털이 뽑히다시피 하지만 아직 면도칼을 바꿀 생각은 없다. 얼굴에 바를 로션을 할머니가 건네준다. 박 노인은 손을 내저었다.

　할머니는 입고 갈 옷을 순서대로 내어놓았다. 언제나 그렇듯이 외출복은 한복이다. 박 노인이 한복을 고집하는 이유가 또 있다. 언제부터인지 우리나라 전통 한복이 없어져 가고 있기 때문이다. 명절 때도 보이지 않고, 아이들 때때옷마저 없어졌다. 장날이나 장례 때는 하얀 한복이 시장을 뒤덮었고, 산을 뒤덮었다. 때문에 우리나라를 백의민족이라고도 했다.

　박 노인은 조끼에다 대님까지 곱게 매고, 마지막 두루마기를 입기가 바쁘게 중절모를 들고 방을 나선다. 신은 고무신을 신을까 구두를 신을까 잠시 망설여진다. 오늘 같은 날은 고무신을 신는 것이 옳다고 생각한다. 하얀 고무신 이 발끝에 착 달라붙는다.

　까마귀가 감나무에서 "까악, 까악" 울고 있다. 불길한 예감이 든다. 까마귀가 울면 동네에 초상이 나거나 불행이 일어난다고 한다.

　"저놈의 까마귀가 하필 우리 집 감나무에서……"

　자꾸 불길한 예감이 든다. 며칠 전부터 할미가 화장실을 자주 드나든다. 몹쓸 병에 걸린 것은 아닐까 걱정이 된다. 영감이 먼저 죽어야지 할미가 먼저 죽어서는 안 된다는 것이 박 노인의 지론이다. 여자는 혼자 살 수 있지만, 남자는 혼자 살 수 없다. 남자는 의식주를 해결할 수 없기 때문이다. 할미가 먼저 죽으면 그날부터 영감은 천덕꾸러기가 된다. 그러나 죽음은 누구도 소원대로 되지 않는다. 사람은 태어나는 복도 있어야 하지만, 죽음 복도 있어야 한다.

박 노인은 바쁜 걸음으로 향교를 향했다. 향교에는 벌써 많은 유림들이 모여 성토를 하고 있다. 젊은이라고는 한 사람도 없다. 모두가 중년 이상의 늙은이만 모여 있다. 그중에는 한복을 입은 노인들도 상당수 있다. 신식 교육을 마다하고 서당에서 천자문을 떼고, 동몽선습을 떼고, 명심보감을 떼고, 대학, 중용, 주역을 떼고, 오경까지 독파한 노인도 있다. 모두가 정부에서 추진하고 있는 호주제 폐지 반대에 열을 올린다.

"세상에 이럴 수가 있나?"

아무리 막되어 가는 세상이라고 하지만, 김(金)씨가 이(李)씨가 되고, 박(朴)씨가 정(鄭)씨가 되는, 족보가 필요 없는 쌍놈의 세상이 현실로 나타나고 있으니 세상이 아무리 천지개벽을 한다 해도 이것은 너무하다고 모두가 혀를 찼다.

향교 앞에는 정부가 추진하고 있는 호주제 폐지 반대의 커다란 현수막이 걸려 있고, 그 아래에 유림들이 모여 있다. 데모는 젊은이들만 한다는 것은 잘못된 생각이다. 노인네들의 데모는 웃음거리에 지나지 않지만, 그 태도는 진지했다. '단결 투쟁'의 글씨가 박혀 있는 붉은 띠는 보이지 않았고, 노랑이 나 빨강의 유니폼도 없었다. 구호는 힘이 없었고, 몸짓도 힘이 없었다. 향교의 전교가 앞에서 "호주제 폐지 반대!" 구호를 외치면 "반대!" "반대!" 하며 내미는 주먹은 어깨 위로 올라가지 않고, 앞으로 내미는 것이 고작이었다. 모두가 힘이 없고, 질서가 없다.

매일같이 반대 구호를 외치고 있지만, 정작 법 개정을 추진하고 있는 정치인들은 전혀 관심을 기울이지 않는다. 힘없는 노인네들이 아무리 부르짖어 보았자 소귀에 경 읽기에 불과했다.

전국 향교에서 호주제 폐지 반대 운동을 맹렬히 해도 결국 호적법은 국회를 통과했고, 현재 시행되고 있다.

김(金)씨가 이(李)씨가 되고, 박(朴)씨가 정(鄭)씨가 되는 수백 년 전통으로 내려온 뿌리는 하루아침에 풍비박산이 나고 족보는 무용지물이 되었다.

따지고 보면 이러한 폐단은 양반들이 만들어 놓았다.

그냥 먹어도 비린내 하나 나지 않을 대감집 어린 여종을 탐한 것은 그 집 아들이다. 아무것도 모르는 어린 종이 반항할 수 없다. 여러 번 몸을 유린하고 난 아들은 싫증을 느끼고 다른 여자에게 갔다.

이것도 모르고 늙은이 집 대감이 몸종을 품었다. 옛날에는 사춘기 처녀를 품고 자면 기를 뺏는다고 해서 이러한 일이 공공연히 있었다. 기적이 일어났다. 몸종이 태기가 있어 아들을 낳았다. 태어난 아들은 아버지를 아버지라 부르지 못하게 하고, 형을 형으로 부르지 못하고, 하인 취급을 했다.

이러한 참상을 우리나라 최초의 실화소설 허균이 지은 『홍길동전』이 잘 전해주고 있다. 서자의 자식으로 태어난 홍길동은 양반들의 부패를 척결하고, 대감들의 곳간을 털어 가난한 양민들에게 나누어

주는 의적의 이야기이다. 남자는 문지방 넘을 힘만 있어도 작은 마누라를 둔다는 말이 있다. 한때는 논마지기나 떼어주면 딸을 첩으로 팔았다. 첩에서 나온 자식은 본처의 자식으로 호적에 올려지고, 정작 낳아준 어머니는 법적으로 아무 관계가 없다. 호적에는 전처 자식과 형제로 되어있지만, 사이가 좋지 않은 배다른 형제끼리 불평불만이 이만저만이 아니다. 남과 다를 바 없는 형제가 대대로 꼬리를 달고 다닌다. 이것을 고치자는 것이 호주제 폐지 찬성자의 지론이다.

박 노인이 호적법 반대에 앞장서 온 또 다른 이유는 뿌리를 찾자는 데 있다. 본적이 없어지면 뿌리도 없어진다. 4대 봉제사와 벌초 묘사도 점점 희박해져 가고 있다. '핵가족'이란 것이 생겨나서 형제도 사촌도 없고, 이모 중심이 되는가 하면, 경노사상은 옛날이야기가 되어가고 있다.

집안의 잔치가 벌어지면 모처럼 친척들이 다 모인다. 누가 누구인지 인사도 제대로 받지 못하고 판에 박은 뷔페 식사를 먹기가 바쁘게 각자의 집으로 흩어진다.

박 노인은 억울하고 분한 시대를 살아왔다.

손자는 자가용을 타고 아파트로 가고, 아버지는 택시를 타고 양옥집으로 가고, 할아버지는 버스를 타고 시골 오두막집으로 가는 것이 당연한 것으로 되어있다. 박 노인이 젊을 때는 어른 모시기를 당연한 예의로 생각하고 깍듯이 모셨는데, 지금은 제 자식만 생각하고, 어른을 귀찮은 존재로 생각하고 있다. 모두가 늙은 부모를 모시지 않으려 한다. 때문에 농촌에는 집집마다 동네마다 늙은이만 남아있다.

이럴 수가 없다. 어떻게 키운 자식인데 불효막심하다. 이것은 신식 공부를 한 젊은 며느리 때문이라고 생각한다. 시집 온 여자들이 시부모를 모시지 않으려 하기 때문이라고 생각한다. 세상이 이렇게 여자들 세상으로 바뀔 줄 몰랐다.

요사이 처녀들은 시집을 가지 않으려 한다. 처녀가 시집을 가지 않으니 총각들이 장가를 못 간다. 요사이 젊은 남자들은 불쌍하다. 남편 알기를 우습게 알고, 공처가를 만들어 놓는다.

"그래도 우리 때는 여복 하나는 있었어."

박 노인은 혼자 빙그레 웃었다.

못난 남편 하나를 믿고 평생 불평불만 없이 현모양처로 살아온 할미를 머리에 떠올려 본다. 고마운 할미라고 생각한다. 박 노인이 이러한 생각을 해 보기는 처음이었다. 나이 탓인가! 앞으로 얼마를 살지 모르지만, 할미에게 잘 해야 한다고 생각했다.

박 노인이 결혼할 때만 해도 남의 남자 손 한번 잡아보지 못한 숫처녀를 보장받았다. 시집와서는 종같이 일을 했다. 시부모 다 모시고, 자식 다 키우고, 농사일은 남자 못지않게 뼈 빠지게 일을 하고, 남편에게 잔소리 한번 할 수 없었다. 밥도 부엌에서 먹었다. 그런데 지금은 사내자식이 아기를 안고, 보따리 들고 마누라 꽁무니를 따라다닌다. 세상이 여존남비(女尊男卑)로 돌아서더니 이제는 성(姓)씨마저 제멋대로이다. 여자도 호주가 되고, 아이들의 성을 엄마의 성으로 바꿀 수 있다고 한다. 개정된 호적법은 본인, 부모, 자녀 3대만 기록되어 있기 때문에 형제, 자매의 기록이 나타나지 않는다.

세상에는 별 일도 많다. 얼굴 한 번 보지 못한 형제끼리 성이 틀리기 때문에 남매인 줄 모르고, 아들, 손자뻘인지도 모르고 결혼할 수도 있다. 이렇게 되면 형제끼리, 결혼을 하게 되는 것이다. 짐승과 조금도 다를 바 없다. 사람이 짐승이 될 수는 없다.

"에이, 더러운 세상!"

박 노인은 또 혀를 찼다.

박 노인 집에는 식구와 다름없는 '누렁이' 개 한 마리가 늘 집을 지키고 있다. 누렁이 때문에 한 번도 사립문을 닫은 일도 없고, 도둑을 맞은 일도 없다. 딱히 도둑맞을 것도 없지만, 누렁이는 보기보다 영리하여 집을 잘 지킨다.

누렁이가 암내를 낸 모양이다. 동네의 수캐들이 누렁이 뒤를 졸졸 따라다닌다. 동네 수캐가 다 모여 난장판이 되었다. 알다시피 개는 냄새를 잘 맡는다. 암캐가 암내를 내면 2㎞ 밖의 수캐가 냄새를 맡는다.

박 노인은 사립문을 걸어 잠그고 누렁이를 매어놓았다. 동네 개들이 함부로 누렁이에게 접근 못 하게 하기 위해서이다.

누렁이는 여러 배의 새끼를 낳았다. 동네 사람들이 사 가기도 하고, 그저 주기도 했다. 동네 수캐 중에는 자식뻘 되는 개도 있고, 손자뻘 되는 개도 있다. 잘못하면 자식뻘 되는 수캐와 관계를 맺을 수도 있고, 손자뻘 되는 수캐와 관계를 맺을 수도 있다. 족보가 뒤엉켜 아무리 짐승이지만 생각만 해도 끔찍했다.

박 노인은 지게 작대기를 들고, 아들 손자뻘 되는 개가 얼씬도 못하게 보초를 서고 있다. 그런데 이게 어찌 된 일인지 박 노인의 눈앞에는 어이없는 일이 벌어졌다. 눈 깜빡할 사이에 아들 뻘 되는 수놈과 사이좋게 줄다리기를 하는 것이다.

"이 일을 어떻게 해야 좋단 말인가?"

생각 같아서는 당장 허리를 결단내고 싶었다. 그렇지만 그렇게도 못하고, 그냥 두자니 아들과 관계해서 낳은 새끼가 촌수로 따지면 손자도 될 수 있고, 자식도 될 수 있다는 것을 생각하니 비록 짐승이지만, 있을 수 없는 일이었다.

봄이 되자 박 노인 집에는 경사가 났다. 암소가 발정을 한 것이다. 암소가 발정을 하면 음순이 약간 부풀어 오르고, 촉촉하게 젖는다. 붉은 빛을 띤 음순처럼 눈도 붉게 충혈 되기도 한다. 절정기가 되어도 수소가 나타나지 않으면 암소는 울부짖기 시작한다. 24시간 이내에 교접을 시켜주지 않으면 임신할 수가 없다. 한 번 시기를 놓치면 한 달을 기다려야 하므로 그만큼 큰돈을 놓치는 셈이다.

옛날처럼 집집마다 수소가 있는 것도 아니고, 우량종을 만나야 송아지도 우량종을 얻을 수 있다. 아랫마을 한우 사육장에는 덩치 큰 수소가 많이 있지만, 모두 거세를 했기 때문에 쓸모가 없는 소들이다. 소의 교접은 덩치에 비해 싱겁기 그지없다. 번갯불에 콩 구워 먹듯 올라갔나 하면 내려오기 바쁘다 간단히 한 번으로 끝내고 만다.

이 마을이나 이웃 마을에는 박 노인같이 부업으로 암소를 기르는 집이 많다. 황소를 기르는 집이 딱 한 집 있지만, 예전에 박 노인의 송아지를 사 갔기 때문에 족보로 따지면 아들 뻘이 된다. 아무리 짐승이고 사정이 급하고 딱하다 해도 아들 뻘의 소와 교접을 시킬 수는 없다.

매사에 말이 없고 남편의 뜻에 따르는 할머니지만, 이때만은 그냥 있지 않는다. 수소를 찾아가든지 수소를 몰고 오든지 하라고 다그친다.

"때를 놓치면 송아지 한 마리를 잃게 되는데, 그놈의 족보만 따지면 돈이 나옵니까? 금이 나옵니까?"

짐승인데 아들딸 형제를 따지는 영감이 원망스럽다.

"그렇지만……."

박 노인 고개는 옆으로 그어졌다. 아무리 짐승이지만 족보를 무시할 수는 없었다. 할머니의 잔소리가 계속 이어졌다. 성질이 급한 박 노인은 더 참지를 못한다.

"안 된다면 안 되는 줄 알아!"

고함을 지른다. 할머니는 더 아무 말이 없다. 매번 부부 싸움은 이렇게 끝이 났다. 암소는 계속 울부짖고 있다.

이른 봄, 먼 산의 잔설은 아직도 남아 있다.

양지쪽에는 새싹이 돋아나고, 얼었던 대지가 녹기 시작하면 앙상한 나뭇가지에 꽃을 틔운다. 들판의 아지랑이가 골을 타고 일고 있다. 철따라 피는 꽃은 정확하게 계절을 알린다. 자연은 참으로 신비롭다. 우리나라 봄은 짧다. 봄인가 하면 여름으로 접어든다.

이때쯤이면 박 노인의 암탉은 병아리를 몰고 다니며 모이를 줍고 있다. 부지런한 암탉은 잠시도 쉴 틈이 없다. 얼마나 모성애가 강한지 겁 많고 양순한 암탉도 병아리를 몰고 다닐 때는 개나 사람에게 공격할 때도 있다. 병아리가 다 자라 독립할 때가 되면 못 따라다니게 혼을 내준다. 자립의 교육은 닭이 사람보다도 더 낫다고 생각한다. 병아리가 자라서 5개월이 지나면 수탉은 빨간 벼슬이 나오고, 꼬리 말고는 털이 제법 수탉의 흉내를 낸다.

수탉은 보통 대여섯 마리의 암탉을 거느린다. 붉은색으로 멋지게 단장을 한 수탉은 지붕 위에 올라가 홰를 치며 "꾹~ 꾹꾸구~" 하고 멋지게 한 곡조 뽑는다. 다른 집 수탉도 이에 질세라 "꾹~ 꾹꾸구~" 하고 한 곡조 뽑고, 다른 집 장닭도 또 한 곡조 뽑고, 온 동네가 수탉들의 울음으로 하늘 높이 메아리친다. 암탉은 알을 낳으면 "꼭~ 꼭~ 꼬꼬댁~ 꼭꼭~" 하고 울면서 주인에게 알을 낳았다고 보고한다. 조용하고 평화스러운 시골 풍경이다.

박 노인의 햇병아리도 어른 흉내를 내어본다. "꾹~ 꾹~" 다음 소리가 나오지 않는다. 아이들이 사춘기가 되면 변성기가 오듯이 닭도 변성기가 있다. "꾹~ 꾹~" 소리만 나고, "꾸우우~" 뒷소리가 나오지 않는다. "꾸우우~" 후렴 소리만 나오면 수탉으로 다 자란 셈이다.

박 노인은 아까부터 쇠죽을 끓인 아궁이 앞에 앉아 닭들의 행동을 관찰하고 있다. 제법 수탉의 모습으로 변장한 햇병아리가 어미를 올라타고 그 짓을 하지 않는가?

"아직 젖도 떨어지지 않은 것이……."

화가 머리끝까지 난 박 노인은 들고 있던 부지깽이로 햇병아리 수탉을 향하여 힘껏 내던졌다.

놀란 햇수탉은 "꼭꼭, 꼭고댁~ 꼭꼭~" 울면서 도망쳤다.

"배은망덕한 놈! 지어미를……. 내 저놈을 당장 잡아먹어야지."

박 노인은 자리를 털고 일어섰다.

박 노인이 병적으로 짐승에게까지 근친상간을 싫어하고, 호주제 폐지를 반대한 속 깊은 특별한 이유가 있었다.

박 노인은 슬하에 자식이 없었다. 늘그막에 본처의 묵인 하에 여자를 하나 보게 되었는데, 늦었지만 남매를 얻었다. 그런데 젊은 후처가 늙은 박 노인을 멀리하고 바람을 피웠다. 얼굴을 못 들고 다닐 정도로 여러 사람 이름이 오르내렸다. 경제적 손실도 컸지만, 정신적으로 큰 충격을 받았다. 어린 아들은 박 노인이, 갓난아기 딸은 후처가 기르기로 하고 이혼을 할 수밖에 없었다. 지금의 처는 아들을 친자식같이 잘 길렀다. 어린 아들도 친어머니같이 잘 따랐다.

서울로 진학을 시켰다.

대학을 졸업하고, 군대에 갔다 오고, 취직까지 했으니 이제 결혼만 남아 있다. 박 노인은 수없이 결혼을 독촉했다. 아들은 박 노인을 닮아 훤칠한 키에 이목구비가 반듯한 것이 누가 보아도 미남이다. 그런데 아직 장가를 못 가고 있다. 부모의 나이가 있으니 서둘러 결혼시키는 것이 박 노인의 바람이었다. 아들 장가만 보내면 부모로서 할 일은 다하는 것이다. 이곳저곳 선을 보고 중매를 해도 결혼까지 성사가 되지 않았다. 결혼상담소에 내어놓아도 돈만 날렸지 인연이 닿지 않았다. 며느리 하나 구하기가 이렇게 어려울 줄 몰랐다. 노총각으로 늙어만 가는 아들을 보면 저절로 한숨이 나왔다. 외로운 늙은 부부는 빨리 손자를 안아보고 싶었다.

마침내 어느 결혼상담소에서 소개해 준 여자와 사귀고 있다는 연락이 왔다. 박 노인은 뛸 듯이 기뻐했다. 처녀를 한번 보고 싶었다. 앞으로 박씨 가문을 이어갈 여자가 누구인지, 어떻게 생겼는지 궁금했다.

가정교육은 잘 받았는지? 몸은 건강한지? 어떤 가문인지 모든 것이 궁금했다.

뼈대 있는 가문에 절차는 밟아야 한다는 것이 박 노인의 생각이다.

양가 부모를 만나 상견례를 하고, 약혼을 하든지 아니면 바로 결혼식을 하는 것이 절차이다. 그러나 아들은 차일피일 상견례를 미루고 있다. 뒤에 안 일이지만, 처녀가 고아라는 것을 알았다. 박 노인은 큰 실망을 했다. 아무리 그렇지만 근본도 모르고 고아로 자란 여자를 며느리로 맞이할 수는 없었다. 하나밖에 없는 귀한 아들이다.

모처럼 세 식구가 머리를 맞대고 앉았다. 참으로 오랜만이다. 아들이 서울에서 직장 생활을 하고부터 좀처럼 시골에 내려올 기회가 없었다. 먼저 입을 연 것은 박 노인이었다. 평소에 박 노인은 말이 없는 사람이다. 그러나 입을 열지 않을 수 없었다.

"뼈대 있는 집안에 고아를 며느리로 맞이할 수는 없다."

박 노인의 주장은 단호했다. 아들은 대답이 없다. 침묵이 흐르고 있다. 아들이 대답을 해야 할 차례다. 그러나 좀처럼 입이 열려질 것 같지가 않다.

노부부는 아들의 입만 바라보고 있다. 드디어 아들의 입이 열렸다.

"아버지가 이해를 하셔야겠습니다."

고개 숙인 아들의 목소리는 힘이 없다. 죄라도 지은 사람같이 표정이 굳어 있다.

"말도 안 되는 소리다."

박 노인 부부는 아들의 결혼을 결사반대했다.

아들은 고개를 숙이고 땅바닥을 보고 있고, 박 노인은 천장만 보고 있다.

"결혼은 제가 하는 것입니다. 처갓집 부모가 무슨 상관입니까?"

"어디 장가갈 데가 없어서 막 자란 고아에게 장가를 간단 말이냐? 남자는 장가 한번 잘못 가면 평생 신세 망친다. 처갓집 후덕이 얼마나 큰 것인지 알기나 하느냐?"

"고아가 아닙니다."

"막자란 여자도 아닙니다. 뼈대 있는 집안이고, 공부도 잘해 일류 대학까지 나왔습니다. 어머니가 올해 교통사고로 돌아가셨기 때문에 고아로 보시면 안 됩니다."

아들은 처녀의 장점을 입이 닳도록 대변했고, 자랑을 늘어놓았다.

"그래도 그렇지."

박 노인은 담배에 불을 붙였다. 기관지가 좋지 않아 담배를 끊은 지 일 년이 넘었다. 일 년 만에 다시 담배에 불을 붙인다. 할머니는 담배에 신경이 쓰이는지 불안한 표정을 짓고 있다.

"이 여자가 아니면 장가가지 않겠습니다. 우리는 남이 아닙니다. 아이까지 가졌습니다."

"뭐?"

박 노인 부부는 너무도 놀랐다.

"아버님, 죄송합니다."

"에이, 불효막심한 놈!"

박 노인은 자리를 박차고 일어났다.

처녀의 배는 점점 불러오고, 결혼식은 미루어지고, 답답한 것은 부모다. 자식 이기는 부모 없다더니 옹고집 박 노인도 자식 앞에서는 손을 들고 말았다.

결혼식 날 신부는 뒤뚱거리며 입장했다. 하객들은 모두 수군대고 있었다.

"저희들만 좋다면……. 저희들만 행복하다면……."

박 노인은 모든 것을 체념하고 좋은 쪽으로만 생각했다.

손자가 태어나고 박 노인은 처음으로 아들 집을 방문했다. 손자를 얻었으니 그동안 섭섭한 감정은 봄눈 녹듯 사라지고, 대견한 내 며느리로 위상이 올라갔다.

"하하하."

박 노인의 웃음이 크게 울려 퍼졌다.

여자는 아이만 낳으면 그 집안의 며느리로 자리매김한다는 것을 알았다. 박 노인은 집안 이곳저곳을 구경하고 있다. 비록 내 집은 아니지만 신혼집은 아기자기하게 잘 꾸며져 있었다. 싱크대 옆에는 어울리지 않게 큰 냉장고도 있다. 베란다에 신식 세탁기도 놓여 있었고, 방에는 대형 디지털 TV도 가장자리에 반듯하게 놓여있었다. 요사이 아이들은 무엇이든 큰 것을 좋아한다.

요즈음 스마트폰을 가지지 않은 이가 없다. 진짜 카메라보다 사진이 더 잘 나온다. 무진장 찍어댄다. 박 노인 시대야 사진 찍기가 쉽지 않았다. 약혼 사진만 찍으면 결혼하는 것으로 되어 있었다.

참으로 좋은 세상이다. 사진은 젊을 때 많이 찍어두어야 한다. 그래야 늙어서 좋은 추억거리가 된다. 늙은 사람은 사진을 찍지 않는다. 미래가 없기 때문이다.

거실 책상 위에는 작은 인형들이 아무렇게나 놓여 있다. 그 옆에 앨범 하나가 있었다. 며느리의 앨범이었다. 며느리의 앨범에 손이 갔다. 남의 편지를 보는 것 같아 마음 한구석이 켕기지만 사진정도는 괜찮다고 생각했다. 며느리의 앨범에는 많은 사진이 수없이 쏟아져 나왔다.

모녀간에 찍은 사진도 있었다.

그런데 이게 어찌된 일인가? 사진을 보고 있던 박 노인의 표정이 갑자기 굳어지기 시작했다. 한동안 정신없이 이 사진 저 사진을 훑어보고 있었다. 분명히 그곳에는 이혼한 후처가 있었다. 아무리 정신을 차리고 보아도 그것은 분명히 이혼한 후처였다.

앨범에 있는 안사돈 즉, 아들의 장모는 이혼한 후처였다. 아들의 친어머니였다. 이들 부부는 같은 피를 물려받은 남매인 것이다. 오빠와 여동생이 결혼을 한 것이다.

"세상에 어찌 이런 일이……."

박 노인은 눈앞이 캄캄하였다. 이것은 거짓말 같은 참말이었다. 한동안 정신이 없어 눈을 감고 멍하니 앉아 있었다. 박 노인은 꿈이기를 빌었지만, 이것은 꿈이 아니고 현실이었다. 꿈이라도 너무 엄청난 꿈이었다. 이 기적 같은 엄청난 불행이 왜 나에게 왔는지 치를 떨었다.

이혼한 후처는 호주(戶主)를 자기 앞으로 옮겨 호주가 되고, 딸의 성도 자기 성으로 바꾸어 놓았기 때문에 이런 엄청난 일이 벌어졌다. 우리나라 민법에 8촌 이내에는 결혼을 못하게 되어 있다. 호주제 폐지가 한 가정을 웃게 하더니, 한 가정을 파멸로 몰아넣었다.

박 노인의 웃음은 울음으로 변해갔다.

조용한 시골은 아무 일도 없었다는 듯, 예나 지금이나 변함이 없다.

마을 앞 정자나무는 나이를 자랑하고 있었고, 목줄이 없는 개들은 넓은 들판이 자기들의 놀이터였다. 임신한 암소는 눈을 감고, 되새김질을 하고 있다. 뻐꾸기 우는 소리가 산울림을 타고 이쪽까지 들리고 있다.

까마귀가 저쪽으로 날아가고 있다.

개

우리 집에는 늙은 똥개 한 마리가 있다.

우리 집 똥개는 아직 이름이 없다. 누가 불러줄 사람도 없고 부를 필요도 없기 때문에 그렇게 되었다.

똥개는 판자촌같이 어수선한 마당 한 모퉁이 낡은 개집을 한 번도 떠나본 일이 없다. 하루 종일 갇혀 있는 것이 지겨우면 목에 감겨 있는 줄을 중심으로 시계추같이 부지런히 왔다 갔다 하는 것이 일과였지만, 요사이는 그것도 힘에 겨운지 누워서 눈만 껌벅껌벅할 뿐이다.

그러나 밤만 되면 밥값이라도 하기 위해서인지 본연의 의무를 완수하고 있다는 것을 보여주기 위한 것인지 어찌나 짖어대는지 밤잠을 설치기 때문에 이웃집 사람들에게 욕을 많이 얻어먹고 있다.

우리 집 개는 강아지 때부터 줄곧 이곳에 살아왔기 때문에 이웃에 누가 사는지 발자국 소리만 듣고도 잘 알고 있다.

똥개는 우리 집에 온 이후 한 번도 목욕을 하지 않았다. 봄이 오면 개가 털이 빠지기 시작한다. 개털이 꽃가루같이 온 집안에 날아다니기 시작하면 아내는 개를 더욱 싫어했다. 개에 대한 구박도 심해진다. 똥 치우는 것이 싫어 밥을 적게 주기 때문에 뼈만 앙상하게 남아있다. 털이 듬성듬성 빠진 그 몰골이 추하기 그지없다.

개는 날이 갈수록 성질이 날카로워지고, 개가 무서워 우리 집에 오기를 모두가 꺼려했다.

우리 집 개는 한 번도 밖에 나들이를 해본 일이 없다. 누구의 입에서 개를 계속 묶어두면 거세어진다는 이야기를 듣고 개를 몰고 문밖출입을 한 일이 있다. 이후 개는 활기를 되찾았고 나는 개와 별도의 사랑과 이해를 하게 되었다. 개는 생각보다 영리하였고, 나의 유일한 친구가 되었다. 나만 보면 밖으로 나가자고 끙끙대었다. 나는 시간만 나면 개와 넓은 들판을 마구 달리며 즐거운 시간을 보내곤 했다. 개와 즐거운 시간을 보낼수록 아내의 잔소리는 점점 더 커지고, 개 때문에 아내와의 다툼이 많아졌다. 개 때문에 시간을 많이 빼앗기면 가게는 누가 보며 물건은 누가 구입하느냐는 것이다.

그러던 어느 날 개가 보이지 않았다. 개집에는 밥그릇만 동그마니 남아있었다. 당황한 나는 개를 찾아 여러 곳을 헤매였으나 개는 끝내 나타나지 않았다.

상심한 나를 위해 아내는 보약을 사왔다. 난생처음으로 먹어본 보약을 하루 세 번 시간을 맞추어 열심히 먹어 주었다. 나중에 알고 보니 염소로 만들었다는 그 보약이 염소가 아니고 우리 집 개로 만든 개소주라는 것을 알았을 때 나는 정말 미치도록 구역질을 해댔다.

아내와 내가 심하게 다툰 것은 개 때문이다. 아내는 무엇이 잘못되었느냐고 항변하고 있었다. 늙어 죽을 개 송장 치기 전에 보약을 만들어준 것을 고맙다고 생각하지 않는 남편이 원망스럽다며 눈물을 보였을 때 나는 처음으로 아내와의 결혼을 후회했다.

우리 집에 도둑이 든 것은 내가 개소주를 마지막 먹은 다음날이었다. 장롱 속 깊숙이 넣어둔 결혼패물과 준비해둔 전세금을 감쪽같이 가져간 것이다. 밤잠을 설치도록 개가 자주 짖은 것은 도둑 때문이란 것을 알았을 때 더욱 가슴이 미어졌다. 도둑을 맞은 우리는 밤이 무서워지기 시작했다. 언제 어느 때 또 도둑이 들지 불안해지기 시작한 것이다. 아내도 개를 없앤 것을 뒤늦게 후회했지만 이미 때는 늦었다. 개를 그렇게 싫어하는 아내였지만 다시 개를 들여놓자는 데는 거절할 수 없게 되었다.

나는 이왕이면 가격이 조금 비싸더라도 이번에는 고급 개를 기르고 싶었다. 오래 전부터 점찍어 둔 개 한 마리가 있었다. 애견센터 진열장에 여러 마리 개 중에서 타임지에서 올해의 발명품으로 선정된 복제 개 스너피와 비슷했다. 이 개는 이제 강아지라고 하기에는 어울리지 않을 정도로 그사이 중개 정도로 자라있었다. 이 개는 조부 때부터 혈통이 상세히 기록되어 있었다. 그러나 생각보다 비싼 가격에 당황하지 않을 수 없었다. 아내는 처음부터 펄쩍 뛰었다. 우리 처지에 고급 개가 어울리지 않는다는 것이다.

"이 개는 교배만 붙여도 본전 뽑고도 남습니다. 소문만 나면 부업 정도는 돼요. 이 옷을 한번 보세요. 그 유명한 황우석 교수의 복제 개 스너피와 닮지 않았습니까? 인물이 대단합니다."

애견센터 주인의 본전 뽑는다는 그 말이 나를 현혹시켰다. 아내를 설득시켜 드디어 족보 있는 개 주인이 된 것이다. 우리 집에 온 스너피는 낮에는 죽은 듯이 조용하게 있다가 밤이 되자 개가 개소리를 내지 않고 귀신같은 소리를 내며 울부짖기 시작했다. 온 동네가 시끄럽도록 울기 시작한 것이다. 내가 이 더러운 집에 살 수 없다고 항변하는 것인지 개집도 박살내어 놓았다. 당황한 나는 애견센터 주인에게 전화를 걸었다.

"여보세요? 애견센터지요?"

"네, 그렇습니다."

"낮에 개를 사온 사람인데요 개가 개소리를 하지 않고 발악하는 귀신 소리를 내고 있는데 어떻게 된 것입니까?"

"그렇기 때문에 혈통 있는 개가 다르지 않습니까? 낯선 집에 가서 그래요. 이리 데리고 오세요. 이곳저곳 자리를 옮기며 낮을 익혀야 합니다."

나는 개 때문에 귀찮은 일이 하나 생겨났다. 낮에는 우리 집, 밤에는 애견센터 양쪽을 왔다 갔다 하며 개를 몰고 다녀야 했다. 그런데 이 개가 나에게 정을 주지 않고 전 주인인 애견센터에 정을 주고 있음을 발견했다. 목욕도 시켜주고 맛있는 것도 주고 어르고 달래어도 효과가 없었다. 화가 나서 발길질도 하였다. 유화 정책이 먹히지 않아 완력으로 다루기로 작전을 바꾼 것이다. 그 이후 개는 나를 경계하는 눈치였다.

"이런 고급 개는 못 키워요. 우리 집에는 똥개가 딱 어울려요."

아내는 또 반대의 목청을 높였다.

어느 날이었다. 낮이 되어 애견센터에서 개를 몰고 와야 했다. 개는 나를 따라오지 않으려고, 앞발을 버티고 몸부림을 쳤다. 발길질을 하는 흉내를 내어야만 개가 따라왔다. 개가 너무 쉽게 따라오는 것 같아 뒤돌아보니 개는 간곳없고 목줄만 남아있지 않은가? 개는 흔적도 없이 사라졌다. 기겁을 한 나는 이곳저곳 자동차 밑까지 살펴보았으나 개는 없었다. 혹시나 해서 집으로 달려가 보았지만 집에도 없었다. 마지막 가볼 곳은 애견센터밖에 없다. 급히 애견센터에 달려가 보니 다행히 개는 그곳에 있었다.

"휴……"

안도의 한숨이 절로 나왔다.

"사장님, 이 개를 도저히 기르지 못하겠으니 물러 주셔야겠습니다."

개 주인은 펄쩍 뛰었다. 다 큰 개도 사고팔고 하는데 내가 개를 다루는 성의가 없어서 그렇다는 것이다. 나는 시장에 가서 아내 몰래 쇠고기도 사오고, 개가 좋아하는 먹이 이것저것을 사와서 극진히 대접했다. 같이 놀아주면서 환심도 샀다.

아내의 잔소리가 또 이어졌다. 사람 먹을 것도 없는데 개에게 쇠고기가 말이나 될 법한 일이냐는 것이다. 아내의 말이 틀리는 것은 아니다.

나의 이러한 정성이 개도 이해를 했는지 세월이 지나 우리 집 개는 나를 따랐고, 큰 개가 되어 밤에도 울지 않았다. 가게 앞에 묶어두면 지나가는 사람마다 황우석 교수의 스너피와 비슷하다고 시선이 집중되고 칭찬이 대단했다. 이때가 나에게는 가장 즐거운 시간이 되었다.

똥개를 개소주 해서 먹은 이후 우리 가정에는 걷잡을 수 없는 불행이 닥쳐왔다. 평생직장으로 생각하고 다니던 회사가 부도가 나고, 하루아침에 실직자가 된 것이다. 여러 가지 걱정 끝에 전 재산을 투자하여 슈퍼마켓을 차렸다. 참으로 나에게는 운이 따르지 않았다. 가게 근처에 대형 할인마트가 들어선 것이다. 이 할인마트가 들어서면서 골목 구멍가게가 전멸 되고 말았다. 서민들 살 곳이 없어진 것이다. 그 속에 우리 부부가 포함 되다니 이것이 꿈이 아니고 현실이란 것을 알았을 때 엄청난 충격이 아닐 수 없었다. 왜 하필 내 가게 앞에 그것도 실직되고 전 재산과 마찬가지인 전세금을 도둑맞고 난 후에 대형 마트가 생겨났는지 운명으로 돌리기에는 정말 기구한 운명이 아닐 수 없었다.

하루하루가 다르게 손님들의 발길이 끊어지기 시작했다. 이제 힘 있는 자만이 살아남는 세상이 오고 말았다. 엎친 데 덮친 격으로 우리가 입주할 아파트 건설회사가 부도가 났다는 것이다. 신문 TV에 매일같이 부도회사 얘기가 나오는 것을 보면 더 이상 구제방법이 없는 것 같다.

이제 우리 가정에는 실낱같은 희망도 사라지고 허허벌판에 서 있는 재기 불능의 파멸만이 눈앞에 와있다. 아내와 나는 엄청난 충격에 몸져눕고 말았다. 불면증은 우리 부부를 더욱 고통 속에 몰아넣었다.

부부 관계 이후 곤한 잠에 빠져들 때 그 잠은 정말 행복한 잠이라는 것을 잘 알고 있다. 나는 그 단잠을 자기 위해서 아내에게 접근했다. 아내도 적극적인 자세로 응해 주었다. 놀라운 사실이 일어났다. 우리에게는 잠을 자야 하는 그 자유마저 빼앗겼던 것이다. 아무리 시도해도 시도할수록 반응이 오지 않았다. 다음날도 그다음날도 마찬가지였다. 이제는 밤이 오는 것이 겁이 났다. 아내도 걱정하는 눈치였다. 나는 이제 남자로서의 자존심마저 빼앗기고 말았다. 나는 빈껍데기 내시(內侍)의 심정으로 아내를 맞이해야 했다.

내 손아귀에서 서서히 이탈하는 아내를 묶어 둘 힘마저 나에게는 없게 되었다. 언젠가 아내는 내 품에서 도망치고 말 것 같은 예감이 들었다. 서서히 군림하는 아내의 위압에서 내 위치를 빼앗기고 있었다. 어느 사이 나는 아내의 눈치를 보는 공처가의 입장에 서고 의처증마저 생겨났다.

"여보, 점쟁이 말을 들어야 할 것 같아요. 그 족집게 점쟁이가 똥개 귀신이 붙어서 그렇대요. 굿을 해야 한데요."

전에 같으면 버럭 고함을 질렀을 것이다. 똥개를 개소주 한 사람이 누군데 삼백만 원이나 하는 굿을 하느냐고 윽박질렀을 것이다. 그러나 나는 아무 말도 못하고 아내의 눈치를 살피는 것으로 끝을 내었다.

고급 개는 생각보다 기르기가 힘이 들었다. 먹는 것도 아무것이나 먹지 않았다. 목욕도 자주 시켜야 하고, 철따라 예방주사도 맞혀야 했다. 병치레도 자주 하기 때문에 병원비가 보통이 아니었다. 아내는 비싼 개를 팔고 값싼 개로 바꾸자고 수차 제의를 해왔다. 스너피 마저 없다면 나는 이 세상에 살맛을 잃을 것만 같았다. 이때 교배만 붙여도 본전 뽑고도 남는다는 애견센터 주인의 말이 생각났다. 교배를 붙여 수입만 올리면 개를 팔자는 말을 아내도 하지 않을 것이다. 우선 개를 깨끗이 목욕시키고 모양을 낸 다음 가게 앞에 매어두고 간판을 붙였다.

개 교배 시킵니다. 족보 있음

그리고 개가 있는 집마다 돌아다니며 명함을 돌렸다.

아이디어는 적중했다. 첫손님이 왔다. 고등학생인듯한 학생이다. 그 학생이 몰고 온 개는 족보 있는 개가 아니고 값싼 잡종 개였다.

"아버지가 교배시켜 오래요."

자존심이 상했지만 첫 손님을 놓칠 수 없었다. 개를 마당으로 안내했다. 호기심 어린 동네 사람들이 담벼락에 새까맣게 붙어 섰다. 이때 나는 머리에 번쩍이는 새 아이디어가 스쳐 갔다. 입장료를 받으면 상당한 수입을 올릴 수 있겠다는 생각을 해낸 것이다. IMF가 와도 불경기가 와도 호황을 누리고 있는 것이 섹스 사업이라고 하는데 입장료를 받으면 법적으로 저촉이 되는지 안 되는지 한번 연구해 볼 벤처 사업이라고 생각했다.

개들은 서로 냄새를 맡고 탐색전을 벌였지만 별다른 행동을 보여주지 않았다. 콧수염이 꺼멓게 난 학생이 통통 부어오른 암캐의 그곳을 우리 개 콧잔등에 계속 들이밀고 있었지만 우리 개는 귀찮은 듯 반응을 주지 않았다.

'내가 누구인데……. 뼈대 있는 내가 아무리 섹스에 굶어도 너 같은 잡종 개와 상대하지 않는다.' 하는 듯했다.

낯을 가리는가 싶어서 상당한 시간을 둘이 놀게 했다.

드디어 우리 개가 행동을 보여주기 시작했다. 그러나 암캐를 올라타고 몇 번 깝죽대더니 그만 내려오고 말았다. 학생은 또 우리 개를 자극시키기 위해 그곳을 만져주고 있다. 나이에 비해 좀 민망한 행동을 하고 있었지만 모른 체할 수밖에 없었다. 구경꾼들도 싱겁게 끝난 게임에 실망을 하고 헤어졌다.

그 뒤 몇 마리의 다른 개를 상대했으나 모두가 마찬가지였다. 만약 입장료를 받았다면 이런 경우는 환불을 해주어야 할 것인가를 생각했다. 나는 큰 실망을 하고 말았다.

아내는 또 성화가 대단하다.

"써먹지도 못하는 개 뭐 하려고 키우고 있어요. 당장 갈아 치워요."

이것은 분명히 개에게 하는 얘기가 아니고 나를 두고 빗대어 하는 말이 틀림없다. 그렇지만 나는 아무 말도 못하고 참을 수밖에 없었다. 나는 모든 용기를 잃고 두문불출하고 방 안에 있을 수밖에 없었다.

"어째 개와 사람이 저렇게 닮았을꼬? 허우대는 멀쩡해가지고……."

그래도 나는 "넌 짖어라, 나는 모른다."는 식으로 꼼짝하지 않았다. 따지고 보면 아내의 말이 틀리는 것은 아니다. 스포츠맨으로서의 당당한 체격과 큰 키, 어디에 내어놓아도 허우대 하나는 뒤지지 않는 미남은 틀림없다. 개도 보는 사람마다 한 마디씩 칭찬을 하지 않는 사람이 없다. 도대체 저놈은 무엇 때문에 나와 닮아 있을까? 주인의 생명을 구한 의견(義犬)과 같이 주인과 운명을 같이 하기 위해서 닮아 있을까? 나는 통곡이라도 하고 싶은 심정이었다.

개를 팔아버리라고 그렇게 성화를 부리던 아내가 스너피를 팔고 시장에서 싸구려 강아지 한 마리를 사왔다. 어떤 종류의 개인지 알 수 없지만 발이 큼직한 것을 보니 덩치가 클 개는 틀림없다. 스너피를 잃은 나는 정말 미칠 것만 같다.

아내는 자기가 사 온 개이기 때문인지 처음으로 관심을 가지고 열심히 먹이를 주고 돌보고 있었다. 진돗개 정도로 자랐지만 아직 얼마든지 더 자랄 기미가 보였다. 아내는 끝없이 자라는 개의 덩치를 보고 놀라는 것이다. 예상한 대로 개는 덩치가 큰 잡종 셰퍼드였다. 셰퍼드는 먹이를 줘도 줘도 끝이 없다. 개 사료로는 간에 기별도 하지 않았고 사료 값을 감당하기도 여간 어려운 것이 아니었다. 무진장 먹는 것이 셰퍼드였다.

아내가 셰퍼드 먹이 때문에 매일같이 시장 나들이를 하는 것을 보고 속으로 고소하게 생각했다.

"그래. 골탕 먹어봐라."

그렇게 많이 먹으니까 똥도 무진장 많이 싼다. 나는 한 번도 셰퍼드 똥을 치운 일이 없다. 한번 손대면 똥치는 배당이 나에게 붙어 닥칠지 모르기 때문이다. 셰퍼드는 힘이 넘쳐나 이리 뛰고 저리 뛰고 잠시도 가만있지 않았다. 목줄이 터지는가 하면 매어둔 쇠고리가 남아나지를 못했다. 낯선 사람이 나타나면 곧 물듯이 씩씩거린다. 아녀자가 셰퍼드를 다룬다는 것이 어렵다는 것을 알았지만 나는 모른 체하고 있었다.

아내의 신경질은 점점 더 늘어났다.

"도대체 배 깔고 누웠으면 먹을 것이 나와요, 돈이 나와요? 에이, 밥 빌어먹겠다."

아내는 노골적으로 신경질을 냈지만 나는 머리카락 잘린 삼손같이 대응할 힘이 없었다. 여자가 짜증을 낼 때 치료하는 방법은 너무나 간단하다. 부부가 헤어질 듯 싸움을 하고도 하룻밤 자고 나면 언제 싸움을 했느냐는 듯 다시 새 생활을 하는 것은 부부의 사랑 때문이다. 이 사랑의 원천은 부부 관계라고 생각한다. 이 사랑의 원천이 나에게는 없기 때문에 아내의 짜증을 막을 길이 없다. 아내의 이러한 태도가 나에게는 삶의 의욕을 잃을 정도로 열등의식에 사로잡히게 만들었다. 하지만 나를 더욱 열등의식에 몰아넣는 것은 아내가 아니라 바로 셰퍼드 녀석이었다. 녀석은 나에게 자랑이라도 하듯 언제나 물건을 앞세우고 앉아있다. 녀석은 그 큰 것을 삐죽이 내어놓고 보란 듯이 뽐내고 있다. 나는 녀석의 그것만 보면 열등의식에 사로잡히고 만다. 생각 같아서는 가위로 싹둑 자르고 싶지만 그놈의 덩치에 그만 기가 죽고 만다. 아무래도 저놈은 나를 해치고 말 것 같은 생각이 든다. 아내의 철저한 보호와 사랑 밑에 군림하는 저놈을 처치할 수 있는 힘이 나에게는 없는 것이다. 결국 나는 개보다 못한 인간이 되고 말았다.

어느 날 우리 집에는 또 한 마리의 개가 보였다. 허리는 길고 다리는 짧은 난쟁이 형의 이 개는 족보가 있는 개는 아닐 것 같고 그렇다고 형편없는 똥개도 아닐 것 같다. 나중에 알고 보니 난쟁이 개는 이웃집 개도 아니고 어디에서 굴러 들어온 개였다. 보신탕 집 주인도 쳐다보지 않을 이 개는 주인이 아파트로 이사 갈 때 버리고 간 개가 틀림없다. 난쟁이 개는 한두 번 찾아오더니 이제는 제집같이 드나들고 있었다. 아내가 애써 만든 개밥을 난쟁이 개가 다 닦아 먹고 있을 동안 우리 집 개는 아주 좋은 표정으로 내려다보고만 있었다.

우리 개는 덩치만 크지 어리석기 그지없는 개라는 것을 알았다. 뿐만 아니라 난쟁이 개가 개집 한복판을 차지하고 누워서 낮잠을 늘어지게 자고 있을 때 우리 집의 개는 밖에서 권총같이 그것을 내어 놓고 보초를 서고 있었다.

그러나 나는 우리 개의 어리석은 행동을 별로 개의치 않았다. 왜냐하면 우리 개가 전혀 마음에 들지 않았기 때문이다. 배를 쫄쫄 굶어 힘이 빠지고 나면 권총같이 항상 앞세우고 있는 그 싱싱한 물건이 소금 먹은 배추같이 쑥 들어가 주기를 바랐을 뿐이다.

며칠이 지난 후 난쟁이 개는 어이없게도 아주 이사를 오고 만 것을 보았다. 이사만 온 것이 아니라 밤새도록 끙끙대며 별 희한한 장난을 치고 있었다.

비로소 나는 난쟁이 개가 암캐라는 것을 알았다. 재수 없게 떠돌이 개가 주먹만 한 것이 그것도 암놈이라고 불 난 집에 풀무질을 하고 있는 것이다. 화가 머리끝까지 난 나는 굵다란 정말 굵다란 몽둥이로 한 방에 죽도록 작살을 내었다. 그러나 난쟁이 개는 귀신같이 살짝 피해 도망을 가고 엉뚱하게 우리 개만 작살이 났다. 우리 개는 고통을 참지 못해 한 시간 가까이 깽깽거리고 있었다.

"당신. 정신 있어요, 없어요? 말 못하는 짐승이 뭘 잘못했다고 그렇게 두들겨 패요. 내가 그렇게 미워요. 차라리 나를 때려요."

새벽부터 아내의 잔소리가 귀를 따갑게 했지만 나는 한 마디도 못하고 참을 수밖에 없었다.

"요놈의 개, 나타나기만 해봐라. 대가리를 박살낼 것이다."

이빨을 갈았지만 난쟁이 개는 눈치를 챘는지 하루 종일 보이지 않았다. 밤이 되자 우리 개와 난쟁이 개가 또 낑낑대고 있었다. 이것은 숫제 낙타가 바늘구멍에 들어가려고 하는 것과 마찬가지였다. 어릴 때 황소 같은 미군이 콩알만 한 양공주를 몰고 다니는 것을 보고 혹시 터지면 어떻게 하나 하고 걱정을 많이 한 일이 있다. 우리 개와 난쟁이 개는 어른이 갓난아기 신발을 신으려고 하는 것과 마찬가지였다.

난쟁이 개와 우리 개는 밤새도록 낑낑 대고 있었지만 일이 성사될리 없다. 가쁜 숨을 헐떡이며 토해내는 비음은 사람과 비슷했다. 나는 그 소리를 듣지 않으려고 노력했지만 아내는 벌써부터 눈이 충혈되고 숨소리가 고르지 못 했다. 뜨거운 아내의 몸이 이성을 잃고 다가오고 있었지만 내 몸은 처량하도록 냉담했다. 이 기회에 재기해 보려고 온갖 수단과 노력을 다했지만 개도 실패하고 나도 실패하고 말았다.

결국 나의 모든 원망이 개에게로 돌아갔다. 개가 아니면 나의 처참한 모습이 이렇게 초라하게 재생되지는 않았을 것이다.

난쟁이 개는 우리 개가 밥 먹을 때면 귀신같이 나타나 밥을 도둑질하곤 했다. 나는 준비한 돌멩이를 날렸지만 한 번도 맞힌 일은 없다. 난쟁이 개는 내가 나타나면 바람같이 담 구멍으로 도망을 쳤다. 발걸음 소리만 나도 도망을 치는 영물이었다.

내가 없으면 어느 사이 나타나서 안주인 행세를 하고, 우리 개는 좋다고 그 큰 꼬리를 흔들고, 나는 돌멩이를 날리고, 삼박자의 숨바꼭질이 계속되는 동안 나는 그만 지치고 말았다. 난쟁이 개는 밤만 되면 나타나서 부적절한 행동을 하니 미칠 지경이었다.

아내는 사랑 나누는 짐승에게 방해를 하면 부정 탄다고 절대로 손대지 말라고 엄명을 내렸다. 아내는 밤중에 화장실 다녀오는 시간이 잦아졌고 시간도 길어졌다. 개를 통해서 성(性) 희열을 느끼는 것이 분명했다. 나에게는 정말 미치도록 지겨운 밤이었다.

오늘도 초저녁부터 우리 개와 난쟁이 개는 낑낑 대며 사랑놀이를 시작했다. 아내의 숨소리가 또 고르지 못하다. 나는 텔레비전 화면에 눈을 박고 애써 모른 체했다. 불면증에 걸린 나는 벌써 며칠째 텔레비전과 씨름을 하고 있었다.

"여보! 그 텔레비 좀 꺼웟! 당신은 텔레비전한테 장가 왔어요?"

아내의 쇳소리가 나의 귓전을 때렸다. 부아가 치밀었지만 참을 수밖에 없었다. 새벽 두 시나 되었을까? 난쟁이 개가 죽을 듯이 깨갱거리기 시작했다. 그동안 참아왔던 화가 한꺼번에 폭발한 나는 아내의 엄명도 잊은 채 부리나케 달려가 준비해둔 몽둥이를 높이 들고 힘껏 내려치려는 순간, 나는 그만 몽둥이를 내려놓고 말았다. 내 눈앞에는 어이없는 광경이 펼쳐졌기 때문이다. 그것은 마치 주차 위반을 한 꼼지 없는 미니차를 끌고 가는 견인차와 같이 난쟁이 개가 우리 셰퍼드 궁둥이에 대통대통 매달려 있기 때문이다. "깨앵, 깨앵" 새벽부터 동리 사람들의 단잠을 깨우도록 죽는다고 고성을 지르는 난쟁이 개를 볼 때, 이것은 교장 선생님이 학생들에게 사이좋게 줄 당기기 한다고 이야기한 그것이 아니었다. 이것은 정말 기적이었다. 사람이라면 천생배필이라고 해야 할 것이다.

나는 몽둥이를 내려놓고 돌아서고 말았다.

이 일이 있고부터 아내는 셰퍼드의 위대한 업적에 감탄하는 눈치였다. 상대적으로 나의 위상은 점점 더 땅에 떨어졌다.

"가게 비었어요."

아내는 혼잣말로 이 한마디를 던지고는 가까운 대형 마트를 뒤로 하고 버스 다섯 정거장도 더 되는 재래시장을 걸어서 간다. 생선 가게에 들러 버리는 생선 대가리, 꽁지, 창자 등을 주워온다. 다음에는 닭 집에서 닭대가리, 창자 등을 주워온다. 다음에는 쇠고기 집을 기웃거려 보지만 주워올 것이 없다는 것을 알게 된다. 다음에는 양곡상에 들러 보리쌀 한 되를 사서 자루에 담는다. 이것을 큰 솥에 푹 삶으면 구수한 냄새가 코를 찌른다. 사람이 먹어도 조금도 손색이 없는 영양가 있는 고급 음식이다.

우리 개와 난쟁이 개는 배가 터지도록 포식을 하고는 낮잠을 늘어지게 자고 있다. 아내는 마치 산모를 조리하는 어머니 같기도 하고 처갓집에 들른 사위를 대접하는 장모 같기도 하다. 나는 평소의 버릇대로 부엌을 이리저리 뒤져보고는 별다른 반찬이 없다는 것을 확인하고 찬물에 밥을 말아 배를 채웠다.

난쟁이 개의 배가 점점 더 불러오자 우리 개는 태도가 하루가 다르게 변해 가고 있었다. 전에는 먹이를 양보하고 보기만 해도 좋아서 그 큰 꼬리를 살랑대더니 이제는 먹이를 양보하지도 않았고 꼬리도 흔드는 것을 보지 못했다. 식사 때 난쟁이 개가 다가서면 그 큰 이빨을 들이대고 으르렁 거리다가 하루는 사정없이 물어 난쟁이 개가 혼비백산하고 달아나는 것을 보았다.

이후 우리 개는 한 번도 식사를 양보하지 않았다.

"네가 언제 나하고 연애를 했느냐? 내 자식을 가졌느냐? 나는 너를 모른다."

안면 몰수의 냉정한 태도에 말 못하는 짐승이지만 너무 하다고 생각했다. 꼭 아내를 닮아 있었다.

어느 날 난쟁이 개는 아주 초라한 모습으로 나타났다. 산달이 가까워 오는데 저 개는 어디에서 새끼를 낳아야 할지 걱정이 되었다. 우리개의 돌변한 태도를 보고 아내도 매우 실망하는 눈치였다. 나는 속으로 생각했다.

"그래, 봐라. 나 같은 일편단심 남편이 있나? 장가가고 난 후에 외도 한 번 한 일이 있나? 술을 먹나? 담배를 피우나? 너는 정말 시집을 잘 왔다. 부부는 사랑이 중요한 것이지 섹스가 중요한 것이 아니야!"

나의 이러한 마음을 이해라도 하는 듯 아내의 신경질이 한결 가벼워졌다.

우리 개는 날이 갈수록 사나워지기 시작했다. 멋모르고 마당에 들어섰다가 기겁을 하고 나자빠지기 일쑤였다. 어린아이에게 큰 상처를 입혀 치료비를 물려주기도 했다. 소는 바깥주인을 닮고 개는 안주인을 닮는다는데 나쁜 습성만 아내를 닮아 있다고 생각했다.

아내는 매일같이 시장에 가서 개밥을 준비하는 것도 이제는 지쳤는지 드디어 앞발을 들고 말았다.

"여보, 우리 개 팔아 치웁시다. 내 힘으로는 도저히 못 키우겠어요."

"언제 내가 키우자고 했나?"

한마디 쏘아붙이고 싶었지만 꾹 참았다.

다음날 개장수가 짐차를 몰고 왔다. 개장수가 나타나자 그렇게 사나운 개가 꼬리를 내리고 꼼짝을 못했다.

"올라가!"

개는 찍 소리 못하고 짐차에 성큼 올라탔다. 엔진 소리가 나고 짐차는 서서히 움직이기 시작했다. 우리 개는 원망의 눈초리로 나를 힐끔 보고는 모든 것을 체념하는 것 같았다. 그때 나는 개에게 잘못해준 것을 후회했다. 대신 네 새끼를 잘 돌봐 주겠다고 약속했다. 제발 보신탕집에는 가지 말고 큰 과수원 같은 부잣집에 가서 좋은 주인을 만나 잘 살아 주기를 빌었다.

아내와 나는 개 값으로 받은 돈을 손에 쥔 채 멀어져 가는 트럭을 망연히 바라보고 서 있었다.

학생부군신위(學生府君神位)

윤 노인은 돌같이 좀처럼 몸을 움직일 것 같지가 않다.

툇마루에 걸터앉은 윤 노인의 모습은 마치 로댕의 '생각하는 사람'
바로 그것이었다. 다른 것이 있다면 로댕의 생각하는 사람은 아래쪽
을 보고 있고, 윤 노인은 사립문 왼쪽에 높이 서 있는 감나무를 보
고 있는 것이 다를 뿐이다.

후드득―

잎사귀와 잔가지을 뚫고 땡감 떨어지는 소리가 또 들린다.

지난해도 감나무는 많은 열매를 맺었으나 가을 수확기를 넘기지
못하고 떨어지고 또 떨어졌다. 올해도 계속 떨어지는 것을 보니 나무
가 햇빛을 보지 못해 망해가고 있다. 수령 80년이 가까워 오는 감나
무는 울창하게 자라고 또 자라 전성기 때는 열 접이 넘게 수확을 했
다. 아들네 집에는 물론 먼 친척, 사돈네 집까지 보내주고 인심을 샀
다. 지난해는 겨우 한 접 가까이 수확했을 뿐이다.

후드득―

떨어진 땡감이 마당을 지나 윤 노인 발아래까지 굴러 와서 멈춰 섰
다. 그제야 윤 노인은 무거운 몸을 일으켜 뜰 아래로 발을 내디뎠다.

윤 노인은 감나무 왼쪽에 있는 3층짜리 높은 양옥집에 시선을 모
았다. 저 3층짜리 현대식 고급 주택이 들어서고부터 상대적으로 낮

게 엎드린 윤 노인의 슬레이트집이 더욱 초라하게 보였다. 박 정권 때 새마을 운동 바람에 초가를 허물고 슬레이트집으로 변신한 것이 아직 그대로이다.

윤 노인 아버님은 사립문 왼쪽에는 감나무를, 오른쪽에는 살구나무를 심어 놓았다. 살구나무는 수명을 다해 지금은 망하고 없지만 실과가 귀한 그 시절 보릿고개 때 큰 먹거리가 되었다.

"빌어먹을, 퉤!"

윤 노인은 가래침을 모아 3층 양옥집을 향해 크게 내뱉었다. 저놈의 집이 들어서고부터 감나무는 시들시들 망해가기 시작했다. 햇빛을 보지 못하기 때문이다. 일조권인가 뭔가 항의를 해보니 나무하고는 관계가 없다는 것이다. 아들에게 이 억울함을 호소해도 이렇다 저렇다. 아직 아무 연락이 없다. 우리 아들이 저놈의 집 새끼보다 공부를 못했단 말인가? 인물이 없단 말인가? 힘이 없단 말인가? 우리 아들이 어떤 아들인데, 초등학교 때부터 우리 아들은 일등을 놓친 일이 없다.

신동이 났다고 이 고을에서는 소문이 쫙 퍼졌다. 모두가 훌륭하고 크게 될 놈이라고 해서 논밭을 팔아 살림이 거덜 나도 아깝지 않게 공부시켰다. 그 아들은 지금 교수가 되어 있다.

윤 노인은 교수라는 것이 도대체 어느 정도 높은 것인지 알 수가 없다.

"교수님. 교수님."

'님' 자가 붙는 것을 보니 엉터리는 아닌 것 같고 그렇다고 돈 많은 사장님이나 권력 있는 정치가의 모습은 아니었다. 퀭한 몰골에 꾀죄

죄한 옷차림하며 신발은 언제 닦았는지 먼지투성이고 축 처진 어깨에 어거정 어거정 걷는 모습이 바람이 불면 넘어질 것 같이, 대수술을 받고 나온 환자같이, 영 힘이 없어 보였다.

교수 자리가 높은 자리라면 몰골이 저럴 수가 없다. 교수 자리가 높은 자리라면 옆에 가방을 든 비서라도 따라다닐 법도 한데 그런 것은 전혀 본 적이 없다.

윤 노인이 3층집 아들보다 출세를 못했다는 것을 작년 하늘나라로 간 할미의 장례 때 알았다. 비슷한 시기에 3층집 영감도 상처를 했다. 3층집 문상객은 파리가 앉으면 미끄러워 뒷다리가 찢어질 정도로 면경 알 같이 반짝반짝 윤이 나는 까만 승용차들이 줄을 이었다.

대문 밖까지 조화로 뒤덮였다. 시장이며 군수며 국회의원까지 높은 사람은 다 다녀갔다. 조의금이 뭉칫돈으로 들어왔다고 했다.

윤 노인의 문상객은 3층집에 비해서 초라하기 짝이 없다. 시장 군수도 다녀간 일이 없고 조화도 그 집에 비해 형편없었다. 문상객도 3층집에 비할 바가 못 되었다.

"그럴 리가 없는데⋯⋯"

내 아들이 3층집 아들보다 못하다니 말도 안 되는 소리다.

"그럴 리가 없는데⋯⋯"

도대체 교수라는 자리가 어느 정도 높은 것인지 윤 노인에게는 종잡을 수가 없다.

3층집 영감은 한때 윤 노인 집 꼴머슴이었다. 그 영감의 애비는 파평 윤씨 집안의 묘지기였다. 그 꼴머슴 아들이 저렇게 출세할 줄은 정말 몰랐다. 세상이 바뀌어도 이렇게 바뀔 수가 없다. 윤 노인은 서울서 공부하는 아들 학자금에 전 재산을 다 털어 넣었다. 소까지 팔아 넣고 이제는 더 팔 것이 없었다. 있다면 논도 아니고 밭도 아닌 아무 짝에도 쓰지 못하는 황무지와 다를 바 없는 하천부지 벌판이 하나 있었다. 아무도 살 사람이 없었다. 꼴머슴에게 빌다시피 간청을 해서 헐값에 팔아 한해 등록금을 겨우 때울 수 있었다.

이것이 꼴머슴 집안에 오늘이 있게 해주는 계기가 될 줄은 정말 몰랐다.

5·16이 나고 재건 국민운동이 벌어지고, 새마을 운동이 벌집 쑤셔놓듯 하더니 고속도로가 생기고 보릿고개가 사라질 무렵, 식생활 개선 오기 시작했다. 국수니 라면이니 면 종류가 불티나기 시작하자 일회용 나무젓가락이 유행을 타기 시작했다.

아무 짝에도 쓸모없는 허허 벌판 황무지에 하늘을 찌를 듯한 버드나무가 여기저기 서 있었다. 까치집이나 제공해 주는 이 버드나무가 비싼 값에 팔려 나갔다. 버드나무를 팔아 벌써 땅값 본전을 뽑고도 남았다는 것이다.

80년대부터 서서히 건축 붐이 일기 시작하더니 쓸모없는 이 하천부지에 트럭들이 꼬리를 이었다. 자갈을 실어 나르는 트럭이었다. 자갈을 팔고 나더니 이제는 모래를 팔기 시작했다. 벼락부자가 되었다는 소문이 파다했다. 이때부터 꼴머슴이 옛 주인 알기를 우습게 알기 시작했다.

수양한 그늘이 관동 팔십 리를 간다는데 은혜를 모르다니, 부아가 치밀었다. 세상인심은 야박하기 짝이 없다.

동리 사람들이 꼴머슴 주위에 모여들기 시작했다. 그래도 윤 노인은 자위를 했다.

"묘지기 주제에, 꼴머슴 주제에 돈만 있으면 다야, 그 땅이 누구 땅이었는데, 내 아들이 어떤 아들인데……"

이렇게 자위를 했다. 그런데 윤 노인을 더욱 놀라게 한 것은 그 땅을 10억인가, 20억인가 아파트 건축업자에게 팔았다는 것이다. 거짓말 같은 참말이었다. 억장이 무너질 노릇이었다.

꼴머슴이 헌 집을 허물고 3층짜리 최고급 전원주택으로 변신한 것이 이때였다. 이 3층집에는 윤 노인 집 쪽으로 창문이 여러 개 나 있다. 초라한 윤 노인의 사생활이 면경 알 같이 훤히 드러났다. 이 창문이 여간 신경이 쓰이는 것이 아니다. 더운 여름에 목물도 할 수 없고 웃옷도 벗을 수 없다. 창문을 열어놓고 아이들이,

"할아버지, 얼레리꼴리리."

하고 놀린 일이 있다. 화가 난 윤 노인은 떨어진 땡감으로 아이들 눈알을 퍼렇게 먹칠해 놓고 유리 창문을 박살낸 일이 있다. 어릴 때부터 윤 노인의 돌팔매질은 새도 잡을 수 있을 정도로 정확했다. 그 실력이 여지없이 발휘된 것이다.

두 집이 대판 싸움이 일어난 것은 당연하다. 아들, 며느리, 손자, 가정부, 운전기사 떼거리로 몰려와 항의했다. 늙은 부부가 그들의 고약한 입을 당해낼 수가 없다. 윤 노인의 땡감 공격이 총알같이 쏟아졌다. 그들은 물러나고 지워지지 않는 감칠에 옷을 버려 놓았으니 물어내라고 매번 지랄들 하더니 요사이는 잠잠하다. 그날 이후 창문은 좀처럼 열려지지 않았다. 그래도 신경이 쓰이는 것이다.

아무 짝에도 쓸모없는 윤 노인의 하천부지에 하늘을 찌를 듯한 고

층 건물이 올라가더니 지금은 아파트 신도시가 되어 사람들이 개미
새끼 같이 모여 들고 밤만 되면 불야성을 이루고 있다.

"허참……"

윤 노인은 허탈할 수밖에 없다.

세상이 바뀌어도 이렇게 바뀔 수가 없다. 이것은 꿈이 아니었다.
현실이었다. 차라리 꿈이었으면 좋겠다. 세상이 이렇게 돌아가자 윤
노인은 원망이 아들에게 돌아갔다.

그 땅만 가만히 놓아두었다면 꼴머슴에게 비할 수가 있을까? 그
땅만 그냥 두었으면 우리 집이 이렇게 망조가 들 수 있을까? 그 땅만
가만히 놓아두었으면 자자손손 아무걱정 없이 큰소리치며 먹고 살
수 있을 것인데, 쥐었다 놓친 금덩이였다.

아들 공부시킨 것을 이렇게 후회해본 일도 없다. 아들 공부만 시
켜 놓으면 세상이 원하는 대로 다 될 것 같았다. 그러나 현실은 그렇
지 않았다. 죽은 자식 자지 만지기로 후회해 본들 가슴만 아프다.

까만 승용차가 스르르 3층 집 앞에 멈춰 서니까 자동으로 대문이
열리고 자동차는 집 안으로 들어갔다. 그 집 아들이 돌아온 모양이
다. 개가 컹컹 짖어대고 있다. 송아지만한 개 두 마리가 그 집을 지
키고 있다. 개가 짖어댈 때마다 윤 노인의 잡종 개는 오금을 못 폈
다. 주인이 힘이 없으니까 개까지 힘이 없다.

까만 승용차가 들어오면 윤 노인은 외출을 삼가 했다. 혹시 꼴머
슴과 얼굴을 마주치기가 싫었기 때문이다.

한번은 자동차 경적 소리에 놀라 뒤를 돌아보니 예의 그 반짝반짝
윤이 나는 까만 승용차였다. 뒷좌석에는 꼴머슴 영감이 타고 있었

다. 부아가 치밀었지만 참았다. 또 한 번은 버스 정류장에서 버스를 기다리고 있는데 까만 승용차가 소리 없이 멈춰 서더니 꼴머슴 영감이 목을 내밀었다. 어디 가는지 타라는 것이다. 윤 노인은 일언지하에 거절했다. 아니꼽기 그지없다.

"호랑이는 굶어 죽어도 풀은 먹지 않는 법이여. 내가 서 있는 이 땅이 누구 땅인데, 내 땅 이었어 내 땅."

발을 굴리며 역정을 부렸다. 윤 노인이 그토록 꼴머슴을 못마땅하게 생각하는 것은 그럴만한 이유가 또 있었다.

기초의원인가 지방자치 군의원인가를 뽑을 때였다. 꼴머슴 영감 아들이 출마를 했다. 파평 윤씨 집안에도 출마를 했다. 우습게 생각했다. 제까짓 게 배운 것이 있어, 동민, 면민을 위해서 한 것이 있어, 아주 우습게 생각했다. 그런데 면민들 눈알이 거꾸로 박혔는지 돈에 환장을 했는지 13표 차이로 꼴머슴 아들이 당선되었다. 파평 윤씨 집안 코가 납작해졌다. 뼈대 있는 윤씨 집안에서 묘지기 아들 꼴머슴 아들에게 지다니 말도 안 되는 소리다.

당선 축하 잔치가 벌어졌다. 꼴머슴 영감이 너울너울 춤을 추면서 계속 무엇이라 입놀림을 하고 있었다. 처음에는 그것이 무슨 말인지 몰랐다.

"학생은 면했다. 학생은 면했다."

계속 학생은 면했다고 부르짖었다. 나중에 알고 보니 제사지낼 때 혼백 모셔 놓은 지방에 벼슬한 사람은 군수(郡守)니 참봉(參奉)이니 벼슬을 적어 놓지만 벼슬을 해본 일이 없는 서민은 학생부군신위(學生府君神位) 이렇게 적어놓는다. 군의원이 어떤 벼슬자리인지 모르지만 학생(學生)을 면한 것은 틀림없다.

선거 바람에 꼴머슴 아들이 연해 김씨라는 것을 처음 알았다. 연해 김씨라면 윗대부터 혼인도 하지 않는 원수지간이다. 16대 영 자(字), 기 자(字) 할아버지는 좌의정 벼슬을 한 세도 있는 가문이었지만 정승 벼슬을 한 연해 김씨 여소가 모함을 해 벼슬을 버리고 낙향한 것이 연해 김씨 때문이다.

지난해 전국 동시 지방선거 때 또 붙었다. 윤 노인은 파평 윤씨 가문의 명예를 걸고 맹렬히 선거 운동을 했다. 결과는 6표 차이로 또 지고 말았다. 억장이 무너질 노릇이었다.

재검표를 강력히 들고 일어난 사람은 윤 노인이었다. 틀림없이 뒤집혀질 줄 알았다. 결과는 무효표 한 표가 꼴머슴 아들 쪽으로 가고 표 차이는 7표 차이로 늘어났다. 거기다 꼴머슴 아들은 군 의회 의장까지 되었다.

윤 노인은 이곳에 살기가 싫어졌다. 한때 아들네 집에 가 있었지만 아파트란 것이 감옥살이같이 살 곳이 못 되었다. 며느리에게 눈칫밥도 싫었다.

할 수 없이 이곳에 다시 왔다. 내가 먼저 죽어야 하는데 할망구가 먼저 죽었다. 여자는 혼자 살 수 있지만 남자는 혼자 살 수가 없다는 것을 알았다. 밥이며, 반찬이며, 빨래며, 불편하기 그지없다. 딸과 며느리가 번갈아 가며 뒷바라지를 해주고 있지만 할미에 비할 바가 못 되었다. 아들, 딸네 집에 번갈아 나들이를 하지만 평생 살아온 이 집만 못했다.

할미와는 평생 부부싸움 한 번 한 일이 없다. 금슬이 좋아서가 아니라 전형적인 현모양처인 할미는 말이 없고 무조건 순종하기 때문에 싸울 일이 없다. 한때 바람도 피워보고 헛돈도 축내본 일이 있지만 할미는 일체 말이 없었다.

할미가 죽고 나자 평소 잘 해주지 못한 것이 한이 되었다. 쓸쓸하기 그지없다. 윤 노인은 서당에서 한학은 많이 했지만 학교에는 문 앞에도 가 본 일이 없다. 못 배운 것이 한이 되었다. 못 배운 한을 아들에게 풀었지만 돈이 계급장이 되어 세상이 온통 돈 세상이니 어느 것이 진짜인지 알 수가 없다. 못 배운 꼴머슴 집안은 함께 모여 저렇게 잘살고 있다.

이번 전국 동시 지방선거 때 세상이 요동 쳐도 윤 노인을 꼼짝 하지 않고 집에만 있었다. 윤씨 집안에서 이번에는 아무도 출마하지 않았다. 꼴머슴 아들과 대적할 사람이 없기 때문이다. 두 번 당선에다 의장까지 했으니 꼴머슴 아들에게 완전히 케이오(KO) 되고 말았다.

이번에도 투표하나마나 꼴머슴 아들이 당선되고도 남는다. 왜냐하면 당 공천을 받았기 때문이다. 당 공천만 받으면 100% 당선되고도 남는다. 각 지역마다 그 지역 공천만 받으면 작대기를 꽂아 놓아도 당선되기 때문에 투표할 필요가 없다. 출마자는 공천 받는데 노력하지 지역을 위해서 일할 필요가 없다.

"그렇기 때문에 나라꼴이 요 모양, 요 꼴이 됐다."

윤 노인은 정치에 환멸을 느끼고, 정치에는 문을 닫았다.

세상천지가 개벽을 했다.

윤 노인의 자갈밭이 하늘을 찌를 뜻, 아파트로 바뀌고 자동차 행

렬이 머리를 어지럽게 했다. 온갖 먹거리 식당들이 줄을 이었다. 먹을 것이 없어 초근목피로 연명한 보릿고개를 지금 아이들은 모른다. 거지도 임금이 못 먹어본 별별 음식을 다 먹어 보고 있다. 좋은 세상이다. 밤이 되면 네온사인 불빛이 개미가 지나가도 훤히 보일 정도로 밝다. 없는 것이 없다. 천지가 개벽을 한 것이다.

돈이면 안 되는 것이 없는 돈 세상이다. 윤 노인은 돈이 최고라는 것을 알았다. 꼴머슴 손자들은 일찍부터 개인과외를 하더니 벌써 외국유학을 갔다고 한다. 우리 손자가 저놈의 손자를 따라잡을 수 있을지 걱정이 되었다. 집안에는 없는 것이 없다. 목욕시설 하나 제대로 없는 윤 노인에 비할 바가 못 되었다. 스위치만 누르면 항시 찬물과 더운물이 나오고, 안마기가 팔, 다리, 등을 시원하게 두드려 준다고 한다.

지난 명절 때도 3층 집에는 고급 승용차들이 수없이 들락날락 했다. 선물 꾸러미가 수북이 쌓였다. 꼴머슴이 대감이나 쓰는 탕건을 쓰고 세배를 받는다고 했다.

"쌍놈이 탕건을 써? 양반 쌍놈이 따로 없다. 돈이 양반이다."

윤 노인은 또 부아가 치밀었다.

윤 노인 집에는 술 한 병 들고 오는 놈이 없었다. 남들은 별로 배운 것도 없는데 잘 살고 출세도 많이 한다. 내 아들이 최고라고 생각했는데 그렇지 않은 것 같다. 도대체 내 아들이 어느 정도 높은 것인지 알 수가 없다.

오늘은 아버님 제삿날이다. 아들이 틀림없이 오게 되어 있다. 오늘 오면 기어이 확인하고 말겠다고 윤 노인은 벼르고 있다. 적어도 꼴머슴 아들 보다는 높을 것이라고 확신을 했다. 그러나 윤 노인은 이내 고개가 옆으로 그어졌다. 의원이라면 몰라도 의장으로 한 칸 올라갔기 때문이다.

윤 노인은 아침부터 툇마루에 걸터앉아 로댕의 생각하는 사람 모습을 하고 아들 오기를 손꼽아 기다리고 있다.

"올 때가 되었는데……"

아직 아들은 나타나지 않고 있다. 동네 입구 외길 쪽을 보고 있다. 이번에는 며느리를 원망했다. 시애미가 없다는 것을 뻔히 알면서 며느리가 빨랑빨랑 와서 제사 준비를 해야 할 것이 아닌가?

"요새 며느리는 이래서 탈이야. 배운 며느리 효녀 없어."

윤 노인은 짜증을 내어 보지만 이내 단념하고 만다.

해가 서산에 많이 기울어서야 아들 내외가 나타났다. 윤 노인은 화가 났지만 참았다. 아들 차와 꼴머슴 차가 나란히 오다 각자 자기 집으로 들어갔다. 마당에 세워 놓은 아들 차는 십오 년이 더 넘은 소나타 구형이다. 덜덜덜 엔진소리가 요란하다. 이곳저곳 흠집도 많다. 같은 값이면 까만 차를 살 것이지. 회색이 싫었다.

아들 내외가 이것저것 많은 것을 사와 제사상은 초라하지 않았다. '學生府君神位'를 가운데 자리에 모셔 놓았다. 돌아가신 아버님은 성품이 곧고 부지런하고 검소한 생활로 자수성가하여 재산을 아들에게 물려주었다. 아들 대에 와서 재산을 거덜 낸 것이 윤 노인은 불효를 한 것 같아 제삿날이면 더욱 마음이 아팠다.

부자(父子)는 모처럼 머리를 맞대고 앉았다. 뭐라고 말이 있어야 하는데 아들은 말이 없다. 원래가 말수가 없는 아들인지라 윤 노인이 먼저 입을 열었다.

"먹을 사람도 없는데 다음부터는 이렇게 많이 장만하지 마라."

아들 대신 며느리가 말을 받았다.

"냉장고에 넣어 두셨다가 두고두고 드십시오."

"내가 이 많은 것을 다 먹을 수 있나. 집에 갈 때 싸가지고 가거라. 손주도 주고……"

"요즈음 아이들, 제사 음식 안 먹습니다."

또 며느리가 말을 받았다.

아들은 커다란 눈만 껌벅껌벅할 뿐, 좀처럼 닫힌 입이 열려지지 않을 것 같다. 교수 자리가 어떤 자리인지 오늘은 알아야 한다. 어색한 분위기를 깨는 데는 술이 최고다. 술이 들어가면 진심을 털어놓을 수도 있다.

"음복을 해야지."

윤 노인이 먼저 술잔을 찾았다.

"아버님이 드시지요. 저는 운전을 해야 하기 때문에……."

"아니, 오늘 갈라꼬?"

"내일 첫 시간 강의가 있기 때문에 가야 합니다."

윤 노인은 섭섭했다. 아들이 모처럼 와서 빈집같이 하룻밤도 자지 않고 그냥 가다니, 혼자 있는 고독한 집에 모처럼 사람이 왔는데 그냥 가다니, 윤 노인은 연거푸 두 번이나 잔을 비웠다. 꺼벙한 아들의 눈동자가 비어있는 술잔에 신경이 쓰이는 모양이다.

"한잔 더 하시죠."

아들이 빈 잔에 술을 따랐다. 사람이 왜 이렇게 힘이 없을까, 이 래가지고 어떻게 성공할 수 있을까. 또 꼴머슴 아들과 비교가 되었다. 꼴머슴 아들은 언제 보아도 갓 잡아 올린 물고기 같이 힘이 넘쳐났다. 선거 때만 해도 그렇다. 우리 아들 같으면 첫날에 나자빠졌을 것이다. 선거 연설 때도 힘이 넘쳐 났다.

술이 얼굴에 확 달아올랐다. 오늘은 기어코 알아야 한다. 언제 또 아들과 마주 앉아 대화할 수 있는 분위기를 찾을 수 있을지 기약이 없다. 용기를 내었다. 술의 힘을 빌려 재판정의 검사같이 딱 잘라 단도직입적으로 유도 심문으로 들어갔다.

옛 말에 욕지기인(欲知其人)이면 선찰기우(先察其友)라고 했다. 그 사람을 알려면 먼저 친구를 보면 알 수가 있다고 했다. 사람이나 짐승이나 끼리끼리 노는 것이 인지상정이다.

윤 노인은 아들을 똑바로 쳐다보고 질문을 했다.

"면장 하고 노나?"

아들은 이외의 질문에 안경 너머로 꺼벙한 눈을 더욱 크게 뜨고 윤 노인을 바라보았다.

"면장 하고 같이 노나 말이다."

아들은 피식 웃으며,

"안놉니다."

하고 간단히 대답했다. 그렇지 우리 아들이 면장 따위와 같이 놀수야 없지. 그렇다면 군수와 같이 놀겠지. 윤 노인은 정색을 하고 또 물었다.

"그라마 군수 하고 같이 노나?"

아들은 웃지도 않고 아무 표정 없이,

"안놉니다."

하고 간단히 대답했다. 군수하고 같이 안 놀면 그보다 더 높은 사람하고 논다는 뜻인지 안 논다는 뜻인지 도무지 종잡을 수가 없다. 윤 노인은 똑바로 아들을 쳐다보며,

"경찰서장 하고 같이 노나?"

"내가 서장 하고 뭣 하려고 같이 놉니까?"

그렇지 서장 하고 안 놀면 그보다 더 높은 사람하고 노는 것이 틀림없다.

"그라마 시장 하고 같이 노는구나."

아들 입에서 "예." 하고 대답이 나오기를 바랐다. 그러나 아들의 입에서 엉뚱한 대답이 나왔다.

"아이고, 아버님도 제가 뭣 하려고 시장 하고 같이 놉니까?"

"시장 하고 안 놀면 도지사 하고 같이 노나? 그라마 국회의원 하고 같이 노나?"

아들은 대답이 없다. 표정을 곁눈질 해 보아도 더 이상 시원한 답변이 나올 것 같지가 않다. 도지사보다 더 높은 장관 하고 같이 논다는 뜻인지, 그 깊은 속마음을 알 수가 없다.

아버지와 아들은 또 침묵이 흐르기 시작했다. 윤 노인은 답답했다. 묘한 질문이 생각나지 않는다. 아들은 안경 너머로 눈만 껌뻑이고 있고, 윤 노인은 지방의 글씨 '學生府君神位'만 계속 바라보고 있다. 윤 노인은 두 번이나 술잔을 비웠다. 취기가 올랐다. '學生' 두 글자가 TV 화면과 같이 클로즈업 되었다. 윤 노인은 갑자기 침묵을 깼

다. 더 이상 참을 수가 없다.

"그라마 그라마 학생은 면했나?"

아들은 또 피식 웃으며,

"아이고, 아버님도 제가 학생 면한 지가 30년이 넘었는데 별것을 다 묻습니다."

"그래? 그라마 됐다!"

윤 노인은 갑자기 생기가 돋았다. 아들의 얼굴을 뜯어보며 무릎을 탁 쳤다. 꼴머슴 아들은 학생 면한 지가 얼마 되지 않았다. 군의원 되고 나서 학생을 면했으니 꼴머슴 아들보다 훨씬 먼저 학생을 면한 것을 보니 내 아들이 더 높은 것이 틀림없다.

"하하하하……"

드디어 윤 노인 입에서 큰 웃음이 쏟아져 나왔다.

보릿고개

봄 아지랑이가 얼었던 대지를 간지럽게 하더니 긴긴 겨울에 얼었던 땅속에서 파릇한 새싹이 고개를 내밀기 시작했다.

앙상한 나뭇가지도 지난겨울에 얼어 죽지 않고 입이 돋아나고, 꽃을 피우는 것을 보면 자연은 참으로 신비스럽다고 큰골 댁은 생각했다.

큰골 댁은 평소의 버릇대로 뒷골 보리밭으로 달려갔다.

지난겨울 눈이 많이 와서 보리 싹은 얼어 죽지 않고 뿌리를 내렸기 때문에 올해는 보리 풍년이 올 것으로 예상했다. 이른 봄부터 김을 자주 매 주었고, 쇠똥도 많이 주워 거름을 많이 했기 때문에 보리는 잘 자랐다.

들판의 보리는 푸른빛이 서서히 금빛으로 변해가고 있었다.

때가 이른지 보리는 아직도 고개를 숙이지 않았다. 주인의 애타는 심정을 아는지 모르는지 바람결 따라 파도를 치고 있었다.

큰골 댁은 봄이 싫었다. 누구는 봄을 희망의 계절이라고 했지만 큰골 댁은 봄을 죽음의 계절이라고 생각했다. 보리가 누렇게 익어 고개를 숙일 때면 아무리 아끼고 아껴도 먹을 것이 떨어졌기 때문이다.

산 입에 거미줄을 칠 수는 없다. 주위를 둘러보았다. 먹을 것을 찾기 위해서이다.

꽃망울부터 붉게 터뜨리는 진달래꽃은 연하고 떫지 않기 때문에 좋은 군것질이 되었지만 개나리꽃과 함께 벌써 지고 푸른 잎만 무성하다. 얼음 속에 피어나는 버들강아지도 벌써 지고 보이지 않았다.

찔레 순과 짠대 뿌리는 좋은 먹을거리였다. 송구(소나무 안 껍질)와 비비(잔디 종류) 갈대 뿌리도 마찬가지였다. 이들이 있었기에 허기는 면할 수 있었다.

허기를 면하니 목이 말랐다. 물을 찾았다. 옹달샘에는 작은 물뱀이 똬리를 틀고 있었다.

"쉬~ 쉬~"

큰골 댁은 저리 가라는 손짓을 해 보였다. 물뱀은 스르르 자리를 비켜주었다. 입을 대고 시원한 찬물을 꿀꺽 꿀꺽 들이켰다. 배가 부르니 눈이 훤히 터졌다. 세상이 온통 다르게 보였다.

그때야 큰골 댁은 막내를 집에 그냥 두고 온 것이 생각났다. 큰골 댁은 집을 향하여 허겁지겁 달리기 시작했다. 어린 것은 마당에 혼자 기어다니다가 닭똥도 주워 먹고 강아지 똥도 주워 먹으며 울다 지쳐 자고 있었다. 눈물이 채 마르지도 않았다. 파리 떼들이 눈, 코, 입, 아랫도리에 새까맣게 모여 있다가 그림자도 없이 흩어졌다. 큰골 댁은 막내를 안았다.

"깨앵깽갱, 깨앵깽갱."

바싹 마른 큰골 댁 똥개가 죽을 듯이 고성을 지르며 비실비실 사립문을 들어서고 있었다.

한쪽 다리를 높이 들고 절룩이는 것을 보면 다리를 많이 다친 것이 분명하다. 똥개는 아직도 아픔을 못 이긴 듯 마루 밑에 들어가 울음을 삭이고 있었다. 어미의 이런 사정을 아는지 모르는지 보름만에 눈을 뗀 8마리 강아지들이 우르르 어미 품에 달려들어 젖꼭지를 찾고 있었다.

이 광경을 보고 있던 큰골 댁은 두 눈에 쌍심지를 돋우고 옆집을 향해 고함을 질렀다.

"말 못하는 짐승이 무슨 죄가 있다고 다리를 분질러 놓았어! 응?"

나지막한 담 하나를 사이에 둔 옆집에서 금방 답신이 왔다.

"망할 놈의 똥개가 지난번에도 보리쌀을 훔쳐 먹었다. 한번만 우리 삽짝에 얼렁 거리 봐라. 대가리를 박살낼 끼다."

"우리 개가 보리쌀 훔쳐 먹는 거 봤나? 봤어?"

"훔쳐 먹었는지 안 먹었는지 똥 눌 때 보만 알 거 아이가!"

큰골 댁은 그만 말문을 닫고 말았다. 바로 어제 똥개가 하얀 보리가 그대로 있는 보리 똥을 눈 것을 보았기 때문이다. 사람이 수박씨나 참외씨를 소화시키지 못하고 대변으로 내놓듯 개는 생 보리를 소화시키지 못했다.

"내가 죄지. 주인을 잘못 만나서 그렇다. 새끼 딸린 것이 얼마나 배가 고팠으면 생 보리를 다 먹겠나."

큰골 댁은 먹을 것이 아무것도 없다는 것을 뻔히 알면서 부엌문을 열고 손때 묻은 이곳저곳을 살피고 더듬어 보았다. 개가 먹을 것은 아무것도 없었다. 개는커녕 사람 먹을 것도 없었다.

"며칠만 참아라. 며칠만 참으면 우리도 보리타작해서 실컷 미길 끼다."

큰골 댁은 살림 날 때 밭 서 마지기를 더 타고 나지 못한 것을 늘 섭섭해 했다. 큰들 논 서 마지기는 못타고 났다 치더라도 밭 서 마지기만 더 타고났어도 여덟 식구가 봄에 이렇게 먹을 것을 걱정하지 않아도 될 것이다.

큰아들을 중학교에만 보내지 않았어도 빚은 지지 않았을 것이다. 뼈가 부러져도 큰아들은 중학교까지는 시켜야 했다. 자식들에게 물려줄 논, 밭도 없기 때문에 큰놈이라도 잘 되어야 한다는 것이 큰골 댁 부부의 신념이었다.

먹을 양식 중에 제일 먼저 떨어지는 것이 쌀이다. 쌀이 떨어지면 잡곡을 먹어서라도 허기를 면해야 했다. 잡곡도 떨어지면 무를 잘게 썰어 무밥으로 끼니를 대신 해야 했다. 그것도 떨어지면 산으로 들로 먹을 것을 찾아 나서야 한다.

큰놈은 어미의 눈치를 보며 애원을 했다. 도시락 위에만이라도 쌀을 살짝 덮어 달라는 것이다. 옆 자리 친구 보기 부끄러워 무밥을 못 먹겠다는 것이다. 이제 이 집에 쌀이라고는 큰방 천장에 모셔놓은 신주단지밖에 없다. 조상에 바친 쌀을 다음 가을 햇곡과 바꾸기 전에는 어림없는 일이었다.

큰골 댁은 막내딸을 끌어안았다. 배만 볼록하고 머리만 커다란 어린 것은 목에 힘이 없어 얼굴이 뒤로 젖혀졌다. 큰골 댁이 막내딸을 얻은 것은 마흔이 훨씬 넘어서였다. 젖이 모자라 쌀을 씹어 먹여 키웠다. 태어나지 말았어야 할 씨앗이었다.

큰골 댁은 원치도 않은 여덟 남매를 줄줄이 낳았다. 없는 집에 자식 복만 터졌다. 그중 아들 하나를 잃었다. 형제 중 제일 똑똑하고 영리한 놈이었다. 커서 돈을 많이 벌면 엄마 아빠에게 고기를 배불리 먹여 주겠다고 늘 말한 놈이었다. 그날도 물고기 잡으러 나갔다가 물에 빠져 죽고 말았다.

그놈은 죽어서 약속을 지켰다. 사람 빠져 죽은 웅덩이에서 고기를 잡으면 귀신이 붙는다고 동리 사람들이 몇 년 동안 고기를 잡지 않았다. 첫째와 둘째가 한 양동이의 엄청난 물고기를 잡아 왔다. 뒤에 알고 보니 그놈이 빠져 죽은 웅덩이였다.

고기 한번 배불리 먹여보지 못했고, 좋은 옷 한번 입혀보지 못한 놈이다.

9살 나이에 죽을 줄 알았으면 하얀 쌀밥이라도 먹여 보냈을 것인데 못난 어미가 원망스럽기만 했다. 큰골 댁의 두 눈에는 닭똥 같은 눈물이 뚝뚝 떨어졌다.

지붕 위의 붉은 장닭이 소리 내어 울고, 울타리 밑의 암탉은 병아리를 몰고 다니고 있다. 이따금 개가 컹컹 짖어대고, 새풀을 뜯어먹고 살이 찌기 시작한 황소들이 암소를 보고 발광 하는 것 외는 겉보기에 조용하기만 한 이 동네가 밤사이 발칵 뒤집혔다.

이 마을에서 제일 부자인 초시 영감이 뒷간 갔다 오다 넘어져 갑자기 세상을 떠났기 때문이다.

초시 영감은 윗대부터 물려받은 재산으로 부자가 된 것이 아니다. 추석, 설, 명절 빼고는 3년 동안 죽으로 살아오면서 모은 재산이 밑천이 되어 고리대금에 손을 대기 시작했다. 병원에 갈 돈이 없어도, 학비가 모자라도, 혼사 돈이 모자라도 초시 영감 집에는 언제나 급전을 빌릴 수 있었다. 이자가 높은 고리채의 돈은 늘어나고 늘어나 부자가 되었다. 한때 돈을 자루에 담아 마루 밑에 숨겨 두었다는 소문도 있었다. 해마다 논밭을 샀다.

그의 돈을 쓰고 있는 사람이나, 장리 나락을 먹고 있는 사람이 혹시 득이나 볼까 해서 큰 관심이 아닐 수 없었다. 문맹자인 그는 뛰어난 기억력과 자기만 아는 표기 방법으로 장부를 해왔기 대문이다. 이자 1할을 꼬박꼬박 챙겼고 장리 나락은 가을 추수 때 10말 빌리면 10말을 이자로 갚아야 했다.

이것도 아무나 빌릴 수 있는 것이 아니다. 빚을 갚을 수 있는 능력이 있어야 한다. 한번 고리채에 걸리면 빚에서 헤어나기 어렵다.

그런데 세상은 참으로 공평하지 못했다. 초시 영감은 손자 대에 와서 후손이 없다. 들리는 소문에 의하면 아들이 고자란 말이 파다했다. 그 많은 재산을 두고 어떻게 눈을 감았는지 모르겠다고 동리 사람들이 수군대기 시작했다.

마을 사람들이 모두 초시 영감 장례에 매달려 있는 것을 보니 어느 농촌 마을과 마찬가지로 이 동네도 협동심이 대단한 것 같다.

아낙네들은 음식 장만하는 데 동원 되었고 남정네들은 장례 준비에 일손이 바빴다. 초시 영감 집 마당에는 문상객들이 들끓고 있었다. 벗어놓은 고무신이 뒤엉켜 누구 것인지 분간하기 어려웠다. 신발 바닥에 ×나 ○를 표시한 사람은 자기 신발을 쉽게 찾을 수 있으나 그렇지 않은 사람은 신발이 바뀌어 야단법석이다. 어떤 얌체는 헌신을 벗어놓고 새 신으로 바꿔 신고 갔기 때문에 신발 소동이 자주 일어났다.

때가 마침 보릿고개 때라 마음은 모두 잿밥에 있었다. 부잣집의 풍부한 음식은 주린 배를 채울 수 있는 좋은 기회였다. 큰골 댁도 눈치를 봐가면서 연신 두꺼비 파리 잡아먹듯 입 운동을 열심히 하고 있었다.

문상객들도 상주 앞에서는 슬픔을 같이 하는 것 같았지만 일단 술상에 앉으면 공짜 술을 너무 많이 먹어 상가 집에 온 것을 깜빡 잊고 노래와 춤을 추다가 눈총을 받기도 했다. 술이 너무 취해 길거리에 쓰러져 자는 사람도 있었고, 돼지고기를 먹고 설사하는 사람도 있었다.

원래 장례는 일꾼들을 잘 먹여야 하기 때문에 큰골 댁 남편은 눈치 보지 않고 포식을 할 수 있었다. 문제는 집에 기다리고 있는 아이들이다. 큰골 댁은 전 굽는 것을 담당했기 때문에 파전이나 호박전, 감자전 할 것 없이 전이란 전은 다 먹을 수 있었다. 치마 속바지 가랑이에 커다란 주머니를 만들어 놓았기 때문에 집에 있는 아이들도 같은 음식을 먹을 수 있었다.

오늘은 이집 가장도 상갓집 음식을 내어 놓았다. 모두가 기분 좋은 날이다.

"엄마, 내일은 고기 좀 가져와라."

한 놈이 투정을 부리자 다른 놈들도 덩달아 고기, 고기, 한마디씩 했다.

"그래, 알았다. 내일은 고기를 얻어 와서 너희들에게 맛을 보여 줄 끼다."

형제들은 좋아서 마당에서 뛰어놀기 시작했다. 가만히 있는 것보다 움직이면 소화가 잘 된다. 큰골 댁은 다음 끼니가 걱정이 되었다.

"이놈들아~ 고마 뛰어라. 배 꺼진다."

어린 것들은 우르르 감나무에 올라가 원숭이같이 매달렸다.

"말 탄 놈들 끄떡~ 소탄 놈들 끄떡~ 네 애비 ×도 끄떡~"

나뭇가지들이 요란하게 흔들리고 있다.

상가에서 제일 노른자 일을 하는 사람은 마구간에 임시로 마련한 주방에서 일하는 칼잡이이다. 주방에서 적당히 재분배 되어 문상객의 상에 오르게 하는 역할을 담당한다. 여기에서 일하는 사람은 맛있는 것만 골라 실컷 먹을 수 있다.

고기 한 점이라도 얻어먹으려면 빽이라도 있어야 했다. 큰골 댁은 주방 앞을 기웃거려 보았지만 고기 한 점 얻기가 그리 쉽지는 않을 것 같다. 오늘이 5일장 마지막 날이기 때문에 오늘 아니면 영영 아이들에게 고기 맛을 보여줄 수가 없다고 생각하자 큰골 댁은 마음이 조급해지기 시작했다. 주방 앞에서 손을 내미는 사람은 한결같이 고기를 원했다. 뼈다귀라도 고기를 원하기 때문에 퇴짜 맞고 돌아서는 사람이 한둘이 아니었다.

오늘은 기어코 어미가 고기를 얻어올 것으로 믿고 있는 어린것들을 생각하니 그냥 지나칠 수가 없었다. 용기를 내어 주방 앞에 서서 손을 내밀었다. 어설픈 웃음도 지어 보이면서 아양도 떨어 보았다. 염소수염을 기른 젊은 영감과의 대화는 간단했다.

"고기는 없어요."

"뼉다구라도."

"뼉다구도 없어요."

"그라마 비계라도……"

"비계는 변해서 못 먹어요."

5일 동안 돼지비계는 검은 반점이 돋아날 정도로 변해 있었다.

"그거라도 주이소."

큰골 댁은 큼직한 비계 덩이를 치마폭에 싸들고 누가 볼 새라 빠른 걸음으로 집에 와서 선반 위에 얹어 놓고 다시 상가에 와서 하던 일을 계속하고 있었다.

고기가 조금 상했다 해도 펄펄 끓는 물에 푹 삶으면 괜찮을 것이라고 생각했다. 물 한 솥 붓고 나물이라도 듬뿍 넣어 양념을 치면 온 집안 식구가 포식할 수 있는 좋은 기회가 될 것으로 생각했다.

초시 영감의 5일 장례는 모두 끝이 났다. 풀 죽은 채소같이 파김치가 되어 집에 돌아온 큰골 댁은 선반 위에 얹어놓은 비계 덩이부터 먼저 찾았다. 그런 데 분명히 있어야 할 비계 덩이가 없어졌다.

"이상하다. 도둑고양이가 물어갔나?"

이곳저곳을 아무리 찾아도 비계 덩이는 없다. 큰골 댁은 한동안 텅 비어있는 선반 위를 쳐다보다 정신이 번쩍 들었다.

"혹시 이놈들이?"

회초리를 들고 뒤뜰로 내달렸다. 셋째, 넷째가 배를 움켜쥐고 있었다. 상한 돼지기름 덩이를 먹고 배탈이 난 것이 틀림없다.

"아이고 배야! 이이고 배야!"

두 놈은 식은땀을 흘리며 데굴데굴 구르고 있었다. 회초리 쥔 큰골 댁 양손이 와들와들 떨리기 시작했다. 이빨 맞닥뜨리는 소리가 딱딱 날 정도로 입술도 떨고 있었다. 무엇을 어떻게 해야 한다고 생각은 했지만 꿈길만 달리고 있었다. 드디어 큰골 댁 입에서 울음 섞인 애절한 말문이 열렸다.

"토해라, 이놈들아~ 토해야 산다."

둘은 땅을 향해 입을 크게 벌리고 토하는 시늉을 해 보였지만 밥풀 하나 게우는 놈이 없었다.

큰골 댁의 거친 손이 넷째의 입에 들어갔다. 손가락이 목구멍 깊숙이 들어가자 웩, 웩, 토해내기 시작했다. 소화되지 않은 이물질이 그대로 쏟아져 나왔다. 셋째도 모두 토해냈다.

이제는 쌀뜨물을 갈아 먹여야 한다. 쌀, 쌀, 쌀이 없다. 큰방 천장에 모셔놓은 신주단지가 생각났다. 조상보다 자식이 더 중요한 때문일까? 큰골 댁은 큰 방 문을 휑하니 열고 신주단지에 손을 뻗었다. 너무 급했든지 뜰에서 나자빠지는 바람에 신주단지가 박살나고 쌀이 온 마당에 흩어졌다. 순간 조상의 노여움을 받고 있다는 것을 생각했다.

쌀뜨물을 갈아먹는 자식들은 배를 움켜쥔 채 안정을 되찾은 것 같았다.

큰골 댁은 바느질 바구니에서 바늘을 찾았다. 머리털에 몇 번 쓱쓱 문지르고 코에 콧김도 쐬고는 엄지손가락에 힘을 주었다. 어린것들의 가느다란 손가락에서 까만 피가 방울같이 맺혔다.

마음의 안정을 되찾은 큰골 댁은 마당에 흩어진 귀한 쌀이 생각났다. 신주단지 파편만 남아 있고 쌀 한 톨 구경할 수 없이 닭들이 깨끗이 청소를 해 놓았다. 뒤뜰에는 형제가 쏟아놓은 이물들을 똥개가 깨끗이 청소를 해놓았다. 닭똥과 개똥은 거름이 되어 논밭으로 갔다. 큰골 댁에는 남는 것도 없고 버릴 것도 없다.

이웃 할머니가 수다를 떨며 마당에 들어서고 있다. 큰골 댁이 일어나려는 시늉을 해보이며 인사를 하고 있다.

"어서 오시소. 우짠 일입니까?"

할머니는 울고 있는 아기를 보고 혀를 끌끌 찬다.

"젖이 나야 먹일 기 있지……. 왜 저기 태어났어, 사내도 아이고 기집이. 쌀을 갈아 먹여, 젖이 모자랄 때는 쌀이 최고라."

"다 지 먹을 거는 가지고 태어납니다."

"애 아바이 어데 갔는가?"

"들에 갔는지 안보입니다."

"뽕 따러 갔는가?"

할머니는 방 안의 누에를 둘러본다.

"아따 누에 농사 잘 짓게 생겼네. 1등품으로 나오겠네. 촌에서 목돈 만지는 거는 누에밖에 더 있나? 모심기 전에 한 번, 나락 비기 전에 한 번, 일손 바쁘기 전에 먹고 사라고, 참말로 조상이 잘 맹글어 났지?"

할머니는 수다를 떨다가 큰골 댁을 돌아본다.

"큰골 댁, 올해 누에 몇 장이나 부칫는고?"

"한 장 반 부칫습니다. 동장이 우리 동네 1등 해야 한다고 하도 케싸서 전에 보다 더 부칫습니다."

"그라마 이집에도 뽕 모자라겠네."

"아직은 모르겠습니다."

"큰일 났네. 집집마다 욕심을 내서 뽕 때문에 야단이 났네. 큰골 댁 뽕 남으만 남 주지 말고 우리 줘야 하네. 약속 했네."

할머니는 실망한 표정으로 사립문을 나선다.

큰골 댁은 할머니의 뒤통수에 대고 인사를 한다.

"살펴 나갑시다."

밤사이 뽕을 도둑맞은 큰골 댁 식구들은 모두 실의에 빠져 있다.

"큰일 났다. 우야만 좋노. 다된 밥에 코 빠진다 카디만, 이틀만 미기만 막잠 자는데 우야만 좋노."

다 큰 누에들이 뒤엉켜 뽕을 달라고 고개를 내젓고 있다. 큰골 댁은 누에를 둘러보며 크게 한숨을 내쉰다.

식구 모두 뽕 도둑을 저주하며 걱정하고 있다.

"남의 뽕 훔쳐 가면, 저거는 좋지만 우리는 우야란 말이고, 세상 인심 참으로 더럽다."

"내가 굶었으면 굶었지 누에 굶는 거는 못 보겠다. 저기 돈이 돼야 하는데, 희락이 공납금은 우야꼬? 초시 영감 빚은 우야란 말이고……."

"누에는 왜 뽕만 먹는지 모르겠다."

아래채 큰아들 희락이 방에 형제들이 모였다.

앉은뱅이 의자 위에 책들이 꽂혀 있고, 벽에 교복, 모자도 걸려 있다. 장남 희락이가 먼저 입을 열었다.

"너거들 내 말 잘 들어라. 이틀만 미기만 누에 농사 다 짓는 건데 뽕을 도둑 맞았다. 어떻게 하드라도 누에를 살려 내야 한다."

"이번 누에 망치만 형 학교 못 댕긴다."

"형 공부해야 우리 먹고 산다. 공부해서 성공 하마 우리 미기 살린다고 아버지 앞에서 약속했다."

넷째가 무겁게 입을 열었다.

"히야, 나 어제 저녁에 잠 한심 못 잤다. 우리 8남매 논밭 노누만 한 마지기도 돌아가지 않는다. 이것 가지고 우에 장가가고 시집 가겠노? 이러다 모두 굶어 죽지 싶다."

셋째가 말을 가로 막았다.

"야 임마, 8남매가 아이다. 9남매다. 엄마 뱃속에 또 하나 있다."

"그렇다."

"맞다."

"조용히 해라. 지금 농담할 때가 아이다. 오늘만 넘기만 누에 다 굶어 죽는다. 내가 어제 학교 갔다 오면서 오디를 따 먹으러 뽕밭에 들어갔는데 밭두렁에 뽕이 마이 있는 거 봤다."

모두들 놀라며,

"그라마 훔치러 가잔 말이가?"

"아이다."

"아무리 생각해도 뽕밭 주인은 올해 누에 농사 안 지은 사람이 틀림없다. 누에 농사 지은 사람이라면 지금까지 뽕을 하나도 안 따고 그대로 있을 턱이 없다."

"주인한테 물어 보만 될 거 아이가?"

"그 넓은 남의 동네 밭주인이 누군지 우예 아노?"

"우리가 도둑놈 되만 큰일 난다. 아부지한테 맞아 죽는다."

"내가 너희들 도둑놈 시키겠나? 뽕 있다고 절대로 소문내지 마래이, 소문나만 벌떼같이 달려들어 우리는 뽕 구경도 못한다. 알겠나?"

희락이는 장남답게 동생들에게 일일이 무엇인가 지시를 하고 있다.

캄캄한 밤 형제들은 말없이 동네를 빠져나갔다. 밭두렁을 따라 커다란 자루 4개가 서서히 움직이고 있다.

새벽이 가까워서야 마당에 뽕이 수북이 쌓여 있다. 식구들은 뽕을 열심히 먹고 있는 누에를 보고 기뻐하고 있다.

"자식 젖 먹는 거 보기 좋고, 마른 논에 물 들어가는 거 보기 좋다 카드니만 누에 뽕 먹는 거 정말로 보기 좋다."

식구들은 모두 좋아서 어쩔 줄을 모른다.

"장남노릇 톡톡히 했다. 장하다, 장해!"

"희락이 아부지도 자식 칭찬하는 거 처음 보겠네요."

"하하하."

"히히히."

식구들은 정말 오랜만에 큰 소리로 모두 웃었다.

"하마, 하마. 맞다, 맞다. 지금 고생해도 키워 놓으만 나중에 좋은 일 생긴다."

그러나 즐거움과 기쁨은 하룻밤 사이 끝나고 말았다. 자고 나니 누에가 허물허물 죽어가고 있는 것이다.

큰골 댁은 아무도 없는 뒤뜰에서 눈물을 훔치고 있다. 학교 갔다 온 희락이가 자전거를 받쳐두고 집안의 이상한 분위기에 놀란다.

"이게 어찌된 일이고?"

"히야, 우리 누에 농사 망칫다."

희락이는 황급히 누에를 둘러보고 동생을 다그쳤다.

"누에가 왜 저러키 됐노, 빨리 말해 봐라?"

"히야, 뽕 근방에 담배 밭 없다나?"

"담배 밭?"

"뽕 근방에 담배 있으만 저렇키 된다 카드라."

희락이는 그만 털썩 주저앉고 말았다. 하늘이 노랗게 보였다.

"히야, 너 학교 우짤라 카노?"

어린 동생은 형을 위로했다.

보릿고개가 와도 전생에 먹을 것을 타고났기 때문에 굶어 죽지는 않았다. 방앗간의 부드러운 등겨도 얻어와 개떡도 해 먹고, 양조장의 술 찌꺼기도 얻어 와 사카린을 넣어 먹으면 한 끼는 때울 수 있었다.

큰놈은 학교 갔다 오다 배가 고파 뽕나무밭의 오디를 따먹었는지 주둥이가 새파랗게 되어 돌아왔다.

둘째 놈은 밀 사리를 해 먹었는지 주둥이와 손바닥이 새까맣다.

셋째, 넷째 놈은 목숨은 건졌지만 심한 설사를 만나 번갈아 뒷간을 찾았다. 덕택에 똥개도 바빴지만 포식은 할 수 있었다.

다섯째 놈은 대변을 보지 못해 끙끙대고 있었다. 감나무 밑에 떨어진 땡감을 하도 많이 주워 먹어 변을 보지 못하고 되돌아오기 일쑤였다. 똥개도 허탕 치고 되돌아와야 했다.

막내 놈은 초시 영감의 장례 덕택에 영양을 되찾은 큰골 댁의 젖이 조금 불어나 열심히 빨고 있었다.

이 집 가장인 큰골 댁 남편은 장례 덕택에 술살과 떡살이 올라 밤마다 치근대는 것이 전과 달랐다.

천성으로 부지런한 큰골 댁은 집에 있는 시간보다 논과 밭에서 일하는 시간이 더 많았다. 농사일이란 아이들 키우는 것과 같았다. 거름 한 번 더 주고 손 한 번 더 가면 그만큼 수확이 더 나왔다. 그러나 몸은 옛날 같지가 않았다. 나이 탓일까? 큰골 댁은 일손을 놓고 허리를 토닥거렸다. 산후조리를 잘 하지 않았기 때문일까? 뼈마디에 찬바람이 불어오고 쑤시고 아팠다.

속이 메스꺼운 것이 토해야만 시원할 것 같다. 먹은 것이 체했는지 구역질이 계속 나왔다. 먹은 것은 올라오지 않았다. 벌써 며칠째 간간이 구역질이 났다. 이것저것 먹고 싶은 것도 많았다. 설익은 살구가 먹고 싶었다. 설익은 오디도 먹고 싶었다. 그것들은 생각만 해도 침이 도는 신 열매였다.

"혹시?"

큰골 댁은 호미를 놓고 밭고랑에 털썩 주저앉고 말았다. 그러고 보니 달마다 있어야 할 경도가 없었다. 그동안의 경험으로 볼 때 임신이 틀림없다. 여덟 식구 입에 풀칠하기도 어려운데 식구가 하나 더 생긴다면 앞으로 살길이 더 막막했다.

큰골 댁은 첫째가 태어났을 때 이름을 '희락'이라고 지었다. 즐거울 희(喜), 즐거울 락(樂). 즐겁고 즐거운 집안이 되라고 이렇게 지었다.

큰골 댁은 남편을 첫째의 이름을 따 희락이 아비라고 불렀다.

"여보, 당신." 이렇게 부르면 어른 앞에서 가벼운 행동으로 보인다고 생각했기 때문이다. 그러나 화가 많이 나면 영감으로 통했다.

"망할 놈의 영감!"

이놈의 영감 때문에 이번에도 피임에 실패를 했다. 남편이 원망스럽고 원망스러웠다. 술만 먹고 오면 영감은 짐승같이 몸을 요구했다.

그때마다 큰골 댁은 매몰차게 반대를 했다.

그날 저녁 피곤할 대로 피곤하여 업어 가도 모를 정도로 깊은 잠에 빠져있을 때 무엇이 아랫배를 짓누르고 있었다. 영감이었다. 그날따라 형제들 옆에 큰아들이 자고 있었기 때문에 완강히 뿌리치지 못한 것이 화근이었다.

"밖에, 밖에……"

이 말이 무슨 뜻인지 큰골 댁은 잘 알고 있다. 결정적인 순간 밖에 사정을 하겠다는 뜻이다. 그날 영감은 분명히 피임을 했다. 빨랫감에서도 확인을 했다. 그런데 임신을 했으니 억장이 무너질 일이었다.

그러나 영감은 늘 큰골 댁을 원망했다. 그 나이에 다른 여자들은 벌써 단산을 했는데 도대체 어떻게 되어 먹은 여자기에 만났다 하면 임신을 하느냐는 것이다.

남편은 벌써 다섯 대의 불을 담뱃대에 붙이고 있었다. 화가 나면 짧은 곰방대에 불을 붙여 입술이 빨려 들어갈 때까지 빡빡 빠는 것이 버릇이었다.

앞 이빨 4개가 벌레가 먹고 없기 때문에 실제 나이보다 훨씬 많아 보였다. 아무래도 하나 더 낳아 기른다는 것은 생각만 해도 끔찍했다. 큰골 댁은 아기를 지우기로 결심했다. 쥐고 있는 호미 자루로 아랫배를 아프도록 계속 압박하는 짓을 수 없이 했다. 성한 사람도 목을 죄면 죽는데 핏덩이는 떨어지지 않았다. 높은 곳에서 여러 번 뛰어내리기도 했다. 간장을 한 사발 마셔 보기도 했다. 그래도 아기는 떨어지지 않았다. 배는 점점 더 불러오고 있었다.

아무래도 안 되겠다. 식솔을 줄이는 방법 외에는 다른 방법이 없

을 것 같다. 자식들 중 누구를 부잣집에서 양아들이나 양딸로 데려
갔으면 얼마나 좋을까마는 이 세상에 누구도 데려갈 사람은 없다.

또 곰방대에 입이 갔다. 방 안에 연기가 자욱했다. 큰골 댁은 방
문을 반쯤 밀어놓았다. 안개 같은 담배 연기가 한꺼번에 몰려갔다.
새로운 공기가 코끝을 시원하게 했다. 벌써 이르기를 수없이 되풀이
했다. 큰골 댁은 남편의 골초를 한 번도 불평해 본 일이 없다.

북두칠성이 살구나무 끝가지에 걸려 있는 것을 보니 새벽닭이 울
시간이 가까워지고 있다. 그러나 부부는 좀처럼 잠을 청할 수가 없
었다. 겨우내 어디에 숨어 있다가 나왔는지 밤만 되면 빈대 벼룩들
이 잠을 쫓고 있기 때문만은 아니다. 아랫방 봉창에는 호롱불빛이
비치고 있었다. 큰아들이 공부를 하다 잠이 든 모양이다.

"희락아, 잘라거던 불 끄고 자거라."

대답이 없다. 아까운 석유기름을 그냥 태울 수는 없었다. 호롱불을
끄고 돌아온 큰골 댁은 남편의 긴 하품을 보았다. 큰골 댁도 크고 긴
하품을 했다. 부부가 밤 세워 연구한 것이 김천 박 서방에게 부탁해
보자는 것이었다. 박 서방 아들이 서울 가서 돈을 많이 벌어 성공했
다고 하니 박 서방에게 부탁하면 어떤 묘안이 나올 법도 했다.

몇 달 만에 서울서 사람이 왔다. 셋째를 포목상 집 식모로 데려가
겠다는 것이다. 식솔 하나 줄인다고 생각하니 정말 반가운 손님이었
다. 그렇지만 난처한 일이 벌어졌다. 셋째가 지금 초악(말라리아) 병을
앓고 있기 때문이다. 몸이 허약한 셋째는 자주 병치레를 했다. 쓰디
쓴 갱그랍(말라리아약)을 먹여보아도 소용이 없다. 죽은 뱀을 던져 놀
라게도 했지만 아직 효과가 없었다. 포목상 안주인답게 화사한 한복

에 양산까지 받쳐 든 아주머니는 오한에 떨고 있는 셋째를 찬찬히 뜯어보고 고개를 설레설레 내저었다. 병이야 아는 병이니 시간이 가면 낫겠지만 아이가 너무 병약하다는 것이다.

큰골 댁은 하얀 피부에 턱이 두 개가 될 정도로 뚱뚱한 서울 아주머니의 손을 잡고 간청을 했다.

"그라마 다섯째, 다섯째는 어떻습니까?"

서울 아주머니는 다섯째를 힐끗 쳐다보고는 말도 없이 사립문을 나서고 말았다.

여덟 살밖에 안 된 어린것을 어디에 부려 먹겠느냐는 것이다. 귀한 것을 쥐었다 놓친 기분이었다. 서울 아주머니의 뒷 꼭지가 사라지자 큰골 댁은 버릇대로 매몰찬 한마디를 또 내뱉었다.

"망할 놈의 가시나, 하필 이때 아플끼 뭐꼬?"

그날 이후 서울에서는 영영 소식이 없었다. 큰골 댁은 먹지 않아도 배는 점점 더 불러왔다. 곧 태어날 아홉째를 생각하니 막내가 제일 골칫거리였다.

부잣집 앞이나 자식 없는 집 앞에 버리면 키워 줄 것이고 우리 집보다야 낫지 않겠느냐는 것이 큰골 댁 부부의 생각이었다.

그러나 이것도 곧 포기해야만 했다. 사내도 아닌 계집애를 누가 좋아하겠느냐고 생각했기 때문이다.

그렇다면 넷째를 버려야 하는데 넷째는 어디를 버려도 찾아올 다 큰 놈이다. 그렇다면 여섯째밖에 없다. 얼굴도 잘생기고 신체도 건강한 놈이다. 큰골 댁 내외는 밤새워 연구 끝에 여섯째를 부잣집 앞에 버리기로 했다.

아침부터 큰골 댁은 여섯째를 깨끗이 목욕시켰다. 쇠똥 묻은 머리도 깨끗이 씻어 주었다. 형들에게 물려받은 옷 중에서 제일 좋은 것으로 갈아 입혔다. 성과 이름, 나이, 생일까지 또렷이 적어 안주머니 깊숙이 넣어 두는 것도 잊지 않았다. 큰골 댁은 여섯째를 끌어안고 한없이 울었다.

"제발 인심 좋은 부잣집 주인을 만나 잘 살아야 한다. 우리 집 보다야 백배 낫지. 암, 백배 낫고말고. 커서 다시 데리러 갈 때까지 잘 살아야 한다. 애비, 애미를 원망하지 말아라. 너를 영 버리는 것이 아니다. 너도 크면 애비, 애미 심정을 이해하고 용서해 줄 것이다. 불쌍한 것, 불쌍한 것……."

"고마 울어라."

큰골 댁 남편은 여섯째를 어미의 품에서 뺏어 안았다. 사나이의 굵은 눈물이 솟아났다. 여섯째를 안고 무거운 발걸음으로 집을 나섰다. 내용도 모르는 어린 것은 첫나들이에 좋아서 손뼉을 쳤다. 눈깔 사탕도 사서 입에 넣어 주었다.

큰골 댁은 울음을 참고 여섯째가 보이지 않을 때까지 오래오래 그 자리에 서 있었다.

아침부터 산비둘기가 슬피 울었다.

애미 죽고 자식 죽고 구구구구~
며느리 죽고 손자 죽고 구구구구~
할미 죽고 애비 죽고 구구구구~
애고 애고 원통해라 구구구구~

남의 둥지에 알을 낳아 새끼를 키우는 비정한 뻐꾸기도 이 산 저 산에서 울어대고 있었다. 구렁이가 서서히 담을 타는 모습을 보고 참새들이 짹짹짹~ 울면서 소란을 피웠다.

큰골 댁과 읍내까지는 30리 길이었다. 읍내에 도착한 큰골 댁 남편은 착잡한 마음으로 이곳저곳을 기웃거리고 있었다. 같은 값이면 읍내에서 제일 큰 집을 찾았다. 부잣집일수록 큰 집에 살고 있기 때문이다.

마침 저쪽에 대궐 같은 큰 집이 눈 안에 들어왔다. 적당한 위치에 몇 시간을 기다려도 대문이 열리지 않았다.

할 수 없이 또 다른 집을 골랐다. 이 집도 쉽사리 대문이 열리지 않을 것 같았다. 사람이 살지 않은 유령의 집인가.

대문이 이렇게 꼼짝하지 않으니 이해할 수가 없다. 이 집과도 인연이 없는 것으로 쉽게 체념을 했다.

시간은 자꾸만 가고 있었다. 해가 서쪽에 많이 기울어 있었다. 안 되겠다. 장터로 나가보자. 장터에서 길가는 사람이 데려갈 때 옷을 잘 차려입은 사람이면 그냥 두고, 남루한 옷을 입은 사람이면 뺏어오면 될 것으로 마음먹었다.

어린것은 처음 보는 환경에 홀린 듯 정신이 없었다. 숨어서 여섯째의 행동을 자세히 살폈다. 그러나 누구도 아이에게 관심이 없었다.

빨빨빨 한동안 부지런히 돌아다니던 여섯째는 애비가 보이지 않자 열심히 찾는 듯 하드니 그만 앵~ 하고 울기 시작했다.

"옳지 됐다. 울어라, 울어. 더 크게 울어라."

여섯째 주위에 사람이 모이기 시작했다. 제법 많은 사람이 모였다.

우는 아이 주위를 둘러싸고 있던 한 사람이 여섯째를 안고 어디론가 가고 있었다. 아주 점잖게 생긴 중년 남자였다. 옷도 깨끗했다. 마음 씨도 좋아 보이고 부자는 아니지만 먹고 사는 데는 지장이 없는 사람같이 보였다.

집이 어딘지 꼭 알아두어야 하기 때문에 거리를 두고 중년 남자 뒤를 조심조심 따라갔다. 그런데 이게 어찌된 일인가? 그 남자는 어이없게도 아이를 파출소에 데리고 들어갔다.

"이크, 큰일 났다."

그 뒤를 따라 큰골 댁 남편도 허겁지겁 파출소에 들어섰다. 겁먹은 표정을 하고 말없이 서 있는 큰골 댁 남편을, 권총을 차고 있는 나이 많은 순경이 큰 소리로 꾸지람을 했다.

"부모가 어린 것을 잘 관수를 해야지, 자칫 잘못했으면 자식을 고아로 만들 뻔하지 않았소."

어린것은 너무 울어서 턱을 떨고 있었다.

"잘못 했심더. 잘못 했심더. 요것이 금방 없어졌어요."

절을 수없이 하고 황급히 파출소를 빠져 나왔다. 뒤를 따른 그중년 남자가 큰골 댁 남편을 불러 세웠다. 그는 화가 많이 나 있었다.

"여보시오. 아이 고아로 만들지 않은 사람은 나요. 고맙다는 인사 말 한마디라도 있어야 할 게 아니오?"

"예, 예. 감사합니다. 감사합니다."

또 열 번이나 허리 굽혀 인사를 했다.

"이렇게 싸가지 없는 사람 처음 봤네. 말로만 감사하다 하지 말고 담배라도 한 갑 사줘야 할 게 아니오."

보통내기가 아니었다. 촌놈 하나 잡아먹는다는 것은 식은 죽 먹듯 할 사람이다. 잘못 걸렸다고 생각했다. 마침 담배 가게가 코앞에 있었다. 담배 한 갑을 사서 그의 손에 공손히 쥐어 주었다.

"이런 싸구려 담배는 못 피워요."

그는 버럭 역정을 내었다. 눈길을 피했다. 이 사람에게서 빨리 벗어나고 싶었다.

큰골 댁 남편은 여섯째를 안고 정신없이 거리를 돌아다녔다. 마침 동네잔치가 있었는지 정자나무 밑에는 노인들이 많이 모여 있는 것을 보았다. 노인들은 아이들을 좋아한다. 손자를 귀여워하듯 내 자식도 귀여워해 줄 것으로 믿었다. 슬금슬금 노인들 사이에 끼어들었다. 주위가 산만해질 때 어린 것을 내려놓고 줄행랑을 놓았다. 어린 것은 금방 울음을 터뜨리고 아버지를 찾았다.

노인들은 여섯째를 가운데 두고 야단법석이 났다. 한 노인이 까까머리 학생을 불러왔다. 이 학생은 여섯째를 둘러매고 뛰기 시작했다. 큰골 댁 남편도 학생을 따라 열심히 뛰었다. 학생은 분명히 아까 그 파출소를 향했다. 야단났다.

"학생, 학생. 그 애는 내 자식이요."

마음씨 착해 보이고 순해 보이는 학생은 말없이 아이를 건네주었다.

휴~ 아이를 돌려받은 큰골 댁 남편은 크고도 긴 한숨을 내쉬었다.

일이 크게 잘못 되어 가는 느낌이었다. 곰곰이 생각하고 있던 큰골 댁 남편은 마음이 썩 내키지 않지만 마지막으로 고아원에 가보기로 했다.

그 집도 내 집보다야 낫겠지. 세 끼 밥이야 주겠지. 이렇게 생각했기 때문이다. 고아원에는 크고 작은 아이들이 여기저기 몰려다녔다. 어린 것은 처음부터 겁을 먹고 울음을 터뜨렸다. 단조롭기만 한 고아원 생활에 싫증을 느낀 아이들은 낯선 새로운 얼굴도 큰 흥밋거리였다.

여섯째의 울음소리가 커지자 영양실조로 노랗게 부어있는 아이들이 새까맣게 몰려들었다. 그것은 마치 살아있는 유령 그것이었다.

때마침 늙지도 젊지도 않은 아주머니 한 사람이 이들 부자 앞에 나타났다. 큰골 댁 남편은 허리를 크게 숙여 큰절을 했다.

초라한 사무실로 안내된 부자(父子)를 앉으라는 말도 없이 장황하게 설명부터 늘어놓기 시작했다. 고아원이 초만원이라는 것, 정부 보조가 빈약하다는 것, 부모가 있는 아이는 받아들일 수 없다는 것 등이었다.

쫓겨나다시피 고아원을 빠져 나온 부자는 너무 지쳐 어느 집 처마 밑에서 졸고 있었다. 우물 안 개구리 같이 집에서만 있다 넓은 세상에 나와서 갑자기 너무나 엄청난 큰 사건을 겪었기 때문이다. 봄에서 여름으로 오는 길목은 길고도 길었다. 나른한 햇살은 졸음을 찾았고, 졸음은 배고픔을 찾았다.

보릿고개를 이겨내려면 먼 산의 산나물이 중요한 양식이 되었다. 큰골 댁은 오늘도 동리 단짝인 감골 댁과 같이 산을 올랐다. 봄이 되면 꿩들은 힘이 났다. 꿩~ 꿩~ 소리 내어 울면서 까투리를 유혹한다. 벌건 장끼가 이 산에서 저 산으로 날아갈 때면 큰골 댁은 돌팔매질이라도 해 보이지만 어림없는 일이다.

'저 놈 한 마리라도 잡았으면……'

늘 생각해 본다. 천운이 트이면 이따금 꿩알을 줍는 사람도 있다. 조상이 도와야 한다. 정월 대보름날 꿩알 줍는다는 아주까리 나물을 제일 먼저 먹어도 보았지만 아직까지 한 번도 꿩알을 주워 본 일은 없다.

까투리가 새끼를 몰고 다니는 것이 사람 눈에 띌 때가 있다. 어미가 위험 신호를 하면 새끼들은 풀잎을 입에 물고 나뭇잎 사이에 거꾸로 누워있다. 철저한 보호색인 그들은 눈앞이라도 식별할 수가 없다.

큰골 댁은 부드럽고 연한 산나물을 뜯기 위해 잔솔나뭇가지 사이를 헤집고 있는데 열 발짝 거리에 무엇이 있었다.

"저기 뭐고?"

한동안 둘은 숨을 죽이고 동정을 살폈다. 감골 댁이 나지막하게 탄성을 질렀다.

"암꽁 아이가?"

둘은 누가 먼저라고 할 것 없이 까투리를 잡기 위해 포위망을 좁혀갔다.

까투리는 경계 태세를 취했지만 도망갈 기미를 전혀 보이지 않았다. 큰골 댁은 들고 있는 망태기를 덮어씌워 까투리를 잡는데 기적적으로 성공했다. 까투리를 생포한 자리에는 파란 꿩알 12개가 눈 안에 들어왔다.

"내 끼다."

둘은 동시에 꿩알을 덮쳤다. 다행히 꿩알은 하나도 깨어지지 않았다. 꿩알 12개를 밀가루에 풀어 삶으면 열흘 반찬은 충분히 되는 엄청난 수확이었다.

"알은 반반 노누자."

"뭐라카노, 꽁도 반반 노누자."

"누가 먼저 봤는데 말도 안 되는 소리 하지도 마라."

큰골 댁과 감골 댁이 깊은 산 속에서 한동안 치열한 생존경쟁이 벌어졌다.

결국 생포한 까투리는 큰골 댁이 가져가고 알은 감골 댁이 가져가기로 결론이 났다. 생포한 까투리는 도망치지 못하게 한쪽 다리를 삼끈으로 묶어 닭장 속에 가두어 두었다. 좁은 닭장 속에 갇혀 있는 까투리는 식음을 전폐하고 털이 다 뽑혀 피가 날 정도로 도망치기 위해 필사의 몸부림을 치고 있었다. 밤이 새도록 몸부림치는 소리가 닭장 쪽에서 들려왔다.

'이상하다. 생포할 때는 거의 반항이 없었는데 지금은 왜 저렇게 반항을 하고 있을까?'

아무리 생각해도 이상했다. 사람에게 쉽사리 잡힐 까투리가 아니다. 그러나 잡혀왔다. 지금도 도망치기 위해서 잠시도 가만히 있지 않고 투쟁하고 있다. 그것은 분명히 알을 품고 있기 때문일 것이다.

닭도 병아리를 품고 있을 때는 놀라운 힘을 발휘하고 있다. 까치도 새끼를 키우고 있을 때는 사람이 접근하면 사정없이 공격한다. 파랑새도 작은 몸을 총알같이 날려 새끼를 보호하고 있다.

생각이 여기까지 이르자 큰골 댁은 정신없이 닭장 쪽으로 발걸음을 옮겼다. 사람이 접근하자 까투리는 더욱더 발악을 하고 있었다. 묶어 놓은 발목에는 붉은 피가 솟아났다. 한동안 말없이 까투리를 보고 있던 큰골 댁의 눈에는 눈물이 고였다.

"나는 미물인 날짐승만도 못한 인간이다. 입에 풀칠하는 것 때문에 아들은 길거리에 버리고, 딸은 부잣집 식모로 보내고, 뱃속의 것은 지우기 위해 온갖 짓을 하는 나보다 네가 훨씬 낫다. 사람보다 네가 낫다. 너는 내 선생이다. 너는 나에게 큰 것을 가르쳐 주었다."

큰골 댁은 닭장 문을 열고 까투리를 꺼냈다. 까투리의 눈에는 광채가 났다. 눈이 마주치는 것을 피했다. 큰골 댁은 까투리를 하늘높이 던져 날려 보냈다. 까투리는 새끼 품은 쪽으로 날아갔다.

까투리가 시야에서 보이지 않자 큰골 댁은 웃음을 머금고 두 손을 모았다.

"알도 보내 줄 끼다. 잘 살아라."

큰골 댁은 감골 댁을 향했다. 때마침 감골 댁도 종종 걸음으로 큰골 댁으로 오고 있었다. 둘은 중간 지점에서 서로 만났다. 감골 댁이 가쁜 숨을 몰아쉬며 먼저 입을 열었다.

"꽁알, 꽁알, 하나도 못 먹겠드라."

"뭐라 카노. 그게 무슨 말이고?"

"전부 병아리가 다 됐드라."

"죽인나 살린나. 그것만 말해봐라."

"전부 다 삶았다."

"내 눈으로 보기 전에는 못 믿겠다. 가보자."

큰골 댁은 빠른 걸음으로 감골 댁 집을 향했다. 감골 댁 돼지는 알에서 갓 태어나기 직전의 꿩 병아리를 맛있게 먹고 있었다. 큰골 댁은 어이없는 표정으로 돼지를 내려다 볼 수밖에 없었다. 그날 꿩알이 깨어지지 않은 이유를 알았다.

"한꺼번에 다 삶을 끼 뭐고!"

큰골 댁은 깊고도 큰 한숨을 쉬었다.

"병아리 된 줄 누가 알았나?"

큰골 댁은 바쁜 것이 아무것도 없으면서 무척이나 바쁜 듯이 만삭의 몸을 열심히 움직이며 집에 돌아오고 있었다.

그 뒤를 감골 댁이 열심히 따라오고 있었다. 얼마를 따라온 감골 댁이 큰골 댁을 불러 세웠다.

"그 꽁 혼자 다 먹으면 안 된다."

"뭐라카노?"

"그 꽁 혼자 다 먹으면 안 된다 안 카나?"

"날려 보냈다."

"무슨 말이고?"

"날려 보냈다 안 카나?"

"참말이가 거짓말이가? 내 눈으로 보기 전에는 못 믿겠다. 가보자."

이번에는 감골 댁이 앞장을 섰다.

솥뚜껑도 열어보고 퇴비도 뒤져보았지만 까투리 잡은 흔적은 없었다.

"뼉다구는 개가 먹고……. 잘 한다, 잘해."

뽀로통한 감골 댁은 손가락으로 코를 팽팽 풀고는 종종걸음으로 사라졌다. 불쌍한 것, 태어나기도 전에 몰죽음을 당하다니…….

뱃속의 아기가 놀고 있다. 아랫배를 만져보고 있는 큰골 댁 눈에는 이슬이 맺혔다.

큰골 댁의 발걸음은 버릇같이 뒷골 보리밭을 향했다.

이 세상의 즐거움은 어디로 갔는지 모든 것이 슬프게만 보였다. 봄이 싫었다. 보릿고개가 싫었다.

큰골 댁은 무거운 몸도 아랑곳없이 보리밭 사이를 가로질러 뛰기 시작했다.

저 언덕 넘고 저 산 넘으면 먹을 것이, 행복이, 거기 있을 것 같았다.

무거운 아랫배는 예정일을 훨씬 앞당기고 갑자기 산고가 오기 시작했다. 보리밭에 쓰러진 큰골 댁 눈에는 아무것도 보이지 않았다.

"응아, 응아~"

고요한 산골에 아기 울음이 메아리 쳤다.

보리들만 고개를 숙이고 큰골 댁을 내려다보고 있었다.

첫사랑

우리 반에는 예쁘장한 여학생 하나가 새로 전학을 왔다.

눈이 동그랗고 속눈썹이 보송보송한 이 계집아이는 서울말을 했다.

우리 반에는 모두 억센 경상도 말을 하는데, 혼자 서울말을 했다. 원래 고향은 이북이고, 해방이 되자 월남하여 서울서 살다가 전쟁이 터지는 바람에 피난길에 흘러 흘러 이곳까지 오게 되었다는 것이다.

전쟁터에 장사도 취직도 할 곳도 없고, 머슴살이로 나선 것이 인연이 되어 우리 동네에 살게 된 서울 계집아이는 보통내기가 아니다. 새로 전학 온 이 계집아이 이름은 '무선'이라고 했다.

무선이는 얼굴도 예쁘지만, 공부도 잘했다. 공부만 잘 하는 것이 아니라 운동도 잘 했다. 특히 달리기는 남학생도 무선이를 따라잡을 수 없을 정도로 전교 일등이었다. 내가 제일 싫어하는 것은 운동이다. 운동회 때 8명이 백 미터 달리기를 할 때 겨우 5등으로 들어올까 말까 했다.

무선이는 동화 구연도 잘 했다. 선생님이 『백설공주』를 들려주었을 때 무선이는 앞에 나가 선생님의 손짓, 발짓까지 그대로 재연해 낸 것이다. 뿐만 아니라 우는 흉내도 잘 내고, 까르르 웃는 흉내도 잘 했다. 선생님보다 더 잘 했다. 구슬이 굴러가는 듯한 서울말이 그대로 맞아 떨어져 경상도 말은 상대도 되지 않았다.

선생님도 놀라고 우리 반 아이들도 모두 놀랐다. 이때부터 나는 밀리기 시작하고 무선이는 돋보이기 시작했다. 인기도 점점 좋아졌다.

학예회 사건 이후 나는 여러 사람 앞에 서는 것이 딱 질색이었다.

일 학년 때의 일이었다. 우리 학교에서는 일 년에 한 번씩 학예회를 한다. 교무실 옆에 있는 교실은 중간에 칸막이가 있어 이것을 열면 교실 두 칸이 한 칸이 되어 강당이 되고 여기서 학예회를 했다. 연극도 하고, 무용도 하고, 노래도 했다.

선생님은 나에게 "선생님 부모님 말씀 잘 듣고 열심히 공부하여, 훌륭한 학자가 되겠습니다." 하고 절을 꾸벅하고 내려오면 되는 아주 간단한 연기를 시키셨다. 어떤 아이는 "훌륭한 사장이 되겠습니다.", "씩씩한 장군이 되겠습니다."를 시키셨다.

나는 밤에도 낮에도 이 대사를 외었다. 심지어 꿈에도 달달 외었다. 학예회 날 난생처음 여러 사람 앞에 서니 눈은 까맣고 얼굴이 동글동글한 많은 사람이 나를 쳐다보지 않는가? 나는 그만 그렇게 열심히 외운 대사는 까맣게 잊어먹고 머리는 텅 비어 무었을 어떻게 해야 할지 몰랐다.

사람들은 "하하하" 하고 웃었다. 나의 등에는 생 땀이 나고 다리는 후들후들 떨리기 시작했다. 옆을 돌아보니 선생님이 나오라고 손짓을 하는 것이다. 오른쪽에서 등장하여 왼쪽으로 나와야 하는데 그것도 잊어먹고 선생님 손짓하는 곳으로 나오고 말았다.

이 일이 있고부터 나는 여러 사람 앞에 서면 말문이 막히고 더듬거리기 시작했다. 얼굴이 붉어지고 가슴이 떨려서 질문도 못했다.

무선이는 나의 이러한 약점을 노려 아픈 상처를 꼭꼭 찔러 주고 있다. 선생님의 사랑도 독차지 했다. 그날 한 일을 적는 학적부는 꼭 내가 기록해서 교무실에 계시는 선생님께 갖다드렸는데, 이제는 이 일이 무선이에게 돌아갔다.

무선이는 글씨가 선생님과 비슷하게 너무나 예쁘게 쓰기 때문에 미칠 지경이었다.

"서울 가시나, 이게 어디서 굴러 와서 박힌 돌을 빼!"

어떤 기회가 오면 서울 계집애 무선이의 코를 납작하게 만들 날이 오기만을 기다렸다. 나는 지금까지 한 번도 다른 아이들을 때려 본 일은 없다. 계집애를 이기는 길은 뻔하다. 남자의 힘밖에 없다. 계집 애를 두어 번 쥐어박으면 울 것이고 울고 나면 "조심해!"라고 한번 말해 볼 생각이었다.

며칠이 지난 후였다.

학교가 파하고 집으로 가는 날, 한패의 아이들이 빙 둘러서서 싸움 구경을 하고 있었다. 그런데 나는 눈을 의심했다. 남자들끼리나 여자들끼리의 싸움이 아니고, 남자 대 여자의 싸움이었다.

남학생은 우리 반에서 덩치가 제일 크고 힘이 센 동식이었고, 여 자는 무선이었다. 이유는 동식이가 '서울 가시나'라고 놀렸기 때문이 라고 했다.

동식이는 무선이 머리카락을 거머쥐고 있었고, 무선이는 동식이 불알을 쥐고 늘어져 진돗개같이 꼼짝을 하지 않고 있었다. 드디어 동식이는 무선이 머리카락을 한 움큼 쥔 채 나자빠졌다. 얼마나 혹 독한 변을 당했으면 동식이는 한동안 혼절하여 일어나지 못했다.

"간나 새끼! 한번 해보라우. 날래 일어나라우."

무선이는 이북 말을 하고 있었다. 무선이의 이빨과 눈동자는 하얗게 돌아갔다. 무선이는 남자도 여자도 아니고 무사였다.

이 일이 있고부터 나는 공연히 무선이가 무서워졌고, 도전을 완전히 포기하고 말았다.

무선이는 곧 잘 남자들 놀이에 끼어들었다. 축구 놀이를 할 때는 골키퍼를 할 때도 있었고, 말 타기 놀이를 할 때는 야생마같이 남자들보다 더 씩씩한 모습을 보여주기도 했다. 치마를 두른 남자였다.

이런 무선이가 음악시간에는 아름다운 목소리로 노래를 하고, 무용을 할 때는 천사 같은 여자의 모습을 보여 주었다.

우리 학교에서 풍금을 칠 줄 아는 학생은 무선이 뿐이었다. 무선이가 못하는 것이 무엇인지 의심이 갈 정도였다. 그림도 잘 그리기 때문에 교실 뒤에는 무선이 그림이 여러 점 붙어 있었다.

아직 전쟁은 끝나지 않았다. 국군과 인민군이 밀고 당기는 치열한 전투는 많은 사상자를 내었고, 후방에는 공비들의 침몰로 하루도 편할 날이 없었다.

선생님은 일선 장병에게 보낼 위문편지를 쓰라고 하셨다. 잘 쓴 남학생, 여학생 하나씩 골라 국군 장병에게 보내겠다고 하셨다. 나는 편지를 써 보기는 처음이었다.

우리는 이 편지가 누구에게 배달 될 것인지에 대해서는 알 바 없었다. 이름도 성도 알 수 없는 사람에게 편지를 쓴다는 것은 좀 이상했지만, 답장도 올 수 있다는 선생님의 말씀에 정성을 다 해 썼다.

다음날, 선생님은 두 통의 편지를 칠판에 적기 시작했다. 남학생 대표로는 내 것이 선택되었고, 여학생 대표로는 무선이 것이 선택되었다. 남학생은 내 편지를 배꼈고, 여학생은 무선이의 편지를 배꼈다. 이름은 각자 자기 이름을 적어 넣었고, 봉투에도 그렇게 했다. 대부분이 처음 쓰는 편지라서 호기심이 대단했다.

한 달이 지나자 우리들은 까맣게 잊고 있었던 답장이 오기 시작했다. 교실이 발칵 뒤집힌 것이다. 어떤 아이는 사진까지 동봉한 것도 있었다. 끝순이는 장교에게서 답장이 왔다. 장교에게서 답장만 온 것이 아니라 연필과 노트도 선물로 보내왔다. 그것도 미제 연필과 노트였다. 또 교실이 발칵 뒤집혔다.

선생님은 편지를 하나하나 읽어준 후에 본인에게 돌려주었다. 고맙게 편지를 잘 받았다는 것, 공부 열심히 하라는 것, 훌륭한 사람이 되라는 것, 조국 통일이 되어서 다시 만나자는 것 등이었다.

그런데 진짜 학교가 발칵 뒤집힌 일이 하나 생겼다. 우리 반에서 공부를 제일 못하고, 국어책도 못 읽는 코흘리개 돌이에게 커다란 소포가 하나 배달된 것이다.

미군부대 통역장교가 보내온 것인데, 진짜 가죽으로 된 축구공이었다. 깡통 축구밖에 모르는 우리들은 그것을 한 번 만져라도 보았으면 하는 소원이었지만, 돌이는 핫바지 속에 감춰두고 보여주지를 않았다.

"야, 한번 보자. 한번만 만져보자. 한번 차 보자!"

"안 된다. 안 된다. 우리 히야(형)한테 일러준다."

돌이 형은 지서(파출소) 급사로 있었다. 진짜 순경보다 더 못되게 놀았기 때문에 아이들이 모두 겁을 먹고 있었다.

272

무선이와 나는 처음으로 학교 앞 언덕에 나란히 앉았다.

보리밭에서만 알을 낳는 종달새는 하늘 높이 날았고, 강남 갔다 온다는 제비들도 들판을 신나게 날았다. 버드나무에 높이 둥지를 튼 까치는 새끼에게 열심히 먹이를 주었다. 가까이 있는 뽕나무에는 오디가 까맣게 익어 있었다. 농부들의 일손도 빨라졌다.

나는 옆에 있는 무선이를 돌아보았다.

진짜 편지의 주인공인 무선이와 나에게는 답장이 없었다. 섭섭한 마음이 말할 수 없었다. 나는 무선이에게 꼭 묻고 싶은 것이 있었다.

"너는 풍금 언제 배웠노? 언제 배웠는데 그리 잘 치노?"

"풍금을 배운 게 아니고 피아노를 배웠어."

"풍금 하고 피아노 하고 다르나?"

"그럼, 다르지. 피아노에 비하면 풍금은 장난이야."

"거기 무슨 말이고? 피아노가 훨씬 좋단 말이가 어렵다는 말이가?"

"어렵고 좋지……."

"그러키 어려운 거 누가 가르쳐 주드노?"

"어머니가."

"어머니가? 그라마 너거 어머니 음악 선생이가?"

나는 충청도 말을 하는 무선이 어머니를 연상하며 물었다.

"아니야. 우리 어머니는 피아노 선생 아니라도 피아노 잘 쳐."

갑자기 무선이는 목이 맸고, 눈물을 주르륵 흘렸다. 나는 무선이의 갑작스런 눈물에 당황했다.

"너, 지금 우는 거 아이가, 왜 우노?"

무선이는 자리를 털고 일어나며 북쪽 먼 산을 바라보고 있었다. 먼 산 위에는 흰 구름이 둥둥 떠 있었다. 무선이 어머니 같은 구름이 떠 있었다.

"영식아, 실망하지 마. 우리에게도 편지가 올 거야."

무선이는 눈물을 훔쳤고, 나는 고개를 끄덕여 주었다. 무선이의 이런 모습은 억세고 강한 여자가 아니라, 진달래꽃같이 연약하고 아름다운 소녀의 모습을 하고 있었다.

학교가 파하고 집으로 갈 때, 돌이는 핫바지 속에 공을 감춰두고 아이들 꽁무니에 어슬렁어슬렁 따라왔다. 돌이는 아이들이 공을 한 번 보자고 하면 고슴도치 같이 몸을 동그랗게 말아 꼼짝을 하지 않았다.

산중턱 가까이 왔을 때 어이없는 일이 벌어지고 말았다. 눈 깜빡할 사이에 일어난 일이었다. 뒤따라오던 돌이가 슬그머니 공을 꺼내 들고 혼자 만져보기도 하고, 툭툭 쳐보기도 하다가 땅을 향해 살짝 한번 쳐 본 것이 공을 잡지 못해 공은 그만 천길 만길 뛰며 깊고 깊은 계곡으로 떨어지고 말았다. 어이없는 순간적인 일이었다.

아이들은 우르르 공을 따라 계곡으로 뛰기 시작했다. 아무리 찾아도 공은 나타나지 않았다.

저녁노을이 지고 땅거미가 보이지 않을 때까지 찾아도 공은 보이지 않았다. 귀신이 곡할 노릇이었다. 아이들은 모든 것을 포기하고 집으로 돌아올 수밖에 없었다.

다음날 이 소문은 전교 학생들에게 퍼졌다. 아이들은 모두 큰 한숨을 몰아쉬었다.

"한번 만져만 보았더라면……."

"가죽으로 된 공, 한번 차 보기라도 했더라면……"

모두가 크게 아쉽게 생각했다. 자연적으로 원망은 돌이에게 돌아갔다. 선생님도 노골적으로 돌이를 꾸지람 했다. 다음날 돌이는 학교에 보이지 않았고, 어쩌면 학교에 다니지 않을지도 모르겠다고 생각했다.

며칠이 지난 후였다. 무선이는 나를 잡아끌었다. 공을 다시 찾아보자는 것이다. 무선이 손에는 망태기가 하나 들려 있었다. 무선이는 경찰이 현장 검증을 하듯 꼼꼼히 확인을 하기 시작했다.

"너 공이 굴러가는 것 봤지?"

"응."

"이리로 갔나?"

"응."

"처음 공이 뛸 때 이쪽 방향으로 몇 미터나 뛰었나?"

무선이는 다른 아이들과 달랐다. 과학적이고 치밀했다.

"바보야, 대답만 응응 하지 말고 잘 생각해봐."

"한 일 미터 정도 뛰었을 끼다."

"어느 방향으로? 이쪽으로? 이쪽이라면 저 바위와 부딪쳤을 것이고, 저 바위와 부딪쳤다면 이쪽으로 갔을 것이다."

"……"

"이쪽에서 한번 찾아보자."

무선이는 나를 따라오라는 손짓을 했다. 나는 무선이의 이런 행동에 불만이 많았다. 남자를 뭐로 알고 계집애가 그것도 굴러온 돌이,

매사에 이래라 저래라 하는 것이 못마땅했지만, 무선이가 시키는 대로 할 수밖에 없었다. 나는 몇 시간이고 땀을 뻘뻘 흘리며 무선이가 시키는 방향으로 송이버섯을 따는 사람같이 나뭇가지를 샅샅이 뒤졌다. 그러나 공은 나오지 않았다.

"다시 원점에서 찾아보자."

"찾아보기는 뭘 찾아봐. 이 골짜기 골백번도 더 뒤져봐도 못 찾는다. 내사 이제 지쳤다. 공 말만 들어도 신물 난다."

"그래도 포기하면 안 돼. 공은 이 골짜기 안에 있어. 남한에 있는 것도 아니고, 북한에 있는 것도 아니야. 따라와 어서."

무선이는 나를 잡아끌었다.

나는 바위 위에 앉아 무선이의 행동을 내려다보고 있었다. 무선이 얼굴에는 땀으로 뒤범벅이 되어 있었다. 정말 지독한 계집애라고 생각했다.

헐렁한 윗저고리 사이로 무선이 앞가슴이 꽤나 볼록한 것을 보았다. 다른 계집애보다 더 어른 같다고 생각했다.

"따라와."

나는 무선이 시키는 대로 따라갔다.

"틀림없이 공은 땅에 떨어진 것이 아니야. 지금까지 우리는 땅만 보고 다녔어. 큰 나뭇가지나 바위틈에 끼었는지 몰라. 나뭇가지나 바위틈을 잘 보란 말이야."

"응."

"여기까지는 없으니까 더 밑으로 가 보자."

우리는 더 깊은 골짜기로 내려갔다. 무선이는 높은 나뭇가지 사이와 바위틈을 요리조리 빠짐없이 살펴가면서 내려갔다.

"저기 있다!"

무선이의 외마디 함성이 터져 나왔다.

공은 높은 바위틈에 절묘하게 끼어 있었다. 공 색깔과 바위 색깔이 비슷했기 때문에 식별하기 어려웠다.

무선이와 나는 너무 기뻐 환희의 포옹을 했다. 무선이의 가슴이 내 가슴에 착 달라붙는 순간 내 마음은 이상했다. 처음 느껴보는 감정이었다. 한 번 더 포옹하고 싶었다. 가슴이 콩콩 뛰는 것이 이상했다. 얼굴이 발갛게 달아오르고 있었다.

무선이와 나는 한동안 말이 없었다. 어색한 분위기를 깨기 위해서 나는 공을 향하여 돌을 던지기 시작했다.

"안 돼! 공이 잘못 튀면 영영 못 찾을지도 몰라."

"저 높은 곳을 우째 올라가노?"

"따라와!"

"무선이는 높은 바위를 기어오르기 시작했다. 나는 밑에서 무선이의 발이 미끄러지지 않도록 손으로 사다리 역할을 했다. 왼발, 오른발, 한발, 한발, 조심스럽게 올라갔다.

무선이 치마 밑에서 위를 올려다보고 있는 나는 하마터면 손을 놓칠 뻔했다. 무선이의 가장 귀중한 것이 보이기 때문이다. 치마폭에 감춰진 무선이의 헐렁한 팬티는 밑이 훤하게 보였다.

오른쪽 다리가 올라가면 왼쪽 다리 사이로, 왼쪽 다리가 올라가면 오른쪽 다리 사이로, 무선이의 가장 귀중한 부분을 너무나 쉽고 정확하게 아주 가까이서 오랫동안 볼 수 있었다.

나는 그 순간 아무 말도 할 수가 없었다. 만일 잘못하여 떨어지면 두 사람은 크게 다치기 때문이다. 나는 점점 더 욕심이 생겨 무선이의 그것을 좀 더 정확하게 보기 위해서 노력을 했다.

"천천히 조심해서 올라가라."

"알았다."

"나 죽으면 좋겠니?"

"뭐라카노? 말도 안 되는 소리 하지도 마라. 나는 네가 억시기 좋아졌다."

"오해 풀었지?"

나는 솔직히 공이 좀 더 높은 곳에 있었으면 좋겠다고 생각했다. 여자의 그것은 너무나 신비스럽고 오묘했다.

어렵게 잡은 공은 망태기에 넣어졌고, 무선이는 조심조심 내려오기 시작했다. 내려올 때도 올라갈 때와 같이 무선이의 그것을 볼 수가 있었다.

나는 무선이가 다 내려왔을 때야 정신이 났다.

무선이는 나보다 머리가 좋고, 때로는 남자보다 더 용감할 때가 있었다. 생각하는 것도 어른같이 넓고 깊었다. 다만 나에게 고분고분하지 못한 것이 불만이었다.

"이 공, 네가 알아서 처리해."

무선이는 이 말 한 마디를 남기고 아무 일 없었다는 듯 사라졌다. 매사에 빈틈없는 무선이도 이럴 때는 엉뚱한 데가 있었다.

나는 집에 돌아와 이 공을 어떻게 처리해야 할지 곰곰이 생각했다. 주인 돌이에게 돌려주는 것이 순리라고 생각했다.

공을 돌려받은 돌이는 좋아서 껑충껑충 뛰었다. 다음날 돌이는 학교에 나왔고, 이 공은 학교에 기증되었다. 체육 시간만 되면 청백으로 나뉘어 축구 시합을 했고, 쉬는 시간에는 전교생이 운동장을 빙 둘러서서 공차기를 했다.

축구공 사건이 있고 난 후에 나는 하루 종일 무선이만 생각했다.

공부가 머리에 들어오지 않았고, 책과 공책 위에는 무선이 얼굴만 나타났다. 무선이의 포동포동한 살결이 내 가슴에 다시 한 번 안겼으면 했다. 나는 그때 그 기적 같은 일을 떨칠 수가 없었다. 무선이는 까맣게 잊어먹고 있는 것 같았다.

어떻게 하면 무선이의 콧대를 꺾어놓고 내 앞에서 꼼짝 못하는 여자로 만들 수 있을까를 생각했다. 어떻게 하면 무선이는 나만 좋아할 수 있을까를 생각했다. 무선이 콧대를 꺾는 방법은 무선이보다 공부를 더 잘하는 방법밖에 없을 것 같다. 아무리 열심히 공부를 해도 무선이를 따라잡는다는 것은 어렵다는 것을 나는 잘 알고 있다. 아직 한 번도 무선이를 이겨본 일은 없기 때문이다.

그러던 어느 날 무선이가 중학교에 다니는 면장 아들과 나란히 걸어가는 것을 보았다. 면장 아들은 연애 박사라는 소문이 났는데 그것도 모르고 무선이는 면장 아들을 졸졸 따라다니고 있다.

나는 피가 거꾸로 솟구치는 것 같았지만, 참을 수밖에 없었다. 면장은 굉장히 높은 사람이고, 면장 아들에 비하면 나는 초라한 농부의 아들이다. 아무래도 무선이를 빼앗길 것 같기만 했다.

학교에서 무선이를 만나면 일부러 관심이 없는 체했다. 무선이도 전혀 나에게 관심이 없었다.

무선이는 시간만 나면 면사무소 뒤뜰 마당에서 놀았다. 면장 아들이 가르쳐 주는 자전거 타는 연습을 열심히 배우고 있었다. 둘이 깔깔 웃고, 손도 만지고, 같이 넘어지고 할 때는 피가 거꾸로 솟구치는 것 같았다. 무선이는 공 찾을 때 포옹한 것을 까맣게 잊은 것 같았다. 그때를 생각하면 저렇게 놀 수가 없다고 생각했다.

나는 큰 용기를 내어 소먹이를 갈 때 무선이를 불러내었다. 나는 떨리는 음성으로 다짜고짜로 한마디 했다.

"너는 내 끼다."

무선이는 동그란 눈을 더욱 동그랗게 뜨고 놀라는 표정을 했다.

"그게 무선 말이니?"

"내 끼라 안 카나, 내 말 몬 알아듣겠나?"

"……."

"꼭 설명을 해야 알겠나? 너는 내 끼란 말이다."

무선이는 어이가 없는 듯 피식 웃었다.

"이게 웃을 일이가 피통 터질 일이지!"

"내가 왜 네 꺼니? 내가 물건인가?"

"나는 네 꺼 다 봤다."

무선이는 한참 무엇을 생각하는 듯하더니,

"성적표 말이니?"

결국 나는 떨리는 음성으로 이 말을 할 수밖에 없었다.

"네꺼 치마 속에 있는 거, 팬티 속에 있는 거 말이다. 조개 같이 생긴 거, 제사 지낼 때 홍합같이 생긴 거 말이다. 석류 같이 벌어졌대, 혹도 하나 붙었더라, 그래도 내 말 몬 알아듣겠나? 공 주서러 바위에 올라 갈 때도 봤고, 내려 올 때도 봤다. 털도 나기 시작했네. 나는 네 가슴도 봤다. 요만한기 볼록하데."

"……."

나는 무선이 가슴을 가늠해 주었다.

"시집도 몬 가구로 소문 낼 끼다."

"……."

무선이는 멍하니 서 있더니 얼굴이 새빨개지기 시작했다. 손으로 얼굴을 가리고 엉엉 울며 멀리 도망을 치고 말았다.

나는 겁이 나서 소를 몰고 빨리 그 자리를 피했다. 내가 너무한 것 같아 후회되기도 했다.

무선이는 그 일이 있고 난 후에, 여러 가지 변화를 가지고 왔다. 한 번도 내 앞에 나타나지 않았다. 교실에서 얼굴 마주치는 것도 피했다.

학교 올 때나 갈 때도 내 앞에 서지 않았다. 내가 있을 때는 말하는 것도 삼가 했다. 길들여진 야생마 같이 조용한 여성으로 변해 갔다. 나는 이러한 무선이가 점점 더 좋아지기 시작했다.

국어 시간이었다.

선생님이 칠판에 정철의 시조를 적기 시작했다.

아버님 날 낳으시고, 어머님 날 기르시니, 이 두 분 아니시면…….

어머니가 날 낳았지, 아버지가 어떻게 나를 낳았단 말인가? 아무리 생각해도 이해가 되지 않았다. 선생님에게 물어보고 싶지만, 가슴이 뛰고 식은땀이 나는 것이 질문을 할 수가 없었다. 무선이를 통해서 알고 싶었다.

"네가 선생님에게 한번 물어 줄래?"

무선이는 한참 생각하더니 고개를 끄덕여 주었다. 무선이는 처음으로 내 말을 들어주었다. 무선이는 완전히 내 쪽으로 기울어져 있다는 것을 확신했다. 아버지 앞에 공손히 행동하는 어머니 같은 여자가 되었다는 것을 알 수 있었다.

다음 달이었다.

"선생님, 남자도 아이를 낳을 수 있나요?"

무선이의 엉뚱한 질문에 아이들은 일제히 까르르 웃었다. 선생님은 무선이의 질문에 당황하는 눈치였다.

"무선이, 왜 그런 질문을 했지?"

"선생님, 먼저 시간에 배운 정철 시조에 '아버님 날 낳으시고, 어머니 날 기르시니' 배웠는데 정철이 아버지 남자인데 정철이를 낳았단 말입니까?"

아이들은 교실이 떠나갈듯 또 까르르 웃었다.

"허, 그렇지……."

선생님은 머뭇머뭇하다 답변을 하기 시작했다.

"예를 들어 꽃에 꿀벌이 있지? 벌은 꽃가루를 따가지고 가면서 암수 꽃가루를 섞어 열매를 맺게 하는 것과 마찬가지야."

"선생님, 그것은 아는데요, 아기는 엄마가 낳는데, 왜 아버지가 낳았다고 했습니까?"

아이들은 또 까르르 웃었다. 선생님은 또 대답이 궁해지기 시작했다.

"너희들은 개가 사랑하는 것 봤지?"

"줄 댕기기 하는 것 말입니까?"

뒤에 덩치 큰 놈이 불쑥 한마디 했다. 아이들은 또 교실이 떠나갈 듯 까르르 웃었다. 여학생들은 얼굴이 빨개졌고, 남학생들은 다 아는 것 가지고 뭘 그래 하는 표정이었다.

이때 선생님이 책상 치는 소리가 탕! 하고 크게 들렸다.

"너희들이 선생님을 놀리는 거야? 너희들이 시집도 안 가고 아이를 낳을 수 있어? 아이를 낳고 안 낳고는 아버지에게 달려 있다 이 말이다. 지금은 몰라도 너희들이 장가 시집가면 저절로 다 알 수 있는 거야. 무선 이는 왜 이따위 질문을 해가지고 공부를 방해하는 거야. 앞으로 공부에 방해되는 어떠한 질문도 용서하지 않겠다."

선생님은 출석부로 교탁을 탕! 치고 크게 화난 표정으로 교실을 나갔다. 일이 이렇게 확대될 줄은 몰랐다. 나는 무선이에게 미안하다고 사과했다. 놀랍게도 무선이는 미소를 지으며 걱정하지 말라고 했다. 이 일이 있고부터 무선이와 허물없이 어울려 다녔다. 산으로 들로 뛰어다니며 놀았다. 무선이 가는 곳에 내가 있었고, 내가 있는 곳에 무선이가 있었다.

이때부터 우리 반에는 이상한 소문이 나돌기 시작했다. 무선이와 내가 연애를 한다는 것이다. 이곳저곳에 낙서도 있었다. 무선이와 영식이는 연애 박사다. '이무선+김영식=정철' 화장실에는 '김영식, 이무선 ××했다' 무선이는 곳곳에 붙어있는 낙서와 소문에 신경이 쓰이는 모양이지만, 나는 오히려 기분이 좋았다. 면장 아들이 이 낙서를 보았으면 좋겠다고 생각했다.

무선이는 집이 무척 가난했기 때문에 봄이 오면 동네에서 제일 먼저 먹을 양식이 떨어졌다. 나는 집에 특별한 음식이 있으면 몰래 숨겨 두었다가 무선이에게 주는 것이 즐거웠다.

6월 유두날이었다.

할머니는 해마다 이 논, 저 논 찾아다니시며 물꼬에 간단한 음식을 차려 놓고 풍년이 오게 해 달라고 빌었다. 유두 떡은 집에 가져오지 못하기 때문에 호박잎이나 나무꽂이에 그냥 놓아둔다. 그 떡을 얻어먹으려고 동네 아이들이 할머니를 졸졸 따라 다녔다.

이 유두 떡을 무선이에게 먹이고 싶었다. 길이 멀고 험난한 고갯길이 있는 논에는 내가 가겠다고 할머니에게 떼를 쓰면, 마음씨 좋은 할머니는 허락해 주셨다.

나는 무선이를 몰래 불러내어 산을 넘고, 들판을 달려 우리 논에 도착하자마자 물꼬에 음식을 차려놓고 빌고 또 빌었다. 부처님도 아니고, 예수님도 아니고, 조상님도 아니고, 풍년이 들어 잘 살게 해 달라고 빌고 또 빌었다. 무선이 집에도 잘 살게 해 달라고 빌었다.

"너거 고향에도 유두가 있나?"

"그럼, 우리 고향에도 유두가 있다. 우리 집에는 일일이 논에 다니지 않고 집에서 한다."

"집에서? 왜 집에서 하노?"

"논이 2백 마지기 넘기 때문에 일일이 못 다니고 집에서 한꺼번에 해. 그때는 돼지도 잡아놓고 큰 잔치를 벌인다. 머슴들도 절을 한다. 가을이 되면 할아버지는 소작을 받기 위해서 한 바퀴 돈다."

"너거 집이 그렇기 부자가? 집도 기와집이겠네."

"응."

"그 많은 농사 놔두고 아까워서 어째 월남 했노?"

"나도 모르겠어. 이 문제는 아버지만 알아."

"빨리 통일이 되어야겠다. 대궐 같은 내 집 놔두고 이게 무슨 고생이고. 쪼매만 고생하마 햇빛이 쨍쨍 비칠 끼다. 걱정하지 마래이."

무선이와 나는 아무도 없는 넓은 숲 속에서 오랫동안 이야기를 나누었다. 여러 가지 이야기를 하다 나도 모르게 불쑥 이런 말을 했다. 이것은 내가 요사이 가장 걱정되는 것 중의 하나였다. 할머니는 병은 자랑해야 한다고 평소에 말씀하셨기 때문에 무선이는 무엇인가 알 수 있을 것으로 생각하고 한 것이다.

"무선아 나 요사이 젖멍울이 아파서 죽겠다. 큰병이 아인가 모르겠다."

"나도 젖멍울이 아프다."

무선이는 가슴 위에 손을 얹었다.

겁이 덜컥 난 나는 나도 모르게 무선이 젖멍울을 만졌다. 무선이 젖멍울은 밤알같이 툭 튀어나와 있었다.

"아야. 아야. 아프다."

우리는 벌써 사춘기에 들어선 것이다. 무선이는 고개를 푹 숙이고, 나직이 말하기 시작했다.

"여자는 몸을 보인 남자에게 시집을 가야 한다 카드라."

무선이는 떨리는 음성으로 겨우 말을 이어갔다.

"나는 이제 다른 사람에게 시집 못 간다. 여자의 가장 깊은 곳도 봤지. 연애한다는 소문도 났지. 가슴도 만졌지. 포옹도 했지. 우리

고향에는 속살보인 남자에게 시집가야 하는 풍습이 있다.”

“그라마. 우리 결혼하자. 결혼 하마 될 거 아이가? 걱정할 거 하나도 없다.”

나는 아무리 생각해도 조금도 밑질 것이 없다고 생각했다. 예쁘고, 머리 좋고, 논이 2백 마지기나 되고, 대궐 같은 집이 있는 부잣집에 장가간다는 것은 행운이기 때문이다.

“너, 무남독녀라고 했지?”

“응.”

사위도 자식인데, 나는 갑자기 부자가 된 기분이었다.

우리 집은 초가삼간에다 논은 열다섯 마지기밖에 없다. 일곱 형제가 나누면 굶어 죽기 알맞다. 소는 겨우 한 마리, 무선이 집에 비하면 아무것도 아니다.

“우리 집 어무이는 부잣집이라 카마 쪽을 못 쓴다. 내일부터 우리 집에 자주 놀러 온나. 우리 어무이한테 잘 보여다 한다.”

우리는 결혼하기로 손가락을 걸었다.

“노벨상을 탄 퀴리 부인 같은 과학자가 되고 싶다.”

“그래, 우리는 퀴리 부부와 같이 서로 힘을 합해 세계적으로 유명한 과학자가 되고, 노벨상도 타자.”

나는 무선이의 밝은 표정을 처음 보았다. 우리는 마치 세계적인 과학자가 되고, 노벨상이라도 탄 기분이었다. 우리는 또 얼싸안고 좋아서 뛰었다.

나는 집으로 돌아오기 바쁘게 책상머리에 커다란 글씨로 다음과 같은 좌우명을 적어놓았다.

'천재는 99%의 노력과 1%의 영감으로 이루어진다. 에디슨'

나는 평소에 발명가 에디슨을 존경했다. 노력만 하면 무엇이든지 이루어진다는 신념이 나를 감동케 했다. 나는 발명가 에디슨같이, 과학자 퀴리 부부와 같이 되기 위해서 지금부터 노력하기로 굳게 맹세 했다.

그날 이후 나는 장차 처갓집이 될 무선이 집에 대해서 관심이 많아졌다. 전에 같으면 바로 집에 갈 것을 무선이집 담벼락을 끼고 돌아서 갔다.

무선이 집에는 자주 큰 소리가 담을 타고 넘어왔다. 무선이 집에 싸움이 벌어지면 이북 말, 충청도 말, 서울 말, 전라도 말, 경상도 말이 뒤범벅이 되어 나팔을 불기 때문에 동네 사람들의 큰 흥밋거리가 되었다.

남편에 대한 불평불만이 많은 무선이 어머니의 앙칼진 충청도 고성이 터지면 이북 말을 하는 아버지의 고성이 뒤따르고, 싸움을 말리는 무선이 서울말이 이어지고, 욕쟁이 할머니의 경상도 말이 튀어나오고, 옆방에 사는 전라도 할머니의 말이 간간히 새어 나왔다.

나는 무선이 어머니가 친어머니가 아니고, 새엄마라는 새로운 사실을 알았다.

무선이 아버지는 이북에서 대지주의 아들로 태어나 공부도 많이 했다. 해방이 되고 지주에 대한 박해가 심해지자 월남을 했고, 서울에서 생활하는 동안 전국을 휩쓸고 지나간 장질부사(장티푸스) 병에 무선이의 어머니는 목숨을 잃고 말았다. 충청도 여자인 무선이의 새엄마를 만나 동거하게 되었고, 6·25 사변이 터지자 다시 피난길에 올랐고, 대전을 거쳐 떠돌아다니다가 이곳에 정착하게 되었다는 것도 알게 되었다.

중학교에 입학하는 날, 나는 하늘을 나는 것 같았다. 우리 반에서 중학교에 진학하는 학생은 10명도 되지 않았다. 알록달록한 나일론 양말도 처음 신었다.

그러나 기쁨만 있는 것이 아니다. 형님이 서울서 대학에 다니기 때문에 우리 집은 해마다 논밭을 팔아야 했고, 가난할 대로 가난한 우리 집에 나까지 중학교에 입학했으니 집안의 형편은 말이 아니었다. 소는 송아지로 변했고, 닭, 돼지, 토끼도 학비로 모두 팔려나갔다. 어머니와 아버지는 학비 때문에 늘 걱정하고 있었다.

대학은 과수원이나, 양조장, 방앗간집이 아니면 보낼 수 없는데 아버지는 겁도 없이 형님을 서울에 있는 대학에 진학시켰다.

무선이는 중학교에 진학하지 못하여 눈물과 한숨으로 세월을 보내었다. 집이 가난하여 중학교에 진학을 하지 못하였다.

다른 아이들이 까만 교복을 입고 학교 가는 모습을 숨어서 보다가 계모에게 들켜 매 맞는 모습을 여러 번 보았다. 눈물을 펑펑 쏟으며 학교 다니고 싶어 하는 무선이가 너무 불쌍하지만, 내 힘으로는 어쩔 수 없었다.

요사이 무선이는 세수도 하지 않고, 바깥 나들이도 일절 하지 않고 방에만 있었다.

"망할 계집애 우리 형편에 학교는 무슨 학교야. 집안 청소나 하고,

빨래라도 할 생각은 않고, 우두커니 벽만 보고 앉아 있으면 누가 밥이라도 먹여주나유. 남과같이 농사지을 것이 있나유. 사료가 있어야 짐승이라도 기르지유. 나이가 있으면 시집이라도 보내겠는데, 그럴 처지도 못되고, 어디 나가서 이삭이라도 주워오면 좋겠는데유. 열손 묶어놓고 꼼짝을 않고 있으니 복장 터져 못 보겠네유."

무선이 계모 잔소리가 한번 나오면 끝이 없었다. 잔소리가 노래같이, 취미 같이 하루 종일 잠시도 입을 가만두지 않았다. 모든 불평불만을 무선이에게 쏟아내고 있었다.

무선이는 미칠 것만 같았다. 견디다 못한 무선이는 귀에다 솜을 틀어막고 있었다. 울화통이 터져 가슴을 치고 머리를 벽에 쥐어박기도 하고, 손톱으로 이마를 긁어 피가 흐르기도 했다.

이 세상 누구도 무선이의 소원을 들어줄 사람도 없고 위로해주는 사람도 없었다. 무선이는 끝없이 울면서 돌아가신 어머니만 찾았다.

"어머니만 살아계셨으면……. 나는 이대로 주저앉을 수는 절대로 없어. 내 인생을 여기서 마감할 수 없단 말이야."

무선이는 나를 부여잡고 울었다. 나도 울었다.

"네 말이 맞다. 무선아, 우리가 약속한 것 있지? 우리가 이렇게 주저앉을 수는 없다. 용기를 잃지 말거래이. 길이 안 있겠나?"

나는 이 이상 무선말로 무선이 위로할 수 있는 어떤 방법도 없었다. 그러던 어느 날 무선이가 급히 우리 집으로 달려왔다. 무선이 손에는 고무줄로 똘똘 말은 한 뭉치의 돈이 있었다.

"무선아, 이게 뭐꼬 돈 아이가?"

"돈이야, 돈!"

"이 돈이 어데서 나왔노?"

"하늘에서 떨어졌다. 하늘에서 떨어졌다."

"무슨 말이고? 천천히 설명 좀 해봐라."

"큰방 청소를 하고 있는데, 천장에서 쥐들이 소란을 피우며 놀다가 쥐 한 마리가 떨어졌다. 먼지와 쥐똥이 함께 떨어진 것을 펴 보니 뜻밖에도 돈이야."

"그라마 그라마 이 돈은 틀림없이 하늘에서 보내준 거 아이가. 하나님이 네가 불쌍해서 공부하라고 보내준 기다."

"나도 모르겠다."

"틀림없이 하늘에서 보내준 기다. 너 공부하라고 보내준 기다. 쥐는 굉장히 부지런한 동물이다. 쥐띠 가지고 있는 사람 못 사는 사람 없다. 네가 쥐띠 아이가? 쥐를 통해서 하나님이 보내준 기다."

"그렇지만 나는 불안하다. 전번 집 주인이 숨겨둔 것인지 몰라."

"그건 걱정 하지 마라. 전에 주인은 빨갱이다. 이북으로 갔다. 카드라. 통일이 되어 찾아오면 그때 갚으면 될 거 아이가."

무선이는 감격해서 눈물을 주르르 흘렸다. 나도 눈물이 나오려는 것을 억지로 참았다.

"무선아. 우리가 이러고 있을 때가 아이다. 하느님께 감사하다고 기도해야 한다. 은혜를 모르는 것은 인간이 아이다. 나는 절을 할게, 너는 기도해라."

나는 큰절을 하고, 무선이는 두 손을 모으고 알아듣지 못하는 소리로 끝없는 기도를 했다.

"무선아, 얼만고. 한번 세어봐라."

무선이는 떨리는 손으로 돈을 하나하나 세어갔다.

"2만 환이다."

"2만 환이면 모자랄 것 같다. 교복값도 있어야 하고, 책값도 있어야 할 것 같고, 교복은 빌려 입으면 된다. 책도 선배들한테 빌리면 된다."

무선이는 또 어두운 그림자가 얼굴 가득히 담았다. 그렇게 밝은 웃음이 금방 어두운 먹구름으로 변해갔다. 나는 무선이의 안타까운 모습을 그냥 보기가 매우 안타까웠다. 어떻게 하든 무선이의 밝은 웃음을 되돌려 놓고 싶었다. 이때 나는 번개같이 머리에 스쳐 지나가는 것이 있었다. 바로 오늘 학교에 내려고 아버지에게 받은 돈이 책상 서랍에 고스란히 있는 것을 기억해 낸 것이다. 나는 부리나케 집으로 달려갔다.

"무선아, 걱정하지 마라. 여기에 돈이 있다. 봐라, 이만하면 충분하다."

나도 모르게 무선이 손에 돈 봉투를 쥐여 주고 말았다. 무선이는 금방 밝은 웃음과 함께 감격의 눈물을 또 주르르 흘렸다. 좋아서 깡충깡충 뛰기도 하고, 어린애 같이 나에게 매달리기도 했다.

집으로 돌아온 나는 비로소 제정신으로 돌아왔다. 학교에 낼 공납금을 무선이에게 주고 말았으니, 이 일을 어떻게 해야 할지 하늘이 무너지는 것 같았다. 사람은 왜 기쁨 뒤에 슬픔이 도사리고 있는지를 생각했다.

그날 밤, 나는 어지러운 꿈을 한없이 꾸었다.

비운은 또 다른 비운을 낳았다.

무선이 어머니가 도망쳤다는 소문이 온 동네 쫙 퍼졌다. 생활력이 없는 무선이 아버지에 대한 불평불만이 무선이에게 이어졌고, 무선이는 새엄마의 학대 속에 살아야 했다.

무선이 어머니가 무선이를 학대한 또 다른 이유가 천장 위에서 떨어진 돈 때문이라는 것을 알게 되었다. 천장 위에서 떨어진 돈은 무선이 어머니의 돈이었다. 무선이 어머니는 그동안 모으고 모은 돈을 날카로운 면도날로 천정을 갈라놓고 그 속에 돈을 숨겨둔 것이다.

쥐가 떨어지는 바람에 돈도 같이 떨어졌다. 돈이 없어진 것을 안 새엄마는 무선이를 의심했고, 학대하기 시작했다.

무선이는 그 돈을 베개 속에 깊숙이 숨겨두고 바늘로 꿰매 놓았다. 밤에는 베고 잤고, 낮에는 이불로 돌돌 말아 감추어 두었다. 새엄마는 돈을 찾기 위해서 혈안이 되었다. 처음부터 무선이를 의심했고, 평소에 이불 위에 얹혀있던 베개가 없어진 것을 안 새엄마는 돈을 찾아내었다.

전에 보다 더 많은 돈이 불어난 것을 안 새엄마는 그길로 도망을 쳤다. 무선이와 나는 허탈할 수밖에 없었다. 우리는 헤어날 수 없는 엄청난 고난의 역경에서 몸부림쳐야 했다.

공납금 미납이 벌써 3개월이 지났다. 학교에서는 공납금 미납 학생을 모두 집으로 돌려보냈다. 선생님께 이 사실을 말씀드릴 수 없었고, 부모님에게도 이 사실을 말씀드릴 수 없었다. 이 사실을 부모님이 알면 얼마나 실망하실까를 생각할 때 하늘이 무너지는 것 같았다.

어디로 갈 것인가? 좁은 김천 바닥에 공부 시간에 방황할 수도 없었다. 그렇다고 집에 갈 수도 없었다. 돈이 없기 때문에 극장이나 빵집에도 갈 수 없었다. 생각해낸 곳이 김천 내를 가로지르는 경부선 열차를 받치고 있는 철교 콘크리트 교각이었다. 철로에 귀를 대어보면 열차가 어디쯤 오는가를 알 수 있다.

연약한 한철이는 철길을 받치는 나무 사이로 철로 교각으로 내려갈 수 있었다. 여기야말로 몸을 숨기기에 가장 안성맞춤이었다. 누구도 교각 위에 사람이 있을 거라고 상상도 못 했을 것이다.

기차가 지나가면 그 우람한 소리가 귀청을 때렸고, 몸이 흔들릴 정도로 교각이 요동쳤다. 교각 밑에는 빨래하는 여자들과 낚시꾼이 있었다. 한열이는 낚시꾼이 월척을 낚기를 바랐지만, 아직 한 번도 월척을 낚는 것을 보지 못했다. 이따금 발가벗고 목욕하는 사람도 있었다. 건너편 저 멀리에는 김천 시내로 들어오는 큰 다리가 있다. 방과 후 학생들이 몰려나올 때 한열이도 교각을 빠져나와 집으로 돌아왔다.

학교에서 배달된 공납금 미납 제적 처분 통지서가 왔다. 교각 생활도 끝을 맺었다. 화가 난 아버지가 돈의 행방을 수없이 다그쳤지만, 한열이는 끝까지 무선이 이야기를 하지 않았다. 부모님은 형님 대학 보내기도 어려운데 차라리 잘 되었다는 눈치였다.

그날 이후 한열이는 학교에 가지 않았다. 지게를 지고 산으로 들로 가야만 했다.

무선이가 만나자는 연락이 왔으나 나는 의식적으로 피했다. 무선이 볼 낯이 없기 때문이다. 무선이는 다른 사람의 눈을 피해 집으로 찾아왔다. 무선이 얼굴은 몰라볼 정도로 수척해 있었다.

"나 때문에 너까지 신세를 망치게 되었으니 어떻게 하면 좋아?"

무선이는 눈물부터 흘렸다. 나는 무슨 말부터 해야 할지 몰랐다.

"여자는 공부를 하지 않아도 되지만, 남자는 공부를 해야 해. 이대로 주저앉아 있을 수는 없어. 대학은 안 가도 되지만, 고등학교까지는 해야 해."

"여자라고 공부 안 하만 되나? 나보다 너는 머리가 좋기 때문에 썩힐 수는 없다. 천재가 이렇게 허무하게 무너진다는 것을 생각할 때 너무 아깝다. 너는 좋은 부모 만났어만 크게 될 사람이다. 사람은 어떤 부모를 만났느냐에 따라서 그 인생은 판가름 난다. 거지 자식이 아무리 노력해 도 절대로 재벌이 될 수 없다. 호랑이 새끼는 평생 호랑이로 살고, 쥐새끼는 평생 쥐로 살아야 하는 법이다. 우리가 욕심이 너무 많았다."

"나는 중학교만 마치면 고학할 자신이 있다. 그 꿈마저 깨어졌으니 어떡하면 좋아. 나는 죄인이다. 너까지 신세를 망쳤으니 나는 죄인이다."

무선이는 목 놓아 응응 울기 시작했다. 나도 무선이 손을 잡고 울었다.

나는 집으로 돌아오자마자 '천재는 99%의 노력과 1%의 영감으로 이루어진다'는 에디슨의 표어를 갈기갈기 찢어 휴지통에 버렸다. 천재는 어떤 부모를 만났느냐에 따라서 이루어지는 것이지 노력만 가지고 이루어지는 것이 아니라는 것을 알았다.

그날 이후 무선이는 보이지 않았다.

하루 종일 방문을 잠그고 두문불출했다. 무선이가 모습을 보인 것은 몇 달 후의 일이었다. 무선이가 이상해졌다는 소문이 동네에 퍼졌다. 무선이는 집에 있지 못하고, 밖으로 뛰쳐나왔다.

무선이는 어디서 구했는지 여학생 세일러복을 입고, 너울너울 춤을 주고 있었다. 나를 보고 히죽히죽 웃고 있었다.

옛날의 무선이가 아니었다. 온 동네를 돌아다녔다. 무선이의 아버지가 무선이를 방에 가두어 놓으면 방문을 부수고 뛰쳐나왔다. 머리는 엉켜 있었고, 찢어진 옷은 처녀의 귀중한 부분까지 보였다. 웃음거리가 되자 무선이 아버지는 눈물을 머금고 광 속에 가두고 말았다. 탈진한 무선이는 이제 죽을 날만 기다리고 있었다.

나는 밤마다 남의 눈을 피해 똥개를 데리고 무선이 집을 찾았다. 똥개는 무선이의 뒤처리를 깨끗이 해주었다.

먹을 음식과 따뜻한 물도 주었다. 무선이는 본능적으로 음식을 먹어치웠지만, 곧 토하고 말았다. 머리는 벙거지가 되어 있었고, 옷은 거지보다 더 남루하였다. 창백한 얼굴은 옛날의 모습을 조금도 찾아볼 수 없었다. 이대로 두면 무선이는 죽고 말 것이다. 죽어 가는 무선이를 그냥 보고만 있을 수가 없었다. 정말 미칠 것만 같다. 어떻게 하더라도 무선이를 살려내어야 한다. 옛날의 무선이를 만들어야 한다.

"무선아, 내가 누군 줄 알겠나?"

무선이는 고개를 끄덕였다.

"누군데?"

"공납금. 히히……"

"무선아, 나야 나. 동식이야! 동식이. 공납금 걱정 하지 마. 학교

안 가도 돼! 노벨상 안 받아도 돼! 우리가 욕심이 많았다. 노력 가지고 되는 세상이 아니다. 무선아, 정신 차리거레이. 네가 왜 이카노?"

나는 무선이의 헌옷을 벗기고, 이곳저곳을 깨끗이 목욕시켜 주었다. 벙거지 머리도 깨끗이 씻어주고 길게 자란 머리를 곱게 빗어주었다. 새 옷으로 갈아입은 무선이는 생기가 돋아나는 것 같았지만, 옛날의 모습은 어디에도 찾아볼 수 없었다.

무선이 아버지는 마당에서 밝은 달을 바라보고 있었다.

"빨리 통일이 되어야 하는데……. 고향에 가고 싶구나!"

실향민의 서러움이 담긴 굵은 눈물이 배어 나왔다.

무선이가 새로운 세상으로 간 것은 천둥 번개가 요란하게 치며 쏟아지는 소낙비가 지나간 오후였다.

가늘게 숨을 쉬며 조용하기만 한 무선이는 그녀가 다시 살아나리라고 생각하는 사람은 아무도 없었다.

나는 들판을 가로질러 뛰고 또 뛰었다.

"무선아, 무선아!"

아무리 불러도 대답이 없다. 무선이는 이 세상에 없다. 하늘의 뭉게구름은 무선이가 되어 나를 내려다보고 있었다.

글씨 없는 책

우리나라가 일본 치하에서 꿈에 그리던 해방이 되었다.

이성계가 세운 조선은 정적 정몽주와 정도전을 죽이고, 세 자로 책봉 받은 후궁 두 형제까지 살해하고 이방원(태종)은 임금이 된다. 첫 단추를 잘못 끼운 조선은 원수가 원수를 불러 오백 년 동안 당파 싸움과 부패로 국민은 도탄에 빠지고, 3%의 양반만 호의호식하게 된다.

마침내 우리의 것을 배워 간 일본에게 나라를 빼앗기고 36년간 나라 없는 서러움은 이루 말할 수 없었다.

젊은 사람은 조요라는 이름 아래 일본 군인이나 노동자로 징발되었고, 젊은 여자는 정신대란 이름 아래 끌려갔다.

쌀, 보리, 콩, 먹을 양식은 공출이란 이름으로 다 빼어가고, 심지어 밥그릇까지 쇠붙이는 모두 무기를 만들기 위해서 빼앗갔다. 밥그릇, 숟가락, 신발, 단추까지 나무로 대신해야 했다. 사람들은 모두 영양실조에 걸려 빼빼가 되어 있었고, 살이 통통한 처녀는 부잣집 맏며느릿감이라고 했다. 임신한 아이는 어머니 뱃속에서 굶기부터 먼저 배웠다.

순사 온다고 하면 우는 아이도 울음을 그칠 정도의 공포정치는 목숨이 붙어 있어 사는 것이었다.

2차 대전이 미국이 승리함으로써 1945년 8월 15일, 마침내 우리 나라는 조국해방을 맞이하게 된다. 해방은 되었지만 세계에서 제일 가난한 나라(GNP 50달러)로 굶어죽는 사람이 많았다.

사람들은 남녀노소를 막론하고, 대한민국 만세를 목이 터져라 부르며 거리로 쏟아져 나왔다.

"해방이 되었다! 우리나라가 해방이 되었다!"

조요(城陽)로, 정신대로 끌려간 아들, 딸들이 돌아올 것을 생각하니 기쁘기 한량없다. 모이는 장소는 누가 지시하지 않았는데도 학교 운동장이 되었다.

농악은 여러 사람이 함께 어울려 춤을 추는 군무로는 으뜸이었다. 북, 장구, 꽹과리, 징, 사물놀이는 세계에서 제일 못난 악기가 세계에서 제일 신나는 악기로 이름 나 있다.

케갱~ 망마~ 캥드락~ 캥닥~

케갱~ 망마~ 캥드락~ 캥닥~

어깨춤이 절로 난다. 사람들은 밤이 늦도록 지칠 줄 모르고 춤을 추었다. 다음날도 그다음날도 마찬가지였다.

지서(파출소)에는 일본 순사대신 한국 순사가 보초를 서고 있었다. 지서에서 심부름 하던 돌이 형도 순경이 되어 보초를 서고 있었다. 한국인 일본 순사가 진급하여 파출소장이 되었다. 일본 순사가 겁이 나 지서를 둘러 다니던 아이들도 점차 지서 앞을 다니기 시작했다. 면사무소에도 일본사람은 모두 도망을 가고 공출, 정신대, 부역 등으로 악명 높은 면장이 바뀌지 않고 그대로 면장이라고 한다.

"덴노헤이카 반자이!(천황 폐하 만세)"를 할 때 다리를 부르르 떨며 큰

소리로 외치던 교장 선생님도 그대로 교장 선생님으로 남아있었다.

왜정시대에는 초등학교에 다니기도 어려웠다고 한다. 보궐 입학생은 무 한 달구지를 바쳐야 했다.

한열이가 해방된 첫 해에 국민(초등)학교에 입학을 하고 보니 서너 살 위인 덩치 큰 어른 같은 동급생이 있는가 하면 장가 간 아이도 몇 명 있었다.

그동안 초등학교에 다니지 못한 아이들이 한꺼번에 입학을 했기 때문이다. 중학생과 고등학생이 한 반에서 공부하는 꼴이었다.

유난히 키가 작고 내성적인 한열이는 부모 밑에서 어리광만 부리다가 넓은 세상에 나와 보니 새 옷 입고, 새 가방에, 새 신까지 신고 학교 다닌다는 기쁨보다 겁부터 났다. 선생님이나 상급생도 겁이 나고, 주재소(파출소) 순사(순경)나 면서기도 겁이 났다.

집에서 학교까지의 거리는 2km쯤 되었으나 어릴 때부터 산을 넘고 들길을 달리는 데 이력이 난 한열이로서는 먼 거리 학교 길은 아무것도 아니었다. 그러나 여우가 자주 나타나고, 연못가 큰 나무에 목매달아 죽은 처녀귀신이 있다는 모퉁이 고갯길은 겁이 났다.

그것보다 더 겁이 나는 것은 아이를 잡아먹는다는 문둥이였다. 동리 근처 어디엔가 살고 있다는 문둥이를 몇 번 본 일이 있다. 얼굴은 어른들이 탈춤을 출 때 입이 삐뚤어지고 눈알이 하나 없는, 상놈 탈을 쓴 흉물과 비슷했다.

문둥이는 얼굴 어느 한 곳 성한 곳이 없고 고름투성이였다. 손가락도 몇 개 남지 않았다. 이 문둥이는 자기 병을 낫게 하기 위해 아이를 잡아먹는다는 소문이 파다했다.

첫 등굣날, 학교를 파하고 돌아오는 길에 마주친 문둥이는 머리카락이 곤두서고 온몸에 소름이 돋을 정도로 흉측했다.

한열이 일행을 뚫어져라 바라보는 그렁그렁한 눈, 무언가 말하려는 듯 입술을 달싹였으나 소리는 들리지 않았다. 한열이는 그 자리에 못 박힌 듯 옴짝달싹 할 수가 없었다.

덩치 큰 아이들이 돌을 집어 던졌다. 잠시 주춤거리고 있던 눈이 째진 아이도 덩달아 돌을 던졌다. 그 눈이 째진 아이는 가장 매섭게 돌을 던지며 소리쳤다.

"꺼져, 이 문둥아. 꺼지란 말이야."

날아오는 돌멩이를 피할 생각도 하지 않고 문둥이는 그냥 맞고 있었다. 웃는지 우는지 분간할 수 없는 그 기이한 표정은 한열이가 난생처음 보는 사람의 얼굴이었다.

몇 개의 돌이 얼굴과 가슴에 맞았다. "어, 어." 사람의 목소리 같지 않은 괴성을 지르며 문둥이는 서너 발 물러섰다. 양손으로 머리를 감싸 안고 비실비실 절뚝거리며 달아나는 문둥이, 좀체 발걸음이 떨어지지 않는다는 듯 자꾸 자꾸 뒤를 돌아보았다.

며칠 지내보니 다행히 덩치 큰 동급생은 보기보다는 황소같이 유순하고 말도 별로 없었다. 어깨가 딱 벌어진 작달막한 키에, 웃을 때 누런 이빨을 드러내 놓고, 눈을 감았는지 떴는지 알 수 없을 정도로 작은 실눈을 가진 놈이 있었다.

키가 작은 한열이는 맨 앞자리에 앉게 되고 실눈을 가진 그놈도 키가 작아 한열이 바로 뒷자리에 앉았다. 아무래도 이놈이 무슨 일을 저지를 것 같아 여간 신경이 쓰이는 것이 아니었다.

문둥이를 만났을 때 시뻘건 얼굴로 돌을 던지던 모습이 생각나 무서웠다. 그의 별명은 실눈이가 되었고, 날이 갈수록 아이들은 그를 싫어했다. 걸핏하면,

"가시나가 핵구(학교)는 뭐 할라고 댕기노."

앞가슴이 약간 볼록한 나이 든 여학생에게는,

"가시나가 시집이나 갈끼지."

말끝마다 가시나 가시나 하니까, 여학생들이 좋아할 리 없었다. 남학생도 그를 싫어했다. 쉬는 시간에 제기차기나 돌로 만든 구슬치기를 할 때 이겨야 하지, 지면 트집을 잡았다. 같이 놀아주지 않으면 훼방을 놓았다. 그는 방과 후 청소 시간에 아직까지 한 번도 청소를 한 일이 없었다. 모두들 열심히 청소를 할 때 선생님이 사용하시는 교탁에 앉아,

/아침에 우는 새는 배가 고파 울고요/

/저녁에 우는 새는 님이 그리워 운다/

젓가락 장단에 맞춰 노래만 부르는 것이다.

실제로 그는 노래를 잘 불렀다. 장단도 신이 나도록 잘 맞추었다.

어느덧 봄이 깊었다. 들녘의 보리들은 푸르게 자라 골이 보이지 않았고, 보리밭에서만 알을 낳는 종다리는 신이 나 하늘 높이 날았다. 강남 갔다 온다는 제비들도 보이기 시작했다.

선생님 책상 위에는 누가 가져다 놓았는지 처음 보는 아름다운 꽃으로 가득 찬 화병이 놓여 있었다. 교실이 환하게 보였다.

오늘은 봄철 대청소 날이다. 유리창도 닦아야 했고 먼지도 털어야

했다. 앞 책상과 걸상을 모조리 뒤로 밀어 놓고 비질을 한 다음, 물걸레로 깨끗이 닦은 후 뒷자리 책걸상을 다시 앞자리로 모아 놓고 비질과 물걸레질을 했다.

모두들 말없이 맡은 일을 열심히 하고 있는데, 실눈이는 오늘도 선생님 교탁에 앉아 예의 그 '아침에 우는 새'를 신나게 부르고 있었다.

이때였다. 선생님이 갑자기 교실에 들어선 것이다. 아이들은 선생님에게 잘 보이려고 손놀림이 더 빨라졌다. 이것도 모르고 실눈이는 더 신나게, 장단에 맞춰 노래를 부르고 있었다.

"탁!"

선생님의 회초리가 실눈이의 엉덩이에 떨어졌다.

"칠복이, 종아리 걷어!"

"찰싹, 찰싹."

종아리 맞는 소리가 공기를 가르며 교실 안에 가득히 퍼졌다. 아이들은 좋아서 속으로 크게 웃었다. 청소가 끝나고 선생님의 훈시가 시작되었다.

"아직도 선생님에게 인사할 때 아침 잡수셨습니까? 점심 잡수셨습니까? 이렇게 인사하는 학생이 있다. 미국 같은 나라는 굿모닝, 굿나잇, 이렇게 인사를 하고 있다.

아이들은 난생처음 들어보는 꼬부랑말이 무슨 뜻인지 몰라 눈동자가 동그래졌다.

"좋은 아침, 좋은 저녁이란 뜻이다."

일본을 이긴 나라, 똥도 미국 똥은 좋다는 말은 들었지만 인사법은 별것 아니라고 아이들은 생각했다.

"내일은 신체검사를 할 테니 목욕하고 머리, 손톱, 깨끗이 깎고 오너라. 알겠지!"

"예."

"옷도 깨끗이 빨아 입고."

아이들은 군인 같은 큰 목소리로 대답했다. 실제로 한열이 머리는 많이 길어 있었다. 손톱은 가위로 자르면 되지만 머리는 정말 깎기 싫었다. 소죽 끓이는 아궁이 앞에 쪼그리고 앉아 있으면 아버지는 앞이마부터 머리를 깎기 시작했다. 그것은 아버지의 버릇이었다. 낡고 오래된 머리 깎는 기계는 아버지의 빠른 손놀림에도 잘 깎이지 않았다.

머리털이 반쯤은 뽑히다시피 할 정도여서 따갑고 나중에는 눈물까지 나왔다. 그래도 참아야 했다. 면도는 아예 없었다. 신식 이발소가 면사무소 바로 옆에 있는 것을 보았다. 한 손으로 깎는 그 기계는 하얗고 반짝반짝 윤이 났다. 슬슬슬, 밭갈이하듯 잘도 깎였다. 편하게 누워서 허연 거품 같은 비누를 바르고 면도하고 나오는 사람을 보면 닦아 놓은 구두같이 새사람이 되어 있었다. 저런 신식 이발소에서 머리를 깎는 사람들이 정말 부러웠다.

다음날 선생님은 아이들을 일렬로 나란히 세워 놓고 하나하나 몸검사를 했다.

여학생은 단발머리에 하얀 윗저고리, 검정 치마로 통일되다시피 복장이 같았지만 남학생들은 달랐다. 반쯤은 양복 차림이고 반쯤은 핫바지를 입고 있었다. 그중에서 녹두색 조끼에 대님까지 단정히 맨 어른 같은 아이가 있었다. 얼마 전에 장가간 그 아이는 항상 복장이 말쑥했다.

여학생부터 먼저 검사를 하기 시작한 선생님은 생각보다 꼼꼼했다. 여학생의 머리를 휘저어 보고는 허연 서캐(蟲卵)가 드러나면 영락없이 회초리로 머리를 딱 때렸다. 머리에 서캐가 허옇게 드러나 있는 여학생이 많았다.

머릿니(蟲)는 작고 까만 편이고 옷엣니(蟲)는 크고 통통한 편이다. 공부시간에 여학생은 머리를 많이 긁적이고, 남학생은 겨드랑이와 사타구니를 많이 긁적이는 것을 보면, 이(蟲) 없는 놈은 없는 것 같았다.

한열이는 어제 큰 놈을 세 마리나 잡았기 때문에, 작은 놈이야 구석 어느 자리에 꼭꼭 숨어 있을 테니까 선생님이 그것까지는 못 찾아낼 것이라 안심 되었지만 걱정도 되었다.

돌아가신 할머니는 귀밑에 이가 살살 기면 다급하게 한열이를 불렀다.

"한열아, 한열아. 요놈의 이가 귀 밑에서 살살 긴다."

위치가 정확하기 때문에 영락없이 잡을 수 있었다. 그때마다 할머니는 그렇게 좋아할 수 없었다.

"아이고, 내 강아지. 아이고, 내 강아지."

안아주기도 하고 등을 토닥거려 주기도 했다. 어쩌다 이를 놓치면 할머니는 그렇게 애통해할 수 없었다. 눈을 지그시 감고 노래를 불렀다. 그것은 노래가 아니라 한숨이었다.

/갈방이야, 갈방이야, 집 잘 봐라, 귀 밑에 버섯 따러 간다/

/재수 없는 날, 두 손톱 마들리면, 올똥 말똥 하여라/

/재수 있는 날, 우리는 또다시, 버섯 따러 가야지/

이때 한열이는 이를 놓친 죄책감에 슬그머니 자리를 피했다.

남학생 차례가 되었다.

남학생에게는 이(蟲) 검사가 없었다. 머리가 긴 놈은 머리털을 한 번 잡아당기고 회초리로 딱, 손톱을 깎지 않은 놈은 손바닥을 딱, 옷이 깨끗하지 않은 몸은 종아리를 딱, 이빨을 닦지 않은 놈은 이마에 알밤을 주었다. 실눈이 차례가 되었다. 선생님은 실눈이의 아래위를 한참 훑어보고는 어이가 없는 듯,

"세수 하고 왔어?"

"……."

"세수도 않고 학교에 오는 놈이 어딨어, 응? 머리는 이게 뭐야! 잉, 해봐."

실눈이의 이빨이 왜 누런지 알았다. 양치질을 하지 않았기 때문이다. 어느 한 곳도 합격점이 없었다.

"풀어봐."

선생님은 실눈이 윗저고리 옷고름을 가리켰다. 이내 앞가슴이 드러났다. 순간 아이들은 모두 고개를 돌렸다. 쇠똥 묻은 소 엉덩이 같이 때가 덕지덕지 끼어 있었다.

"이놈아, 너는 짐승이냐?"

선생님의 음성은 약간 높았지만 이내 조용히 타이르기 시작했다.

"이제 날씨도 춥지 않으니 몸도 깨끗이 씻어. 좋은 옷 입고 오라는 것이 아니야. 깨끗이 빨아 입고 오란 말이야. 내 말 알아듣겠어?"

선생님의 말씀은 길어졌고, 이날 실눈이는 다섯 대의 매를 맞았다. 매를 맞으면서 째진 눈 사이로 내뿜던 실눈이의 눈빛에 한열이는 얼른 고개를 돌리고 말았다.

한열이는 기분이 좋았다. 머리를 깎고 오기를 정말 잘했다고 생각했다. 옷은 어머니보다 고모가 더 깨끗이 빨아 주었기 때문에 걱정할 필요가 없었다. 학교에 다니지 않을 때는 세수 같은 것 며칠 하지 않아도 되었다. 이빨도 마찬가지였다. 이것 해라, 저것 해라. 학교라는 것이 얼마나 사람을 괴롭히는지 걱정이 태산 같았다.

학교에 갔다 오면 집에서 형이나 고모가 괴롭혔다. 꼭 붙들어 놓고 공부시키는 데는 진절머리가 났다. 학교 다니지 않으면 안 될까 여러 번 생각도 해 보았다. 그래도 학교는 다녀야 했다.

그날 이후부터 실눈이는 청소 시간에 노래를 부르지 않았다. 그런데 예기치 않은 큰 사건이 터지고 말았다. 실눈이와 돌이가 싸움을 벌인 것이다. 새신랑 돌이의 녹두색 고운 조끼에 실눈이가 시커멓게 때를 묻혀 놓았기 때문이다. 아이들은 청소를 하다 말고 실눈이와 돌이를 가운데 두고 둘러서서, 돌발적인 이 사건에 호기심 어린 눈길들을 모았다.

덩치 큰 돌이와 키가 작은 실눈이의 싸움은 처음부터 상대가 되지 않을 것 같았다. 어른과 아이의 싸움 같았기 때문이다. 모두가 돌이 편이었다.

이 기회에 실눈이를 때려눕혀 코를 납작하게 만들어 놓기를 바랐다. 그런데 결과는 엉뚱하게 나타났다. 실눈이의 박치기 한 방에 돌이는 벌렁 나자빠졌고, 코피가 흘러 고운 녹두색 조끼가 붉게 물들었다. 순식간의 일이었다. 이 모습을 보고 눈물을 흘리는 여학생도 있었다.

모두가 큰 실망을 했다. 의기양양해진 실눈이는 두 주먹을 불끈 뒤고 큰 소리로 고함을 질렀다.

"이 새끼들! 까불면 전부 주길 끼다. 선생한테 고자질한 놈도 주길 끼다."

작은 눈을 크게 뜨고 누구든지 덤벼 보라는 자세를 취했다. 정말 누구라도 죽일 것만 같았다. 아이들은 겁이 나 슬슬 피했고 선생님도 이 사실을 눈치 채지 못했다.

어느덧 그는 대장이 되어 있었고 아이들은 부하가 되어 있었다. 잘못 보이거나 시키는 일을 하지 않으면 두들겨 맞기 때문에 선생님보다 더 무서운 존재가 되었다.

그러나 선생님은 시간이 갈수록 무섭지 않은 사람이란 것을 알았다. 학교생활도 적응이 되어 갔다. 선생님은 ㄱ, ㄴ, ㄷ, ㄹ, ㅏ, ㅑ, ㅓ, ㅕ를 열심히 가르쳤고 아이들도 선생님을 따라 열심히 공부했다. 그러나 한열이는 달랐다. ㄱ, ㄴ, ㄷ, ㄹ, ㅏ, ㅑ, ㅓ, ㅕ는 형이나 고모의 특별 과외 덕택으로 벌써 배웠고, 가갸거겨도 다 배웠다. ㄱ에다 ㅏ를 보태고 밑에 ㅁ을 붙이면 '감' 자가 된다는 받침 공부까지 했기 때문에 길을 가다 간판이 보이면 면사무소, 양조장, 이발소 등을 띄엄띄엄 읽을 수 있을 정도가 되었다.

키는 제일 작은데 공부는 제일 잘하는 한열이가 되어 있었다. 모르는 글자가 있으면 선생님보다 한열이에게 더 많이 물어왔다. 아이들은 한열이를 이상한 눈초리로 보기 시작했다. 누구의 입에서 '천재는 한 가지를 배우면 열 가지를 안다더라. 우리 반에 천재가 나왔다.'는 말이 나왔고 이 소문은 아이들 입에서 입으로 쫙 퍼졌다.

선생님도 한열이를 귀여워했다. 이따금 심부름도 시켰다. 한열이는 선생님 심부름할 때가 제일 기분이 좋았다. 다른 아이들도 선생님의 심부름을 하기 원했지만 기회는 주어지지 않았다.

ㄱㄴ 공부가 끝나고 가갸거겨, 나냐너녀 공부가 시작되었다. 자습 시간이 되면 가갸거겨 읽는 소리가 여름밤 개구리 우는 소리 같이 시끄러웠다.

다른 아이들은 가갸거겨를 배우고 있는데 아직까지 ㄱㄴㄷㄹ을 모르는 아이가 열 명이나 되었다. 그중에는 실눈이도 있었다. 녹두색 조끼도 있었다. 선생님은 이 아이들을 따로 남게 하여 공부를 더 시키기도 했다.

방학이 빨리 왔으면 하고 기다려지는 무더운 여름 날씨였다. 하얗게 뚫린 신작로 양편에 우거진 숲에서 울어대는 매미 소리는 귀가 따가울 정도로 요란했다.

한열이는 혼자 집으로 가고 있었다. 교실을 나설 때는 우르르 몰려나왔으나 각기 자기 동네로 하나둘 흩어지고 혼자 남아 타박타박 걷고 있었다. 발끝에 먼지가 일어 검정 고무신이 땀과 함께 뽀얗게 변해 있었다.

새로 사 신은 까만 고무신 앞뒤가 많이 닳아 있었다. 이러다가는 올겨울을 못 넘길 것 같았다. 신발을 벗어들고 맨발로 뛰기 시작했다. 이때였다.

"야, 꼬마야."

깜짝 놀라 돌아보니 실눈이었다. 신발을 빼앗길 것 같아 얼른 뒤로 감추었다. 그는 바지 허리춤을 풀어 놓고 이리저리 오줌을 갈기고 있었다. 그런데 이상한 것을 보았다. 고추에 노란 털이 매달려 있는 것이다. 어른들의 까만 것은 보았지만 노란 것은 처음 보았다. 그의 고추는 다른 아이들 것과 달랐다. 크고 싱싱했다.

볼 일을 다 본 그는 싱글싱글 웃으며 한열이에게 다가왔다. 겁이 난 한열이는 뒤로 한 걸음 물러섰다.

"야, 니가 천재야?"

돌이의 녹두색 조끼에 묻어 있던 붉은 피가 한열이 뇌리에 스쳐 지나갔다. 고무신으로 코를 막았다. 알밤 두 개가 번개같이 머리에 떨어졌다. 뺨도 두어 대 얻어맞았다. 눈에 불이 번쩍 일어났다. 난생 이렇게 맞아 보기는 처음이었다. 눈물이 발등에 떨어졌다.

"너는 오늘부터 내 종이다. 알겠나?"

"……."

"알겠나? 모르겠나?"

"예."

자기도 모르게 존댓말이 튀어나왔다.

"선생이나 다른 사람에게 이야기하면 주길 기다. 알겠나?"

"예."

"이 책 보따리 들어!"

"예."

실눈이가 앞장섰고 한열이는 실눈이의 종이 되어 그의 책보자기를

310

들고 뒤를 따랐다. 길흉사 때 하인들의 행동을 여러 번 본 일이 있기 때문에 종이 무엇이란 것을 잘 알고 있었다.

이튿날 한열이는 학교에 보이지 않았다. 집에도 없었다. 밤새도록 어지러운 꿈을 꾸고 난 한열이는 실눈이가 무서워 학교에 가기 싫었다. 그렇다고 집에 있을 수도 없었다. 이 사실을 아버지나 선생님께 알릴 수도 없었다. 막상 집을 나서고 보니 갈 곳이 없었다. 동네 사람이나 아이들에게 발견되면 큰일이다. 어디로 가야 할까? 멀리 외 갓집이 보였다. 외갓집에 가면 외할머니가 얼마나 반가워할까! 곶감도 주고 밤이랑 대추도 줄 것이다. 그렇지만 갈 수가 없었다. 눈물이 고여 외갓집도 보이지 않았다.

7월의 한낮 더위는 열기를 더해 가고 이름 모를 산새들도 나무도 모두 지쳐 있었다. 개울가로 내려가 거울같이 맑은 물속을 내려다보니 크고 작은 물고기들이 흩어졌다가 다시 모였다. 아무 일 없었다는 듯 그들은 사이좋게 놀고 있었다. 박치기도 하지 않았고 물지도 않았다. 그들은 끼리끼리 재미있게 놀고 있었다. 물고기들이 부러웠다. 어느덧 한열이도 물고기가 되어 그들과 같이 놀고 있었다. 숨바꼭질도 하였다. 작은 돌을 풍덩 던지면 물고기들은 꼭꼭 숨었다.

"꼭꼭 숨어라. 머리카락 보인다."

아참. 고기들은 머리카락이 없지…….

"꼭꼭 숨어라. 꽁지가 보인다."

물고기들과의 숨바꼭질은 재미있었다.

이번에는 가벼운 작은 풀잎도 던져 보았다. 이상하게 고기들은 숨지 않았다. 작은 풀잎에 모여들기 시작했다. 아마도 먹이로 착각한 모양이다. 배가 고픈 모양이구나! 그러고 보니 한열이도 배가 고팠다. 몇 시나 되었을까? 주위를 둘러보니 들에서 일하는 사람들도 보이지 않았다.

집으로 돌아가는 한열이 발걸음은 무겁고 무거웠다.

다음날도 한열이는 학교에 가지 않았다. 물고기들과 놀았다. 고기들이 좋아하는 깻묵이랑 된장을 가지고 와서 푸짐한 잔치를 벌였다.

깻묵을 던지니 잔칫집에서 사람들이 많이 모이는 것과 같이, 고기들도 많이 모였다. 멀리서 가까이서 고기들이 다 모였다. 고기들은 좋아서 이리 뛰고 저리 뛰고 춤도 추었다. 잔치가 끝나고 고기들도 각자 집으로 돌아갔을 때 한열이도 집으로 돌아왔다.

그런데 온 집안이 발칵 뒤집혀 있었다. 어머니의 걱정스러워하는 모습, 아버지의 대노한 모습을 보고, 가슴이 철렁 내려앉았다. 어머니는 한열이 손을 잡고,

"도대체 어델 갔다 왔노 응? 말 좀 해 봐라."

실눈이의 화난 모습이 앞을 가로막았다. 이 사실을 말할 수 있는 용기가 도저히 생겨나지 않았다.

"어무이요. 용서해 주이소."

어머니 품에 안겨 슬프게 울었다. 어머니가 이 세상에서 제일이라는 것을 이제야 알았다. 이 말 못 할 심정을 어머니는 이해해 주시는 것이다. 어린 것이 그럴 수도 있으니 용서해 주자는 것이고 아버지는 어린놈이 벌써 학교를 빼먹고 농땡이를 치면 앞으로 어떤 인간이 되겠느냐는 것이다. 한동안 어머니와 아버지 사이에는 입씨름이 오고 갔고 결국 한열이는 여러 대의 종아리를 맞았다. 내용도 모르는 어머

니는 앞으로 훌륭하고 착한 사람이 되어야 한다고 수없이 타일렀다.

학교 가는 길이, 이제는 읍내 장터 가는 길보다 더 먼 것 같았다. 모퉁이 하나만 돌면 학교가 나타난다.

'실눈이가 또 나를 괴롭힐 것인지? 선생님은? 아니야! 실눈이는 지레 겁을 먹고 다시는 나에게 접근 못할 것이다. 선생님도 용서해 주실 것이다.'

이렇게 생각하니 아무 일 없었다는 듯 교실에 쑥 들어갈 수 있었다. 어디서 보았는지 실눈이가 부리나케 달려왔다.

"선생한테 고해 바치면 알지!"

그는 큰 주먹을 쥐어 보였다. 조금도 달라진 게 없었다.

학교가 파하고 선생님은 교무실로 한열이를 불렀다. 아이들은 선생님이 계시는 교무실 가기를 제일 싫어했다. 어떤 아이들은 교무실이 무서워 둘러 다니기도 하고, 교무실 복도를 지나야 할 경우에는 허리를 낮추고, 발뒤꿈치를 높이 들어, 고양이 같이 소리 없이 빨리 지나갔다.

교무실은 기차같이 기다랗게 줄지어 서 있는, 교실 한가운데에 있었다.

교무실이 가까워 오자 가슴이 콩콩 뛰기 시작했다. 이마에 식은땀도 났다. 교무실 앞을 몇 번 왔다 갔다 하다 용기를 내어 문을 살짝 옆으로 밀었다. 운동장 쪽으로 커다란 종이 하나 매달려 있다. 그 종소리에 따라 학생이나 선생님이 모두 움직였다. 종의 힘이 대단했다. 한열이는 그 종을 한 번 쳐보는 것이 소원이었다.

"드르륵."

문 여는 소리가 매우 크게 났다. 선생님들이 일제히 문 쪽을 향해 한열이를 보는 것 같았다. 가슴은 쿵쿵 뛰어 대포 소리가 났고, 얼굴은 붉은 진달래가 되어 선생님 앞에 서 있는 한열이의 연약한 다리는 가느다랗게 떨리고 있었다.

"왜 결석을 했지? 이틀 동안 어디를 갔다 왔느냔 말이야. 왜 대답이 없어?"

선생님은 책상 서랍을 이리저리 뒤지며 일손을 놓지 않고 꾸지람을 하셨다.

"다시는 이런 일이 없겠지? 약속하겠어? 선생님은 한열이가 아주 모범생인 줄 알았는데 실망했다."

한열이는 종아리 세 대를 맞고 눈물을 흘리며 교무실에서 나왔다. 아버지에게 맞은 종아리에 퍼렇게 줄이 서 있는 곳에, 다시 퍼런 줄 세 개가 더 그어졌다.

실눈이는 날이 갈수록 점점 더 포악한 성격으로 변해 갔다. 뱀을 잡아 꼬리를 쥐고 빙빙 돌려 하늘 높이 던졌다가 떨어지면, 죽은 뱀을 다른 아이들의 목에 걸어 기겁하는 것을 보기 좋아했다.

개구리를 잡아 뒷다리를 찢어 구워 먹기도 했다. 전봇대보다 더 높은 버드나무에 올라가 새끼 까치를 끄집어내어 잔인하게 죽이기도 했다. 세상에 태어났다가 날갯짓도 한 번 못 펴보고 다리를 파르르 떨며 불쌍히 죽어가는 새끼 까치를 보면 눈물이 나왔다. 한열이의 공책과 연필, 지우개도 다 빼앗아갔다. 선생님은 이따금 숙제를 냈고 시험도 치렀다. 선생님은 동그라미로 성적을 표시했다. 동그라미 다섯 개가 100점이고, 세 개가 50점, 아무리 못해도 동그라미 하나는 주었다. 빵점은 없다.

한열이는 언제나 동그라미가 다섯 개였다. 그러나 요사이는 달랐다. 동그라미 하나를 받을 때도 있고 두 개를 받을 때도 있다.

실눈이 때문이었다. 동그라미 다섯 개를 받으면 그날은 어김없이 주먹질을 했다. 매 맞는 것이 겁이 나 일부러 틀리게 해야 했다. 책 읽는 것도 더듬거려야 했다. 잘 읽으면 책상 밑으로 톡톡 신호를 보냈다. 잘 읽지 말라는 신호였다.

집에 가면 내용도 모르는 아버지나 형에게 야단맞아야 하고 학교에 오면 실눈이가 끈질기게 괴롭혔다. 한열이 얼굴은 점점 더 여위어 갔고, 성적도 뚝뚝 떨어졌다. 명랑한 모습은 찾아볼 수 없고, 언제나 혼자가 되어 무엇인가 골똘히 생각하고 있었다. 실눈이가 없는 저 멀리 다른 학교로 전학 갈 수 없을까, 학교 다니지 않으면 안 될까, 생각하고 있는 것이다.

아이들은 어른들보다 참을성이 없었다. 마지막 시간이 다가오면 안달이 났다. 선생님의 말씀이 길어지면 화장실 가고 싶은 인상을 짓고 몸을 비비 꼬기도 하였다. 하루 공부가 끝나고 책보자기를 허리춤에 차고 고삐 풀린 송아지같이 집으로 내달렸다. 한열이도 그랬다.

그러나 요사이는 다르다. 실눈이의 동정을 살펴보아야 한다. 그것은 주인의 행동에 따라 개가 움직이는 것과 같았다. 실눈이의 종이기 때문이다. 실눈이는 좀처럼 바로 집에 가는 일이 없었다. 나뭇가지에 고무줄을 맨 새 총을 가지고 다니며 사냥을 했기 때문이다. 산을 넘고 언덕을 넘으며 비둘기나 새를 겨냥하지만 아직까지 한 마리도 잡은 일은 없었다. 그가 사냥을 하 는 동안 한열이는 책보자기를 들고 따라다녀야 하고, 실탄(작은 돌)을 준비해야 했다.

산에는 먹을 것이 많아 허기는 면할 수 있었다. 봄에는 진달래꽃, 버들강아지, 송구, 찔레순, 여름에는 산딸기, 짠대, 가을에는 망개, 머루, 다래 등이다.

가을이 오면 실컷 먹고 싶은 것이 한 가지 있었다. 아직 한 번도 먹어 보지 못한 사과다. 이 고을 한 곳밖에 없는 사과밭에 빨갛게 익은 사과가 주렁주렁 매달려 있다. 보기만 해도 침이 꿀꺽 넘어간 다. 좀처럼 먹어 볼 수 없는 신식 과일이다. 사과밭 주위를 둘러싸고 있는 가시 돋친 탱자나무는 개도 들어갈 수 없을 만큼 촘촘하다.

미술 시간에 사과 그리기를 좋아하는 한열이는 어른이 되어 돈을 많이 벌면 사과나무를 심겠다고 생각도 했다. 그렇게 먹고 싶은 사과를 배가 터지도록 실컷 먹을 수 있는 기회가 왔다. 정말 뜻밖의 일이었다.

실눈이는 사과밭에 자기만 아는 개구멍을 만들어 놓고, 두더지같이 기어 들어가 눈만 빠끔히 내어 놓고, 안의 동정을 살핀 후 눈 깜빡할 사이에 한 보따리의 사과를 싸들고 개구멍으로 기어 나왔다. 그의 민첩한 행동으로 보아 처음 있는 일은 아닌 것 같았다. 둘이는 아무도 없는 골짜기 큰 나무 옆에 숨어서 먹고 또 먹었다.

"마신(맛있)나?"

"예."

"내 말 잘 들으면 좋은 일 또 생길 끼다."

그는 무슨 큰일이라도 한 듯 어깨를 으쓱 해 보였다.

먹다 남은 사과는 모래밭에 파묻어 놓고 다음날 꺼내 먹었다. 한열이는 맛있는 사과를 먹으면서 할머니 어머니 아버지 생각이 났다. 집에 가지고 가고 싶은 생각이 간절했지만 참아야 했다. 도둑질한 사과라는 것을 알면 매 맞을 것이 뻔하기 때문이다. 나쁜 짓이란 것을 알고 있지만 그래도 사과는 맛이 있었다.

며칠이 지난 후 실눈이는 또 사과 생각이 났다. 한열이에게 주위에 사람이 있나 없나 망을 보게 하고는 전의 그 개구멍으로 기어들어 갔다. 이번에는 상황이 전과 달랐다. 개구멍에 들어가자마자 실눈이는 얼굴이 흙빛이 되어 되돌아 나와 총알같이 달아났다. 한열이도 실눈이를 따라 열심히 뛰었다. 그들 뒤를 이어 또 한 사람이 총알같이 따라갔다. 쫓고 쫓기는 필사의 경쟁이 벌어졌지만 한열이는 이내 잡히고 말았다. 화가 머리끝까지 난 사과밭 주인은 한열이를 무자비하게 두들겨 팼다.

한동안 정신을 잃은 한열이는 엉금엉금 기다시피 집에 돌아왔다. 왜 이렇게 맞아야 하는지 한열이는 모른다. 남의 사과를 훔쳐서는 안 된다는 것밖에 모른다. 사과를 훔친 것은 실눈이고 한열이는 먹은 죄밖에 없다.

공부가 시작될 때의 종소리와 끝날 때의 종소리는 다르다. 공부가 시작될 때는 땡땡, 땡땡, 땡땡, 빠른 속도로 여섯 번 울리고, 마치는 종은 땡, 땡, 땡, 천천히 세 번 울린다.

소변을 보고 싶은 아이들은 마침종이 울리면 학교 뒤편에 있는 화장실로 몰려들었다. 그곳에는 1학년, 2학년, 3학년 학생들이 뒤섞여 일렬로 나란히 서서, 누구 오줌줄기가 높이 올라가나 내기라도 하듯, 엉덩이를 앞으로 불쑥 내밀고 힘을 주어 끙끙대며 실력을 겨루기도 한다. 어떤 아이는 좌우로 흔들어 대며 세계 지도를 그려 놓기도 하였다.

남학생 뒤편에는 여학생 화장실이 잘 다듬어진 나무 칸막이로 나란히 세워져 있었다. 맨 오른쪽에는 남자 화장실이 한 칸 있는데 그곳에는 '남'이란 팻말이 붙어 있었다. 대변을 보고 싶은 남학생 전용이다.

맨 왼쪽에는 '선생님용'이라는 팻말이 붙어 있다. 그곳은 선생님만 사용하고 학생들은 사용하지 못하게 되어 있다.

여자 화장실 뒤편에는 분뇨 처리하는 직사각형 구멍이 있는데, 분뇨가 넘치면 늙은 영감이 소달구지에 똥장군을 여러 개 싣고 와서 분뇨 처리를 한다. 그때는 나무판자를 떼어 놓았다가 분뇨처리를 하고 나면 다시 덮어둔다. 그곳에는 언제나 분뇨 냄새가 코를 찌르고 더럽기 때문에 아이들이 좀처럼 가지 않는 인적이 드문 조용한 곳이다.

한열이는 이곳에서 실눈이가 이상한 행동을 하는 것을 여러 번 본 일이 있었다. 나무판자를 떼어 놓으면, 여학생 오줌줄기가 수도꼭지를 틀어 놓은 것 같이 훤히 보인다. 여학생 오줌줄기는 남학생 오줌줄기보다 더 세차게 쏟아지는 것 같았다.

실눈이는 나무판자를 떼어 놓고, 여학생의 오줌 줄기 보는 것을 즐기고 있었다. 실눈이는 점점 더 대담해지더니 아주 가까이서 바라보기 시작했다. 그런데 오늘 그의 행동은 전과 달랐다. 그의 숨소리는 달리기를 한 것 같이 거칠어지고, 얼굴은 술 취한 사람같이 벌겋게 달아올랐다. 눈동자도 충혈되어 있었다. 병정놀이하듯 몸을 납작 엎드리더니, 놀랍게도 얼굴을 분뇨통에 밀어 넣기 시작했다. 그가 될 수 있는 한 분뇨통 깊숙이 얼굴을 밀어 넣기 위해서 매우 용을 쓰고 있는 것을 보았다.

그러나 좀처럼 그의 뜻대로 되지 않는 모양이다.

다음날도, 그다음날도, 똑같은 행동을 계속했다. 그의 눈이 계속 위쪽을 향하는 것을 보니 여자의 가장 귀중한 곳을 보기 위한 행동 인 것 같았다.

만약 그가 원하는 대로만 된다면, 가장 적당한 위치에서 가장 정확하게 여자의 그것을 구경할 수 있었을 것이다. 실눈이 목이 조금 만 더 길었어도 볼 수 있었을 것이다. 얼굴은 간간이 분뇨가 묻어 마치 전에 본 문둥이 같았다. 그의 끈질긴 신념은 대단했고 어떻게 뜻하는 바가 이루어지는 것 같더니 여자의 오줌줄기에 날벼락만 맞고 물러섰다. 얼굴과 머리에서 흘러내리는 여자의 오줌은 목을 타고 배를 거쳐 까만 고무신 속에 고였다. 드디어 그는 먹이를 빼앗긴 늑대 처럼 이빨을 드러냈다. 그는 화가 많이 나면 이빨을 드러내는 버릇 이 있었다. 주위를 두리번거리더니 기다란 버드나무 가지를 꺾어 들 고 다음 오줌줄기가 나타나기를 기다리고 있었다.

얼마나 화가 났는지 멀리서 보아도 그의 어깨는 들먹이고 있었다. 드디어 다음 오줌줄기가 나타났다. 부리나케 달려들어 사정없이 나뭇가지를 오줌줄기 출발 지점을 향하여 깊숙이 찔렀다. 실눈이는 정신없이 같은 행동을 되풀이하고 있었다.

아뿔싸! 큰일 났다!

그의 등 뒤에 나타난 것은 신식 파마머리를 한 여선생님이었다. 실눈이는 그것도 모르고 같은 행동을 계속하고 있었다. 그 여선생님은 몇 학년 몇 반을 가르치는지 한열이는 모른다. 어디를 얼마만큼 다쳤는지도 모른다. 여선생님은 커다랗고 굵은 몽둥이를 들고 닥치는 대로 실눈이를 두들겨 패고 있었다. 화가 머리끝까지 난 여선생님은 안경이 땅에 떨어지는 것도 몰랐다.

한동안 여선생님의 몽둥이를 맞고 있던 실눈이는 선생님에게 용서도 빌지 않고 어디론지 멀리 도망치고 말았다.

학교가 파하고 교실에는 실눈이의 책보자기만 덩그러니 놓여 있었다. 아무리 기다려도 실눈이는 나타나지 않는다. 넓은 운동장에 놀던 아이들도 모두 집에 가고 텅 빈 학교는 점점 더 조용해지고 있었다.

한열이 마음은 조급해지기 시작했다. 아무리 실눈이 종이라 해도 이렇게 마냥 기다릴 수는 없다고 생각했다. 그렇다고 집에 간다는 것도 문제가 있다고 생각했다. 이러지도 저러지도 못하고 있을 때 학교를 지키고 있는 사람이 집에 가라는 시늉을 하고 있었다.

그렇다면 이 책보자기는 어떻게 해야 할 것인가? 그냥 두고 가자니 그렇고, 실눈이 집을 모르기 때문에 가지고 가자니 그렇고……. 결국 가지고 가는 것이 옳다고 판단했다. 집에 가는 길 어디에서 실눈이가 불쑥 나타날 것이라는 생각이 들어서였다.

밖을 나와 보니 해는 서산에 기울었고, 구름은 빨갛게 노을 져 새로운 세상을 만들어 놓았다. 제법 쌀쌀한 바람이 불었다. 발길을 재촉했다. 그러나 실눈이는 나타나지 않는다. 길에는 다니는 사람도 별로 없다. 처녀귀신이 나타난다는 연못가 모퉁이 길에는 길 가는 사람이 꼭 있어 주기를 바랐다. 늑대라도 나타나면 어떻게 하나 등골이 오싹하다. 모퉁이 길이 가까워 와도 인적은 없다. 이럴 때 실눈이가 나타나 주기를 바랐다.

다행히 저 멀리 사람의 그림자가 희미하게 보였다. 그는 매우 천천히 걷고 있었다. 모퉁이 길에서 마주치려면 걸음을 천천히 걸어야 한다고 한열이는 생각했다. 정확하게 모퉁이 길에서 마주치게 되었다. 한열이는 천천히 걷기를 잘했다고 생각했다. 모자를 눌러 쓰고 고개를 푹 숙이고 천천히 걷는 그는 불쌍하게도 절름발이였다. 비켜 가는 사이에 두 사람은 얼굴이 서로 딱 마주쳤다. 순간 한열이는 기절할 정도로 놀랐다. 그 절름발이는 한열이가 제일 무서워하는 아이 잡아먹는다는 바로 그 문둥이였다.

"이제는 죽었구나! 사람 살려 주이소."

목이 터져라 고함을 지르며 있는 힘을 다해 도망을 쳤지만 이상하게도 발은 돌덩이를 달아 놓은 것 같이 잘 떨어지지 않았다.

그 문둥이도 다리를 절룩이며 안간힘을 다해 한열이를 따라오고 있었다. 한열이와 문둥이와의 거리가 점차 벌어지기 시작하자 이번에는 문둥이가 고함을 질렀다.

"그 책 보따리 우리 칠복이끼다. 칠복이는 어데 갔노?"

그 문둥이는 계속 칠복이를 부르짖었다. 칠복이? 한열이는 도망을 치며 뒤를 돌아보았다. 문둥이는 지쳐 주저앉아 손만 내젓고 있었다.

칠복이라면 학교에서 부르는 실눈이 본명이 아닌가?

"칠복이 책 보따리를 왜 니가 가지고 있노? 내 자식 칠복이는 어데 있노?"

문둥이는 기진맥진해 있었고 힘없는 말소리는 눈물에 젖어 있었다.

그렇다면 저 문둥이는 실눈이 아버지란 말인가? 그렇다! 그 문둥이는 실눈이의 아버지였다. 학교에서 돌아오지 않는 실눈이가 걱정되어 찾아 나선 것이 틀림없다.

다음날 실눈이는 학교에 나오지 않았다. 신식 파마머리를 한 여선생님도 학교에 나오지 않았다. 그다음, 다음날도 실눈이와 여선생님은 학교에 보이지 않았다. 그런데 이상한 일이 벌어졌다. 6학년 학생들은 담임 선생님 병문안을 가야 한다고 야단이고, 선생님은 병문안을 오지 말라고 야단이라는 것이다. 이 문제를 교장 선생님께 묻기로 했다고 했다. 교장 선생님도 시원한 답변을 못 했다고 했다. 아이들은 무능한 교장 선생님이라고 수군대기 시작했다. 6학년은 1학년과는 다르다고 한열이는 생각했다.

그런데 한 달이 가고 두 달이 가도 실눈이는 학교에 나오지 않았다. 어떤 아이들은 다리 밑에서 실눈이를 보았다는 이야기도 있고, 읍내 장터에서 보았다는 이야기도 있었지만 실눈이는 영영 학교에 나오지 않았다. 그 이후 실눈이를 보았다는 아이들은 아무도 없었다. 문둥이 역시 볼 수 없었다.

겨울이 가면 봄이 오게 되어 있고, 봄이 오면 마른 나뭇가지에 새싹이 돋아나게 되어 있는 것과 같이, 새 학기가 되면 신입생이 입학하고 1학년은 2학년이 되게 되어 있다.

2학년이 되니 교실도 바뀌었고 선생님도 바뀌었다. 한열이는 어머니 같은 여선생님이 좋았다. 그러나 이번에는 남자 선생님이 담임이 되어 조금은 섭섭했다.

배운다는 것이 이래서 좋은가 보다. 1년 전보다 아이들은 자기가 할 일을 스스로 할 줄 아는 제법 어른스러운 행동을 보여주고 있었다.

그런데 녹두색 조끼도, 어른 같은 아이도, 엉덩이가 커다란 덩치 큰 여학생도 보이지 않았다.

그들은 속성반이라 해서 껑충 뛰어 3학년이 되어 있었고, 그다음 해도 껑충 뛰어, 국어책도 제대로 읽지 못하고 3년 만에 국민(초등)학교를 졸업한다고 했다. 이제는 나이가 비슷비슷한 또래만 남아, 고기들이 왜 끼리끼리 노는지 그 이유를 이제야 비로소 알았다.

한열이는 학교 다니는 것이 재미있고 신이 났다. 그 지긋지긋한 실눈이도 없고, 공부도 점점 더 잘해 동그라미 다섯 개는 어김없이 받았기 때문에 어머니와 아버지가 좋아하셨고, 선생님도 칭찬해주셨다.

책도 못 읽는 것이 없었다. 무엇인가 읽고 싶어도 읽을 책이 없었다. 재미있는 이야기책이 읽고 싶어 미칠 지경이었다. 아버지가 보는 책은 전부 한문이라 알 수가 없고, 형이나 고모가 공부할 때 배운 책은 전부 일본 글씨라 알 수가 없었다. 일본 글씨로 된 책은 종이도 좋고 알록달록한 천연색 그림도 있어 구경거리가 되었지만, 그것도 수십 번 보고 나니 싫증이 났다.

읍내에 가면 만화책도 있고, 동화책도 있다는 이야기는 들었지만, 누구도 본 사람은 없었다.

아버지, 어머니가 읍내에 가면 처음 보는 귀한 것을 사 왔다. 읍내에 가면 없는 게 없다는 것을 여러 번 들었다.

할아버지, 할머니가 들려주던 심청전이나 장화홍련전도, 책으로 된 것이 읍내에는 있을 것이다. 그것보다 더 재미있는 만화책도 있다는 것을, 한열이는 굳게 믿고 있었다. 한열이는 책을 사기 위해 읍내에 가기로 큰마음을 먹었다. 읍내에 가는 길은 새벽 일찍 나무 팔러 가는 소달구지를 따라가면 되기 때문에 어렵지 않았다. 읍내에는 처음 보는 신기한 것이 너무 많았다.

"담배요, 담배. 백두산 담배."

담배를 파는 아이들이 장터를 헤집고 다녔다.

"불꽃 성냥 좋은 성냥, 열두 갑에 10원이요."

귀한 성냥 알맹이를 수북이 쌓아놓고 손님을 부르는 것도 신기했다. 할아버지가 쓰시는 부싯돌보다 훨씬 신식이다. 돈 1원을 주고 삶은 고구마 두 개도 샀다. 처음 먹어 보는 고구마는 감자보다 훨씬 맛이 있었다. 한 개는 어머니 아버지에게 드리려고 안주머니 깊숙이 넣어 두었다.

그러나 아무리 찾아다녀도 동화책이나 만화책을 파는 곳은 없었다. 큰 용기를 내어 길 가는 양복쟁이 어른에게 물어보았다. 아래 장터로 가보라고 턱을 내밀었다. 아래 장터에도 책방은 없었다.

"애야, 그 신발 때워야겠다."

돌아보니 신발 때우는 영감이 한열이 까만 고무신을 내려다보고 있었다. 한열이 고무신에는 큰 발가락이 삐죽이 나와 있었다.

"이 근방에 책방이……"

"책방?"

영감은 뒤를 힐끗 돌아보았다. 책방이 바로 거기에 있었다.

"아!"

20리를 새벽같이 걸어서 드디어 책방을 찾았다. 그러나 책방 문은 굳게 잠겨 있었다.

"이놈아, 책방 주인 왜놈은 벌써 도망쳤어. 자기 나라로 갔단 말이야."

한열이는 그만 그 자리에 풀썩 주저앉고 말았다. 배도 고프고 다리도 아팠다. 눈물이 핑 돌았다. 해지기 전에 20리 길을 다시 걸어야 했다. 해가 지면 산길에 늑대가 자주 나타난다는 말을 들었다. 한열이는 눈물을 훔치며 뛰기 시작했다.

선생님은 새 교과서가 나올 때까지 칠판에 글씨를 적어 공부를 가르쳤다. 아이들은 공책에 열심히 따라 적었다. 연필은 조금만 눌러 쓰면 곧잘 끝이 부러졌다. 잘 들게 갈아 놓은 칼로 조심스럽게 깎아도 나무가 질이 좋지 못해 한쪽이 달아났다. 까맣고 가느다란 연필 심지가 훤히 보였고 금방 몽당연필이 되었다. 이럴 때는 깍지를 끼우고 쓰면 한결 편리했다.

연필 심지가 부러질까 봐 살살 쓰면 이번에는 글씨가 너무 희미하게 나타난다. 심지에 침을 발라 쓰면 까맣고 좋다는 것을 아이들은 잘 알고 있다. 칠판에 써 놓은 선생님의 글을 따라 적을 때 아이들은 연신 연필 끝에 침을 바르는 것이 버릇처럼 되어 있다. 입술이 까만 아이들이 많았다.

잘못 쓴 글씨를 지울 때 지우개가 있어야 하는데 지우개가 아니라

고무에 가깝다. 아무리 살살 문질러도 공책에 구멍이 난다. 아이들은 이 지우개를 초롱불 석유에 넣고 오래 두면 부드럽고 연한 지우개가 된다는 것을 잘 알고 있다. 연필, 지우개, 공책 어느 것 하나 성한 것이 없고 질이 좋은 것이 없다.

2학년이 되었는데도 아직까지 교과서가 나오지 않았다. 빨리 새 교과서가 나왔으면 좋겠다.

새 학년이 된 지 3개월이 지나도 국어책이나 산수책이 나오지 않았다. 공부 잘하는 아이나, 못하는 아이나, 국어책을 읽을 줄 아는 아이나, 못 읽는 아이나 새 교과서가 어떻게 생겼는지 보고 싶은 마음은 한결같다.

난생처음 교과서를 받는다는 것은 명절 때 새 옷 입는 것보다 더 기분 좋은 일이다. 모두들 새 교과서가 빨리 나오기를 손꼽아 기다리고 있었다. 교무실에 큰 물건이라도 들어가면 간 큰 아이들은 선생님 몰래 교과서가 아닌지 창문을 기웃거려 보기도 하고 다른 반 동정도 살피곤 했다.

드디어 기다리고 기다리던 새 교과서가 나왔다는 소식이 들어왔을 때 아이들은 와~ 하고 함성을 질렀다.

덩치 큰 몇 놈이 교무실에 불려가 새 교과서를 받아 들고 와 선생님 교탁 위에 가지런히 놓았다. 선생님은 출석부 순서대로 하나하나 불러 새 교과서를 나누어 주었다. 그사이 미쳐 못 받은 아이들은 미리 받은 아이들 쪽으로 몰려가서 구경하느라 교실이 온통 시장 같이 소란했다.

선생님은 여러 번 교탁을 치며 조용히 하라고 주의를 주었지만 그때뿐이었다. 마침내 선생님의 고함 소리가 터져 나오고 말았다.

"조용히 못 해!"

말이 떨어지기 바쁘게 백묵 필통이 뒷좌석에 몰려 있는 아이들 쪽으로 날아갔다. 선생님은 백묵 필통을 책과 함께 늘 가지고 다녔다. 그냥 두면 아이들이 백묵을 훔쳐 가기 때문에 교실에 그냥 두는 법이 없다 백묵 필통은 나무로 만들어져 있었는데 직사각형으로 다듬어져 있어 머리에 맞으면 피가 날 것이고, 눈에 맞으면 병신이 될지도 모르는 아찔한 순간이었다.

다행히 총알같이 날아온 필통을 한 아이가 야구공을 잡듯 절묘하게 잡았다. 교실은 조용해졌고 필통을 잡은 아이는 이것을 어떻게 처리해야 할 것인지 몰라 쩔쩔 매고 있었다. 그 모습이 하도 이상한지 선생님은 그만 피식 웃고 말았다. 아이들도 선생님을 따라 히히 웃었다.

선생님과 아이들은 방금 받은 새 책으로 공부를 시작했다.

표지에는 남학생과 여학생이 나란히 웃는 모습을 하고 있었는데 너무나 다정스러워 보였고 배경에는 무궁화 꽃도 활짝 피어 있었다. 표지 그림과 같이 학생들은 좋아서 싱글벙글 웃고 있었다.

똑같은 깨끗한 새 책을 나란히 들고 있는 모습은 운동회 때 똑같은 유니폼을 입은 것 같이 보기에도 좋았다.

15쪽까지는 선생님이 칠판으로 가르쳤기 때문에 16쪽부터 배우기 시작했다. 아이들이 16쪽을 찾는 바쁜 손놀림과 함께 책장 넘기는 소리가 잠시 동안 교실 안에 잔잔히 퍼졌다.

아이들은 16쪽을 펴 놓고 선생님 입만 쳐다보고 있었다. 다음 명령을 기다리고 있는 것이다. 기침 소리 하나 없이 너무나 조용했다.

선생님은 아이들을 한 바퀴 휙 둘러보기 시작했다. 한열이는 선생님의 이런 행동이 무엇을 뜻하는지 잘 알고 있기 때문에 가슴이 두근거리기 시작했다. 선생님은 대표로 책을 읽히게 할 때는 아이들을 한 바퀴 둘러보는 버릇이 있었다. 아직까지 반쯤은 책을 읽지 못했고, 능숙하게 책을 읽을 줄 아는 아이는 많지 않았다.

한열이는 새 책, 첫 공부, 첫 시간에 혹시 나를 지명하지 않을까 하는 마음에서 가슴이 두근거렸다.

선생님의 눈동자는 한열이 쪽에서 멈췄다.

"한열이, 한 번 읽어 봐!"

한열이가 반에서 특별히 책을 잘 읽기 때문에 첫 시간만큼은 한열이에게 읽게 하는 것이 어쩌면 당연한지도 모르겠다. 한열이는 벌떡 일어나 책을 읽기 시작했다. 제목은 '달이 가나 구름이 가나'였다. 이번만큼은 정말 잘 읽어야 한다고 속으로 생각했다.

"하늘 높이 솟아 있는 달은 어디론지 가고 있습니다. 때로는 빠르게 때로는 천천히 자꾸만 가고 있었습니다. 달 사이로 구름들이 늘려 있었습니다. 구름들도 어디론지 가고 있었습니다. 달이 갈……"

여기까지 읽다가 한열이 입은 그만 벙어리가 되고 말았다. 벙어리가 된 한열이는 책만 들고 서 있었다. 선생님도 아이들도 한열이 쪽으로 시선이 쏠렸다. 한열이는 진땀이 흘렀다. 입안이 바싹 타고 손바닥에 진득이 땀이 배어났다. 잠깐 동안 시간이 흘렀다. 실눈이가 째진 눈으로 자신을 노려보며 명령할 때 주눅 들고 어쩔 줄 몰라 하던 그 감정이 되살아났다.

"한열이, 왜 그래?"

먼저 입을 연 것은 선생님이었다.

"선생님, 글씨가 없습니다."

"뭐? 글씨가 없어?"

한열이 국어책에는 '달이 갈' 다음부터 이곳저곳 구멍이 나 있었다. 검은 딱지 푸른 딱지들이 종이가 되어 붙어 있었다.

검은 딱지, 푸른 딱지 위에도 글씨는 보이지 않았다. 어느 것 하나 성한 종이가 없었다.

"선생님, 저두요."

"선생님, 나도요."

여기저기서 저두요. 나도요. 소리가 흘러나왔다.

어떤 책은 한가운데가 어떤 책은 귀퉁이가 어떤 책은 앞장에 어떤 책은 뒷장에 크고 작은 구멍이 나 있었다. 그곳에도 글씨는 없었다. 글씨 없는 책은 말을 잃어버린 책이 되었다.

검은 딱지, 푸른 딱지들은 앞뒤를 가리지 않고 곰보가 되어있었다. 해방이 되고 처음 나온 교과서는 하얗고 반들반들한 종이가 아니라 두껍고 누런 마분지 같은 종이였다. 그것은 마치 돌을 맞으면서도 쉬 자리를 뜨지 않던 실눈이의 아버지가 우는지 웃는지 분간할 수 있는 문둥이 얼굴, 짐승의 울부짖음처럼 소리 지르며 도망가던 그 쩔뚝거림과 같았다.

장날마다 어울려 다니던 거지들은 어디로 갔을까?

장날마다 어울려 다니던 문둥이들은 어디로 갔을까?

내일 아이들은 책이 닳을까 봐 두꺼운 비료 포대로 껍데기를 할 것이다. 그렇게도 손꼽아 기다리고 기다리던 책이 글씨 없는 책인 것을 아이들은 섭섭해 하지 않았다. 원래 책은 그런 것인 줄만 알았다.

선생님은 창가에 서서 먼— 하늘만 바라보고 계셨다.

작품 해설

학교폭력, 왕따
－존재에의 사랑과 미움

평론가 박신헌 교수

「학교폭력, 왕따」는 원로 소설가 송일호의 작품이다.

이 작품은 전국적으로 문제가 되고 있는 학원 폭력 및 학생들의 비행 문제를 다루고 있다. 이 작품에서 주인공은 '김 선생'이다. 그는 현역교사로서 평생을 학생 선도에 몸을 바쳐 온 천생 교사인 사람이다.

작가는 김 선생의 삶의 과정을 통하여 우리 현대사를 전체적으로 조망하고 있다. 유년기의 한학공부, 엄격한 가정교육, 마을 연극 공연, 6·25전쟁, 학교 깡패 사건, 주먹 세상, 서부영화 시대, 학교 규율부, 5공 시절의 교복 자율화, 두발 자율화, 비행 학생의 폭발적 증가, 칭찬 교육 전환, 학생 체벌 금지, 상담교사 제도, 학교 수업 붕괴, 학원 중심 사교육, 청소년의 성인 폭행 및 살해 사건 만연 등, 그야말로 우리 현대사 특히 그중에서도 학생 훈육 제도의 변천과 비행 청소년의 발달사를 열거해 놓은 것 같은 전개이다. 이 전개를 통해 우리가 알 수 있는 것은 투박하기는 하지만 과거로 돌아갈수록 사람 사는 냄새가 풍기고, 무엇인가 질서 내지는 윤리라는 것이 살아 있음을 느낄 수 있다는 것이다. 여기서 작가는 5공 시절의 교복 자율화와 전교조 출범 이후의 칭찬 교육이 우리의 전통적 훈육 체계를

332

뿌리째 흔들게 된 계기라고 보고 있음을 알 수 있다.

김 선생은 평생을 교사로 살아오면서 학생 훈육 담당자로 봉직했다. 초창기엔 학생부장으로서 남다른 소명감과 자부심도 가질 수 있었다. 그러면서 자기가 없으면 학교의 규율이 송두리째 무너져 버릴 것이란 생각이 머리를 떠나지 않았던 것이다. 그래서 그는 학생 및 젊은이 지도에 몸을 사리지 않았던 것이다. 급기야 그의 학생 지도는 교내에서만 머물지 않고 교외에서도 자연스럽게 이루어졌다. 그럴수록 아내의 걱정은 깊어만 갔고, 만류 또한 커져만 갔다.

김 선생은 평생 학생 훈육을 하며 살아오는 동안 크게 세 번의 상처를 받게 된다. 첫 번째는 학교폭력과 금품 갈취 등으로 파출소에 잡힌 학생을 처벌하다 학생의 고막이 파열되어 학생 조부의 강한 항의와 질타를 받고 변상을 해 준 사건이다. 김 선생은 분명 사심 없이 학생 지도에 최선을 다했을 뿐인데 운이 없어 학생이 다쳐 버린 것이다.

질타를 받고 금전적 배상까지 해 준 김 선생의 마음은 너무나 쓰라렸다. 이 심정을 작가는 다음과 같이 표현하고 있다. 김 선생은 교육자가 된 것을 이렇게 후회해 본 적도 없다. 당장 학교를 때려치우고 싶다.

두 번째는 여학생 상담을 하다 생긴 사건이다. 오빠라고 부른 남자 친구와 사귀는 여학생의 딱한 사정을 듣다 김 선생은 더 이상의 임신을 막기 위해 콘돔을 권유하게 되는데, 절도 혐의로 체포된 남자의 몸에서 콘돔이 나왔고 그것이 김 선생의 권유로 그렇게 된 것이 밝혀진다. 결국 김 선생은 '교사가 학생의 부정을 도운 한심한 자'

가 되어 '감봉 3개월'의 중징계를 받게 된다.

세 번째는 수업 시간에 자고 있는 학생의 등을 가볍게 때린 것이 동영상에 올라 학부모의 강한 항의를 받은 사건이다. 이것이 사랑의 매냐 아니냐 논란 끝에 사랑의 매가 아니라는 결론이 나고 견책을 받는다.

그러나 이 작품에서는 마지막으로 김 선생에게 치명적인 사건 하나를 더 남겨 두게 된다. 그것은 바로 그가 그토록 강조해 마지않았던 가정교육의 자기 함정이었던 것이다.

'가정교육이 문제야. 청소년 교육은 가정에서 먼저 이루어져야 해. (중략) 그래도 우리 집 자식은 착하게 잘 자라 주어서 다행이야. 뼈대 있는 집안은 달라. 암, 다르고말고.'

그런데 그때 김 선생은 어둑한 골목에서 한 무리의 중학생들이 담배를 피우며 왁자지껄 떠드는 것을 보게 되는데, 김 선생은 이제는 그들을 피해가게 된다. 그때 아이들이 맹렬하게 도망을 가게 되는데 그 사이에서 김 선생은 자기의 손자를 보아 버리게 된다. 그때 순간적으로 내지른 비명이 바로 '아니, 저놈이'인 것이다.

조금 장황해진 설명이지만 이 작품은 바로 '오늘, 여기'에서 일어나고 있는 현실 문제를 다루고 있다는 점에서 시사하는 바가 크다고 하겠다. 결국 이 작품에서는 인간 존재에 대한 신뢰가 점점 깨져가고 있다는 것을 강조하고 있다 할 것이다. 이것은 바로 현실 인간에 대한 사람들의 사랑이 서서히 미움으로 변화되는 사실을 조명하고 있다 할 것이다.

대학아! 대학아!

–현진건 문학정신의 구현

평론가 신재기 교수

　송일호의 「대학아! 대학아!」는 현진건 문학상 수상작품이다. 원제는 쿼바디스 도미네이다. 대졸 취업난 때문에 취직을 포기하고 동네의 작은 서점을 경영하는 '나'가 억울하게 청소년보호법 위반으로 벌금 3백만 원을 선고받고 2개월 만에 구치소에서 풀려난다는 이야기다.

　대학을 졸업하고도 취업이 어려워 결혼도 못 하고 어쩔 수 없이 캥거루족이 되어 희망 없는 나날을 보내는 청년의 실업 문제를 주제로 삼은 작품이다. 주인공 '나'는 넉넉하지 못한 어머니의 경제적 도움을 받아 서점을 경영하지만, 돈을 벌기는커녕 억울하게 구치소에 수감되고 전과자가 되고 만다.

　"전과자가 되었으니 공무원으로도 자격이 없고, 재벌기업에도 받아주지 않고, 중소기업에도 받아주지 않고, 장사를 해도 억울한 누명만 쓰고 문을 닫아야 할 판이다. 이제 감옥에도 나를 받아주지 않을 것이다. 이 세상 어디에도 나를 반기는 곳은 없다. 학창시절의 이상과 꿈은 사라지고, 허허벌판에서 홀로 서 있다. 청년실업자가 되어 방황하고 있다."

현대사회의 청년실업문제 근원을 짚어내고, 뚜렷한 주제의식을 바탕으로 문제를 제기하는 데 성공했다. 어떻게 하면 우리 사회의 심각한 문제가 되고 있는 청년 실업, 저출산, 노인 빈곤을 해결할 수 있는 방향을 제시하는데 감명을 주고 있다. 빠른 이야기 전개, 거침없는 문장 전술, 다양하고 흥미로운 에피소드의 연결이 독자를 끌어들이는 요인으로 작용했다. 현진건의 「빈처」, 「운수 좋은 날」의 이미지와 부분적으로 유사한 면을 보여주기도 한다.

현재 우리 사회가 처한 가장 첨예한 문제인 대졸 청년실업 문제와 청소년 문제를 소설화하고, 리얼리즘 정신을 잘 구현했다는 점은 현진건의 문학정신과 상통한다고 평가하여 이 작품을 현진건 문학상 수상작으로 결정했다. 또한, 소설가 송일호는 무엇보다도 대구소설 문단에 공헌한 바가 적지 않다. 이 같은 공헌도도 이번에 수상 작가를 결정하는 데 고려되었다.

수상을 진심으로 축하하며, 앞으로 지역 소설 문단의 발전을 위해 많은 일을 해주기를 기대한다. 끝으로, 현진건 문학상이 해를 거듭할수록 훌륭한 작가를 찾아내고 그 외연도 점점 넓혀가기를 희망한다.

빼앗긴 약혼자
-세태풍속 사랑과 결혼

평론가 박신헌 교수

사랑과 결혼에 정석이 있을까? 혹자는 결혼은 해도 후회하고 안 해도 후회하는 거라고 말한 적은 있으나 반드시 이래야 한다는 정석은 들은 적이 없다.

1960년대 초 발표된 김승옥의 「무진기행」에는 남자들이 결혼을 세속적 출세의 수단 내지 방법으로 생각하는 부분 있어 당대의 결혼관을 어느 정도 짐작할 수 있게 한다. 그러나 그때도 여성의 순결에 대해서는 다소 완고한 편이었다고 할 수 있다. 주인공 윤희중이 처음 만난 하인숙과 정사를 치르고 나서 한 첫마디가 '그 여자는 처녀는 아니었다'에서 그러한 정서를 유추할 수 있다. 특히 '처녀는'이라는 구의 조사 '는'에 주목할 필요가 있는데 이때 '는'은 어법상으로 '처녀'를 주제화(topic)시키는 기능을 하고 있다. 즉 그 부분을 특별히 강조하고 있다는 의미가 되는 것이다.

송일호의 「빼앗긴 약혼자」는 충격적이다. 현대판 사랑과 결혼의 막가판이다.

이 작품에서 주인공 '박 군'은 끝까지 이름이 나오지 않는다. 동시에 그의 첫사랑 이름도 나오지는 않는다. 올해 나이가 45세인 박 군에게는 25년 전쯤부터 사귀어온 여자가 있었다. 그가 대학 초년생이었을 때 그녀는 고3이었다. 그때는 그녀가 박 군을 얼마나 열렬히 사랑했던지 박 군이 몸을 요구했으면 얼마든지 내주었을 거라고 작가는 말하고 있는 것이다. 그러나 그 결혼은 순결이 생명이기에 그녀를 털끝 하나 손대지 않고 고이 놓아두었다. 대학을 졸업하고 성인이 되었을 때 정말 순결한 상태로 뜨거운 합궁을 허락하도록 하기 위함이었다. 그러나 그가 대학을 졸업하고 취업 자리를 찾으면서부터 이상하게 일이 뒤틀리기 시작했다. 그는 평소 소심한 성격이었기 때문에 그룹 면접을 보는 순간에 말 한 마디 제대로 하지를 못하였다. 거기에 비해 그의 친구 녀석은 공부는 제대로 하지도 못했으면서 주변머리가 좋아 거침없이 말들을 쏟아내 좌중을 휘어잡아 당당하게 합격을 하였던 것이다. 그 후 '박 군'은 셀 수도 없이 많은 면접을 보았으나 다 떨어져 버렸고 그녀마저 그에게서 서서히 등을 돌리기 시작했다. 더구나 박 군은 그녀를 그의 친구에게 소개까지 시켜준 상태였다. 그녀는 결혼은 현실이라며 거의 쌀쌀맞게 돌아서더니 급기야 오늘 그 친구 놈과 결혼을 해버린 것이다.

서운하기도 하고 분하기도 한 그는 홧김에 창녀촌을 찾아 이영애 인상의 그녀를 닮은 창녀를 찾게 된다. 물색 끝에 겨우 찾은 창녀는 정말 그녀와 닮았었다. 그는 돈을 주어 신부 모양의 머리를 하고 오라고 하였다. 치장을 하고 난 그녀는 바로 오늘 결혼한 그녀 그 자체였다. 그는 어쨌든 신혼 합궁은 자기가 먼저 치러야 한다고 벼르며 그녀와 분위기를 맞추려 할 때 포주 아줌마가 급히 그녀를 불러내어

버린 것이다.

　잠깐이면 된다던 아가씨는 몇 시간이 지나도 나타나지 않게 된다. 화가 치밀 대로 치민 박 군은 아줌마를 찾으며 그녀를 내놓으라고 소란을 부리지만 그녀는 나타나지 않고 오히려 건장한 사내들의 위세에 눌려 말 한마디 못하고 쫓겨나게 된다.

　그는 할 수 없이 또 다른 창녀 집을 찾는다. 이번에는 아줌마의 말대로 제일 못생긴 아가씨를 찾는다. 이런 데서는 얼굴이 못생겨야 밑이 깨끗하다는 것이다. 아가씨를 대한 그는 여기까지 오게 된 자초지종을 얘기하며 자기가 동정임을 밝히게 된다. 그러자 그녀는 감동을 받아 측은지심이 발동하여 자기 돈으로 술상을 차려오고 진심으로 위로를 해 주게 된다.

　술자리가 파하자 그녀는 그를 손수 목욕까지 시켜주며 동정인 그와 황홀한 정사를 벌이게 된다. 여자로서 할 수 있는 모든 서비스를 다 제공하게 된다.

　박 군은 꿈같은 날밤을 새운 후 결심을 하게 된다. 그녀와 결혼을 하겠다고. 그녀는 비록 집이 가난하여 창녀로 살아가고 있으나 생각과 정신이 맑다고 판단한 것이다. 그리하여 그는 불장난이 아니라 진정한 결혼임을 강조하기 위해 새벽녘 산사에서 스님의 주례로 결혼식을 올리게 되는 것이다. 산사는 그 순간 단 세 사람만의 결혼식장이 된 것이다.

　여기까지가 박군이 창녀와 결혼을 하게 된 사연인 것이다. 이런 일이 정말 있을 수 있을까? 이 작품에서 문제가 되는 것은 바로 '사랑'과 '결혼' 그것인 것이다. 20년 이상을 온갖 정을 쌓아가며 사귀어온 여성이 어느 날 갑자기 다른 남자와 결혼을 해버리는 이 돌발적 상황, 이것이 바로 2018년식 사랑법이 아닐까? 결국 요즘 젊은이들은 남자의 능력이 없으면 피도 눈물도 없이 돌아서 버린다는 사실, 이것이 바로 현 실태의 진상인 것이다.

그리고 문제가 되는 또 하나의 사건, 그것은 곧 사지 멀쩡한 사내가 창녀와 거룩한 결혼식을 올린다는 사실이다. 현실적으로 가능성 여부는 둘째로 치더라도 원로 소설가의 작품에서 이러한 화소(story element)가 나타났다는 사실 자체가 문제가 되는 것이다. 이것은 곧 현재 미혼 남녀들의 결혼관의 한 단면이라 해야 할 것이다.

그들의 결혼이 어떻게 지속될 것인지는 중요한 관심거리의 하나임이 분명하나 그것은 차후의 문제로 남겨두는 수밖에 없다. 마치 이전의 '나무꾼과 선녀' 작전이 불행으로 막을 내린 경우가 많다는 결론으로 나는 것처럼 이들의 비통상적 결혼이 어떤 평가로 자리매김할지는 조금은 더 기다려 봐야 할 것 같다.

그러나 어쨌든 한 세대 전의 결혼관과 사랑 법은 많이 바뀌었음에 틀림이 없는 것 같다. 한 세대 전만 해도 결혼에 대해서는 부모의 동의가 필수사항으로 되어 있었다. 그리고 개인의 신상(학벌 등)과 가문 파악 등은 매우 중요한 관심사 중의 하나였다.

그러나 지금은 아닌 것 같다. 적어도 소설 작품에서는 철저히 개인주의적으로 나타나고 있는 실정이다. 누구의 간섭이나 허락 같은 것은 필요치 않은 것 같다. '나'만 좋으면 그것으로 끝이 나는 세상인 것 같다. 변해가는 세태의 흐름을 막을 수는 없다. 그러나 너무 급격하게 변하면 심리적 혼란이 일어나 소위 말하는 멘탈 붕괴가 일어날 수도 있다. 세태가 급변하는 상황일수록 제정신을 차리는 사람들이 많았으면 좋겠다.

족보

―간과할 수 없는 두 유형의 삶

평론가 송영목 교수

　송일호의 「족보」는 있을 수 있는 기막힌 이야기가 그 중심에 닿아
있다. 전반부의 많은 분량은 박 노인을 통해 작가가 하고 싶은 말들
을 거침없이 서술하고 있는데 그중에서 집에서 기르는 암소와 개, 그
리고 닭에 대한 짝짓기 세밀한 표현은 이 소설이 노리는 '족보'에 얽
힌 이야기와 매우 밀접한 관계를 유지하고 있다. 암소가 발정할 때의
상황을 상세히 묘사하면서 박 노인은 족보의 소중한 분산을 생각하
고 함부로 교배를 시키지 않는 굳건한 정신 자세와 개들은 여러 배
의 새끼를 낳았기 때문에 아들 손자뻘 되는 개들도 암내를 맡고 어
미에게 달려드는 장면을 목도하면서 생각만 해도 끔찍했다고 하는
부분, 그리고 햇병아리가 어미를 올라타고 그 짓을 하지 않는가. 여
기에 이르면 작가는 인간뿐만 아니고 동물세계의 짝짓기에 대해서도
깊은 조예가 있음을 알게 해 준다. 작가는 또한 동물들의 무질서한
암수 관계가 인간과 무엇이 다른가를 물으면서 박 노인은 성산 박씨
가문의 뿌리가 되어 있는 족보를 가진 것을 자랑스럽게 여기고 있다.
그래서 호주제 폐지 반대 운동에 참가한다. 그러나 호적법은 국회를
통과했고 현재 시행 중이므로 김씨가 이씨가 되고, 이씨가 김씨가

342

되고 여자가 호주가 되고, 수백 년 전통으로 내려온 뿌리는 하루 아령에 풍비박산 나고 족보는 무용지물이 되었다.

　박 노인이 병적으로 짐승에까지 근친상간을 싫어하고 호주제 폐지를 반대한 속 깊은 특별한 이유는 일찍이 슬하에 자식이 없자 본처의 묵인 하에 여자를 보게 되었고 늦었지만 남매를 얻게 되었는데 젊은 후처의 바람으로 인해 어린 아들은 박 노인이, 갓난아기 딸은 후처가 기르기로 하고 이혼을 하게 된다. 아들은 아버지를 닮아 미남형에 키도 컸으며, 대학을 졸업하고 제대 후에 취직을 한 신랑감으로는 손색이 없었으나 좀처럼 결혼 상대자가 없었다. 결국 결혼상담소에서 주선한 여자가 있다는 소식이 박 노인에게 전해 왔다. 상견례를 미루다가 여자가 고아라는 것을 박 노인이 알게 된다. 뼈대 있는 집안에 고아를 며느리로 맞이할 수는 없다고 단호하게 주장한다. 마지막에는 '이 여자가 아니면 장가가지 않겠습니다. 우리는 남이 아닙니다. 아기까지 가졌습니다.' 박 노인은 속이 쓰리지만 결혼을 허락한다. 손자가 태어나는 날 박 노인은 처음으로 아들 집을 방문한다. 거실 책상 위에 인형들 옆에 놓인 앨범에서 모녀간에 찍은 사진이 있었다. 그런데 이게 어찌 된 일인가? 이혼한 후 처가 그 앨범에 있었다. 그러니까 장모는 바로 아들의 친어머니였다. 이혼한 후처는 자기 이름으로 호주가 된 것이다. 그녀가 살아있었다면 아들을 인지할 수도 있었겠지만 이미 교통사고로 세상을 떠난 후였다.

　아주 극단적인 예가 되겠지만 앞으로 이와 같은 사례가 없으란 법이 없는 만큼 우려가 되는 상황을 작가의 상상력으로 작품화한 것이다. 자손을 변성시키기 위한 수단으로 롯의 딸들이 아버지에게 술을 먹이고 잉태한 경우와 일시적 감정을 억제하지 못하고 근친상간을 저지르는 경우 등도 예나 지금이나 있지만 제도적인 허점에서 야기되는 기막힌 현상을 모르고 지나치면 그뿐이겠지만 알았을 때의 충격은 감내키 어려울 것이다. 그래서 박 노인도 허탈한 웃음이 끝내 울음으로 변하고 말았던 것이다.

일종의 사회 고발 성격이 짙은 작품이라 하겠다. 많은 곁가지들이 산재한 서술 부분은 치밀한 구성과 독자들에게 긴장감을 계속 지속시킨다는 측면에서는 절제가 요구된다고 하겠다. 이는 필자 자신이 더 잘 알고 있으리라 짐작된다. 작가의 특유한 시니컬한 시각과 비판의식은 작가의 정신세계가 그만큼 확고한 정의 구현에 근간을 두고 있다는 점에서 좋은 평가를 내려도 어이가 없으리라 생각한다. 작가의 특유한 시니컬한 시각과 비판의식은 작가의 정신세계가 그만큼 확고한 정의 구현에 근간을 두고 있다는 점에서 좋은 평가를 내려도 이의가 없으리라 생각한다.

송일호의 작품은 나름의 가치를 지니면서 독자들에게 성큼 다가서리라 기대해 본다. 모든 예술이 다 그렇겠지만 작가의 재능과 상상력이 작품에 얼마나 많은 영향을 미치는지를 이 작품에서도 확인할 수가 있다. 소설다운 소설을 읽게 된 것을 만족하게 생각한다.

344

개

—아직 소설의 역할은 남아있다

평론가 신재기 교수

송일호의 「개」는 유쾌한 우화를 담은 작품으로, 집 안에 개를 키워 온 과정을 편안하게 이야기한다. 희극적인 요소가 섞여 읽는 재미를 더해 준다.

그런데 재미는 겉으로 드러나는 장치일 뿐 작품의 내면적 의미에 이르면, 약간의 서글픔을 느낀다. 한 가정의 남편과 아내의 역학관계를 집에서 키우는 개에 대한 이야기를 통해 암시한다. 부부는 가족을 형성하는, 상호 사랑과 존중에 바탕을 둔 인간관계다. 부모와 자식 사이와 마찬가지로 어떤 이익과 목적을 앞세운 계약적인 관계가 아니다. 자연적이고 초월적이다.

이 작품에서 아내는 보이지 않는 어떤 힘으로 남편을 강압한다. 이에 대해 남편은 자기주장이나 존재를 분명하게 드러내지 못한다. 부부 관계의 가장 본질적인 부분이 결여되어 있기 때문이다. 나는 아내가 노골적으로 신경질을 냈지만 대응할 힘이 없다. 그것은 두 사람 사이 몸 사랑이 제대로 이뤄지지 않기 때문이라고 한다.

"이 사랑의 원천은 부부관계라 생각한다. 이 사랑의 원천이 나에게는 없기 때문에 아내의 짜증을 막을 길이 없다. 아내의 이런 태도가 나에게는 삶의 의욕을 잃을 정도로 열등의식에 사로잡히게 만들었다."

특정한 능력과 역할을 앞세운 부부의 결합은 계약 관계와 다를 바 없다. 부부 관계에서 상대를 존중하지 않는 것은 책임을 다하지 못하는 것이지만, 다른 어떤 능력 때문에 어느 한쪽이 비난하거나 무시한다면 그 관계는 정상적일 수 없다. 이 작품은 세속화된 현대 사회에서 제자리를 잃어가는 기형적인 부부 관계를 의외의 수법을 통해 말해 준다. 이런 점에서 풍자적인 성격을 지닌다.

학생부군신위(學生府君神位)

−성장 가능성의 산물

평론가 송영목 교수

이 작품은 한올문학 대상 수상 작품이다.

무한한 시공과 인간의 내면세계까지 넘나들면서 자유롭게 표현하며 고민과 희열을 향유할 수 있는 특권을 가진 분들이 작가들이다. 우리 주변에는 수많은 이야기들로 가득 차 있다. 이것들을 어떻게 작품화하느냐 하는 것은 전적으로 작가의 몫이기도 하다. 단순한 농경 사회보다 디지털화 된 오늘이 더 많은 사건들과 얽힌 이야기들이 풍부한 것은 당연한 결과라 하겠다. 이럴 때일수록 작가의 정신세계가 중요한 과제로 대두하게 된다. 아무리 지가(紙價)를 높이며, 세인의 주목을 받는 소설 작품이라 할지라도 현실을 뛰어넘을 수 없다는 말을 확인시켜 주고 있다.

송일호의 「학생부군신위」는 호기심을 자극하여 읽도록 유도한 재치 있는 제목 선정과 치밀한 작품 구성, 단단한 문장력으로 이야기를 전개해가는 솜씨는 어떤 소재라도 소설화할 수 있는 작가의 잠재된 성장 가능성과 역량의 산물이라 하겠다.

송일호의 작품 경향은 자기만이 갖고 있는 특이성 때문에 개성이 뚜렷한 작가로 평가받고 있지만 깊은 애정문제를 다루기보다는 이번의 작품처럼 시야를 넓혀 새로운 세계를 모색해 보는 것이 작가의 잠재력을 확장시키는 데 더 도움이 되리라 진단해 본다. 이 작품은 제목부터도 그다운 모습과 부합되고 있는 듯하다. 그의 작품에는 거창한 문제 제기를 위한 논리나 철학적 사고도 요구하지 않고 부담 없이 읽으면서 재미를 더 해주는 데 주력하고 있는 것 같다. 그렇다고 작가의 사상이 손상되었다는 말은 결코 아니다. 복잡다단한 삶에서는 이런 소설이 오히려 청량제가 될 수도 있을 것이다.

한때는 윤 노인의 꼴머슴이었던 자기 집 옆 3층 집 영감댁 아들과 교수님인 자기 아들을 대비시키면서 이야기는 계속 진행된다. 돈복이 있는 사람은 안 사려고 하는데도 억지로 남을 도와주는 셈 치고 사면, 그것이 큰 부를 안겨주는 예를 우리 주변에서도 볼 수 있지만 이 소설에서도 아무도 살 사람이 없었던 황무지와 다를 바 없는 하천부지 벌판을 꼴머슴에게 빌다시피 간청을 해서 헐값에 팔아 한해 아들 등록금을 때울 수 있었던 일, 이것이 꼴머슴 집안을 벼락부자로 만드는 계기가 된다. 하천부지에 서 있던 버드나무는 나무젓가락 용으로 팔려나갔고, 자갈과 모래도 비싼 값으로 팔 수 있었고, 게다가 아파트 건축업자에게 20억인가 30억인가에 팔렸다는 소식에 윤 노민은 억장이 무너진다.

돈 가진 사람을 경멸하면서도 그쪽으로 무게 중심이 이동되고 있는 자신을 보게 된다. '많은 재물보다는 명예를 택할 것이요(잠언 22:1)'라는 말은 윤 노인에게는 사치스럽기만 하다. 하기야 아직도 교회 장로는 돈을 받는 줄로 아는가 하면 교회에 찾아와서 주지 목사

님은 어디 계시느냐고 묻는 현실을 감안 한다면 윤 노인의 이런 모습은 충분히 이해 할 수 있게 한다.

이 작품의 마지막 장면의 대화가 인상적이며, 일품이라 하겠다.

윤 노인은 지방문(紙榜文)에 쓰일 학생부군신위(學生府君神位)에서,

"그라마 그라마 학생은 면했나?"

아들은 또 피식 웃으며

"아이고 아버님도 제가 학생 면한 지가 30년이 넘었는데 별 것을 다 묻습니다."

"그래? 그라마 됐다!"

윤 노인은 갑자기 생기가 돋았다. 아들의 얼굴을 뜯어보며 무릎을 탁 쳤다. 꼴머슴 아들은 학생 면한 지가 얼마 되지 않았다. 꼴머슴 아들보다 훨씬 먼저 학생을 면한 것을 보니 내 아들이 더 높은 것이 틀림없다.

"하하하하……"

드디어 윤 노인 입에서 큰 웃음이 쏟아져 나왔다.

송일호는 이 작품에서도 현란한 수사를 동원하지 않고, 담담한 필치를 유지하고 있다. 미세한 감정처리와 상황 묘사들에서 보여 준 언어 구사력이 결국 이 작품을 지탱하고 있는 셈이다. 앞에서도 언급했지만 송일호는 이런 작품 경향으로 천착해 간다면 그의 잠재된 능력에 한껏 기대해도 좋을 것 같다.

글씨 없는 책
─거짓말 잔치와 소설

신동한 문학평론가

송일호의 단편 「글씨 없는 책」은 해방 직후의 시골 초등학교의 풍경을 그린 작품이다.

여기에는 한열이라는 어린아이와 병신 문둥이의 아들 실눈이가 등장하여 이야기가 벌어진다. 실눈이는 몸집은 크지 않지만 영악하고 당돌한 범죄형의 어린이다.

실눈이는 공부 잘하고 순진한 한열이를 종으로 거느리고 갖은 나쁜 짓을 다 꾸민다.

이 작품에서 작가는 한열이와 실눈이라는 어린아이의 모습을 아주 구체적이면서도 생동감 넘치게 묘사하고 있다.

역시 소설이란 등장인물을 어떻게 제대로 꾸며 내느냐가 작품의 성공을 좌우하는 것이라고 할 수 있다. 소위 말하는 '인가의 재창조'다.

한열이는 실눈이에 이끌려 능금밭에 들어가 능금 서리를 하다가 주인에게 발각되어 도망을 치기도 하는데, 실눈이는 잽싸게 달아나지만 한열이는 붙들려 늑신 얻어맞기도 한다. 이러한 대목에서도 아주 실감이 난다.

드디어 실눈이는 학교 화장실에까지 장난의 손길이 뻗쳐 여선생을 섣불리 건드렸다가 붙들린다. 그런데 그 여선생은 보통 여자가 아니다. 이 여선생의 닦달로 실눈이는 다시 학교에 나타나지 않고 동네에서 모습이 사라져 버린다.

이러는 가운데 비로소 해방된 나라에서 만든 우리 교과서가 학생들에게 나누어진다. 그러나 그 책은 종이가 형편없어 검은 딱지 흰 딱지 위에는 찍힌 글씨가 없다.

종이가 질이 나쁜 책이라 구멍이 뚫리기도 해서 안 보이는 글씨도 있는 것이다. 그것을 배우는 교실 풍경이 아주 유머러스하게 묘사되어 있다. 소설의 제목 그대로 '글씨 없는 책', 즉 글씨가 빠진 책을 가지고 공부를 하는 것이다.

해방 직후의 우리 교육 현실을 어느 시골 초등학교의 모습을 통해 아주 구체적으로 그려 읽는 사람의 흥미를 돋우게 하고 있다.

정성을 기울여 쓴 흔적이 역력한 작품을 대하면서 근래의 흔해빠진 엉터리 소설과 비교가 되어 너무나 유쾌하였다.